EDIÇÕES BESTBOLSO

A bicicleta azul

Régine Deforges nasceu em Montmorillon, França, em 1935. Primeira mulher a comandar uma editora no seu país, foi censurada, durante anos, por publicar livros considerados "ofensivos". A pressão de grupos conservadores levou Deforges a fechar a empresa. A escritora consagrou-se com a publicação da série iniciada com o livro *A bicicleta azul*, em 1981. Régine Deforges também é autora de *O diário roubado*, que inspirou o filme homônimo. A série *A bicicleta azul* ganhou destaque com os três volumes iniciais, mas os personagens estão presentes também nas obras *Tango negro, Rua da seda, A última colina, Cuba libre!, Argel, cidade branca, Les généraux du crépuscule* e *Et quand vient la fin du voyage*, estas últimas inéditas no Brasil.

Volume 1: A bicicleta azul
Volume 2: Vontade de viver
Volume 3: O sorriso do diabo

Régine Deforges

A BICICLETA AZUL

VOLUME 1 DA SÉRIE A BICICLETA AZUL

Tradução de
LIGIA GUTERRES

EDIÇÕES
BestBolso

CIP-Brasil. Catalogação-na-fonte
Sindicato Nacional dos Editores de Livros, RJ

Deforges, Régine, 1935-
D36b   A bicicleta azul/Régine Deforges; tradução de
Ligia Guterres – Rio de Janeiro: BestBolso, 2009.
(A bicicleta azul; v.1)

Tradução de: La bicyclette bleue
ISBN 978-85-7799-131-0

1. Romance francês. I. Guterres, Ligia. II. Título. III. Série.

CDD: 843
09-1535   CDU: 821.133.1-3

A bicicleta azul, de autoria de Régine Deforges.
Título número 114 das Edições BestBolso.
Primeira edição impressa em junho de 2009.
Texto revisado conforme o Acordo Ortográfico da Língua Portuguesa.

Título original francês:
LA BICYCLETTE BLEUE

Copyright © Librairie Arthème Fayard, 1993.
Publicado mediante acordo com Librairie Arthème Fayard.
Copyright da tradução © by Distribuidora Record de Serviços de Imprensa
S.A., 1997, por meio de cessão dos direitos da Editora Nova Cultural Ltda.
Direitos de reprodução da tradução cedidos para Edições BestBolso, um selo
da Editora Best Seller Ltda. Distribuidora Record de Serviços de Imprensa S. A.
e Editora Best Seller Ltda são empresas do Grupo Editorial Record.

www.edicoesbestbolso.com.br

Design de capa: Rafael Nobre

Todos os direitos reservados. Proibida a reprodução, no todo ou em parte,
sem autorização prévia por escrito da editora, sejam quais forem os meios
empregados.

Direitos exclusivos de publicação em língua portuguesa para o Brasil em formato bolso adquiridos pelas Edições BestBolso um selo da Editora Best Seller
Ltda. Rua Argentina 171 – 20921-380 Rio de Janeiro, RJ – Tel.: 2585-2000.

Impresso no Brasil

ISBN 978-85-7799-131-0

À memória
do príncipe
Yvan Wiazemsky

Agradecimentos

A autora agradece a colaboração, na maior parte das vezes involuntária, das seguintes pessoas: Henri Amouroux, Robert Aron, Marcel Aymé, Robert Brasillach, Benoist-Méchin, Louis-Ferdinand Céline, Colette, Arthur Conte, Jacques Delarue, Jacques Delperrié de Bayac, Jean Galtier-Boissière, o general De Gaulle, Jean Giraudoux, Jean Guéhenno, Gilbert Guilleminault, Adolf Hitler, Bernard Karsenty, Jacques Laurent, Roger Lemesle, o general Alain Le Ray, François Mauriac, Claude Mauriac, Henri Michel, Margaret Mitchell, Pierre Nord, Gilles Perrault, o marechal Pétain, L. G. Planes e R. Dufourg, Lucien Rebatet, P. R. Reid, o coronel Rémy, Maurice Sachs, Charles Tillon, Jean Vidalenc, Gérard Walter, a princesa Wiazemsky e o príncipe Yvan Wiazemsky.

Prólogo

O primeiro a levantar-se, Pierre Delmas tomava um café ruim, requentado pela criada, mantido em um canto do velho fogão. Saía em seguida, chamando o cão com um assobio, no inverno, ainda na escuridão, e no verão, na manhãzinha tristonha, que precede a aurora. Gostava do cheiro da terra quando tudo ainda dormia. O dia surpreendia-o com frequência no terraço, o rosto voltado para a linha sombria de Landes, em direção ao mar. Na família se comenta que seu único pesar era não ter sido marinheiro. Na infância, em Bordeaux, ele passava longas horas no cais de Chartrons, vendo os cargueiros entrarem e saírem do porto. Imaginava-se, então, comandando um desses navios, sulcando mares, desafiando tempestades, senhor absoluto a bordo depois de Deus. Certa vez, fora descoberto no porão de um cargueiro de carvão prestes a zarpar para a África. Nada, nem ameaças nem carícias o levaram a revelar como entrara a bordo ou por que abandonava assim sem explicações a mãe que adorava. Depois disso, porém, não mais rondara as docas atulhadas de mercadorias, com cheiro de aventura, de alcatrão e de baunilha.

Pierre Delmas, tal como o pai, tornou-se vinhateiro. Seria aquele amor frustrado pelo mar que o impelira a adquirir, ano após ano, cada vez mais hectares de pinhais fustigados pelo vento oeste? Aos 35 anos, sentiu necessidade de casar; mas recusou-se a escolher uma esposa na sociedade de Bordeaux, a despeito dos bons partidos que lhe foram apresentados. Conheceu Isabelle de Montpleynet em Paris, em casa de um de seus amigos negociantes de vinhos.

Apaixonou-se à primeira vista. Isabelle acabara de completar 19 anos e parecia mais velha em decorrência dos seus fartos e pesados cabelos negros presos e dos belos e melancólicos olhos azuis. Mostrara-se atenciosa e encantadora com Pierre, embora lhe parecesse, em certos momentos, triste e distante. Teve vontade de afastar dela tal tristeza e mostrou-se divertido sem ser inconveniente. Sentiu-se então o mais feliz dos homens ao vê-la rir. Aprovou o fato de Isabelle não ter sacrificado a esplêndida cabeleira, ao contrário do que fizera a maioria das mulheres respeitáveis da cidade, que haviam sucumbido às exigências da moda.

Isabelle de Montpleynet era filha única de um rico proprietário da Martinica. Criada na ilha até os 10 anos, conservara da sua infância insular a fala cantada e uma certa languidez de movimentos. Mas aquela aparente leveza ocultava um caráter forte e altivo, que os anos acentuaram. Com a morte da mulher, uma admirável *créole*,* o pai de Isabelle, desesperado, a confiara aos cuidados das irmãs, Albertine e Lisa de Montpleynet, duas velhas senhoras que viviam em Paris. Seis meses depois morria também, deixando à filha vastíssimas plantações. Pouco tempo após conhecê-la, sem grandes esperanças, Pierre Delmas confessou a Isabelle seu amor e o desejo de desposá-la. Para sua grande surpresa e alegria, a jovem aceitou. Em um mês casavam-se em Santo Tomás de Aquino, com grande pompa.

---

10   *Pessoa de ascendência europeia nascida na América. (*N. do R.*)

Após longa temporada na Martinica, instalaram-se em Montillac, na companhia de Ruth, a velha governanta, de quem Isabelle não quisera se separar.

EMBORA ESTRANGEIRA àquela província, Isabelle foi aceita bem depressa pelos vizinhos e pela família do marido como uma dos seus. Recebera considerável dote com o casamento, que utilizou para embelezar a nova casa. Pierre, enquanto solteiro, utilizava não mais que dois ou três aposentos, deixando ao abandono os restantes. Tudo se modificou em menos de um ano, e quando nasceu Françoise, a primeira filha do casal, a velha moradia já estava irreconhecível. Decorridos dois anos, vinha ao mundo Léa, seguida de Laure, três anos depois.

PIERRE DELMAS, proprietário do domínio de Montillac, era considerado o homem mais feliz da região. De La Réole a Bazas, de Langon a Cadillac, muita gente lhe invejava a felicidade tranquila com a mulher e as três filhas.

O castelo de Montillac era cercado por muitos hectares de terras férteis, de matas e, sobretudo, de vinhedos, onde se produzia um generoso vinho branco, semelhante ao consagrado Sauternes. Esse vinho branco ganhara diversas medalhas de ouro. Na propriedade fabricava-se também um vinho tinto de forte aroma. Mas "castelo" era uma palavra demasiado pomposa para designar a vasta moradia do início do século XIX, emoldurada pelas adegas e flanqueada pela fazenda, seus celeiros, estábulos e palheiros. O avô de Pierre mandara substituir as belas telhas redondas da região, de tonalidades que iam do cor-de-rosa ao bistre, trocando-as por ardósia fria, considerada mais elegante. Felizmente as adegas e as acomodações do pessoal conservavam a cobertura original. O telhado cinzento conferia à construção um ar respeitável e um pouco triste, mais condizentes com o espírito burguês de seu antepassado.

Atingia-se a propriedade, magnificamente situada, no alto de uma colina que dominava o Garona e o Langonês, entre Verdelais e Saint-Macaire, por um longo caminho bordejado de plátanos, perto do qual se erguia um antigo pombal. Chegava-se deste modo às instalações da fazenda e, logo depois do primeiro celeiro, desembocava-se na "rua" – assim se designara, desde sempre, a passagem que separava a fazenda do castelo, onde se situava a enorme cozinha que funcionava, de fato, como entrada principal da casa. Só as visitas utilizavam o hall, de mobiliário heterogêneo e pavimento com lajes em forma de grandes quadrados pretos e brancos, sobre o qual estava assentada uma tapeçaria de cores vivas. Nas paredes pintadas de branco, alguns pratos antigos, graciosas aquarelas e um belíssimo espelho estilo Diretório davam o toque alegre. Atravessando-se o acolhedor hall, saía-se para o pátio, onde, à sombra de duas enormes tílias, a família ficava a maior parte do tempo quando chegavam os dias bonitos. Seria difícil imaginar local mais tranquilo; bordejado, em parte, por moitas de lilazeiros e sebes de alfeneiro, abria-se, por entre dois pilares de pedra, para um vasto gramado que descia até o terraço, de onde se dominava a paisagem. À direita, um pequeno bosque, um jardim cheio de flores e, logo depois, vinhedos e mais vinhedos até Bellevue, envolvendo o castelo por todos os lados.

Pierre Delmas aprendera a amar essa terra e adorava-a quase tanto como às filhas. Era um homem violento e sensível. O pai, falecido prematuramente, deixara-lhe a administração de Montillac, propriedade que seus irmãos e irmãs rejeitaram, por ser demasiado distante de Bordeaux e por ter rendimentos modestos. Ao instalar-se no domínio, Pierre Delmas prometera a si próprio ser bem-sucedido. Endividara-se para comprar dos irmãos suas partes na herança, pedin-do dinheiro emprestado a um amigo, Raymond d'Argilat, rico proprietário das proximidades de Saint-Emilion. E foi desse modo que, sem ter sido senhor absoluto depois de Deus a bordo de um cargueiro, transformou-se em senhor absolu-to de Montillac.

1

Agosto chegava ao fim. Léa, a segunda filha de Pierre Delmas, que acabara de completar 17 anos, com os olhos semicerrados, sentada sobre a pedra ainda quente da mureta do terraço de Montillac, voltada para a planície para onde, em certos dias, subia o odor marinho dos pinheiros, balançava as pernas nuas e bronzeadas, os pés calçados em sandálias listradas. De mãos apoiadas na mureta de um e de outro lado do corpo, entregava-se ao voluptuoso prazer de sentir a carne livre sob o leve vestido de algodão branco. Suspirou alegre, alongando-se em lenta ondulação, tal como fazia Mona, sua gata, ao despertar ao sol.

Como seu pai, Léa também amava a propriedade, da qual conhecia os mínimos recantos. Quando criança, brincara às escondidas atrás dos feixes de lenha ou das filas de tonéis, com primos e primas ou filhos e filhas dos vizinhos. O seu companheiro inseparável fora, então, Mathias Fayard, filho do encarregado das adegas, mais velho que ela três anos. De total dedicação, ele sucumbia ao menor dos seus sorrisos. Os cabelos encaracolados de Léa viviam em permanente desalinho, e os seus joelhos andavam sempre esfolados. O rosto desaparecia sob os enormes olhos violeta, sombreados por longas pestanas negras. O seu passatempo favorito era pôr Mathias à prova. No dia do seu 14º aniversário, pedira-lhe:

— Ensine-me como se faz amor, Mathias.

Louco de alegria, o jovem tomou-a nos braços e beijou-lhe suavemente o rosto emoldurado pelo feno do palheiro. 15

Semicerrados, os grandes olhos violeta observavam com atenção cada gesto do garoto. Quando este lhe desabotoou a blusa branca, Léa soergueu-se para ajudá-lo. Depois, num gesto de pudor tardio, ocultou os seios, que despontavam, sentindo subir em si um desejo desconhecido.

Em algum lugar nas instalações da fazenda, ouviu-se a voz de Pierre Delmas. Mathias interrompeu as carícias.

— Continue – murmurou Léa, atraindo para si a cabeça do rapaz, de cabelos castanhos e ondulados.

— Mas... seu pai...

— E então? Está com medo?

— Não. Mas, se nos descobre, vou ficar envergonhado.

— Ora, envergonhado! Por quê? Que fazemos de mal?

— Você sabe muito bem. Seus pais sempre se mostraram bons para mim e para a minha família.

— Mas você me ama.

Mathias olhou-a demoradamente. Como era bela, assim, os cabelos de ouro pontilhados de flores secas e de pedaços de palha, os olhos brilhantes, a boca entreaberta sobre pequenos dentes brancos e carnívoros, os seios jovens de mamilos eretos!

Mathias avançou a mão para logo suspender o gesto. E disse, como se falasse consigo:

— Não. Seria malfeito. Não assim...

Depois acrescentou, em tom decidido:

— Amo você, sim. E por isso mesmo não a quero... Você é a menina do castelo e eu...

Afastou-se dela e desceu a escada.

— Mathias...

O rapaz não respondeu e Léa ouviu a porta do celeiro fechar-se atrás dele.

— Que estúpido...

Abotoara então a blusa e adormecera até tarde, despertando apenas com o segundo toque da sineta chamando para o jantar.

SOARAM CINCO BADALADAS ao longe, no campanário de Langon ou no de Saint-Macaire. Sultão, o cão da propriedade, ladrava alegremente, perseguindo dois jovens que desciam correndo pelo gramado. Raul Lefèvre, seguido pelo irmão Jean, alcançou a mureta onde estava sentada Léa. Sem fôlego, ambos se encostaram à pedra, um de cada lado da jovem, que os olhou amuada.

– Já não era sem tempo! Julguei que preferissem a companhia dessa palerma da Noëlle Villeneuve, que não sabe o que fazer para agradar a vocês.

– Não é nenhuma palerma! – objetou Raul.

O irmão deu-lhe um pontapé.

– Demoramos por causa do pai dela. O senhor Villeneuve acha que a guerra começará em breve.

– A guerra! A guerra! Não se fala de outra coisa. Estou farta! O assunto não me interessa – disse Léa bruscamente, passando as pernas por cima do muro.

Jean e Raul, com o mesmo gesto teatral, precipitaram-se a seus pés.

– Perdoe-nos, rainha das nossas noites, sol dos nossos dias. Abaixo a guerra que transtorna as moças e mata os rapazes! A sua beleza fatal não deve descer a tão mesquinhos pormenores. Nós a amamos com um amor sem par. Qual de nós prefere, ó rainha? Escolha. Jean? Venturoso amado! Morro neste mesmo instante de desespero – declarou Raul, deixando-se cair no solo, os braços em cruz.

Com os olhos cheios de malícia, Léa contornou o corpo estendido no chão, passou sobre ele com ar de desprezo e *17* depois, parando, empurrou-o com o pé, proferindo no mesmo tom melodramático:

– Morto é ainda maior do que vivo.

Em seguida, dando o braço a Jean, que se esforçava por manter-se sério, arrastou-o consigo, dizendo:

– Abandonemos o cadáver malcheiroso. Venha me cortejar, meu amigo.

Afastaram-se sob o olhar falsamente desesperado de Raul, que erguia a cabeça para vê-los partir.

RAUL E JEAN LEFÈVRE tinham uma força muscular pouco comum. Com 21 e 20 anos, respectivamente, eram tão afeiçoados um ao outro como se fossem gêmeos. Se Raul fazia qualquer tolice, logo Jean se acusava. Se este recebia um presente, dava-o ao irmão imediatamente. Educados num colégio de Bordeaux, desesperavam os professores com a indiferença manifestada por qualquer gênero de matéria escolar. Sempre em último lugar durante anos, só muito tarde conseguiram concluir o curso. Unicamente – eles afirmavam – para agradar à mãe, Amélie. Mas, sobretudo – tal como outras pessoas garantiam –, para evitarem os castigos com o chicote que a impetuosa senhora não hesitava em aplicar à numerosa e turbulenta prole. Viúva muito cedo e com seis filhos para criar – tendo o caçula apenas 2 anos –, retomara firmemente a gerência da propriedade vinícola do marido, a Verderais.

Não gostava muito de Léa, que considerava insuportável e mal-educada. Não era segredo para ninguém o fato de Raul e de Jean Lefèvre serem apaixonados pela jovem; era mesmo objeto de gracejos por parte dos outros rapazes e motivo de irritação para as moças.

– Léa é irresistível – diziam eles. – Quando nos fita, com os olhos semicerrados, morremos de desejo de tomá-la nos braços.

— Ora, não passa de uma provocadora! – respondiam as moças. – Mal vê um homem interessar-se por outra mulher, começa logo a lançar olhares.

— Talvez. Mas, com Léa, podemos falar de qualquer assunto: de cavalos, de pinheiros, de vinhas e de muitas outras coisas.

— Ora, isso são gostos de camponesa! Léa comporta-se mais como um rapaz frustrado do que como uma menina de sociedade. Ver vacas parir e cavalos copular, sozinha ou junto de homens e criados, ou levantar-se da cama para ir admirar a lua acompanhada de Sultão, será isso manter a compostura? A mãe desespera-se com ela. Foi expulsa do internato por indisciplina. Devia seguir o exemplo da irmã, Françoise. Uma moça direita...

— Mas tão chata!... Só pensa em música e em vestidos.

A ascendência de Léa sobre os homens era, de fato, absoluta. Nenhum conseguia resistir-lhe. Novo ou velho, rendeiro ou proprietário, a todos subjugava. Por um só sorriso dela muitos seriam capazes de cometer loucuras; o pai, em primeiro lugar.

Quando cometia algum disparate, a filha ia procurá-lo no escritório e sentava-se em seu colo e, então, aninhava-se em seus braços. Nesses instantes, Pierre Delmas sentia-se invadido por uma felicidade tal que fechava os olhos para melhor saboreá-la.

Raul ergueu-se de um salto e alcançou Léa e Jean.

— Estou aqui! Ressuscitei! De que falavam?

— Do *garden-party* que o senhor d'Argilat oferece amanhã e do vestido que Léa vai usar na festa.

— Seja qual for, tenho certeza de que será a mais bonita – afirmou Raul, abraçando a jovem pela cintura.

Léa esquivou-se, rindo.

– Pare com isso! Você me deixa envergonhada. Vai ser estupenda a festa dos 24 anos de Laurent. Será ele o herói do dia. Depois do piquenique haverá baile, seguido de ceia e de fogos de artifício. Nada menos que isso!

– Laurent d'Argilat é duplamente o herói da festa – interveio Jean.

– Por quê? – inquiriu Léa, erguendo para ele o belo rosto pontilhado de algumas sardas.

– Não posso dizer. Por enquanto é segredo.

– Como?! Você tem segredos para mim? E você? – disse ela, dirigindo-se a Raul. – Sabe de alguma coisa?

– Sim... de certo modo.

– Julguei que fôssemos amigos e que vocês gostassem de mim o suficiente para nada me ocultarem – observou Léa, deixando-se cair sobre o banco de pedra encostado à adega, em frente às vinhas, fingindo enxugar os olhos na borda do vestido.

Fungando, observava pelo canto do olho os dois irmãos, que se fitavam com ar de embaraço. Sentindo-os indecisos, aplicou-lhes o golpe de misericórdia: ergueu para eles os olhos marejados de lágrimas fingidas e ordenou:

– Desapareçam! Vocês me magoam muito. Não quero vê-los mais.

Raul decidiu-se então:

– Pois bem, aí vai! O senhor d'Argilat anuncia amanhã o casamento do filho...

– O casamento do filho?! – perguntou Léa.

Seu tom passou imediatamente do gracejo à extrema violência:

– Você está completamente louco! Laurent não tem nenhuma intenção de se casar, ele me falou.

– Com certeza, não teve oportunidade. Mas você sabe muito bem que desde criança está noivo da prima, Camille d'Argilat – prosseguiu Raul.

— De Camille d'Argilat! Mas ele não a ama! Não passava de uma brincadeira de criança para divertimento dos pais.

— Você se engana. Amanhã será anunciado oficialmente o noivado entre os dois. E se casam dentro de pouco tempo, por causa da guerra.

Léa deixara de ouvi-lo. Da alegria de momentos antes, passava ao pânico, que a invadia. Tinha frio e calor ao mesmo tempo, sentia-se tonta e enjoada. Laurent casado! Não era possível! Aquela Camille a quem todos elogiavam não era mulher para ele; não passava de uma citadina, de uma intelectual sempre mergulhada em seus livros. "Laurent não pode se casar com ela, pois me ama", gritava Léa no seu íntimo. "Vi bem no outro dia pelo modo como me pegou na mão e me olhou. Eu sei... eu sinto."

— Hitler bem que se importa com isso...

— Mas a Polônia...

Em plena discussão, os dois irmãos não notaram a mudança de atitude de Léa.

— Tenho de falar com ele – disse em voz alta.

— Que disse? – perguntou Jean.

— Nada. Disse que é hora de voltar para casa.

— Já? Mas acabamos de chegar!

— Estou cansada e com dor de cabeça.

— Seja como for, amanhã, em Roches-Blanches, quero que você dance apenas com Raul e comigo.

— Está bem, está bem... – concordou Léa, erguendo-se, enfastiada.

— Hurra! – exclamaram os rapazes em uníssono.

— Cumprimente sua mãe.

— Farei isso. Até amanhã.

— E não se esqueça: todas as danças serão nossas.

Raul e Jean partiram correndo, atropelando-se como dois cachorrinhos.

"Que moleques!", pensou Léa e voltando resolutamente as costas para a casa, dirigiu-se para o calvário, o local de refúgio de todos os seus desgostos infantis.

Em criança, quando brigava com as irmãs, quando Ruth a punia por negligenciar seus deveres ou, sobretudo, se a mãe ralhava com ela, refugiava-se numa das capelas do calvário, para acalmar a contrariedade ou a cólera. Léa evitou a casa de Sidonie, a antiga cozinheira do castelo, a quem a doença, mais do que a idade, tinha forçado a interromper o trabalho. Como recompensa pelos bons serviços prestados, Pierre Delmas lhe dera aquela casa que dominava toda a paisagem. Léa ia muitas vezes tagarelar com a velha mulher, que sempre fazia questão de lhe oferecer um cálice de licor de cassis, que ela mesma cuidava de preparar. Orgulhava-se da bebida e ficava à espera dos elogios que Léa não regateava, embora detestasse cassis.

Nesse instante, porém, ouvir as conversas de Sidonie e ter de engolir o licor estavam muito além de suas forças.

Sem fôlego, Léa parou junto ao calvário e deixou-se cair no primeiro degrau, apoiando a cabeça nas mãos geladas. Trespassou-a uma dor terrível. As têmporas latejavam, os ouvidos zumbiam e um gosto de bile invadiu-lhe a boca. Ergueu-se e cuspiu.

— Não, não é possível! Não é verdade!

Os irmãos Lefèvre lhe tinham dito aquilo para provocá-la. Onde já se viu alguém casar sob o pretexto de ter ficado noivo em criança? Além disso, Camille era muito feia para Laurent, com seu ar sábio e melancólico, uma saúde que se dizia delicada e modos excessivamente suaves. Que tédio deveria ser viver com uma mulher como aquela! Não, Laurent não podia amá-la! Amava a ela, Léa, e não aquela magricela que sequer conseguia se manter aprumada em cima de um cavalo ou dançar durante uma noite inteira... Ele amava-a, tinha certeza. Percebera-o pela maneira como lhe retivera a mão, pelo olhar procurando o seu. Ainda ontem, na praia... ela inclinara a cabeça para trás e sentira o desejo dele, ansiando por beijá-la. Mas não fizera a mínima tentativa nesse sentido, como é óbvio. Que exasperantes os rapazes da alta sociedade, tão podados pela educação! Não, Laurent não podia amar Camille.

Tal certeza restituiu-lhe um pouco a coragem. Recompôs-se, resolvida a esclarecer o caso e a fazer os Lefèvre pagarem por tal gracejo. Ergueu o rosto para as três cruzes, murmurando:

– Ajude-me.

O pai fora nesse dia a Roches-Blanches e não tardaria a voltar. Decidiu ir ao seu encontro: saberia por ele o que se passava.

No caminho, surpreendeu-se por já encontrá-lo voltando.

– Você vinha correndo como se o diabo a perseguisse – comentou Pierre Delmas. – Mais uma briga com suas irmãs? Você está corada e despenteada.

Ao ver o pai, Léa procurou retomar uma expressão mais calma, tal como uma mulher que se empoasse às pressas vendo chegar um visitante imprevisto. Mas o resultado não era dos melhores. Esforçou-se por sorrir, deu o braço ao pai, apoiou a cabeça no ombro dele e disse, no seu tom mais meigo:

– Que alegria em ver você, paizinho! Ia precisamente ao seu encontro. Está um dia maravilhoso, não está?

Um pouco surpreso com a jovialidade da filha, Pierre Delmas apertou-a contra si, contemplando as encostas revestidas de cepas cuja disposição regular transmitia uma sensação de ordem e de perfeita calma.

– Um belo dia, de fato. Um dia de paz, mas talvez o último – disse ele com um suspiro.

Perplexa, Léa indagou:

– O último, como? O verão ainda não terminou. E em Montillac o outono é sempre a melhor estação.

Pierre Delmas diminuiu o abraço, proferindo em tom sonhador:

– Sim, é de fato a melhor estação. Mas surpreende-me sua indiferença; à sua volta tudo prenuncia a guerra e você...

– A guerra! A guerra! – interrompeu a filha com violência. – Estou farta de ouvir falar em guerra. Hitler não é tão louco que declare guerra à Polônia. E, depois, mesmo que isso aconteça, em que nos diz respeito? Os poloneses que se arranjem!

– Cale-se! Você não sabe o que diz! – gritou o pai, agarrando-a pelo braço. – Nunca mais fale assim, ouviu? Existe uma aliança entre os nossos dois países e nem a Inglaterra nem a França poderão se esquivar.

– Mas os russos aliaram-se à Alemanha...

– Para grande vergonha deles. E no futuro Stalin vai se dar conta de que fez papel de bobo.

– Mas Chamberlain...

– Chamberlain fará o que a honra exigir, confirmando a Hitler seu propósito de respeitar o tratado anglo-polonês.

– E então?

– Então será a guerra.

Um silêncio povoado de imagens bélicas caiu entre pai e filha. Foi Léa quem o quebrou:

– Mas Laurent d'Argilat é de opinião que não estamos preparados para a luta e que nosso armamento é o mesmo de 1914-18, só presta para o museu da guerra, que a aviação é inexistente, a artilharia pesada, uma lástima...

— Para quem não quer ouvir falar em guerra, vejo que você está bem mais a par do nosso poderio armado do que o seu velho pai. Mas não leva em conta a coragem dos nossos soldados?

— Laurent diz que os franceses não têm vontade de entrar na batalha.

— Será necessário que o façam, no entanto.

— E que se deixem matar por coisa nenhuma, por um conflito que não lhes diz respeito.

— Morrerão pela liberdade...

— Ora, a liberdade! Onde está a liberdade quando se está morto? Eu não quero morrer nem quero que Laurent morra.

Sua voz ficou embargada e Léa virou o rosto para ocultar do pai as lágrimas.

Perturbado pelas palavras da filha, porém, ele não notou sua emoção.

— Se você fosse homem, Léa, eu iria chamá-la de covarde.

— Não sei, papai. Desculpe. Eu o desagrado, mas tenho tanto medo!

— Todos nós temos.

— Laurent não. Garante que cumprirá o dever, embora tenha certeza da derrota.

— As mesmas ideias pessimistas que o pai exprimiu esta tarde.

— Ah... você esteve em Roches-Blanches?

— Estive.

Léa segurou a mão de Pierre Delmas e o puxou, sorrindo com sua expressão mais terna.

— Venha. Voltemos para casa. Se nos atrasarmos, mamãe ficará preocupada.

— Você tem razão — concordou o pai, rendendo-se ao sorriso da jovem.

Pararam em Bellevue para cumprimentar Sidonie, que terminara a refeição da noite e tomava ar fresco sentada em frente de casa.

— Então, Sidonie, em forma?

— Oh, senhor Delmas, poderia estar pior. O sol aquece-rá estes velhos ossos enquanto fizer bom tempo. Além disso, aqui, neste lugar, como quer o senhor que o coração não se sinta contente?

Com um gesto amplo, Sidonie lhes mostrava a magnífi-ca paisagem de onde se contemplava, afirmava ela, os Pireneus em dias de céu límpido. O pôr do sol arrancava reflexos do verde-esmeralda das vinhas, dourando os cami-nhos poeirentos e os telhados das adegas e projetando sobre todas as coisas uma paz enganosa.

— Entrem para tomar alguma coisa.

Nesse instante, ouviram o primeiro toque de sineta anunciando o jantar, o que lhes permitiu se esquivarem do licor de cassis.

Caminhando de braço dado com o pai, Léa perguntou:

— Além da guerra, de que mais falou o senhor d'Argilat? Conversaram sobre a festa de amanhã?

Querendo apagar do espírito da filha os ecos da conver-sa anterior, Pierre Delmas respondeu:

— Será uma bela festa, uma festa como há muito tempo não se vê. Vou mesmo lhe revelar um segredo se você pro-meter nada dizer a suas irmãs, que são incapazes de segurar a língua.

Maquinalmente, Léa diminuiu o passo, sentindo as per-nas subitamente pesadas.

— Um segredo?

— O senhor d'Argilat anuncia amanhã o casamento do filho.

Léa parou, sem voz.

– Não quer saber com quem?

– Com quem? – conseguiu articular.

– Com a prima, Camille d'Argilat. Não é surpresa para ninguém. Mas, devido aos rumores que correm sobre a guerra, Camille quer apressar a data do casamento. Mas... o que você tem?

Pierre Delmas reteve a filha, que parecia prestes a cair.

– Está muito pálida, minha querida. Que se passa? Sente-se doente? É por causa do casamento de Laurent? Você está apaixonada por ele?

– Sim. Amo-o e ele me ama.

Espantado, Pierre Delmas encaminhou a filha para um banco à beira do caminho, obrigando-a a sentar, e deixou-se cair a seu lado.

– O que você me diz? Laurent nunca poderia lhe falar de amor, pois sabe desde sempre que está destinado à prima. O que a faz acreditar que ele a ama?

– Eu sei, é tudo.

– É tudo!...

– Vou lá dizer a ele que o amo. Assim, não se casará com a idiota da prima.

Pierre Delmas olhou a filha com tristeza, depois com severidade.

– Em primeiro lugar, Camille d'Argilat não é nenhuma idiota. É uma moça encantadora, bem-educada e muito culta; exatamente o tipo de mulher que convém a Laurent.

– Tenho certeza de que não.

– Laurent é um homem de princípios rígidos. Alguém como você bem depressa se aborreceria junto dele.

– Não importa. Amo-o tal como é e vou lhe dizer.

– Não vai lhe dizer coisa nenhuma. Não permito que minha filha se atire diante de um homem que ama outra mulher.

— Mas isso não é verdade! – exclamou Léa. – É a mim que ele ama.

Diante do rosto alterado da filha, Pierre Delmas teve um instante de hesitação e depois asseverou:

— Laurent não a ama. Ele próprio me anunciou com alegria o casamento.

O grito que saiu da garganta de Léa atingiu o pai como um golpe. Sua Léa, que era apenas uma criança de colo; ainda não havia muito ia ter com ele à cama, assustada pelo lobo das histórias da boa Ruth; sua Léa agora estava apaixonada.

— Minha ruivinha, minha querida, minha ovelhinha, por favor...

— Papai, oh, papai!...

— Calma... calma... eu estou aqui. Limpe as lágrimas. Sua mãe fica doente se vir você nesse estado. Prometa que será razoável. Você não deve se rebaixar admitindo a Laurent que o ama. Tem de esquecê-lo.

Mas Léa deixara de ouvir o pai. Em seu espírito perturbado nascia aos poucos uma ideia que a serenava. Aceitou o lenço que Pierre Delmas lhe estendia, assoou-se barulhentamente – "não como uma senhora da sociedade", conforme teria observado Françoise – e ergueu o rosto pálido mas sorridente.

— Você tem razão, papai. Vou esquecê-lo.

O espanto surgido na face do pai devia ser cômico, pois Léa gargalhou.

"Decididamente, não entendo nada de mulheres", pensou Pierre Delmas, aliviado de enorme peso.

O segundo toque da sineta os fez acelerar o passo.

LÉA SUBIU correndo para o quarto, contente por escapar ao olhar vigilante de Ruth, lavou o rosto com água fria, escovou os cabelos. Contemplou com indulgência seu reflexo no espelho. "Os estragos não são grandes", pensou, talvez apenas os olhos estivessem um pouco mais brilhantes que de hábito...

2

Pretextando dores de cabeça – o que lhe valera a solicitude de Ruth e uma carícia preocupada da mãe, concordando ambas que sua testa parecia um pouco quente –, Léa não acompanhara a família ao passeio quase cotidiano depois do jantar. Refugiara-se no cômodo da casa a que se continuava a dar o nome de "quarto das crianças".

Tratava-se de uma sala enorme situada na ala mais antiga da construção, próxima dos quartos dos criados e de um quarto em que se guardavam coisas sem uso. O "quarto das crianças" era uma grande bagunça onde se empilhavam malas de vime cheias de roupas fora de moda, roupas que tinham sido as delícias das pequenas Delmas quando, em dias de mau tempo, brincavam de fantasias; manequins de costureira de peito tão largo e de curvas tão exageradas que pareciam caricaturas de corpos femininos; caixotes transbordantes de livros valiosos, que pertenceram a Pierre Delmas ou aos irmãos. Fora nesses mesmos livros, muitos de conteúdo bem-elaborado, que Léa e as irmãs tinham aprendido a ler. A sala, de vigas enormes, iluminada por janelas altas e fora do alcance das crianças, o pavimento de ladrilhos desbotados e desconjuntados, por vezes partidos, coberto de velhos tapetes desbotados, de paredes forradas com papel com desenhos meio apagados, representava outro refúgio para Léa. Ali, em meio aos velhos brinquedos de infância, encolhida em cima da alta cama de ferro onde dormira até os 6 anos, a jovem lia, sonhava ou chorava, embalando a velha boneca preferida, ou adormecia enroscada, os joelhos tocando o queixo, encontrando nessa posição a serenidade do belo bebê sorridente e calmo de antigamente. A derradeira claridade do dia iluminava levemente a peça, deixando nela recantos obscuros. Léa, sentada na cama com os braços envolvendo as pernas dobradas, as sobrancelhas franzidas, fixava sem ver o retrato de uma antepassada longínqua que se diluía nas sombras. Desde quando amava Laurent d'Argilat? Desde sempre? Não, não era verdade. No ano anterior, nem sequer dera ainda pela sua presença, tal como acontecera com ele em relação a ela, aliás. Tudo principiara durante aquele ano, nas últimas férias da Páscoa, quando Laurent ali estivera em visita ao pai doente. Como sempre fazia em cada temporada, viera cumprimentar o casal Delmas.

NESSE DIA, Léa estava sozinha na saleta da entrada, absorta na leitura do último romance de François Mauriac, o vizinho mais próximo deles. Concentrada que estava, não ouvira a porta abrir-se. Estremeceu e ergueu a vista ao sentir a aragem fresca da primavera ainda no começo, impregnada do forte odor da terra molhada. Surpresa, descobriu então um belo homem alto e louro, em traje de montaria, segurando nas mãos enluvadas o chicote de cavaleiro. Fitava-a com tão intensa admiração que Léa experimentou um vivo prazer. Distraída, não o reconheceu de imediato, sentindo o coração bater com mais força. O rapaz sorriu e Léa descobriu, finalmente, de quem se tratava. Com um salto, atirou-se-lhe ao pescoço num impulso infantil.

    – Laurent!

    – Léa?

– Sim, sou eu.

– Como é possível! A última vez que a vi, era ainda uma garota, seu vestido estava rasgado, as pernas esfoladas, os cabelos despenteados. E agora... descubro uma jovem encantadora e elegante. – Ele a fez girar como que para melhor apreciá-la. – Os cabelos arrumados. (Naquele dia, Léa entregara-se às mãos de Ruth, que havia arrumado os caracóis em perfeitas espirais, dando-lhe o aspecto de uma castelã da Idade Média.)

– Então, você gosta de mim assim?

– Mais do que consigo dizer.

Os grandes olhos cor de violeta pestanejaram ingenuamente, como Léa sempre fazia quando queria seduzir alguém. Quantas vezes lhe tinham dito que ela ficava irresistível com aquela expressão?

– Não me canso de admirá-la. Que idade você tem?

– Faço 17 anos em agosto.

– Minha prima Camille tem mais dois que você.

Por que motivo experimentara tão grande desagrado ao ouvir tal nome? A boa educação exigia que pedisse a Laurent notícias da família que tão bem conhecia, mas era-lhe intolerável a ideia de pronunciar o nome de Camille.

Laurent d'Argilat quis saber notícias dos pais e das irmãs. Sem ouvir as perguntas, Léa respondia sim ou não ao acaso, atenta apenas ao tom da voz que a fazia estremecer.

Surpreendido, o rapaz calou-se, observando-a com mais atenção. E Léa teve certeza de que ele a teria abraçado se a mãe e as irmãs não entrassem na sala de modo abrupto.

– Então Laurent está aqui e você não nos chama, Léa?

O jovem beijou a mão que Isabelle Delmas lhe estendia.

– Vejo agora de quem Léa herdou tão belos olhos – observou ele, endireitando a cabeça.

– Ah, não lhe diga que é bonita. Léa o sabe mais do que seria necessário.

– E nós? – exclamaram Françoise e Laure em conjunto.

Laurent inclinou-se e ergueu a pequena Laure nos braços.

– Todos sabem que as mulheres de Montillac são as mais bonitas da região – asseverou ele.

A mãe convidou Laurent para jantar. E Léa permaneceu mergulhada num clima de encantamento até mesmo quando ele aludiu pela primeira vez à eventualidade de uma guerra. Ao partir, despediu-se dela com um beijo na face, beijo mais demorado – tinha certeza – do que os dispensados às irmãs. Por um breve instante ela cerrou as pálpebras de emoção. Ao reabri-las, viu Françoise olhando-a com maldosa incredulidade. Depois, na escada que conduzia aos quartos, ela lhe sussurrou:

– Ele não é para você.

Entregue à recordação feliz daquela noite, Léa não rebateu o dito da irmã, fato que, mais do que qualquer outra coisa, contribuiu para surpreender Françoise.

UMA LÁGRIMA deslizou pelo rosto de Léa.

A noite caíra por completo. Na casa, até então mergulhada em silêncio, ressoaram as vozes dos seus moradores, que se recolhiam após o passeio. Léa adivinhou os gestos do pai ao acender o fogo na lareira da sala a fim de expulsar a umidade, ao sentar-se no sofá, apoiando os pés nas ferragens da lareira, ao pegar o jornal e os óculos pousados na pequena mesa oval; a mãe trabalhando na tapeçaria, sua face doce e bela iluminada pelo candeeiro de quebra-luz de seda cor-de-rosa; Ruth, um pouco afastada, junto do candeeiro grande, dando os últimos retoques nas bainhas dos vestidos para a festa do dia seguinte; e Laure brincando com um quebra-cabeça ou com uma de suas bonecas em miniatura de que tanto gostava. Subiram até ela os primeiros acordes de uma valsa de Chopin – Françoise estava tocando piano. Léa gostava de ouvi-la tocar; admirava-lhe o talento, sem nunca ter lhe dito, bem entendido... Esse mesmo calor familiar que por vezes tanto a exasperava fazia-lhe falta, nessa noite, no frio negrume do quarto das crianças. Desejou, sem chegar a se mexer, estar sentada aos pés da mãe, no tamborete que era reservado só para ela, contemplar as chamas ou, então, de cabeça encostada nos joelhos maternos, a pensar no amor e na glória ou, ainda, a ler um livro ou, melhor, a folhear os velhos álbuns de fotografias de capas gastas que a mãe guardava como relíquias.

Quase todos os dias, desde o início do verão, Laurent visitara Montillac. Acompanhava Léa nas galopadas através das vinhas ou levava-a a passear no seu carro novo, em visita aos arredores, cruzando as estradas de Landes em alta velocidade, por estradas de retas quase hipnotizantes. Léa, a nuca apoiada no encosto do assento do conversível, não se cansava do desfile monótono dos cimos dos pinheiros que varavam o céu de um falso azul de cartão-postal. Eles raramente estavam sozinhos em tais excursões. Léa tinha certeza, porém, de que a presença dos outros se destinava apenas a salvaguardar as conveniências, e ela estava grata a Laurent por não demonstrar a desajeitada solicitude dos irmãos Lefèvre. Ele, pelo menos, sabia conversar sobre outros assuntos além de caça, vinhos, florestas e cavalos. Léa esquecia-se de que, antes de tornar a vê-lo, detestara seus sutis comentários sobre romancistas ingleses e americanos. Para agradar-lhe, lera Conrad, Faulkner e Fitzgerald nos textos originais, o que para ela representava grande provação, pois lia mal em inglês. Em geral tão impaciente, Léa suportava até os acessos de melancolia de

Laurent, que sobrevinham a cada vez que ele pensava na inevitável guerra.

– E saber que tantos homens serão sacrificados por causa de um aquarelista de segunda ordem! – comentava o rapaz com tristeza.

Léa aceitava nele tudo o que detestava nos outros, sentindo-se recompensada por um sorriso, um olhar de ternura ou uma leve pressão em sua mão.

– VOCÊ ESTÁ aí, Léa?

A porta abriu-se, projetando um retângulo de luz no quarto mergulhado em trevas. Léa sobressaltou-se ao ouvir a voz da mãe. Soergueu-se, fazendo ranger a cama.

– Estou, sim, mamãe.

– O que faz no escuro?

– Estou pensando.

A claridade da lâmpada direta atingiu-lhe brutalmente os olhos, que Léa protegeu com os braços.

– Apague a luz, por favor, mamãe.

Isabelle Delmas obedeceu e atravessou o quarto, passando por cima de uma pilha de livros que atrapalhava o caminho. Sentou-se junto à cama, num velho genuflexório rasgado, e passou a mão pelos cabelos desalinhados da filha.

– Que é que não vai bem, querida? Diga-me.

Léa sentiu os soluços subirem pela garganta e um desejo urgente de desabafar. Sabendo da rigidez de princípios da mãe quanto a tais assuntos, resistiu à ideia de confessar o amor que dedicava a um homem prestes a casar-se com outra. Por nada deste mundo desejava magoar aquela mulher um pouco distante que tanto admirava, a mulher que venerava e a quem tanto queria se assemelhar.

– Fale comigo, minha pequenina. Não me olhe assim com esse ar de bicho preso numa armadilha.

Léa procurou sorrir, falar da festa do dia seguinte, do vestido novo, mas sua voz se estrangulou e, desfeita em lágrimas, lançou-se ao pescoço da mãe, soluçando.

– Tenho tanto medo da guerra!

3

Cedo, na manhã seguinte, ecoavam pela casa os gritos, o riso e os passos das três irmãs. Ruth não sabia para onde se virar diante das exigências de suas três "pequenas". Procurava por toda parte carteiras, chapéus, sapatos...

– Apressem-se! Seus tios e primos estão chegando.

De fato, três automóveis acabavam de parar junto ao terraço. Luc Delmas, irmão mais velho de Pierre, célebre advogado de Bordeaux, partidário obstinado de Maurras, trouxera os três filhos mais novos: Philippe, Corinne e Pierre. Léa não gostava deles, achando-os afetados e fingidos, à exceção de Pierre, a quem todos chamavam por Pierrot para distingui-lo do padrinho, de quem prometia ser bem diferente: aos 12 anos, fora expulso, por insolência e crueldade, de todos os estabelecimentos de ensino religiosos de Bordeaux e estudava num liceu, para grande descontentamento dos pais.

Bernadette Bouchardeau, viúva de um coronel, transferia toda a necessidade de ternura para o filho único, Lucien, nascido pouco tempo antes da sua viuvez. Com 18 anos, o rapaz já não conseguia suportar a solicitude materna e esperava a primeira oportunidade para afastar-se dela.

Adrien Delmas, dominicano, "a consciência da família", gostava de implicar com Pierre, o irmão. De todos os sobrinhos e sobrinhas, Léa era a única que não se deixava intimidar pelo frade, um colosso a quem o hábito branco tornava ainda mais impressionante. Orador notável, pregara pelo mundo inteiro e mantinha correspondência regular com personalidades religiosas de todos os credos. Falava várias línguas e fazia frequentes viagens ao exterior.

Na alta sociedade de Bordeaux, tal como no seio da família, o padre Adrien era tido como revolucionário. Não concedera ele asilo a refugiados espanhóis violadores de freiras e de sepulturas, refugiados do seu país após a queda de Barcelona? Não era amigo do escritor socialista inglês George Orwell, ex-tenente da 29ª Divisão, que ferido e sob um calor tórrido havia errado de cafés para estabelecimentos de banhos, dormindo à noite em casas arruinadas ou pelos matos, até conseguir passar para a França, onde Adrien lhe oferecera hospitalidade? Era também o único dos irmãos a denunciar como injusto o acordo de Munique, predizendo que semelhante covardia não iria evitar a guerra. Apenas o senhor d'Argilat tinha a mesma opinião.

Raymond d'Argilat e Adrien Delmas eram amigos de longa data. Apreciavam Chamfort, Rousseau e Chateaubriand, mas tinham opiniões opostas quanto a Zola, Gide e Mauriac, voltando a estar de acordo em relação a Stendhal e a Shakespeare. As discussões literárias entre eles prolongavam-se às vezes por horas seguidas. Quando o padre Delmas se deslocava em visita a Roches-Blanches, os criados comentavam:

– Olhe, lá vem o padre de novo com seu Zola! Mas já é tempo de saber que o patrão não concorda com ele.

DE TODAS AS JOVENS presentes, era Léa a única a usar traje de cor escura, motivo para espanto nesse fim de manhã de verão. Insistira com a mãe durante muito tempo até obter permissão para encomendar o vestido de seda preta e pesada, com minúsculas flores vermelhas. O modelo realçava-lhe a elegância do porte, o arredondado dos seios e a curvatura das ancas. Nos pés sem meias usava sandálias de salto alto, de couro vermelho. Cobria-lhe a cabeça um chapéu de palha preta, enfeitado com um raminho de flores combinando com os sapatos, caído sobre um dos olhos num jeito arrogante. Na mão, trazia uma carteira, também vermelha.

Como é óbvio, os irmãos Lefèvre foram os primeiros a precipitar-se para Léa. Lucien Bouchardeau veio cumprimentá-la em seguida.

— Muito bem-torneada, nossa priminha — cochichou ele ao ouvido de Jean.

Philippe Delmas aproximou-se por sua vez e beijou a prima, corando. Léa abandonou-o de imediato, virando-se para Pierrot, que se lançou a seu pescoço, quase desequilibrando seu chapéu.

— Meu querido Pierrot, estou muito contente por vê-lo — disse ela, correspondendo aos beijos do rapaz.

Afastando o grupo dos admiradores, o dominicano de hábito branco conseguiu aproximar-se da sobrinha.

— Deixem-me passar. Quero dar um beijo em minha afilhada — disse ele.

— Oh, tio Adrien, você também veio! Estou tão contente! Mas o que se passa? Parece preocupado.

— Nada, minha pequena. Não é nada. Como você cresceu! Quando penso que a peguei no colo para levá-la à pia batismal! Temos de pensar em casá-la. Creio que pretendentes não faltam.

— Oh, tio! — exclamou Léa, com charme, agitando o chapéu.

— Vamos, vamos! Se não, chegaremos atrasados a Roches-Blanches. Todos para os carros! — gritou Pierre Delmas com uma animação forçada.

Lentamente, todos se dirigiram para os abrigos onde os automóveis estavam estacionados. Léa fez questão de acompanhar o padrinho, para grande desapontamento dos irmãos Lefèvre, que tinham polido o velho Celtaquatre em sua homenagem.

— Vão à frente na sua charanga — ordenou ela. — Encontramo-nos em Roches-Blanches. Posso guiar, tio?

— Sabe?

— Sei. Mas não diga a mamãe. Papai me deixa guiar de vez em quando e me ensina o código de trânsito. É o mais difícil. Espero fazer o exame em pouco tempo.

— Mas é tão nova ainda!

— Papai garantiu que daríamos um jeito.

— Muito me admira! Por enquanto, mostre-me o que você sabe fazer.

Lucien, Philippe e Pierrot também entraram no carro. Ajeitando o hábito branco, o frade foi o último a entrar, depois de ter dado uma volta na manivela para ligar o motor.

— Maldito!... — exclamou Adrien quando a sobrinha arrancou com certa brusquidão.

— Desculpe, tio, mas não estou habituada ao seu automóvel.

Após alguns solavancos que sacudiram bastante os passageiros, Léa conseguiu dominar o veículo.

Foram os últimos a chegar a Roches-Blanches, a propriedade do senhor d'Argilat, perto de Saint-Emilion. Chegava-se ao castelo por uma longa alameda de carvalhos. A arquitetura elegante do edifício, do final do século XVIII, contrastava bastante com a dos castelos vizinhos, todos em estilo neogótico da segunda metade do século XIX. Laurent e o pai eram muito apegados à casa, que conservavam e embelezavam sempre que podiam.

Ao descer do automóvel, a saia sobreposta do vestido de Léa abriu-se, revelando um bom pedaço de perna. Raul e Jean Lefèvre não puderam conter um assobio de admiração, logo se arrependendo, porém, perante os olhares ferozes das senhoras e das moças.

Um criado foi estacionar o automóvel num pátio atrás da construção.

Os convidados aglomeravam-se em frente ao castelo. Léa percorreu a multidão com os olhos, procurando apenas uma pessoa: Laurent. O pequeno grupo encaminhava-se para cumprimentar o dono da casa.

— Ora, até que enfim você chegou, Léa! Nenhuma festa tem sucesso sem o seu sorriso e a sua beleza – disse Raymond d'Argilat, contemplando a moça com afeto.

— Bom dia, senhor d'Argilat. Laurent não está?

— Claro que sim. Ele não poderia faltar! Está mostrando para Camille as reformas que fizemos.

Léa estremeceu. O sol parecia ter desaparecido desse belo dia de setembro. Pierre Delmas notou a mudança de atitude da filha. Pegou-a pelo braço e afastou-se um pouco com ela.

— Por favor, nada de cenas, nada de lágrimas – disse ele. – Não quero que minha filha sirva de espetáculo.

— Não é nada, papai – garantiu Léa, reprimindo os soluços. – Apenas um pouco de cansaço. Passará depois de comer.

Tirando o chapéu, a jovem, de cabeça erguida, foi juntar-se aos admiradores instalados ao redor da mesa onde haviam sido colocadas as bebidas. Sorriu com os ditos deles, riu com os gracejos, enquanto saboreavam um delicioso *château-d'Yquem*. Mas na sua mente ecoava sempre a mesma frase: "Ele está com Camille."

A festa anunciava-se magnífica. O sol brilhava no céu sem nuvens, o gramado, regado de manhã cedo, tinha uma cor verde profunda e exalava o aroma da erva recentemente cortada. As roseiras, em tufos, embalsamavam a atmosfera.

Uma grande tenda branca e cinzenta abrigava o bufê servido com abundância. Atrás das mesas alinhavam-se criados vestidos de branco. Aqui e acolá, dispunham-se mesas, cadeiras e bancos de jardim, sombreados por guarda-sóis. Os vestidos claros das senhoras, seus movimentos e gargalhadas conferiam à reunião uma nota frívola que contrastava com as expressões sombrias de alguns homens. Até mesmo Laurent d'Argilat, em homenagem ao qual toda aquela gente ali se reunira, pareceu a Léa pálido e tenso quando surgiu, por fim, de braços dados com uma jovem de rosto doce e radiante de felicidade, envolta num vestido branco e singelo. À sua chegada, todos os convidados aplaudiram, à exceção de Léa, que arrumou os cabelos.

Raymond d'Argilat fez sinal de que queria falar.

— Meus amigos – principiou –, reunimo-nos aqui neste primeiro dia de setembro de 1939 para festejar o aniversário e o noivado de meu filho Laurent com sua prima Camille.

Os aplausos redobraram.

— Obrigado, meus amigos – prosseguiu ele. – Obrigado por terem comparecido em tão grande número. É para mim uma enorme alegria tê-los hoje aqui em casa. Bebamos, comamos e estejamos alegres neste dia festivo...

D'Argilat foi obrigado a interromper-se, a voz estrangulada pela emoção. O filho adiantou-se com um sorriso rasgado, exclamando:

— Que a festa comece!

Léa fora sentar-se um pouco à parte, acompanhada por seus admiradores. Todos reivindicavam a honra de servi-la e logo ela dispunha de comida suficiente para alimentar-se por vários dias. Ria, conversava, multiplicava sorrisos e olhadelas intencionais, sob os olhares despeitados das outras jovens, a quem escasseavam galanteadores.

Nunca Léa se mostrara tão alegre. Mas o mais leve sorriso magoava-lhe os maxilares. As unhas enterravam-se de raiva nas palmas das mãos úmidas, atenuando, por meio da nova dor, o sofrimento que a atormentava. Julgou que iria morrer quando viu Laurent dirigir-se ao grupo, trazendo a seu braço a noiva, visivelmente tomada de alegria, seguida pelo irmão.

— Bom dia, Léa. Ainda não tinha tido oportunidade de cumprimentá-la — disse Laurent, inclinando-se em frente das jovens. — Lembra-se de Léa, Camille?

— Claro que me lembro! — respondeu ela, largando o braço do noivo. — Como poderia esquecê-la?

Léa erguera-se e observava a rival, que considerava indigna dela. Permaneceu hirta quando Camille lhe deu um beijo em cada face.

— Laurent falou muito de você. Gostaria que fôssemos amigas.

Não parecera notar o pouco empenho de Léa em corresponder aos seus beijos. Empurrou para diante dela o irmão, um jovem de ar tímido.

— Lembra-se do meu irmão Claude? Morria de vontade de revê-la.

— Bom dia, Léa.

Como se parecia com a irmã!

— Vem, querida, não podemos esquecer os outros convidados — disse Laurent, arrastando consigo a noiva.

Léa ficou vendo-os afastar-se, invadida por tamanho sentimento de abandono que só com dificuldade conseguiu reter as lágrimas.

— Posso juntar-me a vocês? — perguntou Claude.

— Dê-lhe seu lugar — ordenou Léa com rudeza, empurrando Raul Lefèvre, instalado à sua direita.

Surpreso e chateado, Raul levantou-se, aproximando-se do irmão.

– Não acha que Léa está bastante esquisita hoje? – perguntou o rapaz a Jean.

Este encolheu os ombros sem responder.

Léa ofereceu a Claude um prato de frios.

– Tome. Eu não toquei nele.

Claude sentou-se, pegou o prato e agradeceu, corando.

– Vai ficar algum tempo em Roches-Blanches? – perguntou Léa.

– Muito me admiraria. Com o que se prepara...

Mas Léa já deixara de ouvi-lo. Assaltara-a subitamente uma ideia: "Laurent nem sequer sabe que o amo."

A descoberta deu a seu rosto tamanha expressão de alívio, seguida de uma gargalhada tão alegre, que todos a fitaram com espanto. Ergueu-se e encaminhou-se para o local que todos chamavam "pequeno bosque". Claude d'Argilat e Jean Lefèvre precipitaram-se no seu encalço, mas foram repelidos sem a mínima cerimônia.

– Deixem-me tranquila, quero ficar só.

Amargurados, os dois rapazes regressaram à mesa, em redor da qual se aglomeravam os convidados.

– Acha que entraremos no conflito? – perguntava Raul Lefèvre a Alain de Russay, que, um pouco mais velho, lhe parecia mais capacitado a fornecer respostas sérias.

– Sem dúvida – asseverou ele. – Não ouviram as notícias no rádio ontem à noite? Entrega imediata de Dantzig à Alemanha, o ultimato lançado à Polônia em seguida às propostas feitas por Hitler ao plenipotenciário polonês, válidas até 30 de agosto à noite. Estamos em 1º de setembro. A esta mesma hora, podem estar certos de que o *gauleiter* Forster já proclamou a anexação de Dantzig ao Reich e de que a Alemanha invadiu a Polônia.

— Então é a guerra! – disse Jean Lefèvre em voz subitamente envelhecida.

— Sim, é a guerra.

— Que bom, vamos à batalha! – brincou Lucien Bouchardeau.

— Vamos, sim, e venceremos – declarou Raul Lefèvre, com fervor infantil.

— Estou menos certo disso do que você – respondeu Philippe Delmas em tom fatigado.

Léa ATRAVESSOU correndo o vasto prado que conduzia ao pequeno bosque. Dali, à sombra das árvores, via-se toda a propriedade dos d'Argilat. Era uma boa terra, mais rica e mais bem-localizada do que Montillac, produtora de vinho mais generoso. Léa sempre gostara da Roches-Blanches. Olhava aqueles campos, as vinhas, os bosques e o castelo com orgulho de proprietária.

Não, ninguém melhor que ela sabia amar e compreender aquela terra, com exceção do pai e do senhor d'Argilat... e de Laurent, bem-entendido, Laurent! Ele amava-a, não havia a mais leve dúvida. Mas não sabia que era correspondido. Considerava-a ainda uma criança. No entanto, era pouco mais nova do que Camille. Que veria Laurent nessa magricela de peito chato, malvestida, desajeitada, que parecia recém-saída do convento? E o penteado? Como podia alguém pentear-se assim naquela época? Uma coroa de tranças de um louro deslavado! Só lhe faltava o nó alsaciano. O penteado ideal para esse tempo de fúria patriótica. E sua falsa gentileza? "Gostaria muito que fôssemos amigas..." E isso ainda! Não, decididamente, Laurent não amava aquela insípida. Num gesto cavalheiresco de bastante mau gosto, julgava-se obrigado a respeitar uma promessa feita no berço. Mas, quando soubesse que ela, Léa, o amava, romperia o noivado para fugir com ela.

Na exaltação das suas fantasias, Léa não dera pela presença de um homem encostado a uma árvore, a observá-la com ar divertido.

Ufa, sentia-se melhor! Bastava um pouco de solidão e de reflexão para pôr as ideias no lugar. Agora estava mais tranquila; tudo correria ao sabor dos seus desejos. Ergueu-se e bateu com o punho direito na palma da mão esquerda, gesto herdado do pai, que ele fazia ao tomar qualquer decisão.

— Hei de tê-lo! – exclamou.

Sobressaltou-a uma gargalhada.

— Tenho certeza de que sim – disse uma voz em tom falsamente respeitoso.

— Credo, você me assustou! Quem é você?

— Um amigo do senhor d'Argilat.

— Muito me admiraria... Oh, perdão!

O homem riu de novo. "Ele quase fica bonito quando ri", pensou Léa.

— Não se desculpe, pois não errou. De fato, pouco temos em comum, eu, este seu humilde servidor, e os respeitáveis senhores d'Argilat; apenas alguns interesses. Aliás, vou aborrecer-me na companhia deles.

— Como pode dizer semelhante coisa? São os homens mais corteses e cultos da região!

— Precisamente o que eu dizia.

— Oh!...

Léa olhou com curiosidade o interlocutor. Ouvia pela primeira vez falar com tanta desenvoltura dos proprietários de Roches-Blanches. O homem à sua frente era alto, de cabelos castanhos penteados com cuidado, olhos azuis insolentes realçados pela tez queimada, de rosto um tanto feio e traços vincados, boca de lábios grossos que se abriam sobre belos dentes. Mascava um charuto torcido, do qual se desprendia um cheiro medonho. O terno cinza-claro com finas listras brancas, de corte elegantíssimo, contrastava violentamente com a pele curtida e com o horroroso charuto.

Léa fez um gesto com a mão, como para afastar o odor pestilento.

— O fumo a incomoda? Um mau hábito que adquiri na Espanha. Mas agora pertenço à alta sociedade bordalesca e terei de acostumar-me de novo aos havanas – explicou, jogando fora o charuto, que esmagou cuidadosamente com o pé. – A verdade, porém, é que, com a guerra, nos arriscamos a ficar sem eles.

— A guerra... a guerra... Vocês, os homens, têm sempre na boca esta palavra. Por que haveríamos de entrar em guerra? Isso não me interessa.

O indivíduo olhou-a com um sorriso, tal como se olha uma criança caprichosa.

— Tem razão. Sou um bruto ao importunar deste modo uma jovem com assuntos de tão pouca importância. É preferível falarmos de você. Tem noivo? Não? Talvez um namorado. Nem mesmo isso? Não acredito. Vi-a há pouco rodeada por um grupo de rapazes amáveis que me pareceram bastante atraídos por você, exceto o feliz noivo, evidentemente.

Léa, que tornara a sentar-se, ergueu-se bruscamente.

— O senhor está me importunando, deixe-me encontrar meus amigos.

O homem inclinou-se numa vênia irônica, gesto que encolerizou a jovem.

— Não a estou impedindo. Longe de mim o propósito de desagradar-lhe ou de disputá-la com aqueles que por você suspiram.

Léa passou diante dele, de cabeça erguida, sem se despedir.

O homem sentou-se no banco. Tirou um charuto da caixa de couro castanho, cortou-lhe a ponta com os dentes, cuspindo-a no chão, e acendeu-o. Sonhador, observou a silhueta elegante que se afastava, a silhueta daquela divertida jovem que não queria ouvir falar de guerra.

Os MÚSICOS começaram a instalar os instrumentos no palco construído sob árvores, diante do olhar interessado dos convidados mais jovens.

O regresso de Léa foi saudado por exclamações dos amigos.

— Onde esteve? Procuramos você por toda parte.

— Não é nada delicado nos abandonar assim.

— Ora – disse Corinne, a prima. – Léa prefere a companhia de homens maduros e um pouco suspeitos à de jovens de boas famílias.

As sobrancelhas de Léa marcaram seu espanto por aquela afirmação.

— A quem você se refere? – perguntou.

— Você não quer que acreditemos que não conhece François Tavernier, com quem estava a arrulhar no pequeno bosque.

Léa encolheu os ombros e encarou a jovem com uma expressão de piedade, replicando:

— De bom grado lhe cederia a companhia desse cavalheiro que vi pela primeira vez e de quem você me disse o nome. Mas o que você quer? Não tenho culpa de os homens me preferirem.

— Sobretudo aquele tipo de homem...

— Você me cansa! Mas, afinal de contas, ele não deve ser tão horrível como você dá a entender, visto que o senhor d'Argilat o recebe em sua casa.

— Léa tem razão. Se o senhor d'Argilat recebe o senhor Tavernier é porque merece ser recebido – interveio Jean Lefèvre, em socorro da amiga.

— Diz-se por aí que é traficante de armas. Segundo parece, vendeu toneladas de armamento aos republicanos espanhóis – murmurou Lucien Bouchardeau.

— Aos republicanos?! – admirou-se Corinne Delmas, esbugalhando os olhos de horror.

— E então? Que tem isso? Os republicanos também precisavam de armas para combater, não é assim? – disse Léa em tom agastado.

Nesse instante, seus olhos encontraram-se com os do tio, o padre Adrien, que parecia fitá-la com um sorriso aprobativo.

— Como pode dizer tal coisa! – exclamou Corinne. – Monstros que violaram freiras, desenterraram cadáveres, que mataram e torturaram!

— E os outros? Não mataram nem torturaram? – contrapôs Léa.

— Mas trata-se de comunistas, de anticlericais...

— E que tem isso? Também tinham direito à vida.

— Como pode dizer semelhantes horrores, você, uma Delmas, quando toda a família rezou pela vitória de Franco?!

— Talvez não houvesse motivo para fazê-lo...

— Eis um assunto demasiado sério para cabecinhas tão bonitas – comentou Adrien Delmas, aproximando-se do grupo. – Não acham melhor prepararem-se para o baile? A orquestra está pronta.

Como uma revoada de pombos, os 15 rapazes e moças que rodeavam Léa correram para o palco construído ao fundo do gramado, sob a enorme tenda de bordas levantadas. Mas Léa não se mexeu.

— Quem é esse François Tavernier? – perguntou ao tio.

O dominicano pareceu surpreendido e embaraçado.

– Não sei ao certo – retorquiu. – Pertence a uma família abastada de Lyon, com a qual cortou relações, aliás, por causa de uma mulher e por divergências políticas, segundo se diz.

– Será verdadeira essa história de tráfico de armas?

– Não sei. Tavernier é homem discreto. Mas, se o fez, salvou, em certa medida, a honra da França, que, no caso da guerra de Espanha, não se portou lá muito bem.

– Como pode falar assim, tio, sendo padre? O papa não deu seu apoio à França?

– Deu, deu... mas o papa pode se enganar.

– Essa é demais, tio! – disse Léa com uma gargalhada. – Pensei que o papa fosse infalível.

Adrien Delmas riu por sua vez.

– Você é uma guria muito esperta! E eu pensando que todas essas histórias... como você diz... não lhe interessavam.

Léa deu o braço ao tio e, caminhando sem pressa, arrastou-o para junto do local do baile, de onde irradiavam os acordes de um *paso-doble* endiabrado.

– Isso é conversa para os outros, tio. Se fosse dar-lhes ouvidos, só falariam disso. E como falam de guerra a torto e a direito, prefiro que se abstenham. Mas para você posso confessar que o tema me interessa bastante. Leio às escondidas todos os jornais e ouço rádio, sobretudo a de Londres.

– Você a ouviu esta manhã?

– Não. Com os preparativos para a festa, não tive tempo. Por...

– Até que enfim chegou, Léa! Esqueceu a promessa de dançar comigo? – disse Raul Lefèvre.

– E comigo também – interveio o irmão.

A contragosto, Léa abandonou o braço do tio, deixando-se conduzir para o pequeno palco. Adrien Delmas voltou-se. Perto dele, fumando seu charuto torcido, François Tavernier contemplava Léa na pista de baile.

DURANTE CERCA de uma hora Léa não parou uma única dança, sempre procurando Laurent com os olhos. Onde estaria? Viu surgir Camille sem ele, em companhia de Françoise. Não podia perder tal oportunidade. Dançava nesse instante com Claude d'Argilat que a cada minuto parecia mais apaixonado. No meio de um *boston*, o rapaz sentiu o corpo dela enfraquecer ligeiramente.

— O que há, Léa? – inquiriu.

— Nada. Só uma tontura. Estou um pouco cansada. Não quer me acompanhar a um lugar sossegado e trazer-me um copo d'água?

Claude apressou-se em afastá-la da balbúrdia. Levou-a para a sombra de uma árvore, a meio caminho entre a casa e o baile. Com movimentos precisos e ternos, instalou-a o melhor que pôde sobre um tufo de relva.

— Não se mexa. Descanse um pouco. Volto já.

Quando Claude se afastou, Léa ergueu-se e correu para a casa. Entrou na estufa, o orgulho da propriedade. Reinava no interior uma atmosfera úmida que se colava à pele. Os ecos da orquestra chegavam ali apenas como um fundo sonoro distante. Pelo chão, alastravam-se as mais exóticas plantas, para depois subirem até a cobertura envidraçada. Uma trilha de pedras ziguezagueava por entre uma espessa vegetação terminando numa gruta artificial, em cujas paredes se agarravam cachos de orquídeas. Uma porta levava à entrada do castelo. Léa empurrou-a. Vindo do salão, chegou até ela o som das vozes do pai, do tio Adrien e do senhor d'Argilat. Escutou – Laurent parecia não estar com eles. Também não o encontrou na biblioteca nem na saleta. Regressou ao jardim de inverno. Sentia no ar um odor de tabaco caro, o perfume dos cigarros de Laurent. Um ponto vermelho cintilava na penumbra, junto de um vaso alto do qual pendiam longos caules pontilhados de flores brancas de aroma inebriante.

– Ah, é você, Léa! Que faz aqui?

– Andava à sua procura.

– Está assim tão farta dos seus apaixonados para abandonar a festa? – perguntou o rapaz, adiantando-se.

Como ele era bonito iluminado por aquela claridade esverdeada! Era impossível não amá-lo. Léa estendeu-lhe a mão.

– Laurent... – murmurou.

O rapaz tocou os dedos nervosos sem parecer notar a perturbação da jovem.

– O que há?

Léa umedeceu com a língua os lábios ressequidos. Sua mão tremeu na de Laurent e sentiu que a dele também estremecera. Então sua garganta desanuviou-se. Percorreu-lhe o corpo um arrepio de volúpia ao murmurar, semicerrando os olhos tal como um animal à espreita da presa:

– Eu o amo, Laurent.

Uma vez pronunciada, a frase trouxe-lhe um alívio enorme. Com as pálpebras cerradas, estendeu o rosto para o companheiro, esperando ser beijada. Mas nada aconteceu. Abriu então os olhos e recuou um passo.

No rosto de Laurent surgira uma expressão de espanto e de contrariedade, tal como acontecia antigamente com o pai diante de qualquer tolice sua. Mas que dissera de tão extravagante? Era natural que Laurent desconfiasse, já que a cortejava; e ela aceitara-o, amava-o. Por que não falava? Sorria apenas. "Um sorriso amarelo", pensou Léa.

— Nada me alegra tanto como sua amizade, querida Léa — disse Laurent por fim.

O quê? De que falava ele? De amizade?!

— Você vai deixar todos os seus admiradores com ciúmes — prosseguiu Laurent.

Mas que conversa aquela! "Eu lhe digo que o amo e ele vem me falar de meus admiradores..."

— Laurent, pare de me arreliar! — exclamou Léa. — Eu o amo, você sabe, e me ama também.

A mão de Laurent, onde perdurava o odor do tabaco, pousou de leve nos lábios da moça.

— Cale-se, Léa! Não diga coisas de que logo pode se arrepender.

— Nunca! Nunca me arrependerei! — trovejou ela, repelindo a mão que a amordaçava. — Eu o amo e o quero. Desejo-o tanto quanto você me deseja. É capaz de negá-lo? É capaz de dizer que não me ama?

Léa não mais esqueceria o rosto perturbado de Laurent naquele momento: todo o universo pareceu nascer e sossobrar nele ao mesmo tempo, um misto de alegria e de receio disputaram a posse daquele espírito nascido para a tranquilidade de um amor sem história.

A beleza de Léa tornara-se magnífica no momento. Os cabelos desalinhados pela cólera, as faces cheias de ardor, os olhos cintilantes, os lábios intumescidos, tudo nela era convite a um beijo.

— Você me ama, não é? Vamos, responda! — insistiu Léa.

— Sim, amo — disse ele num murmúrio.

A alegria iluminou Léa, tornando-a ainda mais bela.

E, de repente, os dois jovens estavam nos braços um do outro e os lábios uniram-se com louca avidez. Depois, num

gesto brusco, Laurent repeliu-a. Léa, de boca úmida e entreaberta, encarou-o com espanto e ternura.

– Somos doidos, Léa. Esqueçamos isto.

– Não! Eu o amo e quero me casar com você.

– É meu dever casar com Camille.

Os olhos cor de violeta fitaram-no perdidamente, tornando-se pouco a pouco mais escuros.

– Mas é a mim que você ama! – gritou Léa. – Se o casamento o assusta, então fujamos daqui. Meu único desejo é
viver com você.

– Não é possível. Meu pai já anunciou o noivado com
Camille. Quebrar tal compromisso significaria a morte de
ambos.

– E eu? Não tem medo de que eu morra? – perguntou
Léa, batendo-lhe com o punho fechado.

A frase fez aparecer um ligeiro sorriso na face pálida
de Laurent. Agarrou Léa pelos ombros e disse, sacudindo a
cabeça:

– Não, você não. É forte e nada consegue derrubá-la.
Há dentro de você um instinto de vida que nem eu nem
Camille possuímos. Pertencemos a uma estirpe demasiado
envelhecida, de sangue e nervos já gastos. Necessitamos da
calma das nossas bibliotecas... Não, deixe-me prosseguir. Eu
e Camille somos muito semelhantes, temos os mesmos
pensamentos, amamos o mesmo gênero de existência, estu-
diosa e severa...

– Também gosto de estudar.

– Claro – prosseguiu Laurent em tom enfastiado. –
Mas bem depressa você se aborreceria junto de mim. Gosta
de dançar, de namorar, gosta do barulho, do mundo, tudo
que eu detesto.

– E você não flertou comigo?

– Não, acho que não. Meu erro foi vê-la com demasiada frequência, foi estar demais com você a sós...

– E me fazer crer que me amava – interrompeu a jovem.

– Não desejei que isso acontecesse. Tinha tanto prazer em vê-la viver, tão livre, tão orgulhosa, tão bela... Sentia-me tranquilo, pois não imaginei que pudesse interessar-se por alguém tão aborrecido como eu.

– Nunca me aborreceu.

– Estava grato por me escutar... Tudo em você exaltava a vida naquilo que ela tem de mais natural.

– Mas me ama; você me disse.

– Fiz mal. Como não amá-la como se ama a uma felicidade impossível?

– Nada é impossível. É preciso apenas um pouco de coragem.

Laurent olhava Léa, sonhador, como se a não visse.

– Um pouco de coragem, sem dúvida... A coragem que me falta.

Léa sentia crescer aos poucos dentro de si um formigamento de cólera. De súbito, com uma expressão de dureza no rosto, exclamou:

– Você é um covarde, Laurent d'Argilat! Me ama, você disse, e deixa que eu me humilhe. E prefere uma sonsinha feia e malvestida, que lhe dará uma ninhada de filhos tímidos e aleijados.

– Cale-se, Léa! Não fale assim de Camille.

– Ora, não vou fazer cerimônia. Que fez essa estúpida para lhe agradar? A menos que você aprecie maneiras afetadas, olhares de soslaio, expressões de amargura, cabelos opacos...

– Léa, por favor...

– Por que motivo você me fez crer que me amava?

– Mas, Léa...

Entregue à raiva, Léa seria incapaz de reconhecer nesse momento que Laurent nunca ultrapassara os limites da amizade. À sua cólera misturava-se a vergonha de se sentir rejeitada. Precipitou-se sobre o rapaz e esbofeteou-o sem pensar.

— Eu o odeio! – gritou.

Uma mancha vermelha surgiu na face pálida de Laurent. A brutalidade do gesto acalmou a jovem, mas mergulhou-a em desespero. Escorregou para o chão e, de fronte encostada nas pedras da gruta e oculta pelas mãos cruzadas, os cabelos em desalinho, rompeu em soluços.

Laurent observava-a com uma expressão de profunda tristeza. Aproximou-se do corpo que tremia pelo pranto, estendeu a mão e tocou-lhe os cabelos macios. Depois voltou-se e abandonou a estufa devagar. A porta fechou-se de mansinho.

O leve ruído do trinco na fechadura interrompeu os soluços de Léa. Tudo terminara! Estragara tudo. Nunca mais Laurent lhe perdoaria a cena ridícula, os insultos. Esse patife! Deixá-la humilhar-se como acabara de fazer! Enquanto vivesse, nunca esqueceria tal vergonha.

Ergueu-se a custo, de rosto lívido, o corpo moído como após uma queda.

— Patife, patife, patife!

Com um pontapé, chutou um vaso onde crescia uma frágil orquídea, que foi estilhaçar-se contra as pedras.

— Ainda não acabou a comédia? – inquiriu uma voz saída da penumbra.

O coração de Léa parou de bater. Sentiu a garganta seca. Voltou-se de chofre.

François Tavernier avançava para ela lentamente.

Léa estremeceu, cruzando os braços sobre o peito.

— Quer que eu a console ou vá buscar um conhaque?

O tom protetor e irônico com que François Tavernier pronunciou a frase fustigou o amor-próprio da jovem.

– Não preciso de nada. Que faz aqui?

– Descansava enquanto esperava para falar com o senhor d'Argilat. É proibido?

– Podia ter avisado de sua presença.

– Você não me deu tempo de fazê-lo, minha cara amiga. Adormeci e só acordei ao ouvi-la declarar seu amor ao filho do nosso anfitrião. Que arrebatamento! Que paixão! O senhor d'Argilat filho não merece tanto...

– Proíbo-o de falar dele nesse tom.

– Peço desculpas, não quero magoá-la, mas tem de concordar que esse encantador cavalheiro se porta como um tolo repelindo tão sedutoras e... concretas propostas.

– O senhor não passa de um bruto.

– Talvez seja. Mas se você tivesse demonstrado o mínimo interesse por mim, eu teria...

– Não vejo que gênero de mulher possa experimentar o mínimo interesse por um indivíduo como você.

– Engana-se, criança. As mulheres, as verdadeiras mulheres, gostam de se sentir desejadas.

– As mulheres com as quais você está acostumado, sem dúvida, mas não as jovens...

– ...bem-educadas. Como você?

Léa sentiu os pulsos aprisionados por uma grande mão que a puxava. Mantendo os braços atrás das costas, viu-se colada ao homem que testemunhara sua humilhação. O ódio que então a dominou fez com que cerrasse as pálpebras.

François Tavernier fitava-a como se pretendesse devassar-lhe os pensamentos, mas nos seus olhos esvaía-se pouco a pouco a centelha de zombaria.

– Deixe-me. Detesto-o.

– Fica-lhe bem a raiva, minha selvagem.

Os lábios dele roçaram docemente os da jovem imobilizada. Léa debatia-se com fúria silenciosa. A mão de François aumentou a pressão, arrancando um grito de sua vítima. Com a outra mão, agarrou-lhe os cabelos desgrenhados. Os lábios com gosto de tabaco e álcool comprimiram-se com mais força contra os dela. Uma onda de raiva submergiu em Léa. Mas, bruscamente, percebeu que correspondia àquele ser ignóbil. Por que a súbita lassidão a invadir-lhe o corpo, o delicioso peso entre as coxas?

– Não! – com um uivo, libertou-se.

Que fazia? Estava louca! Deixar-se beijar, amando outro, por aquele homem que desprezava, que gostaria de ver morto! E ainda se não tivesse sentido prazer com aqueles beijos asquerosos!

– Patife!

– Falta-lhe vocabulário. Ainda há pouco disse o mesmo ao outro.

– Eu o detesto!

– Hoje, sim. Mas... e amanhã?

– Nunca! Eu quero que a guerra estoure e você desapareça!

– Quanto à guerra, seu desejo será ouvido, com certeza. Mas, quanto ao meu desaparecimento, saiba que não tenho a intenção de deixar minha pele num conflito antecipadamente perdido.

– Covarde! Como pode dizer tal coisa?

– Não vejo onde está a covardia em ser lúcido. Aliás, é esta a opinião do nosso querido Laurent d'Argilat.

– Não insulte uma pessoa de quem não pode compreender a grandeza de alma.

O riso estrondoso do homem atingiu Léa com muito mais intensidade do que as palavras contundentes.

– Você me dá nojo.

– Não foi essa a ideia que me passou há instantes.

Reunindo tudo quanto lhe restava de dignidade, Léa saiu, batendo a porta.

NO MEIO do grande saguão pavimentado de mármore branco, junto da escadaria que levava aos quartos, Léa olhou ao redor como alguém que não sabe que rumo tomar.

Exclamações e gritos atravessaram as paredes do escritório do senhor d'Argilat, cuja porta se escancarou violentamente. Léa atirou-se para a sombra da entrada da adega. Laurent d'Argilat e François Tavernier surgiram.

– Que se passa? – inquiriu o segundo.

– Transmitem pelo rádio o apelo de Forster sobre a violação de Dantzig, assim como a notícia da anuência à anexação ao Reich.

Laurent d'Argilat estava tão pálido que François Tavernier perguntou, com mais ironia do que a que tencionara imprimir à frase:

– Então ainda não sabia?

– Claro que sim. Mas com a aprovação de meu pai, de Camille, do padre Adrien, do senhor Delmas e de algumas outras pessoas decidi não divulgar a notícia para não estragar a última festa dos tempos de paz.

– Ora! Se pensa que é melhor assim... E a Polônia? Que disseram da Polônia?

– Desde as cinco horas e quarenta e cinco minutos que a batalha se trava em todas as frentes e Varsóvia foi bombardeada.

Raul e Jean Lefèvre apareceram correndo.

– Vincent Leroy acaba de chegar de Langon. Foi decretada a mobilização geral.

Atrás deles comprimiam-se os convidados inquietos, tentando saber pormenores. Pelos rostos das mulheres corriam já algumas lágrimas.

O senhor d'Argilat saiu do seu escritório acompanhado pelo padre Adrien e por Pierre Delmas.

– Meus amigos, meus amigos – murmurou ele, repentinamente curvado.

Através da porta aberta do escritório ouvia-se o crepitar do receptor de rádio, a que se seguiram vozes falando em alemão, em polonês e, depois, a voz mais forte de um tradutor.

Alguém aumentou o volume do aparelho.

Homens e mulheres de Dantzig: Chegou o momento pelo qual tanto anseiam há vinte anos. A partir de hoje, Dantzig é incorporada ao Grande Reich alemão. O nosso Führer Adolf Hitler libertou-nos. Pela primeira vez a bandeira da cruz gamada, a bandeira do Reich alemão, tremula sobre os edifícios públicos de Dantzig. Irá tremular igualmente a partir de hoje sobre os antigos edifícios poloneses e por todo o porto.

O silêncio pesou sobre o pequeno grupo ali reunido, enquanto o locutor comentava a aprovação de Hitler quanto à reintegração de Dantzig ao Reich, descrevendo os monumentos embandeirados e o regozijo popular.

Artigo 1º: A Constituição da cidade livre é abolida com efeitos imediatos – recitou Adrien Delmas, como se falasse a si mesmo.

A Alemanha iniciou esta manhã as hostilidades contra a Polônia – prosseguia, impávida, a voz no rádio.

– É a guerra – comentou Bernadette Bouchardeau em tom sumido, afundando-se num sofá.

– Oh, Laurent! – exclamou Camille, precipitando-se para os braços do noivo, os olhos cheios d'água.

– Não chore, minha querida. Tudo terminará em breve.

Perto deles, Léa os observava. Na confusão geral, ninguém lhe notara a palidez e os cabelos desalinhados. A jovem esquecera a cena no jardim de inverno, seu amor repelido, para só pensar na possível morte de Laurent.

– Julguei que o odiasse – sussurrou-lhe ao ouvido a voz quente de François Tavernier.

Léa corou, virou-se e, num sopro, respondeu ao interlocutor:

– É a você que odeio. Meu desejo é que você seja o primeiro morto dessa guerra.

– Lamento muito, minha querida amiga, mas, como já lhe disse, não tenho a mais leve intenção de proporcionar-lhe esse prazer. Peça-me tudo o que quiser: joias, peles, casas, e os porei de bom grado a seus pés. Mas minha vida, por muito mísera que seja, tenho empenho em conservá-la.

– Deve ser o único. Quanto a casar comigo...

– Quem falou em casamento? Aspiro apenas a ser seu amante.

– Pati...

– Sim, já sei; sou um patife.

– Cale-se, cale-se. Hitler está falando.

4

Isabelle Delmas insistira com os parentes do marido para que pernoitassem em Montillac. Abriram-se camas desdobráveis, que foram distribuídas pelos quartos de hóspedes, 59 das três filhas e das crianças. Por especial favor, Léa consentiu em ceder sua cama-refúgio a Pierrot, que compreendeu a extensão desse gesto.

À noite, esquecidos da guerra, primos e primas auxiliaram Ruth e Rose, a criada de quarto, a transportar e fazer as camas. Ecoavam pela casa risos, gritos e correrias. Sem fôlego, os jovens, tendo terminado seus trabalhos, deixaram-se cair nas camas, nas almofadas ou mesmo no chão do quarto das crianças, preferindo esse cômodo atulhado, onde ainda pairava o pó levantado pelas vassouradas enérgicas de Rose, ao salão onde os pais se reuniam.

Léa, sentada em sua cama na companhia de Pierrot, jogava com ele *crapaud*. Distraída, ela perdia. Zangada, repeliu as cartas, encostando-se, sonhadora, aos ferros do leito.

— Em que pensa? Não joga?

— Pensa em François Tavernier – sugeriu Corinne.

— Ele só falou com ela – observou Laure.

— Estão enganados, não é em François Tavernier que ela pensa – sussurrou Françoise.

— Então em quem? – inquiriu Corinne.

Léa, manipulando as cartas, se esforçava para mostrar-se indiferente. Que iria dizer àquela impertinente? Já quando eram pequenas, Françoise lhe adivinhava os pensamentos antes de todos, as asneiras que praticara, os locais onde se escondia. Isso enfurecia Léa a tal ponto que chegava a bater na sua irmã mais velha. Quantas vezes Ruth não fora obrigada a separar as briguentas! Françoise vigiava-a constantemente, contando à mãe a menor de suas faltas. Isabelle Delmas, não admitindo a delação, castigava Françoise com severidade, o que acentuara o desentendimento entre as duas.

— Em quem? – repetiram as duas primas.

Françoise prolongava a expectativa, um sorriso de júbilo maldoso pairando-lhe nos lábios.

– Pensa em Laurent d'Argilat.

– Mas Laurent está noivo de Camille!

– Não é possível!

– Está louca!

– Tenho certeza de que você está enganada.

As exclamações entrechocavam-se no cérebro de Léa, que via à sua frente, parecendo-lhe desproporcionalmente grande, o rosto interrogativo de Pierrot.

– É verdade, acreditem. Ela gosta de Laurent d'Argilat.

Léa saltou da cama com inquietante agilidade e, antes que Françoise conseguisse esboçar um só gesto, agarrou-a pelos cabelos. Embora surpreendida, a irmã reagiu prontamente. Suas unhas rasgaram a face da agressora. Um pouco de sangue correu. Mais forte, porém, Léa bem depressa a suplantou e, montada sobre a adversária, bateu com a cabeça dela no chão, segurando-a pelas orelhas. Todos se precipitaram para separá-las. Quando o conseguiram, a infeliz Françoise permaneceu imóvel por instantes.

Os gritos e o ruído da briga chamaram a atenção dos pais.

– Você é insuportável, Léa. Por que bateu em sua irmã? – admoestou Isabelle Delmas em tom severo, surgindo no local da briga. – Na idade de vocês...

– Mas, mamãe...

– Vá já para seu quarto. Ficará sem jantar.

A cólera de Léa desfez-se de repente. Gostaria de confessar à mãe quanto se sentia infeliz, quanto necessitava do seu consolo, dos seus afagos. Mas, ao contrário, a mãe a reprovava e a repelia. Teria chorado, se não surpreendesse o olhar de triunfo de Françoise. Reprimiu as lágrimas e deixou o quarto de cabeça erguida, passando em frente de tios e tias, que a miravam com um ar reprovador. Apenas o tio

Adrien esboçou um gesto de carinho acompanhado de um sorriso doce, que queria dizer: isso não é importante. A atitude dele quase abalou sua coragem e, por isso, Léa desapareceu correndo.

— Minha pobre Isabelle, você vai ter problemas com esta pequena — comentou Bernardette Bouchardeau, a cunhada.

Sem responder, Isabelle deixou o quarto das crianças.

Desobedecendo à mãe, Léa não se recolheu ao quarto. Precipitou-se para o jardim, atravessou o pátio e, sempre correndo, cortou pelos vinhedos na direção de Bellevue. Para evitar a casa de Sidonie, saltou o muro de limite da propriedade, tomou a estrada poeirenta e depois a vereda que conduzia ao calvário. A meio caminho, porém, um aguaceiro tépido forçou-a a diminuir a marcha e, logo, a parar.

De braços cruzados sobre o peito, como para comprimir as batidas do coração, Léa ficou contemplando, cada vez mais subjugada, o céu ameaçador sobre a planície. A natureza contorcia-se a seu redor, curvada pelo vento devastador, gemendo e rebelando-se, parecendo querer escapar à tempestade vinda do oceano. O céu escurecia pouco a pouco, revelando nuvens assustadoras.

Com os cabelos agitados pela ventania tal como serpentes de Górgona, Léa, imóvel, contemplava os elementos cujo desencadear lhe aplacava a própria agitação íntima. Sentia no corpo o frêmito da terra, que sob as primeiras gotas de chuva liberava aromas penetrantes que subiam à cabeça, produzindo uma embriaguez maior que a do vinho mais sutil. O vestido grudado, rapidamente encharcado, sublinhava-lhe as formas, deixando-a como nua, e o vento endurecia-lhe o bico dos seios. A natureza em fúria fazia-a sair de si própria. Rasgou as nuvens um relâmpago azulado, seguido quase de imediato pelo trovão que abalou o solo. Léa gritou. Iluminava-lhe o rosto um contentamento primitivo, rosto sobre o qual, como se fossem lágrimas, escorriam gotas de chuva. Avassalou-se um riso brutal e libertador, que fez coro com o ribombo do trovão. E o riso logo se transformou em grito, um grito de triunfo e de pura alegria de viver. Deixou-se então cair na terra do caminho, transformado em lodaçal pela chuva. Os lábios tocaram a lama ainda tépida de sol e mergulharam na pasta amolecida. A língua lambeu o barro, cujo sabor parecia conter todos os eflúvios de Montillac. Nesse instante, Léa desejou que o solo se rasgasse e tornasse a fechar sobre seu corpo, digerindo-o, absorvendo-o, fazendo a carne reviver nas vinhas, nas flores, nas árvores da terra que amava. Depois rolou sobre si mesma, oferecendo o rosto sujo à água que caía do céu.

QUANDO DESPERTOU, bem tarde na manhã seguinte, com o corpo moído, procurou lembrar-se dos acontecimentos da véspera. A roupa enlameada, caída ao acaso em volta do leito, fê-la recordar a trovoada e tudo que a precedera. Invadiu-a então enorme tristeza. Pela primeira vez na vida não conseguira obter o que desejava. Cobriu a cabeça com a roupa como que para abafar o desgosto. Um som de passos e de chamados atravessou a barreira do tecido e Léa repeliu os cobertores para sentar-se.

Deus do céu! Que diria Ruth vendo a camisola e os lençóis sujos de lama? Soou na porta uma pancada seca.

— Levante-se, Léa, levante-se! Laurent e Claude d'Argilat vieram despedir-se.

Arrancou a camisola e precipitou-se para o banheiro, abriu a torneira do chuveiro, fazendo desaparecer do rosto e do corpo os vestígios da lama. Escovou vigorosamente os cabelos, de tal forma emaranhados que os arrancava aos tufos. Apanhou o primeiro vestido que estava ao alcance, um velho vestido de algodão cor-de-rosa; apreciava-o de modo especial, mas ficava-lhe agora muito curto e apertado. Calçou um velho par de alpercatas e precipitou-se pelas escadas abaixo.

Toda a família se juntara no salão, rodeando Laurent e Claude d'Argilat. Os rostos de ambos iluminaram-se ao aparecimento da amiga, de faces ainda vermelhas pela vigorosa esfregadela de havia pouco, aureoladas pela flamejante cabeleira em desordem, o corpo cingido pelo vestido de criança que crescera depressa demais.

Léa conteve o desejo de se lançar nos braços de Laurent. Procurou acalmar-se com um esforço que a fazia tremer e disse em voz suave:

— Já vai embora, Laurent?

— Tenho de me reunir ao meu regimento.

— E eu ao meu, em Tours – acrescentou Claude.

Procurando iludir o pai, Françoise e Laurent, Léa deu o braço a Claude e afastou-se um pouco com ele.

— Prometa-me que será prudente – pediu ela.

— Prometo. Pensará um pouco em mim quando estiver na frente de combate?

— Não farei outra coisa – garantiu a jovem.

Claude não notou a ironia do tom. Invadiu-o um sentimento de pura felicidade, que o fez gaguejar ao dizer:

— Então... então... você gosta um pouco de mim.

Nesse instante, Léa ouviu atrás de si a voz de Laurent:

— ...casaremos assim que vier de licença. Camille está empenhada nisso.

A dor obrigou-a a inclinar a cabeça e uma lágrima escorreu-lhe pela face. Claude iludiu-se de novo quanto a seu significado.

– Mas, Léa... você está chorando. Por minha causa? Gosta tanto assim de mim?

A jovem reprimiu um gesto de mau humor. Como podia Claude julgar que se interessasse por ele, tão apagado, tão parecido com a irmã? Ah, vingar-se! Castigar Laurent pela sua covardia! Punir Camille pelo seu amor e Claude pela sua estupidez!

Ergueu os olhos e fitou com dureza o jovem apaixonado.

– Claro que amo – asseverou.

– Mas... então... casaria comigo?

– Evidentemente.

– Quando?

– Na sua primeira licença.

– Vamos sair daqui – sugeriu Claude.

Com uma autoridade pouco condizente com seu caráter, o rapaz pegou a mão da companheira e arrastou-a para fora da sala, até o jardim. Por detrás de um arbusto de hortênsias, atraiu-a para si e beijou-a. Prestes a repeli-lo, Léa conteve-se, dizendo para si mesma que era necessário aquele sacrifício. Mas como Claude era desajeitado, santo Deus! A lembrança do beijo de Laurent, logo rechaçada pela recordação dos lábios de François Tavernier, provocou-lhe um frêmito que o irmão de Camille, mais uma vez, interpretou erroneamente.

– Você me ama! – exclamou.

Léa teve de reprimir o riso.

– Está de acordo? – perguntou o companheiro.

– De acordo com o quê?

– Que peça sua mão a seu pai?

Léa sentiu que todo o seu futuro dependeria da resposta a dar. Seria um ato de maldade casar com aquele infeliz apenas para punir Laurent? Não seria ela mesma a primeira a sofrer com isso?

Nesse instante, a silhueta de Françoise delineou-se por detrás do arvoredo.

– Está bem, querido – concordou Léa, abraçando Claude.

DE VOLTA À CASA, Claude d'Argilat pediu licença a Pierre Delmas para lhe falar em particular.

O rosto do pai de Léa mostrava-se sombrio ao sair do escritório, após a breve troca de palavras.

SOB O CÉU CINZENTO e nublado, grandes poças de água evaporavam aos poucos nas aleias do jardim. A atmosfera estava pesada. Junto às estrebarias, zumbiam nuvens de moscas. Léa empurrou a porta de um dos palheiros, cujas paredes de tábua haviam adquirido uma tonalidade escura por causa da borrasca. Como nos tempos de sua infância, subiu pela comprida escada encostada ao feno e deixou-se cair na palha cheirosa e áspera.

Pôs-se a pensar nos acontecimentos mais recentes. Laurent e Claude tinham partido e ela fugira rapidamente para evitar os olhos interrogativos e dolorosos do pai. Sentia na boca um gosto amargo a tal evocação. Não criara ainda coragem suficiente para discutir o assunto com ele. Fechou as pálpebras, tentando esquecer no sono. Desde criança recorria a essa forma de fuga se a mãe ralhasse com ela ou se se sentisse inexplicavelmente cansada de tudo e de si mesma. E sempre o sono benfazejo viera socorrê-la. Nesse instante, porém, tal não acontecia. Revolvendo-se sem parar no meio do feno, Léa não estava muito longe de se sentir traída.

De repente, um corpo saltou sobre o seu.

– O que há com você, Mathias? – exclamou Léa.

Seu amigo de infância enlaçava-a e cobria-a de beijos, murmurando:

– Desavergonhada... sua desavergonhada...

– Pare com isso! Está me machucando.

– Há pouco, você não disse isso quando Claude d'Argilat a beijou.

Léa deu uma gargalhada e o afastou.

– Ah, então é isso?

– O que quer dizer com "então é isso"? Não será suficiente?

– Não vejo no que isso lhe diz respeito. Sou livre para beijar quem quiser.

– Não vai me dizer, por acaso, que aquele pretensioso lhe agrada!

– E daí, se agradasse? Não sei o que você poderia me dizer a respeito.

Encolerizado, Mathias contemplou a amiga. Depois, aos poucos, seu olhar ficou doce.

– Bem sabe que a amo.

Pronunciou a frase com tamanha meiguice que Léa experimentou um prazer comovido. Passou a mão pela farta cabeleira do rapaz e, pondo nas palavras mais sentimento do que desejaria, disse:

– Também gosto de você, Mathias.

Com naturalidade, logo acharam-se nos braços um do outro.

O profundo desgosto de Léa encontrou consolo naquelas carícias. Pouco a pouco, esqueceu Claude e Laurent, esqueceu a tristeza, para apenas saborear o prazer dos beijos. Ter-se-ia abandonado por completo, provavelmente, se não chegasse até ela a voz do pai, abafada pela espessura do feno. Libertou-se dos braços de Mathias e, desprezando a escada, saltou para o chão de terra batida do palheiro. Fizera aquele mesmo gesto muitas vezes, pulando dos montes de palha com a agilidade de um gato. Mas foi menos feliz nesse momento e um dos tornozelos cedeu. Gritou de dor e Mathias achou-se junto dela quase instantaneamente.

– Ai, meu pé!

O pai também ouvira o grito e sua elevada estatura enquadrou-se no limiar da porta. Vendo a filha caída no chão, correu para ela, atropelando o rapaz.

– O que você tem?

– Não é nada, papai. Torci o pé.

– Deixe-me ver.

Pierre Delmas tocou a perna acidentada, arrancando novo grito da filha. O tornozelo apresentava já o dobro do volume normal. Ergueu-a com cuidado.

– Peça a Ruth que chame o médico, Mathias.

Logo Léa estava estendida no canapé da sala de entrada, as costas e os pés apoiados em almofadas. Chegou o doutor Blanchard, que tranquilizou os pais, depois de auscultar a paciente e de atar-lhe o tornozelo.

– Uma bela entorse – sentenciou ele. – Mas nada de grave. Repouso absoluto durante oito dias e, então, ela poderá correr e saltar novamente.

– Oito dias sem me mexer! Não conseguirei aguentar, doutor.

– Não se preocupe. Passam depressa.

– Bem se vê que não foi ao senhor que isso aconteceu – disse Léa com ar amuado.

A fim de facilitar o serviço, Isabelle Delmas decidiu que a filha dormiria no andar térreo, no divã do escritório do pai. A resolução trouxe de novo o sorriso aos lábios de Léa. Gostava muito daquela sala, das paredes revestidas de estantes cheias de livros, abrindo-se, por uma ampla porta de sacada, para a área mais agradável do jardim, e de onde se avistavam os vinhedos e as matas.

Ao fim da tarde, os irmãos Lefèvre apareceram para se despedir. Léa mostrou-se tão doce, terna e sedutora com ambos que partiram, um e outro, convencidos de ser o eleito de seu coração.

– Não basta correr atrás de Laurent, comprometer-se com François Tavernier, namoriscar Claude e Mathias? Você ainda quer virar a cabeça dos idiotas dos Lefèvre? – comentou Françoise, que assistira à cena. – Não passa de uma...

– Vocês continuam a discutir, meninas? – interveio a mãe com severidade, ao entrar na sala. – Sua irmã está doente, Françoise, e precisa de repouso. Deixe-a em paz.

Sentou-se na cadeira, junto de Léa.

– Ainda dói? – perguntou.

– Um pouco. Ainda sinto pontadas na perna.

– É natural. Lembre-me logo à noite de lhe dar um calmante.

– É bom estar doente e ser cuidada por você, mamãe – afirmou Léa, pegando a mão da mãe e beijando-a. Depois exclamou: – Gosto tanto de você, mamãe!

Comovida, Isabelle acariciou-lhe a mão. Mãe e filha permaneceram em silêncio durante um longo momento, unidas pela mesma ternura.

– É verdade o que seu pai me contou?

Léa tirou a mão e fechou o rosto.

– Responda. É verdade que quer casar com Claude d'Argilat? – insistiu Isabelle.

– Sim.

– Ama-o?

– Amo.

– Esse amor me parece muito repentino. Há mais de um ano que não o via. Aconteceu algo que eu não saiba?

Léa teve um brusco desejo de dizer tudo, de tudo confessar e de ser consolada. Lutou contra a emoção. Acima de tudo, não podia magoar a mãe, não podia desiludi-la. Tinha de tranquilizá-la.

— Não, não aconteceu nada — disse Léa com firmeza. — Eu o amo.

5

Léa, estendida no divã atulhado de jornais, retirados da escrivaninha do pai, escutava pela porta aberta da sala as últimas palavras do discurso transmitido de Edouard Daladier:

> (...) Entramos na guerra porque esta nos foi imposta. Cada um de nós permanecerá no seu respectivo posto, no solo da França, nesta terra de liberdade onde o respeito à dignidade humana encontrou um dos derradeiros refúgios. Congregarão todos os seus esforços num profundo sentimento de união e de fraternidade, em prol da salvação da Pátria. Viva a França!

Claude d'Argilat instalara-se numa cadeira baixa, perto do divã, com o braço engessado suspenso pelo lenço atado ao pescoço.

— Se não tivesse me acontecido isto ao maldito braço, mostraria a esses nojentos alemães do que é capaz um soldado francês.

— Foi você o culpado. Que necessidade tinha de obrigar a correr como louca a pobre da velha égua de seu tio?

— Tem razão — reconheceu Claude em tom lastimoso. — Mas estava tão contente por você gostar de mim e concordar em casar! Senti então desejo de fazer o animal galopar e de gritar ao vento a felicidade de ser amado por você.

— Pobre Claude! Fazemos um belo par de aleijados, não há dúvida!

— Você vai achar ruim, certamente, mas sinto-me feliz com este acidente estúpido. Permite-me gozar da sua companhia, enquanto todos os outros apaixonados já se foram. Você voltou a falar com seus pais do nosso casamento? Eu contei tudo a Camille. Disse-me que está muito feliz por tê-la como irmã.

— Por que lhe contou? Queria que o assunto ficasse entre nós até papai dar seu consentimento – disse Léa encolerizada.

— Mas, querida, Camille é minha irmã – objetou Claude. – Digo-lhe sempre tudo o que acontece comigo.

— Neste caso, deveria ter-se calado.

— Como às vezes você fica com uma expressão de má! E sabe ser tão meiga...

— Mas não sou. Não gosto que todos estejam a par dos meus assuntos privados.

— Mas Camille não é "todos".

— Chega! Você me aborrece com sua Camille. Vá embora. Deixe-me só.

— Mas, Léa...

— Vá. Estou cansada.

— É verdade, me esqueci. Sou um bruto. Me perdoe... Diga-me: você me perdoa? – disse Claude, dando-lhe a mão, que Léa abandonou contrafeita.

— Sim, sim, até amanhã.

— Obrigada, minha querida.

— Até amanhã.

Pouco tempo depois da partida de Claude, Pierre Delmas entrou no escritório.

— Como vai a acidentada? – inquiriu.

— Muito bem, papai. Mas gostaria de ver isto já terminado. Sinto um comichão por todo o corpo.

– Seja paciente, gatinha. Lembre-se da frase de Kipling...

– ..."A pressa excessiva causou a perda da serpente amarela que queria engolir o sol."

– Vejo que não esqueceu os conselhos de seu velho pai. Ponha-os em prática, minha filha, e verá até que ponto são corretos.

– Não tenho dúvidas – suspirou Léa.

Pierre Delmas instalou-se à escrivaninha, pôs os óculos, remexeu em alguns papéis, folheou jornais, abriu uma gaveta, tornou a fechá-la e absorveu-se na contemplação do teto. Depois levantou-se, encaminhando-se para a porta.

– Os dias estão cada vez mais curtos – comentou, como que para si, ainda voltado para o jardim.

Léa observava com atenção a alta e maciça silhueta do pai. Pareceu-lhe que os ombros largos estavam um tanto caídos, que seus cabelos estavam mais grisalhos. De certo modo, aquele homem pareceu-lhe frágil, uma sensação bastante estranha. Sorriu com tal pensamento. Pierre Delmas, frágil; ele, um homem capaz de erguer sozinho um barril ou de abater pinheiros de suas terras das Landes tão rapidamente quanto o mais exímio lenhador!

– Papai! – exclamou Léa num impulso de ternura.

– Diga, minha filha.

– Eu o amo.

– Você me ama e quer me deixar – respondeu ele, voltando-se e encaminhando-se para a filha.

– Não é a mesma coisa.

Pierre Delmas suspirou e foi sentar-se na cadeira baixa, que rangeu sob seu peso.

– Está bem certa de querer casar com aquele sem-graça?

Léa não respondeu, baixando a cabeça num gesto aborrecido.

– Não será por despeito que você quer se casar? – insistiu Pierre Delmas.

Léa corou, sacudindo os cabelos desalinhados.

– O casamento é algo muito sério, minha filha. Um compromisso para toda a vida. Pensou bem?

Era necessário a todo custo que o pai acreditasse que estava sinceramente apaixonada por Claude e julgasse definitivamente encerrado o "caso Laurent"; uma criancice já esquecida.

– Eu mal conhecia Claude, papai. Mas quando o vi na festa, senti que o amava. O que senti pelo primo dele não foi mais do que grande amizade. Confundi esse sentimento com amor.

Pierre Delmas observou a filha com uma expressão de dúvida.

– No entanto, no outro dia, no calvário, tinha um ar bem mais apaixonado do que agora.

O coração da jovem se contraiu. Receou não ter a energia necessária para continuar a farsa.

– No outro dia, no calvário, sentia-me cansada, nervosa e furiosa por não ter sido o próprio Laurent a me participar o casamento. Julguei-o apaixonado por mim e me divertia em fazer o papel de sedutora. Me é indiferente que case ou não. Aliás, Laurent é tão aborrecido que me pergunto como Camille pode suportá-lo.

– É essa também minha opinião. Acho que, para uma moça como você, seria bem mais adequado um dos irmãos Lefèvre.

– Mas eles são apenas meus amigos, papai!

– Amigos?! Você não sabe nada dos homens, minha filha. Estão ambos loucos por você, e não são os únicos. Agora, vá dormir. Boa noite, gatinha.

Feliz em obedecê-lo, Léa adormeceu rapidamente, pensando em como era bom ser chamada de "gatinha" por um pai a quem amava com tanta ternura.

LÉA SE RESTABELECEU depressa e pôde retomar os passeios pelos campos, a maioria das vezes acompanhada por Claude. Aproximavam-se as vindimas e, como acontecia todos os anos, Montillac fervilhava de atividade. Com a partida dos rapazes nesse outono, tinham sido substituídos pelas mulheres. E durante alguns dias a guerra foi relegada a segundo plano – as uvas não podiam esperar.

As trovoadas ameaçavam. Todos faziam o possível para terminar o trabalho antes que chegasse a chuva. Ninguém interrompeu o trabalho às quatro horas, como era costume, a fim de acabar a colheita antes do mau tempo. Às cinco horas, porém, os vinhateiros foram forçados a suspender a tarefa com a chegada das primeiras gotas, logo transformadas em verdadeira tromba-d'água. Os carros puxados por bois, transportando as tinas cheias de cachos, foram rapidamente postos a salvo debaixo dos espaçosos alpendres.

Num dos palheiros, estavam dispostas compridas mesas cobertas por toalhas de um branco imaculado. Exibiam grande variedade de pastéis, carnes, aves, queijos, terrinas fumegantes e jarros de vinho. Antes de comer, os vinhateiros lavaram as mãos na grande tina cheia de água, junto à porta. Em seguida, instalaram-se nos bancos em volta das mesas.

Pierre Delmas presidia a refeição. A mulher servia os pratos, protegida por um avental branco sobre o vestido de verão, ajudada por Françoise, Laure e Ruth. Léa, cujas bolhas nas mãos atestavam o empenho no trabalho, sentava-se ao lado do pai. Adorava esses banquetes no palheiro, na época das vindimas. Todos os anos a festa se prolongava por vários dias. Era o encontro da juventude da região e só se ouviam risos, cantos e danças. Nesse ano, porém, perdera-se o entusiasmo. A maioria dos presentes eram mulheres, e os poucos homens eram velhos. Sem dúvida, todos pensavam nos ausentes e na alegria das vindimas anteriores, pois a refeição começou em silêncio. Sensível à tristeza que acabrunhava seus convidados, Pierre Delmas levantou-se do banco e ergueu a taça, dizendo:

— Bebamos à saúde dos nossos soldados e cumpramos de bom humor a tarefa que eles não puderam desempenhar.

— À saúde dos nossos soldados! – gritaram.

Léa pousou a mão no joelho do pai, que ergueu de novo o copo em homenagem exclusiva à filha:

— Bebo à sua felicidade, minha querida – acrescentou em voz baixa.

6

— Estou tão contente que você se case com meu irmão, Léa! Enquanto não alugam uma casa, podem ir morar conosco na rua de Rennes – ofereceu Camille.

— Mas eu não quero viver em Paris – objetou Léa.

— É preciso, minha querida. Caso a guerra termine, Claude terá de concluir os estudos.

— E eu? Que farei durante esse tempo?

Camille deixou escapar uma gargalhada.

— Vou lhe mostrar todos os recantos de Paris. Tenho certeza de que gostará da cidade mais bela do mundo. Podemos ir a exposições, visitar museus, ouvir concertos, ir à ópera, à Comédie Française...

— Tudo isso é muito bonito, mas prefiro Montillac.

– Tem razão. Montillac é maravilhosa, tal como Roches-Blanches. Porém, nada pode substituir Paris.

– Nunca pensei que você fosse tão fútil.

– Como pode dizer tal coisa? – respondeu Camille, franzindo o sobrolho. – Não é ser fútil amar uma cidade onde há lugar para tudo que demonstre inteligência. Laurent é como eu: acha que se trabalha melhor em Paris, pois a cidade tem tudo que é necessário. As bibliotecas...

– Não gosto de bibliotecas. Parecem cemitérios de livros.

– Oh!...

Léa exagerava um pouco, ela sabia, mas Camille, com a sua Paris e a sua sede de cultura, irritava seus nervos...

ESGOTADOS OS ARGUMENTOS, Pierre Delmas cedera às instâncias da filha, consentindo no casamento. Claude d'Argilat agradecera-lhe efusivamente a decisão. Diante disso, Pierre Delmas pensou que, apesar de tudo, talvez Léa fosse feliz com o rapaz. Quanto a Isabelle, limitou-se a apertar fortemente a filha nos braços.

– Na falta de coisa melhor, nos contentamos com o que temos – sentenciara Françoise.

Apenas Ruth e Laure estavam sinceramente satisfeitas com o casamento de Léa; Laure, porque adorava casamentos, e Ruth, por considerar que o matrimônio "assentaria o juízo daquela desmiolada".

Pouco depois do anúncio oficial do noivado chegou uma notícia que abalou as duas famílias, e Léa quase se traiu: o tenente Laurent d'Argilat fora ferido ao socorrer um dos seus homens, caído num campo minado.

Pierre Delmas e a filha encontravam-se em Roches-Blanches quando o carteiro chegou com a carta. Camille, diante da palidez do futuro sogro, adivinhou que algo acontecera ao noivo. Ergueu-se e, tremendo, aproximou-se do tio.

– Laurent? – perguntou ela.

Pierre Delmas levantara-se por sua vez.

– Responda, peço-lhe. Que aconteceu a Laurent? – suplicou Camille.

– Nada de grave, minha filha – conseguiu articular o senhor d'Argilat. – Apenas um ferimento no braço.

Surgiu nesse instante um criado portador de um telegrama. O senhor d'Argilat estendeu-o ao amigo.

– Abra-o, Pierre. Não tenho coragem para tanto.

Pierre Delmas obedeceu e inteirou-se do conteúdo da mensagem. Um sorriso iluminou-lhe o rosto.

– É de Laurent – comunicou ele. – Está em perfeita saúde e chega amanhã.

– Amanhã!

– Sim, amanhã. Veja.

Camille apoderou-se do papel que Pierre Delmas estendia ao pai incrédulo.

– Oh, meu tio! De fato, é verdade. Laurent chega amanhã – disse a jovem, desfazendo-se em pranto.

Léa mantivera-se à parte durante toda a cena, dominando a vontade de gritar e de, em seguida, chorar de felicidade. Laurent estava vivo! Regressava, e ela teria oportunidade de vê-lo. Fechou os olhos. A voz de Camille arrancou-a do sonho feliz.

– Vamos aproveitar a ocasião para antecipar a data do casamento, meu tio. Tenho certeza de que é o maior desejo de Laurent.

– Como quiser, Camille. Tudo o que fizer está bem-feito.

– Por que não se casa em Saint-Macaire, como eu, Léa? Seria tão bom casarmos no mesmo dia!

Que estúpida ela era! Que lhe importava o local da cerimônia, se não era para casar com Laurent? Por nada do mundo ouviria o homem amado dizer o "sim" a outra mulher. Cortou logo o assunto.

— Faço questão de me casar em Verdelais. Vamos embora, papai. Mamãe nos aguarda.

DURANTE O LONGO caminho de volta Léa só com enorme esforço conseguiu reter as lágrimas. Sentia o olhar inquieto do pai pousado nela; habitualmente tão tagarela, a filha respondia às suas perguntas apenas com monossílabos. Pierre Delmas acabou por se calar.

Chegando a Montillac, Léa, sem coragem para ouvir as observações de Françoise, refugiou-se no quarto das crianças. Ali ficou até a hora do jantar, enroscada em sua caminha, os olhos secos e doloridos.

ACORDADA DESDE o amanhecer, Léa não se sentia bem em nenhum lugar. Na véspera, Claude prometera telefonar-lhe logo que Laurent chegasse. Não parava de andar de um lado para outro da casa. Isabelle, incomodada com a atitude da filha, mandou-a a Bellevue, para saber notícias de Sidonie.

— O ar livre vai lhe fazer bem – comentou.

Furiosa, Léa partiu correndo para Bellevue, torcendo os pés no caminho sulcado pelas últimas chuvas e pela passagem das carroças. Sem fôlego, sentou-se por momentos em frente da casa para descansar. O velho cão de Sidonie festejou latindo e pulando à sua volta. Essas manifestações de alegria chamaram a atenção da moradora, que abriu a porta.

— Ah, é você, pequena! Por que não entra? Está encharcada de suor. Entre logo, ou vai adoecer.

Não era possível resistir a Sidonie. Léa obedeceu e foi para dentro depois de beijar a forte senhora.

— Aconteceu algo de grave no castelo para que tenha corrido assim até aqui?

— Não, não. Mamãe me mandou perguntar se você precisa de alguma coisa.

– Como é boa sua mãe! Diga-lhe que vou tão bem quanto a velhice me permite. Ser velha, minha querida, é o pior que pode acontecer.

– Ora, Sidonie, é preferível ser velho a estar morto.

– É o que se diz quando se é novo, quando se tem sangue ainda bem vermelho a circular nas veias, quando se sobe numa escada sem sentir medo de cair, quando se pode ser útil. Olhe para mim. Para que sirvo eu agora? Sou apenas um encargo para seu pai e uma preocupação para sua mãe.

– Não fale assim, Sidonie. Todos em Montillac gostam de você, sabe disso.

– Claro que sei. Mas isso não impede de me sentir um estorvo, sobretudo agora com essa maldita guerra. Nem sequer posso tricotar, minhas pobres mãos deformadas deixam cair os pontos e as agulhas. Eu, que tanto gostaria de fazer meias para nossos soldados! Passaram tanto frio os infelizes durante a outra guerra!

Uma lágrima deslizou pelas faces enrugadas. Léa, o coração comprimido, viu-a descer e perder-se nas comissuras dos lábios da velha. Uma piedade enternecida a fez ajoelhar-se aos pés de Sidonie, como faria na infância, quando mergulhava o rosto no avental que cheirava a trigo e a barrela para ser consolada de algum desgosto. E também, tal como antigamente, a mão estragada pelo rude trabalho da terra, pelos trabalhos servis, começou a acariciar-lhe os cabelos dourados.

– Não fique triste, minha menina bonita. Sou uma velha tonta que só diz disparates e se lastima a toda hora. Não se preocupe, é a trovoada que me traz novamente as dores no corpo e me faz ver tudo negro. Vamos, olhe para mim. Veja em que estado está, minha menina! Quem diria que é uma moça crescida e casadoura? Que cara faria seu noivo se a visse de nariz e olhos vermelhos como os coelhos brancos?

Lembra-se deles? Era uma trabalheira quando queríamos matá-los. Você se opunha e ficava em frente das coelheiras de braços abertos, gritando: "Não, estes não! São princesas que as fadas más transformaram em coelhos." Seu pai e eu tínhamos de recorrer a muitas artimanhas. Esperávamos pela noite e púnhamos nas gaiolas tantos laçarotes quantos eram os coelhos, de modo que, no dia seguinte, você se convencesse de que os animais, transformados em princesas, tinham esquecido as fitas ao partir.

A recordação daquela história infantil fez aflorar um sorriso aos lábios de Léa.

– Era uma tola nessa época – afirmou a jovem. – Acreditava ainda em fada.

– E já não acredita? Isso é mau. Quem é que a fez tão bonita, diga-me? Existe o bom Deus do céu, é certo, mas também as fadas têm algo a dizer.

Léa riu, exclamando:

– Pare com isso, Donie! Já não sou nenhuma criança.

– Para mim, será sempre minha menininha, a filha que não tive – disse a velha, forçando Léa a erguer-se e apertá-la ciosamente contra o peito.

As duas mulheres permaneceram enlaçadas durante muito tempo. Depois, Sidonie interrompeu o abraço. Tirou do bolso do avental um lenço xadrez, limpou os olhos e assoou-se com estrondo.

– Não é bom a gente comover-se. Diga à sua mãe que não se preocupe. Não preciso de nada. Agradeça à menina Ruth a visita que me fez ontem. Ai, minha cabeça! Não vá embora antes de beber um pouco de licor de cassis.

– Muito obrigada, Sidonie, não se incomode.

– Ora essa! Não me incomodo, não me incomodo!

7

— Laurent d'Argilat aceita tomar por esposa Camille d'Argilat, aqui presente?

– Sim.

Este "sim", pronunciado com firmeza, ecoou pela abóbada gótica, atingindo Léa em pleno peito. Sentiu que seu corpo se petrificava, que o sangue gelava; o coração parava enquanto um frio mortal a envolvia.

Como peças de caleidoscópio, os vitrais coloridos, iluminados pelo sol, começaram a mover-se, irisando o altar onde o sacerdote oficiava, aureolando Camille envolta em seu vestido branco e transformando o uniforme de Laurent num traje de arlequim. "Parece Jonas, o meu velho fantoche", pensou Léa. As peças do jogo mágico invadiram então a igreja, velando aos poucos todos os presentes. Da massa imóvel e colorida em breve se destacou apenas uma estátua fria e cinzenta. Léa experimentou enorme alívio ao sentir-se senhora absoluta das cores sob as pálpebras baixadas. Tal como um jato de sangue, um zumbido projetou os vermelhos para a abóbada, por um instante reaparecida. Um som mais agudo dispersou os azuis, enquanto os verdes se desdobravam numa tapeçaria escura, sob a qual, como pétalas de flor, caíam os amarelos, os rosas e os violetas. Depois, ao mesmo tempo em que o estrondo se ampliava obedecendo às ordens de um chefe de orquestra invisível, as cores reuniram-se para formar figuras monstruosas, circunscritas por traços negros e espessos, que lhe sublinhavam o horror. Um vulto avermelhado e diabólico, ainda mais pavoroso do que os anteriores, ergueu-se de súbito diante de Léa. Foi tão grande de seu terror que deixou escapar um grito.

De onde provinha aquele calor insuportável? Quem teria rechaçado os monstros? Onde estavam as cores vivas e dançantes? Por que tudo se tornara tão sombrio? E aquela música a lhe esmagar o coração, a martelar suas têmporas...

— QUER FAZER o peditório, senhorita?

Que pretenderia dela aquele gigante vestido de vermelho? Por que razão lhe dirigia a palavra o homem em trajes tão grotescos e chapéu emplumado? De onde provinha a pressão insuportável que sentia no braço?

— Léa!

— Senhorita!

Virou-se para a esquerda e por entre uma espécie de bruma, distinguiu o rosto inquieto do noivo. Viu então que este lhe apertava o braço com força. Soltou-se num gesto brusco. Com que direito se atrevia a lhe tocar? E o outro, o homem de vermelho, que queria ele estendendo-lhe um cestinho forrado de cetim branco? Que fizesse o peditório? E que mais ainda? Não percebia que lhe era intolerável a ideia de passar por entre as filas dos convidados segurando numa mão o vestido de organdi rosa pálido e na outra o cesto das ofertas?

O guarda suíço insistiu:

— Quer fazer o peditório, senhorita?

— Não, muito obrigada — recusou Léa em tom seco.

O homem encarou-a surpreso; em geral, todas as jovens gostavam de desempenhar tal função, que lhes proporcionava a oportunidade de exibir os vestidos. Desiludido, dirigiu-se a Françoise, que se apressou a aceitar o convite com um sorriso de desafio.

A missa terminou, enfim. Os recém-casados recebiam as felicitações dos pais e dos amigos em frente ao altar enfeitado com grandes ramos de flores brancas.

Quando chegou a vez de Léa – uma Léa que se sustinha de pé apenas por uma questão de orgulho –, Camille, rosada e quase bela, estendeu-lhe os braços, estreitando-a contra si.

– Minha Léa, bem depressa chegará sua vez – disse ela.
– Desejo que seja tão feliz quanto estou neste momento.

Distante, Léa deixou-se beijar pela noiva. No seu espírito perturbado turbilhonavam as palavras às quais se agarrava como náufraga: "Não é verdade. É apenas um sonho, um sonho ruim. Não é verdade."

Empurrada por Claude, achou-se perante Laurent e fitou-o, imóvel.

– Vamos, dê-lhe um beijo – incitou Claude.

ACOMPANHAVA O CORTEJO a música ruidosa do órgão. Camille caminhava, completamente feliz, encantadora no seu véu de tule ligeiramente amarelado, usado por gerações e gerações de noivas da família d'Argilat, o vestido comprido em cetim creme brilhando à luz do sol. Pousava a mão com suavidade na manga do casaco preto do marido que, cortês, ritmava as passadas pelas dela. Logo atrás, seguiam as oito damas de honra vestidas de organdi cor-de-rosa, os rostos frescos emoldurados por chapéus de abas largas. Léa detestava organdi e cor-de-rosa.

No adro da igreja aguardava o cortejo um numeroso grupo de curiosos, e o novo casal foi saudado com "bravos" e gritos.

Um fotógrafo de cabelos compridos e usando no pescoço um lenço com um grande nó dispôs os convidados junto do portal do templo para tirar as tradicionais fotografias. Numa delas, Léa mexeu-se e o rosto ficou tremido e quase irreconhecível; noutra, baixou de tal modo a cabeça que apenas se distinguia a copa do chapéu.

Quando se preparava para deixar Saint-Macaire no automóvel do tio Adrien, em companhia de Claude, Lucien e

Laure, Léa sentiu um mal-estar que a obrigou a precipitar-se, encurvada, para a beira da estrada.

– Mas esta pequena está com febre! – exclamou o dominicano, apoiando-lhe a testa.

Terminadas as náuseas, Léa deixou-se cair, o rosto pálido manchado de vermelho.

Adrien a pôs em pé e amparou-a, conduzindo-a ao carro.

– Estou com frio – queixou-se Léa.

Lucien tirou do porta-malas uma manta de viagem e a cobriu.

Chamado o doutor Blanchard, este diagnosticou um ataque de sarampo e prescreveu uma dieta rigorosa, bem como repouso absoluto.

O casamento de Léa, marcado para início de novembro, foi adiado. Claude, em desespero, viu-se obrigado a partir para o regimento sem voltar a ver a noiva, ainda prostrada pela febre.

VELADA DIA E NOITE pelo pai, pela mãe e por Ruth, Léa convalescia da doença muito lentamente. Em quarenta anos de prática, nunca o doutor Blanchard vira sarampo tão rebelde, a ponto que receou tratar-se de prenúncio de uma epidemia. Isso não aconteceu, porém, e a enfermidade de Léa não passou de um caso isolado.

Quase diariamente chegavam a Montillac as longas cartas de Claude d'Argilat, que se iam acumulando, fechadas, numa das mesas de cabeceira do quarto da jovem. Isabelle Delmas todas as semanas informava o infeliz militar do estado de saúde da noiva. Ao fim da terceira semana, Léa pôde acrescentar uma pequena frase de seu próprio punho à carta escrita pela mãe.

Claude d'Argilat nunca chegou a ler essa frase. Quando a missiva foi entregue, acabava de morrer, atingido pela explosão de uma granada, durante um exercício de fogos reais.

Durante vários dias ninguém transmitiu a notícia à convalescente, considerada demasiado fraca para suportar o choque.

Numa tarde bonita e tépida de dezembro, Léa ensaiou alguns passos no terraço, apoiada ao braço de Ruth. Sentia o corpo renascer e suspirava de bem-estar.

— Temos de ir para dentro. Como primeiro passeio, já chega por hoje – disse a governanta.

— Vamos ficar mais um pouco, Ruth. Sinto-me tão bem!

— Não, minha filha – disse a governanta com firmeza.

Em certas circunstâncias, ninguém conseguia resistir à vontade de Ruth. Léa não insistiu.

Mas quem seria aquela esguia silhueta negra que se aproximava? Por quê? Por que o véu de luto? Imóvel, com um crescente sentimento de horror a apoderar-se dela, Léa via avançar a mulher vestida com traje de viúva.

— Laurent! – exclamou Léa.

O nome odiado e amado escapou-lhe da garganta num grito que assustou os pássaros pousados nas árvores. Ruth fitou-a sem entender.

A mulher vestida de preto, de rosto oculto pelo véu, estava agora bastante próxima delas.

— Laurent... – gemeu Léa, aconchegando-se à capa de lã.

A mulher ergueu o véu e por detrás dele surgiu o rosto desfeito de Camille. Estendeu os braços para a convalescente que, hirta, se deixou beijar.

— Minha querida, minha pobre querida!

— Laurent?...

— Como é generosa pensando nos outros! – disse Camille. – Não. Laurent está bem. Encarregou-me de lhe dar um grande beijo e de lhe dizer que nossa casa é sua.

Léa não compreendia. Depois da enorme angústia que sentira, invadiu-a um louco contentamento. Beijou Camille com um sorriso radioso.

– Que susto me pregou! Então, por que o traje de luto? Por quê? Por quem?

– Mas, Léa... então não sabe?

– Mas o que é que eu deveria saber?

Camille deixou-se cair no chão, escondendo o rosto nas mãos.

– Mas, afinal, o que está acontecendo? O que você tem? Por que ficou assim, nesse estado? Por que motivo Camille veste luto? – perguntou Léa, dirigindo-se a Ruth.

– O irmão morreu.

– O irmão! Mas que irmão? Oh! Você quer dizer...

Ruth confirmou com a cabeça.

– Claude?

"Assim não serei obrigada a dizer-lhe que não quero mais ouvir falar em casamento", pensou Léa instantaneamente, corando, confusa, ao tomar consciência de semelhante pensamento. A vergonha encheu-lhe os olhos de lágrimas, sobre as quais Camille se iludiu.

– Ah, minha pobre querida! – lastimou ela.

Léa RESTABELECEU-SE a olhos vistos. Apesar do frio intenso que lhe corava as faces e o nariz, retomou, na companhia do pai, as cavalgadas pelas vinhas e pelos prados. A guerra parecia algo muito longínquo. A cor preta caía-lhe bastante bem.

Para distrair a filha, Pierre Delmas convidou-a a acompanhá-lo a Paris, onde os negócios exigiam sua presença. Ficariam alojados em casa das tias de Isabelle, Lisa e Albertina de Montpleynet. Léa, entusiasmada, aceitou a proposta; em Paris, tornaria a ver Laurent, que acabava de ser transferido para o Ministério da Guerra.

8

Pai e filha chegaram a Paris no trem noturno, desembarcando numa plataforma tão pouco iluminada que mal se distinguiam os objetos. Fora da estação, a noite era escura. Os raros lampiões, de luz muito fraca, não conseguiam varar a escuridão. Depois de uma espera que lhes pareceu bastante longa, arranjaram um táxi de faróis também fracos, que os conduziu lentamente ao longo das plataformas.

Léa tinha a sensação de circular por uma cidade fantasma, tão raros eram os veículos e os transeuntes. Algumas luzes azuladas acentuavam a irrealidade dos lugares.

– Veja, Léa... a Notre-Dame – indicou Pierre Delmas.

Mas Léa viu apenas um vulto um pouco mais sombrio do que o céu.

– A praça Saint-Michel – tornou o pai.

Então era esse o famoso Quartier Latin, tão alegre, tão animado! Somente alguns vultos de aspecto friorento, que pareciam evitar-se uns aos outros, caminhando a passo estudado. Como em resposta a seu pensamento, Pierre Delmas comentou:

– Como é triste tudo isto! Antigamente, a esta mesma hora, todos os cafés da praça e da avenida estavam abertos.

Perdidos em cogitações melancólicas, atingiram a rua da Universidade sem mais palavras.

O acolhimento de Lisa e de Albertine contribuiu para restituir-lhes o sorriso. Esperava-os uma mesa bem-posta. A sala de jantar parecia ainda mais espaçosa devido ao papel panorâmico que cobria as paredes, representando uma cena de embarque para as Ilhas. Quando pequena, sempre que vinha visitar as tias, Léa fazia daquela divisão seu universo. Corria para lá mal encontrava aberta a porta e esgueirava-se por debaixo da mesa enorme. Ali abrigada, ficava a contemplar os barcos, as grandes flores de tons violeta e o mar de um azul intenso. Quantas viagens não fizera na caravela mágica representada pela mesa e sua toalha de tecido verde-escuro, pesada e de longas franjas! As paredes falavam de uma vida aventurosa e colorida, a vida das lendas contadas pela mãe quando as filhas lhe pediam que falasse da pátria longínqua, que desconheciam.

– Que bom, tia Albertine! Aqui nada mudou.

– E por que razão havia de mudar, minha querida? Não basta que nós próprias nos modifiquemos?

– Mas, tia Albertine, a senhora não mudou! Sempre a conheci com o mesmo aspecto.

– O que significa que sempre me conheceu velha.

– Ah, não, tia Albertine! Nunca serão velhas tia Lisa ou a senhora.

Albertine beijou a sobrinha e a fez sentar-se. Pierre Delmas instalou-se em frente da filha.

– Vocês devem estar com fome. Estelle preparou vitela estufada com cogumelos, como gosta, Pierre – esclareceu Albertine.

– Foi ela quem se lembrou de que você é grande apreciador desse prato – interveio Lisa, afetada.

– Sinto que aqui vou engordar. Depois, sua sobrinha vai me repreender.

– Ha, ha, ha. Ele não mudou. Sempre brincando! – exclamaram, rindo, as velhas senhoras.

Léa regalou-se com a refeição. Vendo-a comer com tamanho apetite, o pai não pôde impedir-se de evocar o infeliz Claude, noivo tão facilmente esquecido.

NO QUARTO – o antigo quarto da mãe –, Léa foi encontrar um magnífico ramo de rosas mate, acompanhado de um cartão. Maravilhada pela beleza das flores, apossou-se do retângulo de papel e leu: "Para a nova parisiense, com a ternura de Camille e de Laurent." A frase roubou-lhe o contentamento de momentos antes. Como poderia ela receber a ternura de Camille? Quanto à de Laurent, associada à da mulher, bem podia ficar com ela! Rasgou o papel e deitou-se mal-humorada.

NO DIA SEGUINTE, Léa foi despertada por um aroma de chocolate e por um sol cintilante que a obrigou a esconder-se debaixo dos cobertores.

— Feche as cortinas!

— Fora da cama, sua preguiçosa! Ficar deitada num dia como este! Sabe que horas são?

Léa arriscou a ponta do nariz fora das cobertas.

— Não.

— São quase onze horas. Seu pai saiu há muito e Camille d'Argilat já telefonou duas vezes – disse Albertine, colocando a bandeja do café da manhã perto da cama.

— Mas que chata! – exclamou Léa, sentando-se para receber a bandeja que a tia lhe estendia.

— Por que você diz isto? É muito amável da parte dela querer saber notícias suas.

Léa preferiu não responder e instalou-se confortavelmente.

— Como é boa, minha tia! Tudo do que eu gosto! – disse a jovem, enterrando os dentes num bolinho dourado e ainda morno.

— Aproveite agora, querida. Já anunciaram toda uma série de restrições. Hoje há bolos, mas não haverá carne. Amanhã estarão fechadas as pastelarias e abertos os açougues. Teremos de nos habituar.

— Até que enfim acordada! – disse Lisa, enfiando o nariz comprido pela fresta da porta entreaberta. – Dormiu bem?

– Bom dia, tia. Dormi como uma pedra. O quarto está tão cheio da presença de mamãe que tenho a sensação de ela nunca ter saído daqui.

Depois de beijá-la, as duas senhoras deixaram a sobrinha.

Léa devorou ainda mais dois bolinhos e engoliu duas xícaras de chocolate. Saciada, afastou a bandeja e esticou-se, as mãos cruzadas na nuca.

Através de uma das janelas entreabertas penetrava no quarto a brisa que fazia oscilar suavemente as cortinas de tule. O sol primaveril parecia conferir vida às personagens da tela de Jouy e aos azuis fanados das paredes do quarto.

Sem esforço, Léa fantasiou a mãe vivendo ali naquele quarto, um quarto doce e tranquilo, bem à sua imagem. Em que pensaria a jovem Isabelle nas manhãs de primavera? Em amor, em casamento? Sentiria também ela a ânsia enorme de agarrar a vida com ambas as mãos, de apertar contra si um corpo apaixonado, de ser acariciada, de ser beijada? Não, não era possível. Tudo nela parecia tão distante dessas suas fantasias!

Na casa, ao longe, soou a campainha do telefone. Segundos depois, uma ligeira pancada na porta.

– Entre – ordenou Léa.

A porta abriu-se e entrou no quarto uma mulher forte, com cerca de 50 anos, vestindo uma bata de tom cinzento pálido, coberta pelo avental de brancura imaculada.

– Estelle! – exclamou Léa. – Que alegria em vê-la! Como vai?

– Vou bem, menina.

– Não faça tanta cerimônia, Estelle. Venha me dar um beijo.

A cozinheira-criada de quarto das senhoras Montpleynet não se fez de rogada e beijou as faces daquela que tantas vezes segurara nos braços quando pequena.

— Minha pobre criança! Que infelicidade! O seu noivo...

— Cale-se! Não quero que se fale nele.

— Sim, claro... Perdoe-me, minha querida, sou tão desastrada!

— Não é, não.

— Ah, ia-me esquecendo... a senhorita... a senhora d'Argilat está ao telefone e quer falar-lhe. É já a terceira vez que telefona.

— Eu sei – disse Léa com um tom de aborrecimento. – O telefone ainda está na saleta? – acrescentou enquanto vestia o roupão de veludo grená, presente da mãe no Natal.

— Está, sim, senhorita.

Descalça, Léa percorreu o comprido corredor dos quartos e entrou na saleta, o lugar preferido das irmãs Montpleynet.

— Veja só – observou Léa –, elas trocaram o papel de parede. Fizeram bem, este é mais alegre.

Aproximou-se do aparador onde estava o fone fora do gancho.

— Alô? Camille?

— É você, Léa?

— Sim. Desculpe tê-la feito esperar.

— Não tem importância, minha querida. Fiquei tão contente com sua vinda a Paris! Hoje está um dia bonito, você não gostaria de passear esta tarde?

— Se você quiser...

— Passo para pegá-la às duas horas. Pode ser?

— Muito bem.

— Então, até logo. Se soubesse como estou satisfeita por tornar a vê-la!

Léa desligou sem responder.

SENTADAS NUM BANCO do Jardim das Tulherias, as duas jovens de luto saboreavam a volta do sol após um inverno que cobrira todo o território francês com espessas camadas de neve durante semanas. A primavera chegara, enfim; tudo a denunciava: a suavidade do ar, a luz mais leve cobrindo de um rosa desmaiado os edifícios da rua Rivoli e a fachada do Palácio do Louvre, os jardineiros que plantavam as primeiras tulipas nos canteiros bordeados com pequenos arbustos, o olhar dos homens para as pernas das mulheres, uma certa languidez de gestos, os gritos mais estridentes das crianças perseguindo-se à volta do lago e, sobretudo, o odor indefinível que pairava sobre a cidade naquela época do ano, capaz de perturbar até os mais sensatos.

Tal como Léa, também Camille se entregava àquele bem-estar voluptuoso que lhe afastava do espírito o desgosto causado pela morte do irmão e o receio de que a guerra prosseguisse, capaz de arrebatar-lhe o marido.

Uma bola pulou até junto dela, arrancando-a aos seus devaneios.

– Desculpe, minha senhora.

Camille sorriu para a criança loura postada à sua frente, apanhou a bola e estendeu-a.

– Muito obrigado, minha senhora.

Vendo-o afastar-se, suspirou com expressão enternecida.

– Como é engraçado! – comentou. – Olhe para ele, Léa. Tem cabelos do mesmo tom dos de Laurent.

– Não acho – respondeu secamente.

– Gostaria tanto de ter um filho como esse menino!

– Que ideia mais disparatada! Arranjar um filho numa altura dessas! É preciso ser louco ou inconsciente.

A aspereza do tom fez crer a Camille tê-la magoado ao evocar a ventura da maternidade perante alguém que acabara de perder o noivo.

– Desculpe. Sou de um egoísmo! Até parece que esqueci o pobre Claude... embora... embora sinta tanta saudade dele – disse Camille a soluçar, escondendo o rosto nas mãos.

Duas mulheres que passavam diminuíram o andar, fitando com piedade a silhueta delgada e vestida de negro, sacudida pelo pranto. Suas expressões elevaram ao auge a cólera de Léa.

– Pare de dar espetáculo! – exclamou.

Camille pegou o lenço que a companheira lhe estendia.

– Desculpe, mas não tenho sua coragem nem sua dignidade.

Léa absteve-se de explicar que seu comportamento nada tinha a ver com esses dois predicados. Para que transformar em inimiga a mulher daquele a quem amava e que voltaria a ver nesta mesma noite, já que Camille a convidara para jantar?

– Venha, vamos embora. E se fôssemos tomar um chá? Conhece algum lugar não muito longe daqui?

– Boa ideia. O Ritz fica bem perto.

– Vamos – concordou Léa.

Deixaram as Tulherias, dirigindo-se à praça Vendôme.

– NÃO VÊ o que faz? – gritou Léa.

Teria sido derrubada por um indivíduo que saía correndo do famoso hotel, se duas mãos vigorosas não a sustivessem no último instante.

– Peço desculpas, minha senhora. Mas... não é a encantadora Léa Delmas? Apesar do disfarce, minha cara, eu a teria reconhecido entre mil. Conservo de você uma lembrança inesquecível.

– Se importaria de me largar? Está me machucando.

– Perdão. Não passo de um bruto – disse o homem, sorrindo.

Tirando o chapéu, François Tavernier inclinou-se diante de Camille.

– Bom dia, senhora d'Argilat. Lembra-se de mim?

– Bom dia, senhor Tavernier. Não esqueci nenhuma das pessoas presentes na festa do meu noivado.

– Sei que seu marido se encontra em Paris atualmente. Se não for indiscreto, posso perguntar por quem é o luto?

– Por meu irmão.

– Sinto muito, senhora d'Argilat.

– E a mim, não me pergunta? – interveio Léa, furiosa por se ver excluída do diálogo.

– A você?! – respondeu François Tavernier em tom de brincadeira. – Suponho que se vestiu de preto apenas por coquetismo. Talvez um dos seus apaixonados tenha dito que lhe ficava bem, realçando-lhe o tom da pele e dos cabelos.

– Ah, não fale assim, senhor Tavernier! – exclamou Camille. – Meu irmão Claude era noivo dela.

Se fosse mais observadora e não estivesse tomada por tal cólera, Léa teria distinguido as sucessivas expressões que se estamparam no rosto de Tavernier: espanto, piedade, dúvida e, por fim, ironia.

– Peço perdão de joelhos, senhorita Delmas. Desconhecia que tivesse se apaixonado pelo senhor d'Argilat e fossem casar-se. Apresento-lhe meus sentidos pêsames.

– Minha vida particular não lhe diz respeito. E não quero saber dos seus pêsames.

Camille interveio:

– Não leve a mal, senhor Tavernier, Léa não sabe o que diz. A morte de meu irmão chocou-a muito. Gostavam demais um do outro.

– Não duvido – respondeu François Tavernier com uma piscadela de olho a Léa.

Era evidente que aquele grosseirão, aquele canalha, não esquecera a cena ocorrida em Roches-Blanches e tinha ainda o desplante de lhe dar a entender! Léa puxou Camille pelo braço.

– Estou cansada, Camille. Vamos voltar – disse.

– Não. Ainda não. Venha tomar um chá. Vai lhe fazer bem.

– A senhora d'Argilat tem razão. Recomendo-lhes o chá do Ritz. Quanto à *pâtisserie*, uma delícia – disse François Tavernier em tom de tal modo afetado e tão contrastante com seu caráter que Léa, apesar da raiva, quase desatou a rir. Não pôde impedir, no entanto, que um breve sorriso lhe iluminasse a fisionomia carregada.

– Ah, assim é melhor! – exclamou ele. – Por um sorriso seu, ainda que fugidio – precisou Tavernier perante o rosto de novo sombrio –, eu seria capaz de entregar a alma ao diabo.

Nesse instante, aproximou-se do grupo um indivíduo em uniforme cinzento e boné na mão, que desde o início da conversa se mantivera a pequena distância, junto de um grande automóvel preto.

– Peço desculpas, senhor Tavernier, mas já está atrasado. O ministro o espera.

– Obrigado, Germain. Mas que pode um ministro contra uma mulher bonita? Que espere! Sou forçado a despedir-me, minhas senhoras. Permite-me que vá apresentar-lhe cumprimentos um destes dias, senhora d'Argilat?

– Terei muito gosto nisso, senhor Tavernier. Ficaremos encantados, meu marido e eu.

– Terei a felicidade de vê-la novamente, senhorita Delmas?

– Muito me admiraria se isso acontecesse. Ficarei poucos dias em Paris e bastante ocupada visitando amigos.

– Nesse caso, havemos de encontrar-nos, pois sinto muita amizade por você.

Cumprimentando-as uma vez mais, François Tavernier entrou no automóvel. O motorista fechou a porta, instalou-se ao volante e arrancou devagar.

– VAMOS ENTÃO tomar esse chá?

– Julguei que quisesse voltar para casa – admirou-se Camille d'Argilat.

– Mudei de ideia.

– Como você quiser, querida.

NA SUA ENCANTADORA casa da avenida Raspail, onde belos móveis estilo Luís XV misturados a peças de mobiliário modernas conferiam ao conjunto um luxo refinado, Camille acabava de dispor flores no centro de mesa. Entregue ao tranquilo prazer daqueles preparativos aos quais as recém-casadas costumam dedicar-se com orgulho de proprietárias, a jovem não deu pela entrada do marido. O beijo que ele lhe deu no pescoço, acima do decote de renda preta do vestido de luto, arrancou-lhe um pequeno grito.

– Você me assustou – disse Camille com ternura, virando-se para Laurent ainda com um ramalhete de prímulas na mão.

– Como foi a tarde na companhia de Léa?

– Foi bem. A pobrezinha ainda está sob efeito do choque da morte de Claude. Tanto se mostra triste como alegre, abatida e enérgica, meiga e agressiva. Não sei o que fazer para agradá-la.

– Devia tê-la levado a lugares movimentados.

– Foi o que fiz. Tomamos chá no Ritz, onde encontramos François Tavernier.

– Não é de estranhar, pois mora no hotel.

– Mostrou-se encantador e muito humano comigo. Mas sua atitude com Léa foi bastante esquisita.

– Esquisita, como?

– Parecia procurar arreliá-la o tempo todo, fazê-la ficar fora de si, no que se saiu muito bem, aliás. Você, que o conhece um pouco, que tipo de homem é ele?

Laurent pensou antes de responder:

– É um tanto difícil de explicar. No Ministério, certas pessoas acham-no um canalha sem escrúpulos, capaz de tudo para obter dinheiro; outras consideram-no o indivíduo que melhor sabe avaliar a situação. Ninguém duvida de sua coragem, tal como a demonstram os ferimentos recebidos na Espanha, nem de sua inteligência e conhecimentos. É também notório que tem inúmeras amantes e alguns amigos fiéis.

– Um retrato não muito convincente nem sedutor. E você, o que pensa dele?

– Na verdade, não tenho opinião formada. Simpatizo e antipatizo com ele ao mesmo tempo. Estamos de acordo em muitos pontos, sobretudo quanto à fraqueza do comando militar e quanto à imbecilidade dessa situação de espera que vai degradando o moral das tropas. Também aprovo a terrível análise que Tavernier elaborou acerca da guerra russo-finlandesa, não obstante suas ideias cínicas. Mas tenho certas reservas a seu respeito. Ele me seduz e logo depois me revolta. Parece não ter o mínimo senso ético ou, então, o esconde muito bem. Que mais posso dizer? Trata-se de uma personalidade complexa demais para ser analisada em poucas palavras.

– É a primeira vez que o vejo perplexo perante alguém.

– É verdade. Tavernier dispõe de um tipo de inteligência que não compreendo; algo me escapa. Temos a mesma educação, frequentamos as mesmas escolas, somos do mesmo meio social, nossa cultura, as preferências literárias e musicais são idênticas. Viajamos, estudamos e refletimos juntos. Em mim, tudo isso resultou em indulgência pela humanidade, no desejo de combater pela preservação das liberdades; nele, transformou-se em dureza e em indiferença quanto ao futuro do mundo.

– Não creio que Tavernier seja duro ou indiferente.

Laurent encarou a mulher com ternura.

– Você é tão boa que não consegue ver mal em ninguém.

Nesse instante, ouviu-se um toque de campainha.

— São nossos convidados — observou Camille. — Receba-os. Vou à cozinha ver se tudo está em ordem.

"Que tédio, este jantar!" Nunca em toda a sua vida Léa se sentira tão aborrecida. Como era possível suportar, por mais de cinco minutos, as tagarelices de Camille e das senhoras de Montpleynet? A conversa delas resumia-se às dificuldades de abastecimento dos parisienses, à defesa passiva e à criadagem. Felizmente, não havia crianças. Do contrário, seria um nunca mais acabar de considerações comparativas dos méritos do leite materno, concentrado ou em pó, ou uma arenga infindável quanto às diversas maneiras de enrolar os bebês. Não muito a par desse gênero de assuntos, até mesmo o pai dava sua opinião.

Quanto a Laurent, para ele o casamento não se mostrara generoso. Engordara, como é óbvio, perdera cabelo, os dentes pareciam mais escuros, o olhar apagado. Com um "extintor" como aquela mulher, não era de admirar! Apesar dessa imagem deteriorada, toda a vida se interrompera em Léa no instante de transpor o limiar da porta. Como Laurent era belo, delgado e naturalmente elegante! Ele a contemplava com uma admiração impossível de dissimular. E quando a tomara nos braços, apertando-a por mais tempo do que mandava a etiqueta, os lábios em seus cabelos, nas faces... Que dissera ele então? Que era sua irmã... Onde arranjara tão ridícula noção? Irmã dele! E que mais lhe murmurara ao ouvido? "Claude teria gostado que assim fosse." Que saberia Laurent dos desejos de um morto? E ela? Não teria também uma palavra a dizer? "Esta casa é sua." Fora grande amabilidade da parte de Laurent dizer-lhe aquilo; mas que não insistisse, senão poderia tomar suas palavras ao pé da letra. A única coisa que dele desejava era sentir seus lábios nos dela. Mas se contentara em responder:

– Obrigada, Laurent.

Imaginara aquele reencontro como um momento de felicidade; mas tudo se transformou em um aborrecimento que a tornava injusta para com seu amor.

DUAS SEMANAS decorreram, durante as quais Léa viu Laurent quase todos os dias. Nunca a sós, porém, infelizmente. Suportara a presença de Camille por aqueles escassos instantes junto dele, de uma Camille cuja afabilidade a tornava cada vez mais odiosa. Nos raros momentos de lucidez e de bom humor, Léa concordava que Camille era menos entediante que a maioria das mulheres, sabendo dissertar sobre todos os assuntos sem mostrar-se pedante, e fazendo o impossível para distraí-la. Tão impregnada de convencionalismos, não concordara em acompanhá-la ao cinema e ao teatro, apesar do luto? Léa revia Camille a retirar do chapéu o véu de luto e a dobrá-lo com uma lentidão que, melhor do que palavras, lhe traía o desgosto que sentia. Ela o fizera apenas para agradar-lhe, quando Léa lhe havia declarado peremptoriamente que estava farta de sair com uma viúva, que isso a desmoralizava e deixava doente.

CERTA MANHÃ, Pierre Delmas entrou no quarto da filha, que tomava o café na cama.

– Bom dia, querida. Está contente com a temporada em Paris?

– Sim, papai, embora ainda não tenha me divertido.

– O que você entende por divertimento? Saiu todos os dias, visitou museus, lojas, andou de barco no Bois de Boulogne... O que mais quer?

– Queria dançar, ir a cabarés, ao Folies Bergère... Divertir-me, enfim.

– Tem ideia do que diz? Seu noivo morreu há quatro meses apenas e você só pensa em dançar! Será que não tem coração? – criticou o pai.

– Não sou culpada por ele ter morrido.

– Você está passando dos limites, Léa. Nunca acreditei que estivesse apaixonada pelo pobre Claude, mas, assim mesmo, você me decepciona.

O tom de desprezo de Pierre Delmas atingiu Léa como uma bofetada. Sentiu-se de súbito tão infeliz, incompreendida e devassada que começou a chorar.

O pai conseguia suportar tudo, menos as lágrimas da filha preferida.

– Não é nada, minha querida, nada de grave – consolou-a. – Eu compreendo, é duro privá-la dos prazeres próprios da sua idade. Vamos voltar para casa, encontrar sua mãe, retomar nossos passeios...

– Não quero voltar para Montillac!

– Mas por quê? Por que, se você se aborrece em Paris?

Léa não respondeu.

– Vamos, responda, querida – insistiu Pierre Delmas.

Léa ergueu para o pai o rosto banhado em lágrimas, sabendo perfeitamente que ao vê-la assim ele acabaria por concordar com seus desejos.

– Gostaria de matricular-me na Sorbonne, no curso de literatura – disse ela num murmúrio.

Pierre Delmas fitou-a com espanto.

– Que ideia absurda! – exclamou. – Em outra época, não diria que não. Esqueceu que estamos em guerra?

– Não é uma ideia absurda, papai – contestou Léa. – Camille e várias amigas dela frequentam a universidade. Quanto à guerra, ainda não chegou aqui. Diga que sim, paizinho, eu imploro!

– Terei de falar no assunto com sua mãe e perguntar às suas tias se estão de acordo em alojá-la – disse Pierre Delmas, procurando afastar a filha, que o sufocava com beijos.

— Telefone para mamãe. Eu me encarrego das tias – sugeriu a jovem, pulando da cama. – Aliás – acrescentou –, Camille convidou-me para ficar em sua casa se surgissem problemas quanto ao alojamento.

— Já vejo que estou diante de um verdadeiro complô – gracejou o pai. – Aonde vai hoje?

— Ainda não sei. Camille ficou de telefonar. E você, o que vai fazer?

— Tenho um encontro e um almoço de negócios.

— Não esqueça que logo à noite jantamos em casa de Laurent – recomendou Léa. – Ele quer apresentar-nos alguns dos seus amigos.

— Não esquecerei. Então, até à noite.

— Até logo, papai. E não se esqueça também de telefonar para mamãe.

Quando a porta se fechou, Léa pôs-se a dançar pelo quarto, segura de conseguir do pai o que queria. Passaria ao ataque nesse mesmo dia. Na véspera, dissera a Camille ter algumas voltas a dar sozinha e comunicara às tias que almoçaria com Camille. Como era bom ser livre, ter um dia por sua conta! E que sorte, a manhã estava tão bonita! Estrearia o *tailleur* comprado às escondidas numa loja da rua de Faubourg-Saint-Honoré. Adquirira também chapéu, carteira, sapatos e luvas, esgotando na aquisição todos os seus recursos econômicos. Cantarolando, dirigiu-se ao banheiro. Quando saiu, envolta no amplo roupão branco cheirando a Après l'Ondée, Albertine, ao passar pela sobrinha, perguntou-lhe se entornara o frasco do perfume.

ERAM QUASE ONZE horas. Teria de se apressar caso quisesse chegar ao meio-dia no Ministério da Guerra. Vestiu-se rapidamente. Estremeceu de prazer ao sentir no corpo o contato da blusa cor-de-rosa pálido, que lhe conferia um tom mais luminoso ao rosto. Ficava-lhe muitíssimo bem a saia de crepe preto e pesado e o casaco realçava-lhe a silhueta esguia. Sobre os cabelos erguidos prendeu um desses maravilhosos chapéus que só se encontram em Paris, com o formato de um pandeirinho de palha negra, um véu e pequenas flores enfeitando-o de modo discreto. Sapatos abertos, de salto alto, luvas da mais fina pelica e bolsa combinando com o chapéu completavam o conjunto um pouco severo, severidade que não a envelhecia, porém, não obstante seu desejo de parecer mais mulher. Deu ao espelho uma última olhadela, verificando o alinhamento da costura das meias e todo o aspecto geral. Agradou-lhe de tal modo a imagem que sorriu de contentamento.

Agora, tratava-se de sair sem que as tias e Estelle a vissem; não deixariam de se espantar perante uma noiva de luto que usava peças de vestuário cor-de-rosa e flores no chapéu.

O portão fechou-se atrás de Léa, que se encontrou no passeio da rua da Universidade. Deixou escapar um suspiro de alívio. Arrepiada, dirigiu-se para Saint-Germain, em busca de um táxi. Que frio! O sol fora apenas uma nesga e logo o inverno regressara. Felizmente o governo autorizara que os aquecimentos funcionassem até 15 de abril.

Seguida pelos olhares de admiração dos homens e, por vezes, das olhadelas invejosas das mulheres, Léa viu-se obrigada a caminhar até Saint-Germain-des-Près para conseguir uma condução. Na praça de táxis, os motoristas aqueciam-se ao sol, encostados às viaturas, fumando cigarros e batendo com os pés gelados no chão. Léa subiu no primeiro automóvel da fila. Um homem ainda novo, de cabeça coberta por um incrível boné xadrez, veio instalar-se ao volante.

– Onde quer que a leve, bela primavera negra? – perguntou o motorista.

– Ao Ministério da Guerra, por favor.

– Muito bem. Para o Ministério da Guerra!

LÉA AVIZINHOU-SE da sentinela.

– Gostaria de falar com o tenente d'Argilat – disse a moça.

– Tem horário marcado?

– Sim – gaguejou Léa, impressionada pelo ambiente; tal como acontecia nos átrios das estações de trem, também ali se verificava grande movimento de soldados e de oficiais de todos os corpos das Forças Armadas.

– O que faz aqui, Léa?

– Esta menina diz que tem horário marcado com o senhor.

Laurent ergueu as sobrancelhas, mas, diante do ar contrito de Léa, asseverou:

– É verdade. Mas o que está acontecendo? Algo de grave?

– Não. Tive vontade de ver você, só isso – respondeu a jovem, lançando-lhe um olhar de soslaio. – E também de almoçar com você – acrescentou rapidamente.

– Excelente ideia! Por acaso, estou livre. Venha ao meu gabinete. Telefonarei a Camille, convidando-a para juntar-se a nós.

– Ah, não! – gritou Léa.

Perante a expressão surpresa de Laurent, a moça prosseguiu em tom mais brando:

– Camille não poderá vir almoçar hoje. Tem compras a fazer para logo à noite.

– Ah, é verdade! Tinha me esquecido das visitas. Onde quer comer?

– Em qualquer lugar elegante.

– De acordo – anuiu Laurent, rindo. – O que me diz do Maxim's?

– Magnífico!

UM MOTORISTA do Ministério deixou-os na rua Royale. Albert, o chefe dos criados, acolheu-os com a habitual cortesia.

– A mesa do senhor d'Argilat!

Diversas cabeças se ergueram à entrada de Léa, cujo coração batia com força sob a blusa cor-de-rosa. Já instalada à mesa, a jovem olhou em volta sem procurar disfarçar a curiosidade e o prazer de almoçar no mais famoso restaurante do mundo. Pareceu-lhe que nunca mais esqueceria o ambiente: as flores dispostas em taças de prata, as porcelanas e os cristais, o serviço silencioso e rápido dos garçons, os espelhos refletindo até ao infinito a claridade rosada dos abajures, as joias e os chapéus das mulheres, a renda das cortinas, o vermelho do veludo sobre as madeiras escuras... Tudo ali respirava luxo. A guerra ficava bem distante.

– Aquele ali parece Maurice Chevalier – disse Léa ao ouvido de Laurent.

– Parece e é. E além, ao fundo, está Sacha Guitry. Na mesa ao lado, a bela Mary Marquet.

Um garçom trouxe os cardápios.

– Que quer comer?

– Tanto faz. Estou certa de que todos os pratos são bons. Escolha por mim.

Feito o pedido, veio o garçom encarregado das bebidas.

– Que deseja beber, senhor?

– Champanhe! – exclamou Léa.

– Ouviu? A senhora deseja champanhe.

Em breve chegava o vinho.

– Brindemos a nós mesmos – sugeriu Léa, erguendo a taça.

— A nós e àqueles que amamos – emendou Laurent.

Fitando-se, beberam em silêncio.

Léa desabrochava sob o olhar do homem amado. O picotado do véu conferia uma ponta de mistério às faces frescas e tornava mais sensuais os lábios úmidos. Como uma carícia, a jovem sentia pousados em si os olhos do companheiro. Deliberadamente coquete, ergueu o véu devagar.

— Como você é bonita! – exclamou Laurent.

À frase comovida, Léa respondeu com um riso gutural. O rapaz crispou as mãos na toalha branca e Léa estremeceu como se os dedos dele tivessem penetrado em sua carne. Teve então um gesto que remontava à infância, mas que, na atual circunstância, parecia uma provocação inconcebível: com o polegar e o indicador, torceu o lábio inferior.

— Não faça isso! – censurou Laurent.

Ela interrompeu o gesto e esboçou um trejeito fingido de espanto. Laurent evitou as explicações com a chegada dos pratos, sobre os quais a moça se lançou, gulosa e faminta. Com algumas garfadas, fez desaparecer o salmão defumado.

— Delicioso! – comentou.

Depois, imediatamente prosseguiu:

— Acha que será logo o recrudescimento da guerra?

Laurent não esperava de forma alguma semelhante pergunta que quase derrubou o copo.

— Acho que sim. Vou reunir-me ao meu regimento.

De olhos subitamente dilatados, as batidas do coração suspensas, Léa inquiriu:

— Quando?

— Depois de amanhã.

— E onde?

— Perto de Sedan.

— Há quanto tempo sabe disso?

– Há três dias.

– Disse a Camille?

– Ainda não encontrei coragem.

Léa mal tocou no prato seguinte, mas bebeu diversas taças de champanhe. E a imagem de Laurent morto ou ferido foi-se distanciando pouco a pouco. Coloria-lhe as ideias a euforia nascida do álcool.

– Falemos de outras coisas, está bem? – propôs, pousando a mão na do companheiro.

– Tem razão. Para que entristecer os últimos instantes de felicidade e de paz? Guardarei de você, mesmo nos piores momentos, a imagem de uma bela dama de negro e cor-de-rosa.

De queixo apoiado à palma da mão, pálpebras semicerradas, Léa inclinou-se para Laurent, dizendo:

– Como vê, você me ama.

Duas rosetas juvenis inflamaram o rosto do rapaz.

– Eu sinto que é assim, não negue – prosseguiu ela. – Não, cale-se. Deixe-me falar. Você só diria tolices. Amo você, Laurent. Amo ainda mais do que naquele dia em que lhe disse. Fiquei noiva de Claude apenas para vingar-me, para lhe causar desgosto. Felizmente ele está... não, não é isso que queria dizer. Queria dizer que continuo livre.

– Esquece-se de que eu não estou.

– Sim. Mas me ama assim mesmo.

– Não é verdade. Mas, mesmo que o fosse, acha-me assim tão covarde a ponto de abandonar Camille? Sobretudo...

– Sobretudo?

– Ah, mas é o d'Argilat!

– Olá, Tavernier! Como vai?

Ele apresentava uma elegância insuportável. "Um verdadeiro filho da fortuna", pensou Léa com a maior má-fé, perante a alta figura muito distinta no seu terno cinza-escuro de corte impecável.

— Desgraçadamente, não tão bem quanto você – replicou Tavernier. – Encantado por tornar a vê-la, senhorita Delmas.

Léa inclinou a cabeça num aceno agastado que fez sorrir o importuno.

— Vejo que não se passa o mesmo com você. Permita-me que me retire. Falaremos com mais tempo logo à noite.

Tavernier afastou-se fazendo um gesto de despedida e cumprimentando duas ou três pessoas aqui e acolá, antes de deixar a sala.

— Não é possível que nos encontremos logo à noite. Devo ter ouvido mal. Não o convidou, não?

— Convidei, sim. Por diversas vezes me manifestou desejo de cumprimentar Camille.

— Então ela vai ficar bastante satisfeita esta noite.

— Você é injusta, Léa. Tavernier sabe ser bastante divertido e encantador.

— Muito me admiraria. Não passa de um grosseirão. Já estou farta deste lugar. Vamos embora.

Na rua, o tempo mudara. O sol desaparecera, dando lugar a um dia desagradável.

— Acho que vai nevar – observou Laurent, encaminhando-se para o automóvel do Ministério, que acabara de parar junto ao passeio.

— Vamos voltar. Estou com frio – disse Léa.

— Não me surpreende. Você não está suficientemente agasalhada. Entre logo no carro.

Uma vez instalado, Laurent cobriu-a com seu impermeável e rodeou-lhe os ombros com o braço. Rodaram durante algum tempo sem dizer nada.

– Para a rua da Universidade – ordenou o rapaz ao motorista.

– Aperte-me contra você. Fico mais quentinha – disse Léa, apoiando a cabeça no ombro de Laurent.

De olhos fechados, a jovem sentia a perturbação do companheiro, uma perturbação idêntica à sua. Ao fim de um instante, não pôde mais.

– Beije-me, Laurent – pediu.

O rapaz tentou ignorar os lábios que se lhe ofereciam. Mas, lenta e firmemente, Léa o atraiu para si e ele deixou de resistir. Esquecido de Camille e da presença do motorista, colou a boca à dela e o tempo parou. Quando conseguiu libertar-se, o veículo rodava devagar pela rua da Universidade.

– Em que número deverei parar, meu tenente? – inquiriu o motorista em voz baixa e embaraçada.

– Aqui. Pare aqui.

– Muito bem, meu tenente.

Léa fitava-o em silêncio com expressão de triunfo. "Parece um animal", pensou Laurent, tentando assumir uma atitude indiferente e alisando o cabelo com os dedos. O automóvel parou. Sem aguardar que o motorista lhe abrisse a porta, Léa saiu do carro de chapéu na mão. Laurent acompanhou-a à porta.

– Desculpe o que se passou há momentos – disse ele.

– Por que pedir desculpas? Não foi bom? Não faça essa cara. Não é nenhuma catástrofe estar apaixonado. Até logo à noite, meu amor.

O tenente d'Argilat permaneceu por instantes imóvel em frente da porta que acabava de se fechar.

EMBORA O PAI insistisse com Léa para que se aprontasse a tempo, chegaram com vinte minutos de atraso à recepção em sua homenagem por Laurent e Camille. Léa estreou nessa noite um vestido longo de cetim preto, comprado no início da estada em Paris. Quando Pierre Delmas viu a filha pronta, o corpo como que moldado por uma segunda pele brilhante, os ombros e os braços parecendo mais nus ainda ao emergirem do negro tecido que lhe realçava a brancura, exclamou:

— Mas você não pode sair com essa roupa!

— Ora, papai, é a moda! Todas as mulheres usam.

— Talvez sim. Mas não é próprio para uma garota. Vá tirá-lo.

O olhar de Léa tornou-se sombrio, os lábios decaíram.

— Não tenho outro vestido, papai – afirmou. – Vou com este ou então não vou.

Conhecedor do caráter da filha, Pierre Delmas sabia que nada a demoveria de tal propósito.

— Ponha ao menos um xale – disse ele, capitulando.

— Tenho melhor do que isso. Olhe o que a tia Albertine me emprestou: a capa de raposa preta.

Um par de brincos compridos de diamante, emprestados por Lisa, completava o traje de Léa, fazendo parecer ainda mais frágil sua nuca de cabelos presos no alto.

Uma camareira encaminhou-os para o vestiário, já atulhado de agasalhos. Sob o olhar sombrio do pai, a filha desvencilhou-se da pele de raposa preta. Todos os rostos voltaram-se para Léa, quando, pelo braço de Pierre Delmas, entrou na sala com passos desenvoltos, segurando a bolsa bordada de pérolas brancas e pretas.

— Como está bonita, Léa! – exclamou Camille, que usava um comprido e singelo vestido de luto de saia franzida, meia manga e um recatado corpete branco, fechado por um camafeu. – Tenho uma surpresa para você. Veja quem está ali!

— Raul! Jean!

Léa, de novo criança, precipitou-se para os braços dos Lefèvre, ambos de uniforme.

– Que alegria! Que fazem vocês em Paris?

– Estamos de licença – esclareceu Raul.

– Temos de voltar para a frente de combate – precisou Jean.

– Mas, como o trem só parte amanhã de manhã, viemos ver Laurent e Camille, que nos convidaram para esta noite.

– Preparávamo-nos para visitá-la quando Camille revelou que você também viria, dizendo que gostaria de lhe fazer uma surpresa.

– Que ideia excelente! – exclamou Léa com um sorriso radioso dirigido a Camille.

– Venha. Deixe-me apresentá-la aos nossos amigos.

Léa cumprimentou um general, um coronel, um professor, um escritor famoso, um pintor também conhecido, uma mulher bonita, duas senhoras e... François Tavernier.

– O senhor outra vez!

– Que amável acolhida de sua parte! Nela reconheço seu caráter encantador.

Léa voltou-lhe as costas malcriadamente.

– O traseiro combina com a frente.

A moça virou-se de repente, exclamando:

– Acabe com suas grosserias!

– Quando uma mulher usa determinado gênero de vestidos, minha querida, é porque deseja que os homens notem algo além da cor do tecido. Não acha? Pergunte ao nosso querido Laurent d'Argilat.

– Que queriam perguntar-me? – interrogou Laurent, parando junto deles.

– A senhorita Delmas está indecisa, sem saber se o vestido lhe fica bem e se lhe agrada.

– Agrada... agrada muito – gaguejou Laurent. – Desculpem, mas creio que Camille precisa de mim – acrescentou ele, afastando-se.

– Grosseirão! – atacou Léa, dirigindo-se a Tavernier, que desatou a rir.

Aproximou-se de ambos um general.

– Então, Tavernier, conseguiu? – perguntou o recém-chegado.

– Ainda não, meu general.

Léa encaminhou-se para o bufê, onde Raul e Jean Lefèvre discutiam acaloradamente com Pierre Delmas.

– Falávamos da terra – elucidou Raul. – Quando regressam?

– Acho que ficarei por aqui mais algum tempo. Pretendo fazer um curso na Sorbonne. Telefonou para mamãe, papai?

– Telefonei.

– E ela concordou?

– Quanto à Sorbonne, acha que o ano escolar já está muito adiantado. No entanto, poderá ficar mais uns 15 dias, se suas tias estiverem de acordo.

– Claro que estarão! Obrigada, papai. Você também fica?

– Não posso. Volto em dois dias.

Raul ofereceu uma taça de champanhe à amiga e afastou-se um pouco com ela.

– Não deveria ficar – aconselhou. – Pode tornar-se perigoso com o prosseguimento da guerra.

– Então imagina os alemães em Paris? Você?! Mas irão detê-los. Os franceses não são em maior número?

– Isso nada significa. Os alemães estão mais bem-preparados, têm armamento mais adequado e sua Força Aérea é também superior.

– Talvez seja assim. Mas vocês são mais corajosos.

– Ora, que pode a coragem em face dos carros de assalto – contrariou o jovem, balançando a cabeça.

– Estou tão contente por vê-lo, Raul! Não me estrague a noite, está bem?

– Tem razão. Brindemos à vitória e a você, que é tão bonita.

Léa e os dois irmãos encaminharam-se para a pequena sala separada do salão por uma porta de batente duplo onde se encontravam os convidados. As paredes estavam repletas de livros. O fogo crepitava na lareira de mármore branco. No friso da lareira, um bronze magnífico representava um cavalo e respectivo cavaleiro atacados por lobos. Léa foi ocupar um dos dois sofás colocados em frente da lareira e os dois rapazes instalaram-se a seus pés.

Em silêncio, os três jovens fitavam as chamas sem as ver, deliciosamente entorpecidos pelo calor e embalados pelos estalidos da lenha. Apoiado na porta, François Tavernier, com uma taça de champanhe na mão, observava-os havia já algum tempo. Sentia pelos dois irmãos instintiva simpatia. Eram evidentes neles, de maneira bem natural, a bondade e a coragem. Divertia-o o fato de vê-los tão apaixonados pela amiga, perguntando-se o que aconteceria se, por capricho, ela desse sua preferência amorosa a um deles em detrimento do outro.

Léa agitou-se no assento e estirou-se com uma espécie de suspiro de contentamento. Os braços, os ombros e o rosto, sob a luz das chamas, cercavam-se de uma claridade dourada. Sobre a fonte luminosa, recortava-se a linha pura do perfil, deixando o rosto na sombra. Depois, a jovem inclinou a cabeça, deixando ver a nuca feita para beijos e mordidinhas.

François Tavernier levou a taça de champanhe aos lábios com tanta precipitação que entornou um pouco do líquido no smoking impecável. Queria aquela jovem. Não se recordava de alguma vez ter desejado uma mulher com tanta intensidade. Que teria ela mais que as outras? Era bonita, é certo, muito bonita mesmo, mas não passava de uma criança, de uma verdadeira menina. E ele detestava mocinhas, sempre tão estupidamente sentimentais, choramingando infalivelmente a perda da própria virgindade. Aquela, no entanto, adivinhava-a de têmpera diferente. Tinha ainda nos ouvidos o tom com que Léa declarara seu amor ao idiota do d'Argilat. Se tal declaração fosse feita a ele, ele a teria derrubado num canapé ou arrastado para um celeiro. E ela gostaria, estava certo disso. O feno áspero na sua pele de ruiva... Sentiu certa excitação. Léa iria lhe pertencer, um dia!

Virando-se para a porta nesse instante, a jovem surpreendeu o olhar ardente pousado nela e não se iludiu quanto à sua natureza. Gostava de sentir os olhares dos homens, olhares iguais àquele, violentamente e sem ambiguidade presos nela. Embora detestasse o indivíduo que a contemplava, experimentou um súbito arrepio de prazer, que a obrigou a apertar as pernas. O breve movimento não escapou à observação de François Tavernier, que sorriu com másculo agrado. Aquele sorriso irritou Léa; desconhecia que ocultava uma emoção mais profunda.

– Que faz plantado aí? – inquiriu.

– Olho para você.

A intensidade posta na resposta contribuiu para agastar Léa ainda mais. Ergueu-se com estudada lentidão.

– Veem? – perguntou aos irmãos Lefèvre. – Nem mesmo aqui se pode estar em paz.

Sem esperar por eles, encaminhou-se para o salão. Ao passar junto de Tavernier, este a deteve, segurando-a pelo braço, e proferiu, em voz tensa:

— Não gosto que me tratem desse modo.

— Terá de se acostumar se acaso, por infelicidade, nos virmos novamente. Largue-me!

— Antes de ir-me embora, deixe que lhe dê um conselho... sim, eu sei, não está interessada nos meus conselhos. Não fique em Paris. Vai se tornar perigoso.

— Engana-se. Por certo não há perigo, já que o senhor está aqui e não na frente de combate, onde estão todos os homens dignos de assim serem chamados.

François Tavernier empalideceu com o insulto, suas rugas se acentuaram e no olhar apareceu um brilho maldoso.

— Se você não fosse apenas uma criança, metia-lhe a mão na cara.

— As mulheres são, sem dúvida, os únicos adversários com os quais sabe lutar! Largue-me! Está me machucando.

Sem motivo aparente, Tavernier soltou uma gargalhada estrondosa que dominou o ruído das conversas. Depois largou o braço, onde os dedos haviam deixado marcas vermelhas.

— Tem razão. Só as mulheres são adversários à minha altura e devo reconhecer que nem sempre ganho.

— Admira-me que alguma vez isso tenha acontecido.

— Um dia verá.

— Já vi tudo, senhor Tavernier.

Afastando-se, Léa foi reunir-se a Camille, que tagarelava com uma mulher bonita.

— Tenho a impressão de que a nossa jovem amiga teve algumas contas a ajustar com François Tavernier – observou a desconhecida.

Léa fitou-a com o olhar altivo que dirigia às pessoas, por vezes, quando estas se mostravam indiscretas, hábito que a mãe, em vão, tentou fazê-la perder.

– Não sei a que se refere – disse Léa.

– A senhora Mulsteïn, que o conhece bem, falava do senhor Tavernier nos termos mais elogiosos – interveio Camille precipitadamente.

Léa não respondeu, aguardando o prosseguimento da conversa com uma indiferença onde se notavam apenas ligeiros vislumbres de delicadeza.

– Meu pai e meu marido estimam-no muito. É a única pessoa que me tem ajudado a obter autorizações para deixarem a Alemanha.

– Mas por que motivo querem eles sair da Alemanha? – perguntou Léa, intrigada, quase sem querer.

– Porque são judeus.

– Mas que tem isso?

SARAH MULSTEÏN observou aquela moça ao mesmo tempo provocante e infantil, metida no seu vestido de cetim preto, colado ao corpo, e reviu-se, alguns anos atrás, ao entrar num cabaré elegante de Berlim pelo braço do pai e do jovem marido. Também estreava um vestido de cetim, mas de cor branca. O gerente precipitou-se para eles ao reconhecer o pai, Israel Lazare, famoso maestro mundialmente conhecido, oferecendo-lhes a melhor mesa da sala. Seguiam atrás dele quando um homem alto e loiro, de rosto congestionado, em uniforme das SS, lhes barrou a passagem, um copo de conhaque na mão, interpelando o pai:

– O senhor é Israel Lazare?

O pai parou, sorrindo, e inclinou-se num cumprimento. O outro gritou, porém:

– Mas é um judeu, este homem!

Na ampla sala onde predominavam os vermelhos e os negros, suspenderam-se as conversas; apenas o piano continuara a tocar, sublinhando a pausa carregada de tensão. O gerente tentou interpor-se, mas o oficial repeliu-o tão violentamente com as costas da mão que ele caiu, chocando-se com um garçom. Algumas mulheres gritaram. O alemão agarrou então Israel Lazare pela lapela do smoking, atirando-lhe à cara seu ódio aos judeus. O marido de Sarah interveio, mas foi derrubado com um soco.

— Não sabem que neste país não gostamos de judeus? Que são considerados abaixo dos cães? E que um judeu só é bom quando está morto?

O piano silenciara. Tudo girou em redor de Sarah. Admirou-se por experimentar mais surpresa do que medo e por notar alguns pormenores absolutamente alheios ao que se passava: o vestido que ficava tão bem na mulher alta e loura, o colar de pérolas da senhora de cabelos grisalhos, as dançarinas aglomeradas junto da cortina vermelha, mulheres de belas pernas...

— Papai! – ouviu-se a gritar.

Depois, foi rodeada pelos soldados da escolta do oficial. "Para judia, não é nada má", comentavam eles. Um dos homens estendeu a mão para o vestido branco. Como num pesadelo, ouviu o tecido rasgar-se. Recobrando os sentidos, o marido precipitou-se para ela, mas uma garrafa parou-lhe o ímpeto, esmigalhando o crânio. Tombou no chão devagar, o rosto subitamente coberto de sangue.

Gotas vermelhas surgiram no vestido branco. Incrédula, Sarah inclinou-se sem procurar esconder os seios descobertos e maculados. Olhou as mãos numa atitude estranha. Depois, deixou escapar um grito.

— Cale a boca, judia nojenta!

O conteúdo do copo de conhaque interrompeu-lhe o grito, queimando-lhe os olhos e as narinas. O cheiro do álcool provocou-lhe náuseas. Dobrou-se sobre si mesma e vomitou, com profundas sacudidas. Não viu chegar o golpe; a ponta da bota atingiu-a em pleno ventre, projetando-a contra uma das colunas.

— A porca, vomitando em cima de mim!

Tudo se tornou confuso a partir desse instante: o marido estendido no meio do sangue, ela, no próprio vômito, o pai sendo arrastado pelos cabelos compridos e brancos que se tingiam de vermelho, os gritos, os apitos, as sirenes. E, depois, as últimas palavras que ouviu quando as portas da ambulância se fechavam diante dela:

— Não é nada. São judeus.

— QUE TEM ISSO? – repetiu Léa.

— Tem que os atiram em campos de concentração, torturam-nos e matam-nos – replicou Sarah Mulsteïn com voz suave.

Léa fitou-a, incrédula. Os olhos sombrios da interlocutora falavam a verdade.

— Perdoe-me. Não sabia.

9

No dia seguinte, Léa foi despertada pelo telefonema de Laurent, convidando-a para almoçar na Closerie des Lilas. Não duvidou que antes de o dia terminar ele seria seu amante. Vestiu-se com esmero, escolhendo uma *lingerie* de seda de cor salmão, enfeitada com renda creme. Como estava frio, pôs um vestido solto de lã preta, debruado de piquê branco no decote, o que lhe conferia um ar de colegial. Escovou os cabelos, deixando-os soltos e caídos sobre os ombros, e achou que a auréola dourada da cabeleira contrastava harmoniosamente com o traje severo. Vestiu o casaco de tecido confeccionado pela costureira de Langon e, depois de várias provas, decidiu não usar chapéu.

Como tinha tempo, subiu a pé a avenida Saint-Michel. A caminhada deu-lhe ao rosto maior beleza, e de faces cintilantes entrou na Closerie.

O local agradou-lhe de imediato, com seu sóbrio madeiramento, os bancos forrados de veludo e o *barman* agitando com classe um *shaker* brilhante. Deixou o casaco aos cuidados da encarregada do vestiário. Laurent esperava-a no bar, lendo *Le Figaro* com ar preocupado. Não deu pela presença de Léa quando esta se sentou à sua frente.

— As notícias não são boas?

— Ah, desculpe, Léa! — disse Laurent, fazendo menção de erguer-se.

— Fique sentado. Bom dia. Que alegria em vê-lo!

— Bom dia. Quer beber alguma coisa?

— O mesmo que você.

— Garçom, um vinho do Porto, por favor.

Léa o fitava com olhar ardente, antecipadamente submissa aos seus desejos.

— A mesa está pronta, senhor — comunicou o maître, que se aproximara. — Desejam sentar-se?

— Sim. Estaremos mais à vontade do que aqui. Leve-nos a bebida da senhora.

Mal se instalaram, surgiu um garçom com o vinho encomendado e o maître apresentou-lhes o cardápio.

— Hoje não temos carne nem massas — comunicou ele com ar tão contrito que Léa quase rompeu em gargalhadas. — Mas os peixes estão excelentes.

– Perfeito. Quer ostras para começar? – sugeriu Laurent.

– São as últimas, e aqui estão sempre ótimas.

– Está bem – anuiu Léa, levando aos lábios o copo de vinho do Porto.

Por sugestão do *sommelier*, Laurent optou por um Meursault com uma indiferença rara para um vinicultor.

"Como tem o aspecto cansado e inquieto!", observou Léa para si. Depois perguntou:

– Algo não vai bem?

Laurent fitou-a como se pretendesse imprimir na memória os menores traços de seu rosto, que irradiava beleza perante seus olhos perscrutadores.

– Você é linda... e igualmente forte.

As sobrancelhas de Léa ergueram-se numa expressão interrogativa.

– Sim, forte – prosseguiu ele. – Vai até onde seus desejos a impelem sem questionar. É como um bicho, sem o mínimo senso moral, sem preocupação com as consequências, nem para você nem para os outros.

Aonde ele queria chegar? Era preferível dizer-lhe que a amava a perder-se em especulações filosóficas.

– Mas eu não sou como você – retomou Laurent. – Convidei-a para lhe dizer três coisas e fazer um pedido.

Chegaram o vinho e as ostras. O amor não fazia Léa perder o apetite e atacou o molusco com gulodice. De olhar enternecido, Laurent calara-se e contemplava-a, esquecido de comer.

– Você tinha razão – disse Léa. – Estão uma delícia. Não come?

– Na verdade, não tenho apetite. Você as quer?

– Posso? – perguntou Léa, com uma concupiscência que trouxe um sorriso ao rosto tenso do parceiro.

– O que você queria me dizer?

– Parto esta noite.

– Esta noite.

– À meia-noite. Vou reunir-me ao regimento em Ardennes.

Léa afastou o prato das ostras, os olhos subitamente cheios de ansiedade.

– Espera-se uma ofensiva alemã – esclareceu o rapaz.

– Será repelida pelos nossos militares.

– Bem gostaria de ter a sua certeza.

– Você fala como François Tavernier.

– Tavernier talvez seja o homem mais bem-informado acerca dos acontecimentos atuais. Por desgraça, o Estado-Maior do general Gamelin não ouve seus conselhos.

– O que não me admira. Quem poderá confiar nele? Que mais queria me dizer?

Sem olhá-la, Laurent disse, de um só fôlego:

– Camille espera um filho.

Léa cerrou as pálpebras sob o efeito do choque. Agarrou o tampo da mesa com violência. Desesperado pelo sofrimento que provocara, inquieto com a palidez e com os dedos crispados de Léa, Laurent tocou-lhe as mãos geladas.

– Olhe para mim, Léa – pediu.

Laurent não mais esqueceria esse olhar magoado. Foi-lhe insuportável a dor muda que nele descobriu; isso e a lágrima solitária a escorrer pela face meiga, lágrima logo perdida na comissura dos lábios e, depois, transbordando, a deslizar ao longo do queixo, cuja curva seguiu antes de deixar um traço úmido no pescoço.

– Não chore, meu amor. Também queria dizer que a amo.

Que dissera ele? Que a amava! Mas, então... nada estava perdido ainda! Por que ela chorava? Camille esperava um filho. Que coisa boa, ficaria feia durante meses, enquanto ela... Não era o momento para se enfeiar também com lágrimas. Laurent amava-a, acabava de admitir. A vida era maravilhosa.

No mesmo instante, Léa riu, limpando os olhos com o guardanapo.

– Já que me ama, o resto não tem a mínima importância. É-me indiferente que Camille esteja grávida. É a você que quero.

Laurent fitou-a com um sorriso cansado, diante da dificuldade de fazê-la entender que, para ele, o sentimento existente entre os dois não tinha nenhum futuro. Censurava-se agora por aquilo que considerava uma traição à mulher.

– Diga outra vez que me ama – pediu Léa.

– Amando-a ou não, isso em nada altera nossas relações. Sou marido de Camille.

– Não quero saber. Tudo quanto sei é que o amo e você me ama. É casado, mas que importa? Não é isso que nos impedirá de fazer amor.

Como Léa se tornava desagradável proferindo palavras cujo sentido por certo ignorava! O que lhe propunha, porém, provava ser ele o ingênuo.

– Podíamos ir a um hotel. Há muitos em Montparnasse.

Sem querer acreditar no que ouvia, Laurent corou, levando algum tempo para responder:

– Nem pense nisso.

– Mas por quê? – disse Léa, arregalando os olhos com espanto. – Se eu mesma estou propondo!

– É preferível esquecer o que acabo de ouvir.

– Você nem sabe o que quer. Deseja-me, mas não tem coragem de reconhecer. É lastimável.

Acabrunhado, Laurent fitou-a com tristeza. Em frente a eles, esfriava o peixe em que não haviam tocado.

— Não gostou da comida, senhorita? – perguntou o garçom. – Deseja outra coisa?

— Não, pode deixar. Traga a conta – cortou Laurent.

— Muito bem, senhor.

— Quero beber – pediu Léa.

Aparentemente menos tensa, embora cheia de desespero, a jovem ingeriu a bebida devagar.

— O que queria me pedir?

— Para que lhe dizer? Sei que não vai aceitar.

— Só eu posso decidir. O que é?

Suspirando, Laurent respondeu:

— Queria lhe pedir que cuidasse de Camille. O médico teme uma gravidez difícil. Recomendou-lhe que ficasse na cama até o nascimento do filho.

— É gentil de sua parte ter pensado em mim – retorquiu Léa em tom irônico. – Mas Camille não tem ninguém que se ocupe dela?

— Não. Tinha apenas Claude. Agora só tem a mim e a meu pai.

— Então, por que não a manda para Roches-Blanches?

— O médico receia o desgaste da viagem.

— E você não tem medo de deixar sua querida mulher grávida nas mãos da rival? Isso sem contar com os alemães, que dentro em breve estarão em Paris, se for válida a sua opinião e a do seu amigo Tavernier.

Laurent escondeu o rosto nas mãos. Aquele gesto de desalento comoveu Léa, mas não a impediu de sorrir diante da atitude do homem amado.

— De acordo – disse ela. – Cuidarei da sua família.

Incrédulo, Laurent ergueu a cabeça, os olhos úmidos.

— Então aceita?!

— Já disse que sim. Mas não acredite que escapa tão facilmente. Amo-o e tudo farei para que esqueça Camille.

10

Oito dias após a partida de Laurent Léa ainda continuava sem compreender a que impulso obedecera. O acolhimento de Camille foi-lhe particularmente odioso quando a visitou, cedendo a seus insistentes telefonemas.

A jovem achava-se no quarto, deitada na cama. Quis levantar-se à entrada de Léa mas não conseguiu, tomada por um súbito mal-estar. Estendeu os braços, agora mais magros, para a visitante.

— Estou tão contente de vê-la, minha querida! — exclamou.

Léa sentou-se na beira da cama. Não teve outro remédio senão corresponder-lhe aos beijos, embora sentisse repulsa. Com maligna alegria, constatou as olheiras e o mau aspecto da futura mãe.

— Laurent lhe falou do filho? — perguntou, corando e prendendo entre os dedos febris a mão que se abandonava às suas com reticências.

Léa aquiesceu em silêncio.

— Ele me disse que concordou em cuidar de mim. Como poderei agradecer-lhe o gesto? É tão boa! Sinto-me tão só desde que Laurent partiu! Quando não penso nele, o pensamento vai para meu irmão, morto tão estupidamente. Temo pelo filho que trago em mim. É vergonha dizê-lo, mas a você posso dizer tudo, não é verdade? Tenho medo... um medo terrível de sofrer e de morrer.

— Não seja boba. Não se morre por dar à luz uma criança.

— O médico diz a mesma coisa. Mas sinto-me tão fraca! Não pode entender, você que vende saúde e energia.

— Não é com lamúrias desse gênero que vai se sentir melhor — cortou Léa, mal-humorada.

— Tem razão. Desculpe-me.

— Teve notícias de Laurent?

— Sim. Ele vai bem. Tudo está calmo na frente. Não sabe em que ocupar os homens, que se aborrecem, passando o tempo a jogar cartas e beber. A única alegria dele é ter reencontrado os cavalos. Na última carta, faz uma descrição pormenorizada da Fauvette, do Gamin, do Wazidou e do Mysterieux.

Bateram à porta. A camareira anunciou a chegada do médico. Léa aproveitou para despedir-se, prometendo voltar no dia seguinte.

FIEL À SUA PROMESSA, Léa foi de novo visitar Camille. O tempo estava magnífico. Todos os parisienses pareciam ter saído de casa, enchendo as esplanadas dos cafés nos passeios de Saint-Germain. No cruzamento do Bac com a Saint-Germain havia um engarrafamento enorme. Os automóveis buzinavam, mais pelo prazer de fazer barulho do que para manifestar nervosismo pela demora. Naquele belo dia de maio, todo mundo parecia calmo e alegre. Sem a presença de numerosos soldados e oficiais, ninguém diria que o país estava em guerra.

Passando pela livraria Gallimard, na avenida Raspail, Léa entrou, a fim de comprar um livro para Camille. Desconhecedora das suas preferências literárias, observava, indecisa, as inúmeras obras expostas.

— Posso ajudá-la em alguma coisa, senhorita?

Dirigia-lhe a palavra um homem elegantemente vestido com um terno claro. Era alto, de rosto largo ligeiramente cheio, olhos azuis sombreados por longas e abundantes pestanas que lhe efeminavam o olhar. A boca, de lábios vermelhos, era finamente desenhada. Num gesto maquinal, reajustava o nó da gravata amarela com bolinhas verdes. Léa, tomando-o por livreiro, replicou:

– Sim, por favor. Procuro qualquer coisa para distrair uma amiga doente. Mas não sei os gêneros que aprecia.

– Leve isto. Por certo lhe agradará.

– *Escola de cadáveres...* – leu a jovem. – De Louis-Ferdinand Céline... Acha que sim? Soa um tanto macabro.

– É óbvio – comentou o desconhecido, reprimindo a custo um sorriso irônico. – Céline é exatamente o autor que convém a pessoas deprimidas. A leitura é fácil, o estilo inimitável e as ideias, ao mesmo tempo cômicas e elevadas, colocam-no no primeiro plano dos autores da atualidade.

– Muito obrigada. Levarei então o livro. Quanto devo?

– Não sei. A funcionária do caixa lhe dirá. Desculpe, mas tenho de partir.

Apanhou de cima da mesa o chapéu cinzento com o qual cumprimentou Léa, inclinando-se antes de sair.

– Deseja levar o livro, senhorita? – inquiriu uma das vendedoras, aproximando-se.

– Levo, sim. Foi-me recomendado pelo cavalheiro que acaba de sair. Acha que é bom?

– Se o senhor Raphaël Mahl recomendou, só pode ser bom – afirmou a funcionária com um sorriso amplo.

– Ele é o gerente da livraria?

– Oh, não! O senhor Mahl é um dos nossos mais fiéis clientes. Homem muito culto. Conhece a literatura contemporânea melhor do que ninguém.

– E que faz ele?

– Não se sabe ao certo. Às vezes, tem muito dinheiro, outras, tem de pedir emprestado. Trabalha com quadros, obras de arte, acho eu, e ainda com livros antigos. Também é escritor. Publicou duas obras bastante notáveis na *Nouvelle Revue Française*.

Léa pagou o livro e deixou a loja, estranhamente impressionada pelo encontro. Subiu a avenida Raspail com o embrulho na mão. Ao chegar ao prédio de Camille, viu um homem sair. Logo reconheceu Tavernier.

– Que faz aqui? – perguntou.

– Vim visitar a senhora d'Argilat – respondeu François Tavernier, tirando o chapéu.

– Não me parece que isso lhe agrade.

– Engana-se, minha cara. Camille aprecia muito minha companhia. Acha-me uma pessoa divertida.

– Da parte dela, isso não me admira. Engana-se sempre a respeito das pessoas.

– Mas não a respeito de todas; apenas de algumas. Como de você – respondeu ele, fitando-a com ar sonhador.

– Que quer dizer?

– Que não a vê tal como é, pois gosta de você.

Léa encolheu os ombros, parecendo querer dizer: que me importa?

– De fato – prosseguiu Tavernier. – Camille gosta de uma mulher que jurou tirar-lhe o marido. É ou não é isso que meteu em sua bela cabecinha?

Léa corou, mas conseguiu dominar a raiva. Respondeu em voz suave, com um sorriso inocente:

– Como pode dizer semelhantes barbaridades? Há muito esqueci tal coisa. Laurent é para mim apenas um amigo que me confiou a mulher no momento de partir.

– Tenho a impressão de que a incumbência não a diverte.

Léa riu, um riso jovem e franco.

– Nisso você tem razão. Camille só se interessa por coisas entediantes.

– Enquanto você...

– Tenho desejo de ver tudo, de conhecer tudo. Se minhas tias não vigiassem as saídas e senão houvesse essa guerra a mobilizar os rapazes, iria jantar todas as noites em grandes restaurantes, dançar em cabarés e passar horas nos bares.

– Eis um bom programa! Que acha se viesse buscá-la às sete horas? Tomaríamos alguma coisa, iríamos em seguida ao *music-hall* e depois jantar em qualquer lugar da moda. E, para terminar, dançar num cabaré ou ouvir canções russas.

Os olhos de Léa arregalavam-se diante da lista de prazeres, como os de uma criança em sua primeira noite de Natal. François Tavernier foi obrigado a um esforço sobre-humano para não a apertar nos braços, tão apetitosa lhe parecia com sua índole determinada, apetite de viver e sensualidade à flor da pele.

– Seria maravilhoso, pois me aborreço muito.

A confissão em tom tão lamentável, proferida por aquela linda boca, quase deitou por terra os bons propósitos de Tavernier. Mascarou a perturbação com uma gargalhada.

"Parece um lobo", pensou Léa. "É como os outros. Farei dele o que quiser."

– Então está combinado. Irei buscá-la às sete. Entretanto, telefonarei para suas tias, pedindo autorização.

– E se recusarem?

– Pode estar certa, minha bela amiga, de que nunca mulher nenhuma recusou um pedido meu – garantiu Tavernier com uma ironia que Léa tomou por convencimento.

– Verei o que minhas tias dirão, quando voltar para casa. Até logo.

A súbita mudança de atitude não escapou à perspicácia de François Tavernier, que a deixou se perguntando: "Ela não tem senso de humor?"

AO ENTRAR NO AMPLO quarto de Camille, pintado de branco e bege, Léa descobriu-a junto à janela, a testa apoiada na vidraça. Envergava um vestido caseiro de cetim creme e seu vulto confundia-se com o tom das paredes e do tapete. Virou-se ao ouvir a porta fechar-se.

— Mas o que está fazendo em pé! – gritou Léa. – Devia estar deitada.

— Não ralhe comigo. Sinto-me muito melhor. O senhor Tavernier veio hoje visitar-me e isso me fez bem.

— Eu sei. Encontrei-o no saguão.

— Está preocupado por nossa causa. Acha aconselhável deixarmos Paris. Garanti-lhe que se inquietava sem motivo, que tudo está calmo na frente; tão tranquilo, na verdade, que o general Huntzinger convidou para o quartel-general a alta sociedade de Paris para assistir a um espetáculo teatral.

— Como soube?

— Laurent me disse na carta que recebi hoje.

— Como está ele?

— Muito bem. Incumbiu-me de lhe dar um beijo e de dizer que gostaria de receber algumas linhas suas. Teve notícias de seus pais?

— Sim. Mamãe quer que eu volte para casa.

— Ah... – gemeu Camille, deixando-se cair em uma poltrona.

— Não se preocupe. Escrevi dizendo-lhe que é impossível deixá-la agora, porque está sozinha e precisa de mim.

— E é verdade. Ainda há pouco falei nisso com o senhor Tavernier. Disse-lhe que sua presença me tranquiliza, dando-me energia e coragem.

Sem responder, Léa tocou a campainha, chamando a camareira.

— Ajude a senhora d'Argilat a deitar-se. Agora, você deve descansar, Camille. Ah, já me esquecia! Trouxe-lhe um livro.

— Obrigada por ter pensado em mim, querida. Quem é o autor?

— Um tal Céline. Garantiram-me ser um grande escritor.

— Céline... você já leu algum livro dele?

– Não. E você?

– Tentei fazê-lo, mas seu texto é tão duro, tão terrível!

– Deve estar se confundindo. Trata-se de uma literatura própria para distrair, segundo me informou um certo Raphaël Mahl.

– Que nome falou?

– Raphaël Mahl.

– Já estou vendo... deve ter-se divertido à sua custa. É um indivíduo imundo que emporcalha tudo aquilo em que toca. Seu maior prazer é praticar o mal, sobretudo em relação aos amigos.

A veemência de Camille surpreendeu Léa; nunca a ouvira expressar-se em termos tão severos acerca de alguém.

– Que lhe fez ele?

– A mim pessoalmente, nada. Mas traiu, levou ao desespero e roubou uma pessoa a quem eu e Laurent muito amamos.

– E eu conheço essa pessoa?

– Não, não conhece.

QUANDO LÉA voltou à rua da Universidade, um portador acabara de entregar na casa três enormes buquês de rosas, diante dos quais Lisa e Albertine se extasiavam, cheias de exclamações:

– Que maravilha!

– Esse senhor Tavernier é um verdadeiro homem de sociedade, como já não existem hoje.

Léa achava encantadoras aquelas duas velhas senhoras solteiras que não só haviam passado juntas toda a vida como também não tinham se separado um único dia das suas existências. De modo natural, Albertine, a mais velha, apenas com cinco anos de diferença da irmã, transformara-se na chefe de família, gerindo o patrimônio deixado pelos pais, governando a criadagem com mão firme, decidindo sobre viagens ou sobre tarefas a realizar. Era aquilo a que se chama uma mulher de pulso.

Lisa vivia num terror permanente desde o início da guerra. Dormia com dificuldade e acordava ao mais leve ruído, sempre de máscara antigás ao alcance da mão. Nunca saía de casa sem levá-la consigo, pendurada no ombro, nem mesmo para ir à missa dominical na igreja de Santo Tomás de Aquino ou em visita a uma amiga que morava no outro lado da rua. Lia todos os jornais e escutava todos os noticiários transmitidos pelo rádio, passando da Rádio Paris à Rádio 37, do posto parisiense à Rádio Île-de-France. Aprontara a bagagem desde a invasão da Polônia. Insistira com a irmã em que vendessem o antigo e magnífico Renault, lotado por Arthur Boulogne, e adquirissem um Vivastella Grand Sport, mais rápido e espaçoso, veículo do tipo familiar. Após alguns passeios pelos arredores de Paris, para que Albertine – a única que sabia guiar – se familiarizasse com o novo automóvel, ele fora recolhido numa garagem de Saint-Germain, cujo garagista se comprometera a mantê-lo sempre em ordem. Se acaso o homem tivesse se esquecido de cumprir a tarefa, a visita semanal de Lisa, a máscara antigás a tiracolo, para verificar se tudo estava em ordem, o faria recordar-se.

— LÉA, MINHA FILHA, o senhor Tavernier foi muito amável em convidá-la para assistir a um concerto em benefício dos órfãos de guerra.

— E disseram que sim? – inquiriu Léa, reprimindo a custo o riso diante da mentira de Tavernier.

— Pois claro! Você pode aparecer em sociedade apesar do luto, visto tratar-se de uma obra beneficente – afirmou Albertine.

— Mas será conveniente? – disse Léa em tom hipócrita, sentindo cada vez mais dificuldade em conter o riso.

— É claro que sim. O senhor Tavernier é uma pessoa bem situada, amigo de ministros e do presidente da República. Além disso, sua amiga Camille o recebe, o que diz tudo – interveio Lisa.

— Se é esse o caso, então poderei sair com ele sem problemas.

— Veja a delicadeza destas rosas! – exclamou Lisa, exibindo seu ramalhete à sobrinha.

— Não viu as suas? – disse Albertine, dobrando cuidadosamente o papel de invólucro do buquê de rosas que lhe coubera, de um tom amarelo carregado.

Léa rasgou a embalagem, descobrindo soberbas rosas brancas debruadas de vermelho. Havia um envelope no meio dos caules. Apoderou-se dele num gesto rápido, escondendo-o no bolso do casaco.

— As flores da menina Léa são as mais bonitas, acho eu – observou Estelle, que acabara de entrar na saleta, transportando uma jarra de cristal cheia de água.

— Empresta-me sua raposa, tia? – pediu Léa.

— Claro que sim, minha querida. Estelle vai levá-la ao quarto.

LÉA ACABARA de se preparar quando a campainha da porta a sobressaltou. "Já?", pensou ela. O espelho do guarda-roupa refletiu sua imagem, para a qual a jovem sorriu com agrado. Tavernier tinha razão: aquele vestido ficava-lhe muito bem, valorizando-lhe a cor da pele e a silhueta. No entanto, sentiu-se mal consigo mesma por ter acedido ao pedido dele, expresso no bilhete que acompanhava as flores: "Ponha o vestido que usou no outro dia. Fica linda com ele." Fosse como fosse, não tinha escolha possível, pois era seu único traje longo.

Antes de sair do quarto, vestiu o casaco de raposa preta, a fim de ocultar das tias os ombros nus. Quando se juntou a elas na saleta, as duas velhas senhoras riam muito dos ditos de François Tavernier que em seu smoking preto conversava com elas apoiado na pedra da lareira.

— Boa noite, Léa. Vamos depressa. Não podemos chegar depois do presidente.

— Apressem-se – disse Albertine, impressionada.

FRANÇOIS TAVERNIER abriu a porta do magnífico Bugatti vermelho e negro, estacionado em frente do edifício. Era muito agradável o cheiro do couro dos estofados do automóvel de luxo. O veículo arrancou com um surdo ronronar.

— Que lindo carro! – exclamou a jovem.

— Tinha certeza de que lhe agradaria. É preciso aproveitar, pois não se fabricarão mais "puros-sangues" como este.

— Por quê? As pessoas andarão de automóvel cada vez mais.

— Tem razão. Mas este modelo representa uma arte de viver que desaparecerá com a guerra.

— Ah, não! Nem uma palavra sobre a guerra esta noite ou desço imediatamente.

— Peço desculpas – disse Tavernier, pegando a mão de Léa e beijando-a.

— Aonde me leva?

— Não se assuste. Não vou levá-la a nenhum concerto de caridade, ao contrário do que disse a suas tias. No entanto, esteja descansada que amanhã poderá ler em *Le Figaro* ou em *Le Temps*: "O senhor François Tavernier, conselheiro do ministro do Interior, esteve presente na noite de gala de caridade da Ópera, em companhia da encantadora e elegante senhorita Léa Delmas."

— Como isso será possível?

— Tenho alguns amigos entre os jornalistas, que não se importarão de prestar-me esse insignificante serviço. Que diz de tomarmos alguma coisa no Coupole antes de ouvir Joséphine Baker e Maurice Chevalier no Cassino de Paris? O *barman* prepara excelentes coquetéis.

LÉA ACHOU Joséphine Baker magnífica, mas não gostou de Maurice Chevalier.

— Você está errada — comentou François Tavernier. — Chevalier representa atualmente o espírito francês.

— Nesse caso, não aprecio esse espírito feito de malícia, de autossuficiência, de atrevimento complacente e de enorme vulgaridade.

— Que estranha garotinha é você, frívola e ao mesmo tempo profunda! Em que tipo de mulher irá se transformar? Bem que gostaria de poder observar seu crescimento.

No enorme átrio do Cassino de Paris, a multidão acotovelava-se à saída, comentando o espetáculo; era visível que agradara.

— Estou com fome — confessou Léa, apoiada ao braço do companheiro.

— Aí vamos nós! — exclamou Tavernier. — Gostaria de levá-la ao Monseigneur, mas não havia uma única mesa disponível, nem mesmo para mim. Assim, reservei uma no Shéhérazade, onde está Léo Marjane. A orquestra russa é uma das melhores de Paris. Acho que você vai gostar.

FOSSE POR EFEITO do caviar, da vodca, do champanhe ou dos violinos, o certo é que Léa se sentia inundada de uma alegria de viver que a fazia rir muito e reclinar a cabeça no ombro do companheiro. Divertido, este observava a jovem desabrochando sob o domínio do prazer. Léa pedira à orquestra que executasse uma valsa lenta e, sem cerimônia, convidou o parceiro para dançar. Era dotada de tamanha leveza e graciosidade sensual que dentro de pouco tempo, todos os presentes só tinham olhos para o par que deslizava lentamente.

François Tavernier sentia a jovem vibrar em seus braços. Estreitou o abraço e logo pareceram um só corpo deslizando na pista.

Esquecidos do mundo, continuaram dançando mesmo depois de a orquestra parar. Os risos e os aplausos chamaram-nos, então, à realidade.

Sem se importar com o público, Tavernier manteve Léa contra si.

— Dança muito bem – afirmou ela em tom convicto.

— Você também – disse Tavernier com admiração, escoltando-a até seu lugar.

— Como é bela a vida! Gostaria de vivê-la sempre como neste momento: beber e dançar! – exclamou Léa, estendendo ao companheiro o copo vazio.

— Já bebeu o suficiente, menina – advertiu Tavernier.

— Não. Quero mais.

François Tavernier fez um aceno ao maître e nova garrafa de champanhe surgiu quase de imediato. Beberam em silêncio, embalados pelos acordes da música *Olhos negros*.

— Beije-me – pediu Léa. – Tenho desejo de ser beijada.

— Até mesmo por mim? – disse o companheiro, inclinando-se para Léa.

— Sim, até mesmo por você.

Junto deles, um pigarrear insistente obrigou-os a afastarem os lábios. Um jovem de rosto muito pálido e de chapéu na mão parara diante da mesa.

– Ah, Loriot! Que deseja?

– Posso falar-lhe, senhor Tavernier? É muito importante.

– Desculpe, Léa. Só um momento.

Tavernier seguiu Loriot e pararam no bar. Depois de breve e acalorado colóquio, Tavernier regressou à mesa, de rosto fechado.

– Venha. Vamos embora.

– Já? Que horas são?

– Quatro da madrugada. Suas tias devem estar inquietas.

– Claro que não! Sabem que estou com você. Acham-no uma pessoa da máxima respeitabilidade – comentou Léa, gargalhando.

– Chega! Temos de ir embora.

– Mas por quê?

Sem responder, Tavernier atirou algumas notas sobre a mesa e agarrou Léa por um braço, forçando-a a levantar-se.

– O casaco da senhora – pediu ele no vestiário.

– Largue-me! Quer me explicar, afinal, o que está acontecendo?

– Está acontecendo, minha cara amiga – disse ele em voz surda –, que, neste preciso instante, os alemães bombardeiam Calais, Bolonha e Dunquerque, invadindo também o espaço aéreo da Holanda e da Bélgica.

– Oh, não, meu Deus! Laurent!

De tenso que estava, o rosto de François Tavernier tornou-se violentamente mau. Por instantes, ambos se mediram com o olhar. A chapeleira interrompeu-lhes o confronto silencioso, para ajudar Léa a vestir o casaco de pele de raposa.

NENHUM DELES disse nada durante o caminho de volta. Quando chegaram diante do prédio da rua da Universidade Tavernier acompanhou Léa à porta. No momento em que ela introduzia a chave na fechadura, ele a obrigou a virar-se, segurou-lhe o rosto entre as mãos e beijou seus lábios com fúria. Em atitude passiva, Léa deixou que a beijasse.

– Gostei mais de você há pouco.

A jovem não respondeu. Num gesto calmo, rodou a chave na fechadura e entrou, fechando lentamente a porta.

No silêncio da noite de maio, Léa permaneceu uns segundos a escutar as batidas do coração, confundidas com o ruído do motor do automóvel que se afastava.

No quarto, despiu-se, atirando a roupa ao acaso. Vestiu a camisola que estava estendida sobre a cama já preparada e deslizou para baixo dos lençóis, puxando o cobertor sobre a cabeça. Não se comparava à sua caminha infantil do quarto das crianças de Montillac, mas, mesmo assim, era um refúgio.

Adormeceu chamando por Laurent.

11

— Albertine... Estelle... Léa! Os alemães estão chegando! Os alemães estão chegando!

Estelle foi a primeira a surgir da cozinha, os dedos brancos de farinha. Logo apareceu Albertine, de caneta em punho, metida em seu roupão de lã branca e, por fim, Léa, o cabelo em desalinho e o casaco de raposa jogado por cima da camisola.

– O que você tem para gritar assim? – perguntou Albertine com severidade.

– Os alemães... – soluçou Lisa, figura digna de lástima no seu roupão cor-de-rosa. – Invadiram a Bélgica. Noticiaram no rádio.

– Deus do céu! – exclamou Estelle.

Benzeu-se e os dedos enfarinhados deixaram-lhe marcas brancas no rosto.

– Então não foi sonho – murmurou Léa.

Albertine levou a mão à garganta, mas nada disse.

Nesse instante, o telefone retiniu demoradamente. Por fim Estelle foi atender.

– Alô? Não desligue, minha senhora. É para você, senhorita Léa.

Léa atendeu a ligação.

– Sim, sou eu... Chame o médico... Não está em casa?... Muito bem. Acalme-se. Vou já para aí.

Léa explicou às tias o que se passava: Camille sentira-se indisposta ao escutar as notícias transmitidas pelo rádio. A criada entrara em pânico e não tinham conseguido achar o médico. Iria para a casa de Camille.

– Quer que a acompanhe? – ofereceu-se Albertine.

– Obrigada, tia, mas não vale a pena. Pode arranjar-me uma xícara de café, por favor, Estelle?

AO CHEGAR À CASA de Camille, ela já recobrara os sentidos.

– Tive tanto medo, senhorita Léa! – choramingou a criada. – Pensei que a senhora tivesse morrido.

– Certo, Josette, cale-se. Deixou recado para o médico?

– Deixei, sim, senhorita. Virá quando regressar do hospital.

O quarto de Camille estava mergulhado em penumbra; apenas uma lâmpada iluminava frouxamente uma parte do leito. Com cuidado para não esbarrar nos móveis, Léa aproximou-se. No rosto de Camille estampava-se uma expressão de tamanho sofrimento que Léa se apiedou dela. Inclinou-se sobre a doente e com suavidade pousou a mão sobre a fronte gelada. Camille abriu as pálpebras sem reconhecê-la.

– Não fale. O médico vem aí. Eu fico com você. Durma.

A jovem sorriu levemente e fechou os olhos outra vez.

Léa permaneceu no mesmo lugar até a chegada do médico, no começo da tarde. Ele parecia preocupado ao sair do quarto.

– A senhorita é o único membro da família presente neste momento junto da senhora d'Argilat? – perguntou ele.

Léa ia esclarecer a ele sobre os laços de parentesco que as uniam, mas não quis entrar em explicações demoradas.

– Sim – respondeu.

– Não lhe escondo minha inquietação. A doente terá de permanecer em absoluto repouso. E conto com sua ajuda para poupar-lhe contrariedades.

– Isso me parece bastante difícil nesses dias – ironizou Léa.

– Bem sei – suspirou o médico, redigindo a receita. – Mas é necessário, na medida do possível, garantir-lhe a máxima tranquilidade.

– Tentarei, doutor – asseverou Léa.

– Quero alguém junto dela permanentemente. Aqui está o endereço de uma pessoa com excelentes qualificações. Telefone-lhe e diga que fui eu que a recomendei. Espero que ela esteja livre. Voltarei amanhã. Até lá, siga à risca as prescrições da receita.

A ENFERMEIRA, a senhora Lebreton, viúva da guerra de 1914, chegou pelas seis horas da tarde e assumiu o posto com uma autoridade que logo desagradou a Léa, mas que igualmente a aliviou. A ideia de passar a noite em casa de Laurent era-lhe tão insuportável como as lágrimas de Camille. Após anotar o número do telefone de Léa, a senhora Lebreton afirmou-lhe que poderia partir sem se preocupar.

REINAVA A MAIOR desordem na casa das senhoras de Montpleynet. Lisa queria seguir de imediato para Montillac, enquanto a irmã achava que deveriam aguardar os acontecimentos.

Léa riu ao ver a tia Lisa em traje de viagem, o chapéu torto na cabeça e apertando contra o corpo a máscara antigás, sentada numa das malas que atulhavam a entrada.

— Não saio daqui à noite — asseverou a tia com modos agastados.

Albertine conduziu a sobrinha à saleta.

— Não creio que consigamos fazê-la ouvir a voz da razão — disse ela. — Seremos obrigadas a partir. Aliás, seus pais telefonaram, pedindo que volte o mais rapidamente possível.

— Não posso. Camille está doente e não tem ninguém que cuide dela.

— Nesse caso, a levaremos conosco.

— O médico proibiu-a terminantemente de viajar.

— Mas eu não posso deixá-la sozinha em Paris nem permitir que a cabeça de vento da Lisa vá sem mim!

— Tudo isso é absurdo, minha tia. Os alemães estão longe e nosso exército irá impedi-los de avançar.

— Tem razão. Acho que nos preocupamos sem motivo. Vou tentar convencer Lisa.

François Tavernier ajudou-a nessa tarefa. Viera à casa das senhoras de Montpleynet saber notícias de Camille por intermédio de Léa, pois a enfermeira recusara-se a deixá-lo entrar no quarto da doente.

Garantiu à trêmula Lisa que nada teria a recear enquanto ele próprio permanecesse em Paris. Ela concordou então   *139* em ficar ali até a segunda-feira de Pentecostes, não duvidando de que o Espírito Santo inspiraria os chefes militares.

— E, além disso, minhas senhoras, não estamos sob a proteção de Santa Genoveva, padroeira de Paris? — disse François Tavernier. — Esta tarde, havia enorme multidão em Saint-Etienne-du-Mont, bem como em Notre-Dame, onde o senhor Paul Raynaud, rodeado de bispos e dos ministros radicais, implorou a proteção da Virgem para a França. No Sacré-Coeur, os órgãos tocaram a *Marselhesa*. O Céu está conosco, não tenham dúvidas.

Tavernier pronunciou a última frase com expressão tão sisuda que Léa se teria deixado convencer se uma piscadela sua lhe não desse a entender o que ele mesmo pensava da sua própria retirada.

— Tem razão — concordou Lisa, mais tranquila. — Deus está conosco.

NO DIA SEGUINTE, Camille reencontrara a calma e o rosto já estava um pouco corado. A seu pedido, Léa comprou um mapa da França a fim de lhe permitir — segundo disse — saber exatamente onde Laurent se achava e acompanhar o progresso das tropas francesas em território belga. Foi retirada da parede uma grande tela de Max Ernst e substituída pelo mapa. Utilizando pequenas bandeiras coloridas, Léa assinalou as posições do Exército francês e do Exército alemão.

— Felizmente — disse Camille —, Laurent não pertencia ao exército de Giraud, mas ao de Ardennes, não muito longe da Linha Maginot.

— No entanto, François Tavernier afirma ser esse o ponto fraco da defesa francesa.

— Não é verdade. Se assim fosse, não teriam concedido tantas licenças nesses últimos tempos! — contestou Camille com veemência.

– Está na hora da injeção, senhora d'Argilat – anunciou a senhora Lebreton, entrando no quarto sem bater à porta. – A senhora deve repousar. O médico vem daqui a pouco e com certeza não ficará satisfeito vendo-a agitar-se desse modo.

Como uma criança apanhada em alguma falta, Camille corou, balbuciando:

– Tem razão.

– Bem, vou ver se minha tia Lisa fez mais alguma das suas. Anda de tal modo atarantada que é capaz de tudo – observou Léa, levantando-se.

– Quando penso que é por minha causa que vocês não partem...

– Não creia nisso. Não tenho o menor desejo de ir-me embora nesta altura. É muito mais divertido estar aqui do que em Langon ou mesmo em Bordeaux.

– Divertido... divertido... – proferiu a enfermeira entre os dentes.

Léa e Camille dissimularam um princípio de gargalhada.

– Amanhã, não se esqueça de me trazer os jornais – recomendou Camille.

– Amanhã não há jornais. É Pentecostes – recordou Léa, ajeitando o chapéu.

– Ah, é verdade! Rezarei para que esses nojentos boches sejam expulsos. Não chegue muito tarde.

– Está bem. Então, até amanhã. E descanse.

AO ATRAVESSAR a rua Grenelle, Léa, distraída com seus pensamentos, esbarrou num transeunte. Desculpou-se, reconhecendo de imediato o indivíduo que a aconselhara a adquirir a obra de Céline. O homem também a reconheceu e tirou o chapéu, cumprimentando-a.

– Sua amiga gostou do livro? – inquiriu.

– Não sei. Mas tenho a impressão de que o senhor zombou de mim ao recomendá-lo.

– Acha que sim?

– Acho. Mas não tem importância.

– De fato, não tem. Perdoe-me por ainda não ter me apresentado. Raphaël Mahl.

– Eu sei.

O homem fitou-a com espanto a que se misturava alguma inquietação.

– Será que temos amigos comuns?

– Não creio. Bem... tenho de ir andando. Até logo, senhor Mahl.

– Não vá embora assim. Gostaria de voltar a vê-la. Como se chama?

– Léa Delmas – respondeu a moça, sem saber verdadeiramente o motivo por que o fazia.

– Todas as tardes, por volta de uma da tarde, estou no terraço do Deux-Magots. Terei imenso prazer em oferecer-lhe uma bebida.

Léa despediu-se com uma inclinação de cabeça e afastou-se sem responder.

RUA DA UNIVERSIDADE: a maior calma reinava ali – o apartamento estava vazio. Inquieta, Léa pensou se a fúria de partir não teria assaltado Lisa novamente, e se ela não teria conseguido arrastar Albertine e Estelle com seu terror. Mas não teve de se interrogar durante muito tempo, pois as tias apareceram, seguidas da criada.

– Se visse toda aquela gente, aquele fervor! Deus não pode nos abandonar! – exclamou Lisa, sem fôlego, desembaraçando-se do ridículo chapéu cor-de-rosa, enfeitado com um grande buquê de violetas.

– Foi comovente – interveio Albertine com calma, despindo o casaco do conjunto cinzento.

– Tenho certeza de que, com todas essas preces e procissões, os boches não têm a mínima chance – assegurou Estelle, encaminhando-se para a cozinha.

– De onde vêm? – quis saber Léa.

– Estivemos em Notre-Dame. Os parisienses foram convidados a se reunir ali para orar – esclareceu Lisa, ajeitando o cabelo diante de um dos espelhos venezianos da entrada.

Léa entrou na saleta, onde imperava um enorme aparelho de rádio cintilando de novo.

– Uma aquisição de sua tia Lisa – esclareceu Albertine, em resposta ao olhar da sobrinha.

– O outro estragou-se?

– Não. Mas Lisa faz questão de ter um no quarto, perto da cama, e sempre ligado. Quer estar a par das notícias o tempo todo, dia e noite. Ouve até a emissora londrina.

Léa girou um dos botões do aparelho. Após instantes de silêncio, seguidos de alguns estalidos, ouviu-se a voz do locutor:

> (...) Depois de amanhã chegarão à Gare du Nord os primeiros comboios de refugiados belgas e holandeses. Que todas as pessoas que desejam manifestar-lhes simpatia venham acolher esses infelizes e entregar donativos à Cruz Vermelha francesa.

– Nós iremos – decidiu Albertine em tom firme. – Telefone ao garagista, Léa, e diga-lhe que esteja aqui com o automóvel amanhã de manhã... Juntamente com Estelle, vou ver como estamos de mantimentos e de roupa.

AO CHEGAR À CASA de Camille, Léa encontrou-a desfeita em lágrimas e ajoelhada em frente do aparelho de rádio, apesar das súplicas de Sarah Mulsteïn, que viera visitá-la, e das censuras da senhora Lebreton.

– Deixem-me e calem-se! Quero ouvir as notícias! – gritou Camille, à beira de uma crise de nervos. – Ah, é você, Léa? Diga-lhes que me deixem em paz.

– Volto daqui a pouco – disse Sarah, retirando-se.

Após sua saída, Léa, decidida, expulsou a enfermeira do quarto.

– Escute! Transmitem o comunicado do quartel-general francês.

De Namur a Mézières, o inimigo conseguiu ocupar duas cabeceiras de ponte, uma delas em Houx, ao norte de Dinant, a outra em Monthermé. Uma terceira, mais importante, localiza-se no bosque de Marfée, próximo de Sedan...

– O bosque de Marfée, veja no mapa – disse Camille –, é muito perto do local onde Laurent está.

Léa foi postar-se em frente ao mapa. Aproximou de Sedan o indicador, e depois de Moiry, onde Laurent d'Argilat se encontrava.

– Não é assim tão perto. Fica a uns 20 quilômetros.

– Uns 20 quilômetros! Que é isso para um exército que dispõe de carros de assalto e de aviões capazes de lançar bombas por toda parte? Já não se lembra do que aconteceu na Polônia, quando a cavalaria enfrentou os tanques alemães? Massacrados, todos massacrados! Não quero que isso aconteça a Laurent! – gritou Camille, atirando-se ao tapete, o corpo sacudido pelos soluços.

Léa nada disse. Ficou olhando o mapa. A bandeirinha vermelha que assinalava o local onde estava sediado o 18º Regimento de Caçadores de Cavalaria pareceu-lhe uma mancha de sangue sobre o verde que indicava a floresta.

Camille tinha razão: 20, 30 ou mesmo 50 quilômetros representavam uma distância insignificante para os tanques. Por onde passariam para irem matar o homem que ambas amavam? Seria por Mouzon? Por Carignan? Para ela, existia apenas a pequena aldeia de Moiry, subitamente transformada no centro do universo, na área de maior importância daquela guerra. Tinha de saber ao certo o que acontecia ali. Quem podia informá-la? François Tavernier? Ele devia estar a par dos acontecimentos.

— Sabe onde poderemos contatar François Tavernier? – perguntou Léa.

Camille ergueu para ela o rosto molhado de lágrimas.

— François Tavernier?... Boa ideia! Esteve aqui ontem e disse uma porção de coisas tranquilizadoras. Está no Serviço de Informações, no Hotel Continental. Escreveu na minha agenda o número do telefone. Está ao lado da jarra das flores.

A agenda se abriu de imediato na página correta, inteiramente ocupada por um nome e por um número de telefone, redigidos em caligrafia grande e elegante. Léa discou o número. Atendeu-a uma voz de mulher, que se identificou; depois surgiu na linha outra, desta vez masculina.

— É o senhor Tavernier? – perguntou Léa.

— Não. Aqui fala Loriot. Conhecemo-nos há dias.

— Peço desculpas, mas não me recordo.

— No cabaré russo – esclareceu Loriot.

— Ah, sim! Já me lembro.

— Em que lhe posso ser útil, senhorita Delmas? O senhor Tavernier não está.

— Quando volta?

— Não sei. Partiu para a frente de combate a pedido do ministro.

— Para onde?

– Lamento muito, mas não posso informá-la. Segredo militar. Assim que o senhor Tavernier regresse, porém, comunico-lhe seu telefonema. Pode ficar sossegada.

– Muito obrigada. Até logo.

Léa encarou Camille com um gesto de impotência. "Como ela o ama!", pensou, ao ver o rosto da mulher recurvada no chão.

– Levante-se – ordenou com aspereza.

Um pouco de cor apareceu nas faces pálidas.

– Está bem. Peço desculpas. Porto-me de maneira ridícula. Laurent teria vergonha de mim, se me visse agora.

Ergueu-se a custo, apoiando-se na cadeira. Oscilou ao pôr-se em pé, conseguiu restabelecer o equilíbrio e, sob o olhar frio e desdenhoso de Léa, encaminhou-se para a cama, onde se esforçou para sentar-se com dignidade, cerrando os dentes como para abafar um grito de dor. Depois, as mãos de dedos violáceos ergueram-se à altura do coração, enquanto a boca se abria num apelo mudo. O médico entrou no quarto nesse preciso instante.

– Santo Deus! – exclamou o recém-chegado.

Precipitou-se para a doente e deitou-a na cama com suavidade.

– Chame a enfermeira – ordenou a Léa, ao mesmo tempo em que abria a maleta.

Quando Léa regressou, seguida da senhora Lebreton, o médico acabara de aplicar uma injeção no braço de Camille.

– Recomendei-lhe que não saísse do lado da doente, senhora Lebreton. A senhora d'Argilat quase morre e esta aqui a olha sem fazer nada – disse o médico, dirigindo-se a Léa.

A jovem preparava-se para responder, encolerizada, quando Josette entrou no quarto, informando que a senhora Mulstëïn voltara e desejava saber notícias da doente.

– Vou recebê-la – decidiu.

Quando Léa entrou na sala, Sarah Mulsteïn estava reclinada no divã. Ergueu o peito, mas, reconhecendo a jovem, reassumiu a postura lânguida.

– Desculpe não me levantar, Léa, mas estou esgotada. Como vai Camille?

– Mal.

– Que podemos fazer?

– Nada – interveio o médico, aparecendo no salão. – A doente tem necessidade de repouso absoluto. Senhorita Delmas, poderia encontrar o marido?

– Mas, doutor, ele está na frente de combate!

– É verdade, é verdade... A guerra faz-me perder a cabeça. Não consigo deixar de pensar nos horrores da última e em todas aquelas mortes inúteis, quando tudo isso está prestes a recomeçar. – Fez uma pausa e depois prosseguiu, limpando os óculos embaçados no lenço amarrotado. – A doente agora está dormindo e a crise passou. É absolutamente necessário que ela tome consciência de que põe em risco a vida do filho se não se dominar. Eu a proibi de ler jornais e de escutar noticiários. Mas ponho em dúvida sua obediência total a essa ordem. Deixei instruções à senhora Lebreton. Agora tenho de ir-me embora, mas voltarei amanhã. Até logo, minhas senhoras.

As duas mulheres ficaram em silêncio por instantes.

– Pobre Camille! – suspirou Léa. – Escolheu uma péssima hora para trazer ao mundo uma criança.

– Acha isso? – disse Sarah, erguendo-se. – O que você faz hoje à noite? Quer jantar comigo?

– Com muito prazer. Mas tenho de ir até em casa mudar de roupa e avisar minhas tias.

– Está muito bem-vestida assim – comentou Sarah. – E pode tomar um banho em minha casa. Telefone a suas tias e diga-lhes que estará de volta antes das dez horas.

147

Léa obedeceu. Telefonou às tias, mas apenas Estelle se encontrava em casa; as senhoras de Montpleynet ainda não tinham voltado. A criada insistiu em que ela não deixasse de chegar na hora combinada.

A PEQUENA SALA do L'Ami Louis estava lotada. O dono, "já que elas eram amigas do senhor François Tavernier", mandou colocar uma mesa redonda de tampo de mármore em frente da entrada. Retirou a luz da porta. Um criado pendurou nela o cartaz onde se lia "Lotado" e correu a cortina de veludo sujo, isolando o restaurante dos olhares dos passantes.

Léa olhou em volta com curiosidade. Era a primeira vez que frequentava esse gênero de estabelecimento, muito diferente da sua ideia de restaurante elegante.

— Vou levá-la a um bar que está na moda – prometera Sarah, momentos antes.

As paredes amareladas projetavam sobre os clientes uma luz que lhes conferia um tom hepático. A serragem espalhada sobre os ladrilhos formava uma pasta úmida e imunda sob os pés. Os assentos de madeira eram duros e desconfortáveis, o ruído e o fumo, desagradáveis.

O criado pôs a mesa com desembaraço. A alvura impecável da toalha, o brilho dos copos e dos metais contribuíram para tranquilizar Léa um pouco. Para dizer qualquer coisa, virou-se para a companheira:

— Vem sempre aqui?

— Bastante. Como lhe disse, foi François Tavernier quem me indicou o restaurante. O *foie gras*, a carne, as aves e o vinho são excelentes. O ambiente não é muito atraente, mas depressa se esquece tal pormenor diante da qualidade da cozinha e da gentileza do pessoal.

— Que vinho deseja, minha senhora? – perguntou o criado.

– Como se chama aquele que o senhor Tavernier acha muito bom?

– É de fato muito bom, minha senhora, Château la Lagune.

– Muito bem. Vamos beber à sua saúde.

Conhecedora de vinhos, Léa provou a bebida.

QUANDO CHEGOU a Paris, Sarah instalou-se no Hotel Lutécia para não se preocupar – segundo dizia – com problemas cotidianos. Ao entrar no quarto, duas horas atrás, acompanhada de Léa, desembaraçara-se dos sapatos atirando-os para o extremo oposto da sala, e lançara o casaco de tecido leve sobre uma das camas gêmeas, cobertas por colchas de algodão florido.

– Fique à vontade. Vou preparar o banho.

Depois Sarah saiu do banheiro, envergando um grande roupão felpudo azul.

– A banheira enche muito depressa – avisou. – Os sais estão no armário. Quer beber alguma coisa? Vou pedir um "alexander". O *barman* os prepara muito bem.

– De acordo quanto ao "alexander" – disse Léa, um tanto intimidada pela naturalidade da mulher, que mal conhecia.

Quinze minutos depois, Léa saiu do banheiro, faces rosadas, os cabelos presos no alto e envolta num roupão de cor malva.

– Como você é jovem! – exclamou Sarah. – Nunca vi tez como a sua nem semelhantes olhos ou boca tão bonita! Bem se compreende que se apaixonem por você.

Léa corou sob a avalanche dos elogios, sentindo-se pouco à vontade.

– Tome sua bebida. Reservei mesa num restaurante de que gosto muito. Espero que lhe agrade.

Enquanto falava, Sarah revolvia o interior de várias malas abertas no meio do quarto, retirando delas a *lingerie* de cor azul pálida e meias cinza-escuras. De outra mala pegou um vestido de lã um pouco amarrotado.

– Não demoro muito – comunicou, desaparecendo novamente no banheiro.

"Mas que bagunça!", pensou Léa. "E mamãe me acha bagunceira!" Que diria se a filha fosse como Sarah? Com espanto, apercebeu-se de que há vários dias não pensava na mãe. Prometeu a si mesma escrever-lhe uma longa carta.

– Ligue o rádio! – gritou Sarah do outro lado da parede.

Léa olhou em volta, removeu vestidos, casacos e jornais, sem encontrar qualquer aparelho que se assemelhasse a rádio. Sarah reapareceu de combinação curta, secando os cabelos com uma toalha.

– Por que não ligou o rádio? Está na hora do noticiário.

– Não consegui encontrar o aparelho.

– Ah, é verdade! Já não me lembrava! Vieram buscá-lo para consertar. Mas... ainda não está vestida?

Com um gesto, Léa indicou ter deixado a roupa no banheiro.

– Onde estou com a cabeça esta noite! Estou na verdade muito cansada.

De volta ao quarto, Léa foi encontrar Sarah meio escondida debaixo de uma das camas à procura dos sapatos, que foram achados, por fim, dentro do cesto dos papéis...

Um garçom surgiu com um prato de *foie gras* e grossas fatias de presunto de Bayonne, ao mesmo tempo em que outro servia o vinho.

– A seguir, há costeletas de vaca, estufado à provençal, lombo de carneiro e pombos com ervilhas.

– Escolha os pombos, que são excelentes – aconselhou Sarah Mulsteïn.

Sorrindo, Léa concordou com um aceno de cabeça.

– E agora bebamos à saúde do nosso amigo François – disse Sarah, erguendo o copo.

– Eis uma proposta que vai direto ao coração! – proferiu atrás delas a voz alegre de Tavernier. Parecia mais jovem com os cabelos ligeiramente desalinhados, camisa de gola rulê e casaco de *tweed*.

– François! – exclamou Sarah. – Que bela surpresa! Julgava-o sepultado sob as bombas alemãs.

– Por pouco isso não aconteceu – respondeu, inclinando-se para beijar a mão estendida, em que cintilava um magnífico diamante. – Boa noite, Léa. Sua tia já se refez do susto?

– Boa noite. Por enquanto vai bem.

– Disseram-me que tinha telefonado. Nada de grave, espero.

– Camille queria falar com o senhor. Mas pensei que estivesse na frente de combate.

– De fato, estive. Regressei no fim da tarde. Como meu aspecto indica, nem sequer tive tempo para mudar de roupa. Estou desculpado? Embora a mesa seja pequena, posso juntar-me a vocês?

– Isso nem se pergunta. Nós lhe arranjamos espaço – respondeu Sarah.

– Traga uma cadeira – pediu Tavernier ao garçom.

– Não vai ficar bem instalado, senhor Tavernier – objetou ele.

– Não tem importância.

– Que deseja comer, senhor Tavernier?

– Uma costeleta de boi bem malpassada.

O garçom dos vinhos apareceu de novo, enchendo os copos. Em silêncio, com ar sonhador, François Tavernier *151* bebeu o dele. Léa morria de vontade de lhe perguntar o que vira, mas não se atrevia.

– Não nos atormente! – exclamou Sarah. – Que está acontecendo por lá?

Um lampejo de contrariedade perpassou os olhos sombrios de Tavernier. Fitou uma após outra aquelas duas mulheres tão diferentes entre si e tão diversamente belas – a morena de grandes olhos negros, pele de brancura mate, nariz grande e arqueado, boca larga a desvendar duas fileiras de dentes admiráveis; e a selvagem de cabeleira indisciplinada e reflexos flamejantes, cabeça obstinada, boca sensual e estranho olhar, dentro do qual os homens gostariam de perder-se. E aquele movimento de cabeça quando prestava atenção a alguma coisa!...

– Falemos de outro assunto – disse Tavernier. – Não quero perturbar-lhes os pensamentos agradáveis. Conversaremos sobre o caso amanhã.

– Amanhã, não! Agora! – replicou Sarah Mulsteïn impetuosamente, apertando o braço do amigo. – Tenho o direito de saber – prosseguiu ela em tom mais baixo. – Se os nazis ganharem a guerra, nunca mais verei meu pai nem meu marido.

– Eu sei, Sarah, eu sei.

– Não, não sabe. Não sabe do que eles são capazes.

– Acalme-se, Sarah. Sei tão bem quanto você. Embora os acontecimentos tenham se precipitado, não perdi meus contatos na Alemanha e as notícias que me chegam não são más. No entanto...

– No entanto?

– ...tenho dúvidas se ficarão mais seguros na França.

– Como pode ter dúvidas?! A França é um país livre, uma terra acolhedora, a pátria da declaração dos direitos do homem. A França nunca prenderá judeus sob o simples pretexto de serem judeus.

— Admiro sua confiança na justiça do meu país. Faço votos para que esteja certa.

— Mas nós ganharemos a guerra – interveio Léa, silenciosa até esse momento.

François Tavernier não teve de responder-lhe, pois chegaram os pratos.

Os três eram gulosos e começaram a saborear a comida em silêncio. Depois, pouco a pouco, graças ao vinho e à qualidade dos alimentos, fizeram o possível para conversar sobre tudo e sobre nada. O jantar terminou em meio a risos e com um início de embriaguez por parte das duas mulheres, sobretudo de Léa, que bebera muito.

— Oh, já dez e meia! – exclamou, levantando-se. – Minhas tias devem estar preocupadas.

— Venha. Vou acompanhá-la – propôs François Tavernier. Depois, dirigindo-se ao garçom e deixando a gorjeta sobre a mesa, disse: – Ponha a despesa na minha conta.

QUANDO LÉA chegou a casa, as tias estavam cansadas demais para lhe fazerem qualquer observação quanto ao atraso. Distraídas, cumprimentaram Sarah Mulsteïn e François Tavernier, e pensaram apenas em uma coisa: irem para a cama.

— Dê-me notícias de Camille – recomendou Sarah, despedindo-se de Léa com um beijo em cada face.

— Telefono amanhã – disse Tavernier, afastando-se para deixar Sarah sair.

153

12

Tudo correu depressa demais para Léa depois desse dia 14 de maio, data em que François Tavernier lhe comunicara a derrota da França.

Ela e Camille acompanharam no mapa a impetuosa invasão alemã, sem conseguir acreditar que isso fosse possível. Receavam por Laurent, de quem a mulher não recebia notícias desde a ofensiva de 10 de maio e que se encontrava diante das divisões blindadas de Gudérian. Apesar da censura nos jornais e no rádio, adivinhavam, de coração apertado, que milhares de soldados franceses vinham sendo assassinados por nada nos caminhos do Meuse e do Somme. Circulavam as informações mais alarmantes, transmitidas pelas hordas dos fugitivos: pilhagem de cidades e de aldeias, bombardeios contínuos, derrota do 9º Exército comandado por Corap e depois do Giraud, que, em vão, procurava reagrupar-lhe os destroços, colapso do 2º Exército, o de Laurent, chefiado pelo general Huntzinger, presença de espiões fervilhando por toda parte, crianças perdidas, velhos e doentes abandonados...

François Tavernier insistira para que Léa e Sarah deixassem Paris. Sarah recusara, dizendo que se o pai e o marido conseguissem fugir da Alemanha, seria ali que teriam possibilidade de encontrá-la. Quanto a Léa, não podia deixar a cidade, pois o estado de saúde de Camille, após uma ligeira melhora, agravara-se nos últimos tempos.

Lisa conseguira sua vitória. Por momentos tranquilizada pela destituição do general Gamelin e, sobretudo, pela nomeação do marechal Pétain para vice-presidente do Conselho, o pânico sentido fora mais forte depois – passados dois dias, as irmãs Montpleynet, na companhia de Estelle, abandonavam a casa da rua da Universidade, confiando Léa a Sarah Mulsteïn e a François Tavernier. Até o último instante, tiveram esperança de que a sobrinha as acompanhasse, receosas de enfrentar as reprovações de Isabelle e de Pierre Delmas.

A contragosto, ele autorizara a filha a permanecer em Paris, em casa de Camille, sobretudo para sossegar seu velho amigo d'Argilat, o qual, doente, se desesperava ao saber que a nora estava sozinha.

FINALMENTE, no dia 30 de maio, chegaram duas cartas de Laurent. Triunfante, Josette levou-as ao salão onde Camille e Léa estavam sentadas, perto da janela.

– Minha senhora, minha senhora, cartas do senhor! – gritou a criada.

As duas mulheres ergueram-se de um salto, de corações palpitando, incapazes de dizer algo. Josette ficou olhando-as de braço estendido, segurando na mão duas volumosas mensagens cobertas de carimbos militares, espantada pelo fato de a boa-nova não ter sido mais bem-recebida. Camille tornou a sentar-se devagar.

– Não tenho coragem. Quer abri-las, Léa?

Sem responder, mais as tomou do que as recebeu das mãos da criada. Rasgou os envelopes, servindo-se do indicador, que tremia, e, desajeitadamente, desdobrou as folhas de papel de má qualidade, cobertas por uma caligrafia densa. Uma das cartas vinha datada de 17 de maio, a outra, de 28.

– Leia, por favor – insistiu Camille em voz surda.

– "Minha querida mulher..." – começou Léa.

A frase oscilou diante dos olhos. "Minha querida mulher..." – palavras que não lhe eram dirigidas. Para ocultar a perturbação, aproximou-se da janela.

– Continue.

À custa de um esforço que Camille não podia adivinhar, Léa recomeçou a leitura em tom monocórdio:

Minha querida mulher:

Como pensei em você no decurso destes dias, sozinha, no estado em que se encontra e sem receber notícias! Em Paris, é provável que esteja mais bem-informada daquilo que aqui acontece. É tudo tão incrível! Procuro em vão entender o que se passou desde que os alemães invadiram a Bélgica e Luxemburgo. Deixei Paris para cumprir meu dever. Mas, em vez disso, foi necessário retirarmo-nos; de soldados transformamo-nos em fugitivos, ao lado de colunas de refugiados. Por toda parte se veem veículos transbordando de gente, motocicletas, bicicletas, pilhas de malas e de sacos. Homens e mulheres aos prantos, crianças gritando, arrastando-se a pé pelas estradas, vagueando sob um calor terrível.

Os bombardeios inimigos multiplicam-se a cada dia. São saqueadas aldeias desertas. Só os animais ficaram: porcos, vitelos errantes, potros amedrontados e vacas mugindo, que nos seguem à espera da ordenha.

Apenas o pensamento de sabê-la em segurança me anima, minha querida; não gostaria que presenciasse o espetáculo dos refugiados nas valetas e pelos campos como se fossem cadáveres, gritando de terror às rajadas dos aviões.

Odeio a guerra, como você sabe. Mas sinto vergonha da debandada das nossas tropas, da derrota dos nossos chefes militares. Pensei em você todos estes dias, pensei no nosso filho, em meu pai, em Roches-Blanches, em tudo aquilo que representa minha razão de existir. Pensei também na honra. Por vezes, me desespero por não estar na linha de frente, por não repelir o inimigo de armas na mão. Senti náuseas e vontade de chorar vendo pirâmides de cavalos feridos, empalados e rasgados. Dormi nas matas todos estes dias, ou em celeiros, comendo aquilo que conseguia encontrar. Estou esgotado, sinto-me enganado e humilhado. Mas que posso eu fazer?

Léa entregou a Camille as folhas da primeira carta, deixando-lhe o cuidado de ser ela própria a inteirar-se das palavras ternas que a rematavam e que tanto mal lhe faziam.

– Leia a outra, querida. Ambas amamos Laurent e quero que juntas saibamos o que faz, o que lhe acontece.

Léa sobressaltou-se, perguntando a si própria o que quereria Camille dizer com aquele "ambas amamos Laurent". Teria adivinhado a natureza dos sentimentos que ela dedicava a Laurent? Ou seria apenas tão tolamente confiante?

A segunda carta tinha a data do dia 28 de maio de 1940:

Minha doce querida:

Depois da carta anterior, percorri já grande distância; estou apenas a 50 quilômetros de Paris. E enche-me de raiva o fato de sabê-la tão próxima sem poder vê-la. Suas cartas chegaram todas ao mesmo tempo. Sinto-me feliz e tranquilizado por Léa estar com você. Comunique-lhe minha gratidão e meu afeto.

Recebi também notícias de meu pai, não muito boas, infelizmente. Receio que a guerra, que ele considerava tão funesta para a França, e os revezes que experimentamos acabem por agravar-lhe o estado de saúde. O moral de todos nós é bastante sombrio e a leitura dos jornais – que há muito não recebíamos – não veio contribuir para melhorá-lo; bombardeios na Holanda e na Bélgica, ocupação de Amiens, de Abbeville, de Bolonha e de Calais, as divisões aliadas praticamente cercadas em Flandres, a destituição de Gamelin e sua substituição pelo "jovem" Weygand... Talvez a esperança e a honra da França se salvem com a nomeação do marechal Pétain para a vice-presidência do Conselho.

Envio meu diário de todo este período de guerra. Leia-o, se tiver coragem. Por meio dele, talvez consiga ver as coisas com maior clareza. Perdoe-me por aborrecê-la com a narrativa dos problemas de reabastecimento e das correrias através das matas. São peripécias bem insignificantes, mas fazem parte do meu cotidiano desde o dia 10 de maio. Tal como lhe disse, estou satisfeito por não ser obrigado a combater, não por covardia, pode crer, mas sim por horror ao derramamento de sangue. Contudo, as vitórias alemãs, nossa manifesta inferioridade – pelo menos no meu setor –, dão-me um permanente sentimento de dor e de vergonha.

Tenho de deixá-la, Camille, pois o coronel mandou me chamar. Cuide-se. Eu a amo.

Léa entregou a Camille as folhas do diário referido por Laurent. E Camille deixou-as no colo, tentando concentrar a atenção nas primeiras páginas e repetindo para si mesma:

– Ele está vivo e bem... ele está vivo e bem...

– Claro que está vivo, senão não teria escrito! – disse Léa fora de si.

Sem responder, Camille percorreu as páginas do diário, redigido entre os dias 10 e 27 de maio de 1940. Com uma expressão de assombro estampada no rosto, leu o relato do cotidiano da derrota, proferindo, de vez em quando, algumas frases em voz alta:

Ferté-sur-Chiers, Beaufort... Vou em busca de notícias... O coronel ausentou-se e muita gente supõe que tenha desaparecido... Encontrar víveres, encontrar forragem... Um dos meus homens acaba de morrer devido à explosão de uma mina... Um brigadeiro foi assassinado por um soldado bêbado... Minha obsessão – e também a de Wiazemsky – é organizar o reabastecimento. Conseguimos ordenhar algumas vacas errantes, dando leite às crianças... Os aviões voltaram à noite, fazendo-se acompanhar dos silvos terríveis, seguidos de explosões. Deitados de bruços no solo, tivemos a primeira experiência das bombas assobiadoras... Junto à valeta, um ajudante chorando sozinho... Dormimos no celeiro...

– Pobre Laurent! – murmurou Camille. – Ele, que só consegue dormir na cama!

Léa lançou-lhe um olhar de raiva.

– Ouça isto, Léa – disse Camille, encantada. – No dia 24 de maio Laurent fez uma pausa em Châlon:

(...) A inesquecível sensação de ver outra vez uma grande cidade, lojas e cafés, de estar entre civis. Um bom jantar, aguardente de boa qualidade e charutos. A guerra tem coisas boas, por vezes. O prodigioso deleite de dormir entre lençóis lavados após um banho demorado...

Tendo atingido o ponto mais alto da raiva, Léa viu Camille terminar a leitura.

– Tenho inveja dele – comentou Léa. – Não é forçado a ficar confinado.

– Como pode dizer tal coisa! – gritou Camille. – Laurent arrisca a vida, tal como seus camaradas.

– Talvez. Mas não tem tempo para se aborrecer.

Camille fitou a amiga com tristeza e lamentou:

– Você se aborrece tanto assim a meu lado? Bem sei que não é nada divertido velar doentes. Se não fosse eu, você teria voltado para junto de seus pais. Oh, como você deve me detestar – terminou Camille, soluçando.

— Pare de chorar! – exclamou Léa. – Vai ficar doente e a senhora Lebreton dirá outra vez que foi por minha culpa.

— Desculpe-me. Você tem razão. Por que não sai mais vezes? Sarah Mulsteïn e François Tavernier a convidam com frequência. Por que recusa?

— Basta-me vê-los aqui todas as tardes

— Mas eles não vêm todas as tardes!

— É possível. Mas as vezes que o fazem são mais do que suficientes.

Camille baixou a cabeça, acabrunhada, assegurando:

— Gosto muito deles. François é tão bom, tão alegre...

— Pergunto a mim mesma o que será que você vê nesse inútil...

— Sabe bem que isso não é verdade, Léa – interrompeu Camille. – François exerce aqui funções de grande responsabilidade e o governo o consulta frequentemente.

— Segundo o que ele diz... Você é muito ingênua, minha querida amiga. Quanto a Sarah, tenho também minhas dúvidas. Não me espantaria se fosse espiã.

— Que exagero! Você lê muitos romances ruins e vê muitos filmes de má qualidade.

— Mato o tempo como me é possível.

— Não vamos discutir, Léa. É preferível alegrarmo-nos por sabermos que Laurent está com boa saúde.

— Neste instante, é a sua que conta. Acha que o médico a autorizará a viajar?

— Não sei – suspirou. – Gostaria tanto de estar em Roches-Blanches, junto do pai de Laurent! Tenho tanto receio pelo meu filho!

Bateram à porta e Josette apareceu.

— A senhora Mulsteïn e o senhor Tavernier chegaram – anunciou a criada.

— Mande-os entrar – ordenou Camille, cujo rosto páli-do enrubesceu de prazer.

— Outra vez eles! – exclamou Léa de mau humor.

Sarah Mulsteïn, um buquê de rosas em punho, atraves-sou o cômodo para beijar Camille. Sorriu ao avistar as fo-lhas das cartas de Laurent, espalhadas sobre as cobertas de cetim creme.

— Vejo que recebeu notícias do nosso soldado. Devem ser boas, a avaliar pelo seu aspecto, bem melhor hoje, e pelos seus olhos, quase alegres.

— Ah, sim, sinto-me aliviada! Como são bonitas as ro-sas! É tão boa para mim, Sarah! Obrigada.

— Bom dia, Léa. Mas que ar sombrio! Que lhe aconteceu?

— Nada. Aborreço-me, é tudo – replicou Léa, deixan-do-se beijar pela visitante.

— Mostre-me essa carta – disse Tavernier, inclinando-se para beijar a mão que Camille lhe estendia. – Oh, é bem verdade. Você está quase tão rosada como suas flores.

— Acho que exagera um pouco – contrariou a jovem, rindo. – E você, Sarah, soube alguma coisa de seu marido?

Antes de responder, Sarah Mulsteïn tirou o elegante cha-péu de feltro preto, atravessado por uma longa pena verme-lha. Instalou-se num sofá baixo, perto da cama, puxando a saia plissada num gesto maquinal.

— Sim, recebi notícias ontem...

— Estou muito feliz por você – cortou Camille.

— ...enviaram-no para um campo de concentração na Polônia – rematou Sarah.

— Oh, não! – exclamou Camille.

Léa, que se mantivera à parte, aproximou-se de François Tavernier e disse, em tom de desprezo:

— Pensei que estivesse providenciando para tirá-lo da Alemanha.

161

– A tentativa não foi bem-sucedida.

– François fez todo o possível – interveio Sarah com a voz cansada.

– Como pode estar certa disso? – perguntou Léa com veemência.

– Léa!...

– Deixe, Camille. Como bem sabe, sua bonita amiga toma-me por canalha e por espião. Mas não importa – disse Tavernier com aparente descontração.

– Deixe que eu responda a Léa, François – interveio Sarah. – Meu pai telefonou-me de Lyon e inteirou-me das circunstâncias da detenção de meu marido. Os nazis vingaram-se nele por não conseguirem reter um artista mundialmente conhecido. E sem a interferência de François meu marido não seria o único a ser deportado... Meu pai chega amanhã a Paris.

Caiu sobre o grupo um silêncio penoso. Foi Léa a primeira a quebrá-lo:

– Desculpe-me, François. E você também, Sarah.

– Como já observei, Léa, você é ainda muito nova. Tem muita pressa em falar e fala sem saber o que diz. Nos tempos de hoje, terá de habituar-se a ser mais prudente. Você, que vê espiões por toda parte, desconfia da "quinta-coluna" – advertiu Sarah.

Léa afastou-se, escondendo o desagrado. Depois, consultou o relógio.

– Esqueci por completo que tinha um encontro. Até logo à noite, Camille. Deixo-a em boa companhia.

François Tavernier saiu atrás dela e alcançou-a na entrada, onde a jovem colocava o chapéu em frente do espelho.

– Esse chapéu não lhe fica bem; faz-lhe parecer mais velha – observou. – Se nos abstivéssemos da cor, seria perfeito para sua tia Lisa.

Léa encarou-o com raiva.

– Que sabe você de chapéus? É um d'Agnès, o que existe de mais elegante.

– Não se faça de parisiense, minha amiga. Fica muito mais sedutora como selvagenzinha de Montillac, sobretudo quando está vermelha como neste instante.

– Não estou vermelha e me é indiferente sua opinião. Deixe-me em paz!

– Não, preciso falar com você. Vamos até seu quarto.

– Nem pense nisso!

– Deixe de ser pretensiosa. Também não lhe fica bem. Vamos, venha.

Pegando-a pelo braço, François Tavernier arrastou-a em direção a uma das portas.

– Ou me larga ou grito – protestou.

– Grite se quiser. Ah, não quer andar? Então, a carregarei.

Juntando o gesto à palavra, Tavernier ergueu-a nos braços. Apesar da ameaça, Léa não gritou, tentando libertar-se, porém, e cobrindo-o de socos.

– É este aqui, não é verdade, seu antro virginal? – disse ele, empurrando com o ombro a porta entreaberta.

– Largue-me! Quer largar-me?

– Às suas ordens, minha cara amiga – concordou Tavernier. E num gesto displicente atirou-a sobre a cama.

Léa caiu sobre as molas do colchão com um grunhido de raiva impotente. Depois, o cabelo em desalinho a taparlhe os olhos, sentou-se e encolheu o corpo, preparando o pulo. Mas Tavernier foi mais rápido – lançou-se sobre ela, imobilizando-a pelos pulsos.

– Bruto! Canalha!

– Como já lhe disse diversas vezes, seu vocabulário injurioso é bastante limitado. Faz-lhe falta a leitura. Vamos, 163 acabou a brincadeira. Tenho de conversar com você. Quer ou não me escutar?

— Vá...

— Chega! Ou a beijo se não ficar quieta.

Léa parou instantaneamente de debater-se.

— Queria então falar comigo? De que se trata? – perguntou a jovem com uma expressão séria.

— É sobre você e Camille. Têm de partir; não estão em segurança aqui.

— Sei disso muito bem – replicou Léa, esfregando os pulsos. – Será culpa minha que o médico ache que ela não pode viajar?

— Falarei com ele a esse respeito. Os alemães estarão em Paris dentro de dias. Eu próprio seguirei para a frente...

— Ora! Que ideia mais absurda! Pensei que não gostasse de causas perdidas.

— Com efeito, não gosto. Mas trata-se de outra coisa.

— Talvez de honra – opinou Léa, no tom mais contundente que pôde conseguir.

Mas, diante do olhar que François Tavernier lhe lançou, encolheu-se na cama, à espera de ser agredida. Como tal não sucedesse, ergueu os olhos para ele, sentindo-se corar de vergonha ao ver-lhe o rosto transtornado. Assaltou-a o súbito desejo de atirar-se a seu pescoço e pedir-lhe perdão. Talvez o tivesse feito se, nesse preciso instante, Tavernier não desatasse a rir.

— A honra! – exclamou ele. – Talvez, sim. Mas eu sou indigno de tal sentimento. Seria preciso que me chamasse Laurent d'Argilat para saber o que isso é.

— Deixe Laurent e sua honra em paz! Voltemos ao assunto da nossa eventual partida.

— Sabe guiar?

– Tirei a carta em Bordeaux pouco tempo antes de vir para cá.

– Nesse caso, vou tentar requisitar, alugar, comprar ou roubar uma ambulância ou outro tipo de veículo confortável, no qual Camille possa fazer a viagem deitada. Levará Josette e a senhora Lebreton com você.

– O quê? Deixa-nos partir sós?

– E acha que poderá ser de outro modo? Todos os homens saudáveis estão na frente de combate. Além disso, você é bem capaz de se virar sozinha.

Sem responder, Léa abaixou a cabeça. François Tavernier sentiu-se comovido perante aquele sinal de impotência. Tomou em ambas as mãos os fartos caracóis, obrigando-a a erguer o rosto. Grandes lágrimas rolavam pelas faces da jovem, ainda desenhadas em traços infantis. Beijou-lhe suavemente os olhos e, em seguida, os lábios, que receberam, passivos, o beijo. Depois sentou-se na cama, soltou a cabeça de Léa e deitou-a a seu lado.

– Chore, minha filha, se isso a alivia – disse.

À voz grave e doce, que lhe fazia lembrar a do pai, Léa começou a soluçar, aninhando-se no companheiro.

– Gostaria tanto de voltar para casa! Tenho medo de que Camille perca a criança... Que diria Laurent? Por que motivo meu pai não vem buscar-me? É verdade que os alemães violam todas as mulheres?

– Vai voltar, minha querida, não se preocupe. Tratarei de tudo.

– Mas você disse que ia embora...

– Tratarei de tudo antes de partir.

François sentia-se mal consigo mesmo por se aproveitar da situação – seus lábios tornavam-se mais imperiosos, as mãos adquiriram maior audácia. Mas isso teve por efeito acalmar Léa, que pouco a pouco lhe retribuiu as carícias.

O ruído de vozes no saguão arrancou-os daquele instante de prazer. Com um gesto suave, Léa afastou de si o companheiro, ergueu-se e compôs o vestido amarrotado.

– Não fique aí plantado a me olhar. Limpe a boca, que está toda pintada. E penteie o cabelo – disse Léa, indicando as escovas, colocadas em cima do toucador.

Com um sorriso, Tavernier obedeceu.

– Parece o médico e a senhora Lebreton discutindo – observou Léa, apurando o ouvido.

Nesse instante, bateram à porta.

– É Josette, senhorita Léa. O doutor quer lhe falar.

– Está bem. Diga-lhe que já vou. Que quererá ele de mim? – concluiu ela, virando-se para Tavernier.

Este abriu os braços em sinal de ignorância.

– Vou deixá-la. Tenho de me ocupar dos preparativos do encontro de amanhã aqui, em Paris, com Churchill e seus três colaboradores mais próximos.

– Que espera dessa reunião?

– Pouca coisa. Raynaud tem esperança de obter da Força Aérea Britânica (RAF) mais aviões. Mas não vai tê-los, tal como também não conseguirá que as tropas francesas bloqueadas em Dunquerque sejam evacuadas simultaneamente com as britânicas.

– Nesse caso, para que o encontro?

– Para não perdermos o contato, para tentarmos saber a posição exata dos nossos aliados e qual a atitude deles em caso de armistício separado.

– Armistício separado?!

– Fala-se nessa hipótese. Mas pense em outra coisa. O assunto não deve ser objeto de preocupação para uma mulher bonita. É problema para homens – rematou Tavernier com ênfase, atraindo para si a jovem.

Léa não resistiu a ele, fitando-o como nunca fizera antes.

— Não quero que lhe aconteça nada de mau, minha pequena.

Léa pareceu desapontada por ele não a beijar e Tavernier sorriu vendo seu trejeito amuado.

— Chega por hoje. Vou tratar de conseguir o veículo. Eu lhe direi qualquer coisa dentro de dois dias. Vá ver o que quer o doutor Dubois.

Sem responder, Léa abandonou o quarto.

— AH, JÁ NÃO ERA sem tempo! Acha que não tenho mais o que fazer do que ficar à sua espera, senhorita Delmas? – gritou o médico quando Léa entrou na sala.

— Desculpe, doutor, mas pensei que estivesse com a senhora d'Argilat.

— A senhora d'Argilat está muito bem. Não se trata dela.

— Então, podemos partir! – exclamou Léa, contente, interrompendo o médico.

— Isso teria sido possível se a senhora Lebreton não tivesse se despedido apresentando pretextos fúteis.

— Pretextos fúteis... – repetiu a enfermeira, cuja presença Léa ainda não notara. – Acabo de saber que meu genro, gravemente ferido, se encontra na Bretanha. Minha filha quer imensamente ir ter com ele na companhia dos dois filhos. E o senhor chama isso futilidades!

— Sua filha é suficientemente crescida para viajar sem a mãe – retrucou o médico perfidamente.

— Com duas crianças de 3 e 5 anos... Bem se vê, doutor, que nunca teve filhos.

— Nos tempos de hoje, muito me congratulo por isso.

— Não pode deixar-me sozinha com Camille, senhora Lebreton – interveio Léa. – Não sei tratar dela, dar-lhe injeções...

— Tenho muita pena, mas vejo-me forçada a pensar na minha família. Leve-a para o hospital.

— Sabe perfeitamente, senhora Lebreton, que não há nenhuma vaga nos hospitais hoje em dia e que alguns deles estão sendo evacuados — contrapôs o médico.

— Nada posso fazer — concluiu a enfermeira com secura. — Tomo o trem noturno para Rennes. Já é hora de aplicar a injeção na senhora d'Argilat, senhorita Delmas. Se quiser, mostro-lhe como se faz. Não é muito difícil.

SARAH MULSTEÏN estava ainda no quarto de Camille quando as duas mulheres entraram, seguidas do doutor Dubois, que assumiu um tom de falsa despreocupação ao anunciar à doente:

— A senhora Lebreton é obrigada a deixar-nos por motivos de família. Vai mostrar à senhorita Delmas como se aplica uma injeção.

Camille empalideceu e disse, com um sorriso forçado:

— Espero, minha senhora, que não se trate de nada grave. Agradeço-lhe seus bons serviços.

Depois, virando-se para Léa, lamentou:

— Eu lhe causo imensas preocupações, minha querida.

— Vire-se — ordenou a enfermeira, resmungando, depois de preparar a seringa.

Sarah e o médico afastaram-se um pouco.

— Veja. Não é muito difícil — explicou a senhora Lebreton. — Enfie a agulha com um golpe seco... depois comprima o êmbolo lentamente...

13

Paris estava vazia.

O bombardeio, no dia 3 de junho, dos aeroportos de Orly, de Bourget e de Villacoublay, das fábricas Citroën e de prédios no 15º e 16º *arrondissements* provocara cerca de trezentas mortes. De manhã cedo, as primeiras viaturas começaram a partir para o sul do país; mas a grande massa dos parisienses precipitou-se para as estações de Lyon e de Austerlitz, misturando-se à onda de refugiados provenientes do Norte e do Leste.

Um torpor e um silêncio dignos do mês de agosto caíam sobre a praça de Saint-Sulpice quando Léa a atravessou para dirigir-se à Câmara Municipal, a fim de receber as senhas de racionamento das três moradoras da avenida Raspail. Não disporiam de açúcar sem aqueles cupões amarelos colados no interior da carta de alimentação. O leite, o café e a manteiga já escasseavam; podia-se perguntar de que se comporiam os cafés da manhã dentro em breve.

Quando deixou a Prefeitura, após duas horas de espera, Léa estava de muito mau humor. Cansada por ter permanecido em pé durante tanto tempo, em corredores que cheiravam a água sanitária, a papéis velhos e a suor, foi sentar-se num dos bancos diante da fonte, encolhendo-se no casaco impermeável bege emprestado por Camille. O calor não era muito e nuvens ameaçadoras percorriam o céu, de onde a morte podia surgir a cada instante. Recordou aborrecida a calma de Camille em face do apito das sirenes de alarme, seguido do ruído ensurdecedor dos aviões que sobrevoavam Paris e, por fim, dos estampidos das bombas. Insistira com ela em que descesse ao porão do edifício, transformado em abrigo antiaéreo. Obstinada, Camille recusara-se a fazê-lo, dizendo preferir ver a morte chegar a ser sepultada viva. Com raiva no coração e medo nas entranhas, Léa vira-se forçada a permanecer junto dela, de cabeça enfiada nas almofadas de seda.

E François Tavernier, que não dava sinal de vida! Não era possível ter partido para a frente sem procurá-la de novo e, sobretudo, sem cumprir a promessa de proporcionar-lhes meios para sair de Paris. E já estavam em 6 de junho!

— Eis uma testa franzida que não prenuncia nada de bom! – observou um indivíduo, sentando-se junto dela.

Léa preparava-se para responder com aspereza quando reconheceu Raphaël Mahl.

— Bom dia. Então não foi embora? – perguntou Léa.

— Embora para onde?

— Para o diabo, se quiser.

— Para aí, minha querida, iremos todos nós, o que não me desagrada. Sempre gostei de diabos loiros, sobretudo uniformizados. E você não? Isso nos levará a nos tornarmos diferentes de todos esses franceses gorduchos, da Frente Popular, e de mestiços de nariz adunco.

— Cale-se! É ignóbil o que está dizendo.

— Por que ignóbil? Não é por causa deles que vamos perder a guerra, por causa desse "Blum" e companhia? Conheço-os bem, pois sou meio judeu.

— Tenho uma amiga judia cujo marido foi preso apenas por ser judeu.

— E isso não lhe parece motivo suficiente?

— Que horror! – exclamou Léa, erguendo-se de um salto.

— Então, minha querida, acalme-se. Estava brincando – disse Mahl, levantando-se por sua vez e tomando-lhe o braço.

Léa libertou-se com impaciência.

— Desculpe-me, mas tenho de voltar para casa.

— Espere. Também tenho uma amiga e ela incumbiu-me de vender uma das suas peles, uma magnífica raposa prateada. Faço-lhe um preço muito em conta. É um excelente negócio.

— Não sabia que as peles lhe interessavam.

— Neste caso, trata-se apenas de prestar um serviço a uma amiga que precisa de dinheiro para deixar Paris. Que quer? Ela também é judia, e os nazis a assustam. A mim assusta-me muito mais o tédio. Se acaso não lhe interessa a raposa, tenho também tapeçarias, encantadores tapetes antigos de rara beleza.

— Deu agora para negociante de tapetes? Julguei que fosse escritor.

O rosto de grande fronte desguarnecida perdeu instantaneamente sua expressão de zombeteira bonomia. Um sorriso lasso e triste conferiu à fisionomia, onde era notória a frouxidão de caráter, uma beleza melancólica, sublinhada pelo olhar de insustentável inteligência.

— Sim, sou escritor. Escritor antes de mais nada. Você é apenas uma mulher, o que pode entender da existência de um escritor, a luta cotidiana entre o desejo de viver e a ânsia de escrever? São duas coisas incompatíveis. Sou como Oscar Wilde: quero o gênio tanto nas minhas obras como na minha vida. E isso é impossível de se obter. Atormento-me, mas é preciso optar: viver ou escrever. Tenho dentro de mim um grande livro, eu o sei; mas oprime-me de tal maneira o desejo de participar dos movimentos do mundo e das suas paixões que meu trabalho se ressente com isso. São necessários, como diziam os Goncourt no seu *Diário*, "dias regulares, calmos, quietos, a condição burguesa de todo o ser, um recolhimento, para escrever algo de grande, de atormentado, de dramático. As pessoas que se dispersam muito na paixão ou nos sobressaltos de uma existência febril serão incapazes de realizar qualquer obra e esgotarão a própria existência vivendo". — Mahl fez uma pausa e depois prosseguiu: — *Esgotar a existên-*

cia vivendo... eis o que acontece comigo. Vocês, as mulheres, sua falta de imaginação as protege e seu único ato criador é o da maternidade. Há entre vocês alguns monstros sublimes, é certo, tal como a senhora de Noailles, ou Colette, ah!, admirável artífice das letras é essa mulher, mas pouca verdadeira inteligência, que é por essência masculina.

– Masculina, a inteligência?! Como se atreve a dizer tal coisa agora que o país, nas mãos dos homens que detêm o poder – das criaturas que, segundo o senhor, são dotadas de verdadeira inteligência –, está prestes a ruir tão lamentavelmente?

– Mas vence-nos uma inteligência e força superiores, perante as quais teremos de nos curvar.

– Curvar-nos perante esses selvagens?

– Tem uma cabecinha muito bem-feita, minha querida, mas está vazia. Você apenas repete as ideias de seu porteiro. A guerra, que tão selvagem lhe parece, será benéfica para a França. Já em 1857, os Goncourt – citando-os de novo – escreviam: "A selvageria é necessária a cada quatrocentos ou quinhentos anos, para revigorar o mundo. O mundo morre de civilização. Antigamente, na Europa, quando a velha população de um ameno país estava convenientemente anêmica, caíam-lhe em cima, vindos do norte, heréticos de quase 2 metros de altura que remodelavam a raça." – Mahl fez nova pausa para logo continuar: – Os alemães são esses hereges que restituirão à nossa raça enfraquecida o sangue novo da ressurreição. Acredite, minha filha, acredite num pederasta vigarista que observou com atenção... por exigências literárias e, por vezes, também por suas próprias necessidades... esse animal pensante ao qual se dá o nome de homem; esse homem que um dia Deus expulsou da sua presença, fato com que ele..

pobre estúpido!... nunca se conformou. Lembre-se dos belos versos de Lamartine: "O homem é um anjo caído com saudades do Céu."

– Tenho a impressão de ouvir falar meu tio Adrien, que é dominicano – asseverou Léa, em tom de zombaria.

– Seu tio fez uma boa escolha. "Para um homem como ele só existe o hábito." Antigamente, também eu quis ser padre. Eu, o judeu, converti-me. Alguns amigos, católicos fervorosos, apoiaram-me em tal pretensão. Nas vésperas de ser ordenado, fugi do seminário e passei três dias num bordel de rapazes. Ah, foi divino! Depois do cheiro azedo das axilas dos eclesiásticos, depois das faces roídas pela acne dos camaradas de dormitório, cujo cio obsessivo poluía calções e lençóis, após as manhãs ensombrecidas por aquela carne rígida a despontar sob a batina, que alegria em acariciar e em beijar os corpos macios e perfumados dos prostitutozinhos masculinos! Mas como pode você entender tal coisa, você, uma mocinha virgem, sem dúvida, desconhecedora até mesmo, por certo, dos insípidos apertos sáficos!

– Efetivamente, não entendo. O senhor causa-me nojo!

– É verdade que sou um ignóbil nojento! – exclamou Mahl, rindo muito. – Ó senhora, não querer comprar tapete ou bela pele? Faço-lhe bom preço; você é bonita – continuou Mahl, seguindo Léa com mímicas grotescas. Compôs um rosto simultaneamente astucioso e tão ordinário que a moça não pôde conter o riso.

– O senhor está louco, meu pobre Raphaël. Não sei por que motivo consinto que me dirija a palavra.

– Porque a divirto, minha querida, e minhas ideias desordenadas a fazem sair do seu torpor de adolescente. Tem de crescer, minha bela! A época em que vivemos já não está na infância.

Caminharam em silêncio durante alguns metros. Na esquina da rua Grenelle com a Saints-Pères, Raphaël Mahl parou.

— Quer vir a minha casa tomar uma xícara de chá? – sugeriu. – Um amigo emprestou-me um belo apartamento na rua Rivoli. A vista para as Tulherias é magnífica.

— Agradeço, mas não é possível. A amiga em cuja casa moro encontra-se doente e já deve estar preocupada com minha ausência. Há mais de três horas que saí.

— E amanhã? Prometa-me que vem. Gostaria de oferecer-lhe alguns livros que aprecio muito. Se desejamos a amizade de alguém é muito importante termos os mesmos gostos literários.

Léa mirou-o com uma simpatia a que não podia furtar-se e que não compreendia.

— Se puder, virei. Prometo.

Mahl rabiscou o endereço e o número do telefone num envelope com o timbre da *N. R. F.*

— Fico à sua espera a partir das quatro. Se não puder vir, telefone-me. Conto com você. Até amanhã.

— Até amanhã – despediu-se a jovem, guardando no bolso o papel que ele lhe estendera.

Correu pela rua Grenelle, deserta, até a avenida Raspail.

NÃO TEVE TEMPO de pôr a chave na fechadura, pois a porta abriu-se e Camille surgiu na sua frente, vestida às pressas com um *tailleur* azul-marinho que lhe fazia sobressair o contorno do ventre, pondo igualmente em destaque a palidez do rosto emagrecido.

— Até que enfim voltou! – exclamou ela, encostando-se à parede para não cair.

— É mesmo doida! Que faz em pé?

– Ia procurá-la – murmurou Camille, escorregando ao longo da parede, desmaiada.

– Josette! Josette! Venha depressa!

A jovem camareira surgiu na porta da copa e deixou escapar um grito, ao ver a patroa caída no chão, inconsciente.

– Ajude-me, em vez de ficar aí plantada como uma idiota.

Despenteada, com o rosto afogueado, Josette auxiliou Léa a transportar a doente para o quarto e a colocá-la na cama.

– Dispa-a – ordenou Léa. – Vou dar-lhe uma injeção.

Quando regressou ao quarto munida da seringa, Josette cobria Camille, que ficara apenas com a leve combinação cor-de-rosa.

Depois da injeção, Léa, cheia de angústia, perscrutou o pobre rosto de narinas afiladas. Camille nunca demorara tanto tempo a recobrar os sentidos.

– Por que permitiu que a senhora se levantasse da cama?

Agachada junto ao leito, Josette soluçava.

– Não tive culpa, senhorita. Estava preparando o chá na cozinha. Deixei a senhora muito calma ouvindo rádio quando, de repente, quase me fez quebrar o bule, tal o susto que me pregou; apareceu atrás de mim, descalça, de olhar enlouquecido, repetindo sem cessar: "Tenho de procurar Léa... Tenho de procurar Léa..." Tentei reconduzi-la ao quarto, mas ela não deixou, dizendo: "Faça as malas, Josette. Os alemães estão chegando." Então tive medo, pois pensei que a senhora tivesse ouvido a notícia pelo rádio. Corri a preparar a bagagem enquanto a senhora se vestia. A senhorita chegou nesse momento. Diga-me, é verdade que os boches vêm aí?

– Telefone ao doutor Dubois, dizendo-lhe que venha com urgência.

– Muito bem, senhorita.

Debruçada sobre Camille, Léa procurava fazê-la aspirar um frasco de sais. "E se os alemães chegaram, de fato?", pensou, sentindo um princípio de pânico apoderar-se dela.

– O médico não está em casa, menina, e não sabem quando voltará.

– Léa... – pronunciou Camille, abrindo as pálpebras devagar. – Léa, está aqui... receei que tivesse partido... o rádio... noticiaram que o governo se prepara para deixar Paris – balbuciou ela, agarrando-se com força ao braço de Léa.

– Então... vamos, acalme-se. Acabo de chegar e não há alemães nas ruas. Tudo está tranquilo. Só você se agita inutilmente. Laurent não ficaria satisfeito se a visse tão pouco razoável. Descanse e procure dormir um pouco. O doutor Dubois está chegando – mentiu a jovem.

– Perdoe-me, mas tenho tanto medo quando você não está aqui comigo!

Era já quase noite quando Camille por fim adormeceu. O médico não aparecera ainda.

Léa sentiu fome. Foi à cozinha em busca de algo para comer. Não havia nada, exceto alguns pães secos. Furiosa, procurou Josette para censurar-lhe a falta de mantimentos. Encontrou-a sentada na penumbra do salão, vestida e pronta para partir, a mala colocada aos pés.

– Que faz aqui às escuras? Por que está de casaco e de chapéu dentro de casa?

– Quero ir embora, senhorita – choramingou Josette. – Quero voltar à Normandia, para a casa de meus pais.

Léa fitou-a, apavorada.

– Pretende deixar-me sozinha com uma doente?!

– Tenho medo, senhorita, muito medo. Quero voltar para casa.

– Pare de choramingar! Os alemães já ocuparam a Normandia. Se não foi hoje, será amanhã. Fará melhor em ir deitar-se.

– Mas, senho...

– Cale-se! E amanhã pense nas compras a fazer. Boa noite.

Léa saiu, deixando a infeliz moça chorando, desamparada.

NO DIA SEGUINTE, às seis da manhã, Léa despertou de um sono perturbado, acordada pela campainha da porta. Supôs que fosse o doutor Dubois. Apanhou o quimono e ergueu-se do canapé do quarto de Camille, onde passara a noite. Bocejando, foi abrir a porta.

Na sua frente surgiu um indivíduo envergando uma farda enlameada, de rosto sujo e meio oculto por uma barba de vários dias.

– Laurent...

– Não, não é Laurent. Você não me parece ainda muito desperta, minha amiga. Posso entrar?

Léa afastou-se, deixando passar François Tavernier.

– Não faça essa cara. Por quem me toma? Por uma aparição?

– Quase. Onde se meteu durante todos esses dias? Telefonei-lhe diversas vezes, mas nunca estava.

– Pelo meu aspecto pode ver que não estive no Maxim's.

– Acabe com suas graças! Ficou de contatar-me e estive todo esse tempo à espera.

– Que gentileza de sua parte! Deixe-me dar-lhe um beijo de gratidão pela fidelidade demonstrada.

– Afaste-se! Está tão sujo que dá medo.

— Que quer, minha amiga? A guerra não é coisa limpa. Mas os soldados têm sempre direito aos beijos das garotas.

François Tavernier atraiu Léa e a beijou, apesar de sua resistência. Largou-a, porém, sentindo que ela continuava sem corresponder.

— Dê-me notícias da senhora d'Argilat. Como está ela?

— Mal.

— E o médico?

— Espero-o desde ontem. Conseguiu arranjar algum carro confortável?

— Consegui. Tive de travar batalha durante todos esses dias, mas *arranjei* um Vivaestelle em perfeito estado. Saberá dirigi-lo?

— É necessário que o faça.

— Mandei um homem de confiança buscá-lo. Estará aqui dentro de dois dias.

— De dois dias?

— O veículo encontra-se em Marselha.

— Devia ter seguido o conselho de meu pai e tomado um trem.

— Também pensei nisso. Mas Camille não poderia viajar deitada.

A campainha retiniu novamente.

— Oh, doutor! – exclamou Léa, abrindo a porta.

O doutor Dubois estava apenas pouco mais apresentável do que François Tavernier. O terno amarrotado, o queixo malbarbeado, as pálpebras rodeadas de vermelho evidenciavam cansaço e falta de sono.

— Não pude vir mais cedo – disse ele. – Quer ter a bondade de fazer-me um café?

— Também tomaria um de bom grado – afirmou Tavernier.

– Vou ver se encontro café. Josette está de tal maneira apavorada que não se atreve a ir às compras.

Na cozinha, com efeito, não havia café, leite ou pão.

– Eu me encarrego disso – disse Tavernier, que seguira a jovem. – Há um bar não muito longe daqui, onde costumava ir às vezes. O dono vai me livrar de apuros. Estarei de volta enquanto ferve a água. Entretanto, prepare-me um banho. Não tenho tempo para passar em casa.

Na volta, François Tavernier sobraçava um grande saco de papel onde havia café recentemente moído, uma garrafa de leite fresco, uma lata de chocolate, um quilo de açúcar e – maravilha das maravilhas! – vinte croissants ainda quentes.

Tavernier fez questão de levar a Camille a bandeja do desjejum. Para agradar-lhe, a doente esforçou-se por engolir um dos pãezinhos. Ele mesmo comeu cinco, tantos quantos Léa; o médico, três. Reconfortados, todos se mantiveram em silêncio durante momentos. Léa foi a primeira a falar, dirigindo-se a François:

– Se quer tomar seu banho quente, é melhor apressar-se.

– Já não tenho tempo. Vou apresentar meu relatório ao general Weygand e encontrar-me também com o marechal Pétain.

– Nesses trajes? – não pôde impedir-se de comentar o doutor Dubois.

– E por que não? É o traje de todos aqueles que se deixam massacrar devido à negligência do Estado-Maior e das tropas em debandada que vagueiam à procura de quem as comande e que os dirigentes procuram afastar de Paris.

– E depois disso, que fará? – perguntou Camille.

– Depois, minha senhora, irei morrer pela França – replicou Tavernier em tom teatral.

– Não brinque, François. Terei tanto desgosto se algo lhe acontecer!

— Muito obrigado por essas palavras, senhora d'Argilat. Prometo-lhe tentar manter-me vivo. — Depois, dirigindo-se ao médico, Tavernier perguntou: — Acha que poderemos transportar nossa amiga?

— Considero isso uma loucura e uma imprudência, tanto pelo seu coração como pela criança. No entanto, se os bombardeios recomeçarem... Bem, entreguemo-nos à misericórdia de Deus. Vou receitar-lhe medicamentos mais fortes. Procurarei passar por aqui de novo amanhã.

— Minha senhora... senhorita! Os alemães ocuparam Dieppre, Compiègne, Rouen e mesmo Forges-les-Eaux, onde vive minha madrinha! — gritou Josette, surgindo de chofre no quarto, com um naco de croissant na mão.

François Tavernier pegou-a pelo braço e a fez sair mais rapidamente do que entrara.

— Sua pateta, quer matar sua patroa?

— Claro que não, senhor Tavernier — soluçou a infeliz. — Mas penso no meu pai, na minha mãe, nos meus irmãozinhos...

— Eu sei, pequena, eu sei. Dentro de dois dias poderá deixar Paris com a senhora d'Argilat e a senhorita Delmas. Irá para a Gironde, para o campo, onde estará a salvo — assegurou ele, adoçando a voz e acariciando-lhe os cabelos.

— Sim, senhor. Mas... e minha família? Quando tornarei a vê-la?

— Não sei. Talvez em breve. Prometa-me cuidar da senhora d'Argilat, Josette.

— Prometo, sim, senhor.

— Obrigado, Josette. Você é uma boa moça. Tem dois dias para comprar mantimentos para a viagem. Ao mesmo tempo, compre também um vestido bonito para você.

— Oh, muito obrigada, senhor Tavernier! — agradeceu Josette, quase confortada, guardando o dinheiro.

Léa e o médico saíam do quarto de Camille.

— Apresse-se se quer falar com o marechal Pétain e com os membros do governo. Acabam de noticiar pelo rádio sua partida iminente para Touraine — anunciou o doutor Dubois em voz sumida, limpando os óculos embaçados. — Até amanhã.

A porta do patamar da escada fechou-se sobre seu vulto, repentinamente curvado.

— Por que permitiram que Camille ouvisse tais notícias? – perguntou Tavernier.

— Nada pude fazer – replicou Léa, apertando contra si o quimono, numa reação ao frio.

— Seja corajosa. O mais difícil está ainda por vir. E dê-me um beijo.

Num gesto espontâneo, Léa lançou-se para ele, rodeando com os braços o pescoço do homem debruçado sobre ela. Os lábios de ambos encontraram-se com uma violência que os machucou. As lágrimas que escorriam dos olhos de Léa conferiam ao beijo um sabor salgado. Tavernier desenlaçou as mãos apertadas atrás da sua nuca e, sem largá-la, afastou-a um pouco de si. Como era bela, o peito arfando ao ritmo de sua tristeza!

— Gosta um pouco de mim? – ele não pôde impedir-se de perguntar num murmúrio.

Léa fez um sinal negativo com a cabeça.

Uma repentina expressão de dor contraiu o rosto mal-barbeado de Tavernier. Aliás, que lhe importava se ela gostasse ou não? Bastavam-lhe os beijos. Atraiu-a de novo contra si e as mãos tatearam um instante por debaixo do quimono. Quando a largou, as lágrimas de Léa haviam secado.

— Tenho de deixá-la, minha querida amiga – disse ele com um sorriso. – Obrigado por tão amável acolhida. Até breve. Cuide de você e de Camille.

Sem palavras, a jovem o via afastar-se. Com o indicador, num gesto inconsciente, percorria o contorno dos lábios úmidos.

Léa e Josette tinham se esquecido por completo de que era domingo; quase todos os estabelecimentos de venda de gêneros alimentícios estavam fechados. Foram até o mercado de Saint-Germain, onde, após longas esperas, conseguiram obter uma dúzia de ovos, um frango, um coelho, um grande salsichão, queijo, dois quilos de maçãs e, depois de regatearem o preço, um enorme presunto.

Esgotadas mas orgulhosas das aquisições feitas, e de bolsa vazia (tudo encarecera terrivelmente), subiram a rua Four, cada uma segurando uma alça da pesada sacola.

ESTAVA UM DIA magnífico e havia pouca gente nas ruas; apenas algumas velhinhas transportando sacolas pobremente abastecidas, mendigos, zeladoras que não tinham perdido o hábito de varrer o passeio em frente dos prédios, dois agentes de polícia deslocando-se em suas bicicletas rangentes e um carro tão carregado com um colchão, um armário com espelho e uma leva de crianças irrequietas que era surpreendente o fato de conseguir mover-se. A rua Rennes assemelhava-se a um longo rio de chumbo com margens desertas. De repente, alguns caminhões desembocaram de Saint-Germain; sob os toldos mal-ajustados, Léa notou pilhas de documentos atadas às pressas.

LÉA COBRIU os móveis com as capas e começou a fazer as malas. Ao arrumar o impermeável de Camille, encontrou num dos bolsos o papel em que Raphaël Mahl escrevera seu endereço e o número de seu telefone. Contrariada, lembrou-se da promessa de visitá-lo ou de lhe telefonar caso não pudesse comparecer.

O sol entrava pela janela aberta para as árvores da avenida, um sol que convidava ao passeio. Tudo parecia tão calmo, tão estival que apenas se ouviam os pios dos pardais e os arrulhos dos pombos.

Numa súbita decisão, Léa fechou a tampa da mala, pegou uma capa de lã negra, que atirou sobre o vestido de seda negra com bolinhas vermelhas. Pôs o chapéu de palha preta, olhando-se no espelho veneziano da entrada. Depois entreabriu devagar a porta do quarto de Camille. Adormecera, graças a Deus! Na cozinha, Josette preparava os cestos dos mantimentos destinados à viagem.

— Vou fazer uma visita, mas não me demoro.

— É uma imprudência sair sozinha, senhorita.

Léa saiu sem lhe dar resposta.

Exceto por alguns veículos e camionetas carregadas de volumes extravagantes, Paris parecia deserta. Ao atravessar a Pont-Royal, distinguiu, para os lados do Grand-Palais, pesadas nuvens negras que aumentavam. Preocupada, prosseguiu apressando o passo. O Jardim das Tulherias estava tão vazio quanto as ruas.

Sob o fundo obscurecido do céu, tão branca quando banhada pelo sol, destacava-se a cruz formada pelo Obelisco e pelo cimo do Arco do Triunfo. De coração palpitando, a jovem parou, vindo-lhe à memória o calvário de Verdelais sob a claridade dos relâmpagos. Foi tão forte o súbito desejo de se achar aos pés da cruz que assistira às suas preces de criança e aos prantos de adolescente que Léa se sentiu vacilar.

— Meu Deus! — murmurou.

Assomou-lhe uma prece ao Deus da infância que, pouco a pouco, se transformou em ação de graças pela dádiva de tanta beleza. A contragosto, renunciou à contemplação do espetáculo. Sem cruzar com ninguém, atingiu a rua Rivoli e a fachada do prédio onde morava Raphaël Mahl.

O inquilino veio abrir-lhe a porta, vestido com uma espécie de túnica de lã branca. Olhou a moça, surpreso.

— Esqueceu-se de que me fez prometer vir visitá-lo hoje? — perguntou Léa.

— Ai, que cabeça a minha! Desculpe, querida amiga, mas apanhou-me em plenos preparativos de partida.

— Vai-se embora?

— Amanhã ou depois de amanhã. O avanço alemão fez-me perder o emprego. O diretor da Rádio Mundial espera ordem de evacuação de um dia para outro, ou melhor, de uma hora para outra.

— E vão para onde?

— Sem dúvida, para Tours, para onde foi o governo. Posso levá-la, se o desejar.

— Não seja bobo. Também partirei dentro de dois dias.

— Ah, onde estaremos nós dentro de dois dias! Venha sentar-se. Não ligue para a desarrumação. Deseja um chá?

— Preferia alguma coisa fria.

— Acho que não posso lhe oferecer, a menos que se contente com uísque. O dono da casa deixou duas caixas. Só gastei uma.

— Pode ser. Nunca provei.

— Fique à vontade.

Léa olhou em volta. A sala estava abarrotada de adornos chineses de todo tipo, alguns muito bonitos, como o longo cofre de laca com cor de asas de escaravelho; havia outros, porém — algumas figurinhas de tons gritantes —, de uma fealdade aflitiva. Léa encaminhou-se para a porta aberta da varanda, que dava para as Tulherias. Raphaël juntou-se a ela momentos depois, trazendo dois copos cheios de um líquido cor de âmbar.

— Bebo à sua beleza — brindou ele.

Sorrindo, Léa inclinou a cabeça e ergueu o copo. Provou a bebida e fez uma careta.

– Não gosta?

– Tem um gosto esquisito.

– Beba mais um trago. Verá que depressa se habitua.

Engoliram a bebida devagar, encostados à balaustrada da varanda. Chegou até eles um odor pestilento de fumaça gordurosa, que os obrigou a franzir o nariz.

– Que será esse cheiro? – perguntou Léa.

– Desde esta manhã que há qualquer coisa queimando para os lados de Boulogne. Vamos entrar.

Instalaram-se no canapé baixo, atulhado de almofadas.

– Ainda tem espaço nas suas malas? – perguntou Raphaël.

– Sim. Mas depende para o que for.

– Ontem, prometi emprestar-lhe alguns livros que considero o que de melhor nos deu a literatura.

Pegando três volumes que estavam no canapé, Mahl estendeu-os a Léa não sem certa hesitação.

– Não, não os empresto; eu lhos dou. Talvez seja a última vez que nos vemos; guarde-os como lembrança minha. *O crepúsculo dos deuses*, de Elémir Bourges, pelo qual trocaria de bom grado toda a obra de Flaubert; *A vida de Rancé* – talvez você seja ainda muito nova para tal leitura. Trata-se de uma prosa amadurecida, que deveria acompanhar a velhice de todas as pessoas. Vai lê-lo mais tarde, na hora adequada. E *Chéri*, da grande Colette. Tem seu nome a admirável figura de mulher que é a heroína. Há no romance toda a grandeza e toda a miséria da mulher. Oxalá venha a assemelhar-se à protagonista. Gosta de poesia?

– Sim, um pouco.

– Um pouco só não chega. Leia Nerval, o mais profundamente desesperado.

Como nesse instante Raphaël Mahl se mostrava diferente do homem frívolo, do vendedor ocasional de peles ou de tapetes, do cronista de *Marianne* ou do pederasta parisiense! Léa compreendeu que, com a dádiva daqueles livros, Mahl lhe entregava um pouco de seu próprio íntimo.

— Obrigada — disse simplesmente, dando-lhe um beijo no rosto.

Ele ergueu-se para esconder a emoção.

— Se eu devesse amar uma mulher, minha querida, gostaria que fosse como você — disse Mahl em tom reverente.

Léa consultou o relógio.

— Agora tenho de ir. Já passa das seis.

— Vou acompanhá-la. Hoje em dia, não é prudente uma mulher jovem e bonita andar sozinha pelas ruas.

— Mas está tudo deserto!

— Precisamente por isso as ruas são mais perigosas. Acredite neste amante de recantos sombrios; é sempre nos locais sossegados que se escondem os maus rapazes. É preferível evitar tais encontros a quem não os aprecia. Dê-me seus livros; vou embrulhá-los.

Retirou de um móvel alto de laca preta com incrustações de marfim um magnífico xale de seda vermelha, bordado com flores e aves coloridas, em que envolveu os três volumes.

— Aqui está! Uma embalagem em perfeita harmonia com seu vestido — disse ele, estendendo-lhe o embrulho e abrindo a porta.

— Vai sair assim? Não troca de roupa? — admirou-se Léa.

— Então você não disse que Paris estava vazia? E mesmo que houvesse multidões na rua? Não estou bonito assim? Não estou elegante? Os trajes africanos sempre me pareceram o cúmulo da elegância. Só me falta um turbante. E é pena!

Na rua, a atmosfera suave estava mudada pelo cheiro de fumaça. Raphaël pegou a moça pelo braço.

– Vamos pelo cais, se não se importa. Talvez seja a última vez que damos este passeio você e eu.

Em frente do Instituto estavam abertas duas barracas de livros usados. A vendedora de uma delas era uma mulher gorda e velha; na outra, havia um velho de olhos cansados. Cumprimentaram Raphaël como freguês habitual, nem um pouco admirados com seu traje.

– Então abriram hoje! Mas não devem ter tido muitos clientes.

– Infelizmente, não, senhor Mahl. Até mesmo os mais corajosos fugiram. Não é uma lástima ter de deixar cidade tão bonita?

– Vocês deviam fazer o mesmo.

– Eu, senhor Mahl? Nunca! Cresci aqui, nasci num pátio da rua Grands-Augustins, estudei no cais Saint-Michel, perdi a virtude à sombra de Saint-Julien-le-Pauvre e casei em Saint-Séverin. Minha finada mulher, filha de um antiquário de Belleville, foi enterrada no Père-Lachaise. Minha filha tem um bar em Montmartre, o mais velho, uma boa casa em frente de Notre-Dame, e o último, quando regressar da puta dessa guerra, seguirá meu trabalho. Fora de Paris, o corpo e a mente definham. Por isso ficamos aqui. Não é verdade, Germaine?

A gorda mulher, de pele curtida como a de um marinheiro, opinou ruidosamente:

– Você disse tudo.

Com estas palavras definitivas, Raphaël e Léa despediram-se dos vendedores.

Os raios oblíquos do sol tingiam de cor-de-rosa as figuras grotescas da Pont-Neuf. Veículos lotados passavam em direção a Saint-Michel. Na rua Guénégaud, através de uma janela aberta, chegou até eles o som de um relógio batendo as sete horas da noite.

– Apressemo-nos. Já estou atrasada – disse Léa.

Até a avenida Raspail trocaram apenas algumas palavras. Como dois amigos, beijaram-se em frente da porta do prédio, desejando-se mutuamente boa sorte.

NO DIA SEGUINTE, Camille recebeu carta de Laurent; encontrava-se perto de Beauvais, que descrevia como uma cidade muito bonita, com soberba e imponente catedral.

– De quando é a carta? – perguntou Léa.

– De 2 de junho. Por quê? Oh, meu Deus! Beauvais foi destruída depois desse dia – balbuciou Camille, deixando-se cair no chão.

Muito perturbada, Léa nem sequer pensou em socorrer a doente.

– Léa! – implorou a moça.

Era tão grande o entorpecimento da jovem que não ouviu o apelo de Camille. Por fim, suplantando o torpor, prestou-lhe os cuidados necessários. Quando a crise passou, as duas mulheres caíram nos braços uma da outra, chorando durante muito tempo. Assim as encontrou o doutor Dubois, que parecia ter envelhecido dez anos desde a véspera. Apesar da fadiga, conseguiu dizer as palavras adequadas para minorar-lhes a angústia.

NA TERÇA-FEIRA, dia 11 de junho, as moradoras da avenida Raspail encontravam-se prontas para a partida. Faltava apenas o veículo. Começou, então, uma longa noite de espera.

A MANHÃ DE QUARTA-FEIRA decorreu em tal clima de tensão que Léa preferiu sair de casa, dizendo que iria à estação de Austerlitz verificar se os trens estavam circulando.

Tinha calçado sandálias e percorreu Saint-Germain a passos largos, passando por grupos de aspecto digno de lástima, que empurravam carrinhos de bebê, carroças e carrinhos de mão, levando seus poucos tesouros: relógios de parede, aspiradores, máquinas de costura, barômetros, aquários com peixes vermelhos, colchões enrolados, fotografias de família, ampliações de fotos de casamento, bonecas de louça, tapetes de cores desbotadas e ainda duas gaiolas onde saltitavam, enlouquecidos, um canário e um casal de rolas. Muitas crianças de tez pálida, mulheres de rosto cansado, velhos extenuados. De onde viriam? Dos arredores, do Norte ou da Bélgica? Em Saint-Michel, parte deles reuniu-se à onda humana que subia para Luxemburgo; outra parte continuou na mesma direção em que Léa seguia, rumo à estação de Austerlitz. Uma multidão compacta impedia o acesso à estação. Circulavam os mais fantásticos boatos entre as pessoas ali bloqueadas:

— Os boches chegaram a Enghien.

— Não. Estão em Antuérpia.

— Explodiram os depósitos de petróleo dos arredores de Paris.

— Bombardearam Versalhes.

— Os trens já não circulam.

— Fecharam as cancelas da estação.

Era verdade.

Por detrás das grades do átrio, empoleirado no teto de um veículo, um funcionário das estradas de ferro falava à multidão utilizando um alto-falante. Após insistentes pedidos, conseguiu relativo silêncio.

— Como medida de segurança – principiou ele –, manteremos a estação fechada até as cinco da tarde...

De todos os lados se elevaram gritos de protesto.

– Silêncio! Deixem-me falar... Silêncio!

As exclamações interromperam-se.

– ... isto, a fim de permitir o embarque dos passageiros que já se encontram na plataforma...

– E nós? – perguntaram algumas vozes entre os assistentes.

– Todos poderão partir. Estão previstos 238 vagões extras nas estações de Austerlitz e de Montparnasse. Nesse momento, um trem sairá de Paris de cinco em cinco minutos. Todos seguirão. Tenham paciência...

Léa conseguiu infiltrar-se por entre os que se tinham deixado cair na calçada, rodeados de bagagens. Nas imediações do Jardin des Plantes, os canteiros haviam sido tomados de assalto por grupos que aí faziam seus piqueniques improvisados. Atravessou o jardim, em direção à rua Linné, na esperança de encontrar no local menor número de pessoas. Foi abordada por um indivíduo que a seguiu até a rua Écoles, mimoseando-a com baboseiras que em breve se transformaram em obscenidades. Naquele lugar, porém, por motivos desconhecidos, o homem abandonou a perseguição.

Ao passar em frente da Dupont-Latin, um cheiro de batata frita lembrou-a de que não tinha almoçado. Havia poucos clientes na grande cervejaria. Deliciando-se, Léa saboreou as batatas e bebeu uma cerveja, seguida de café. Saciada, encaminhou-se para o Odeon, cortando a custo a multidão que subia Saint-Michel.

Eram já quatro da tarde.

14

O carro chegou às cinco da madrugada, conduzido por um jovem completamente esgotado, que adormeceu debruçado sobre a mesa da cozinha, diante da xícara de café que não tivera ânimo para levar aos lábios.

Léa, ajudada por Josette, aproveitou para descer as bagagens e instalar Camille, que declarou sentir-se bem. Deixando o automóvel sob os cuidados da criada, voltou a subir para acordar o motorista, que emergiu apalermado de uma escassa hora de repouso. O café requentado restituiu-lhe a lucidez.

Obedecendo às instruções de Camille, Léa fechou os relógios do gás e da eletricidade e rodou a chave na fechadura, pensando se algum dia voltaria ali.

Na rua, o motorista acabava de prender as sacolas e uma enorme mala ao teto do automóvel.

– Ainda não me apresentei – disse ele. – Chamo-me Antoine Durand. Vou levá-las até Etampes, onde devo reunir-me a alguns camaradas. Graças ao senhor Tavernier, dispomos de 50 litros de gasolina e temos um salvo-conduto que nos permite sair pela porta de Orléans.

– Por que é preciso salvo-conduto para passar por lá? – perguntou Léa.

– Não sei, senhorita. Mas todos os civis que pretendem abandonar Paris são desviados para a porta da Itália.

Foram necessárias três horas para atingir a saída de Orléans, guardada por militares que encaminhavam a multidão para a porta da Itália. Graças aos documentos de que vinham munidos, um oficial deixou-os passar. Tomaram então alguns desvios até entroncarem na estrada nacional 20 e tiveram de submeter-se a nova fiscalização de documentos antes de entrar na estrada de Orléans. Exceto pela presença de viaturas militares, não havia trânsito na estrada. A partir de Montlhéry, porém, começaram a ultrapassar os primeiros grupos de viajantes a pé – algumas mulheres de chinelos ou com sapatos de saltos muito altos, arrastando atrás de si filhos vestidos às pressas, ou empurrando carroças de onde, por entre fardos, emergiam, por vezes, cabeças de crianças. Adolescentes puxavam carros de mão excessivamente carregados para suas forças. Em alguns desses transportes improvisados, seguiam sentados velhos e enfermos. Havia entre os civis inúmeros soldados em fuga, de cabeça descoberta e olhar espantado. Alguns deles levavam consigo malas, outros, de cabeça baixa, as respectivas armas, subtraídas à vigilância militar.

O automóvel experimentava cada vez mais dificuldade em esgueirar-se por entre a onda humana, que crescia sem cessar, arrastando velocípedes, motocicletas, veículos puxados por cavalos ou por bois, caminhonetes, triciclos, viaturas de bombeiros, até mesmo carros funerários, e automóveis que pareciam prosseguir como por milagre, tão antigos que eram. Saíram de Arpajon a passo de tartaruga. Um soldado arvorado em agente de trânsito informou-os que era proibido seguir por ali. Léa exibiu o salvo-conduto e o militar ergueu os braços com ar de quem quer dizer: "Se é esse o caso..." Nas encruzilhadas, um marinheiro aqui, um aviador ou um soldado de infantaria acolá tentavam, com sua presença, conferir um simulacro de ordem àquela mísera migração. Tomando os campos que marginavam a via, o motorista conseguiu ultrapassar uns vinte ônibus repletos de prisioneiros e dos respectivos guardas. De que prisão viriam? Antoine, no entanto, depressa se viu forçado a retomar a estrada. E logo recomeçou o lento passeio sob o sol escaldante, que queimava as faces e molhava de suor ciclistas e peões.

Na beira da estrada, diante de seu jardim, um homem, munido de uma vasilha de alumínio amassada e de alguns baldes de água colocados a seus pés, onde batia para chamar a atenção dos caminhantes, interpelava os refugiados:

— Vamos, deixem ver a cor do vosso dinheiro! Dez soldos o copo! Dois francos a garrafa!

A mulher do vendedor estendia aos sedentos um copo ou uma garrafa e recolhia o dinheiro.

— Que vergonha! — exclamou Camille.

— Terá oportunidade de observar muito mais até o fim da viagem — comentou o motorista com ar desiludido.

Por fim, chegaram a Etampes. Tinham levado seis horas para percorrer 46 quilômetros.

A pequena cidade assistira ao êxodo de seus habitantes, misturados aos outros fugitivos que por ali passavam. Apenas um hotel permanecia em funcionamento, vendendo café, pão e queijo, que os retirantes disputavam entre si. Foram necessárias mais duas horas para atravessar a localidade. O jovem motorista atingira o limite das forças, dirigindo como autômato. Por vezes, a cabeça caía-lhe para o peito. De súbito, deu-se conta de ter deixado para trás a povoação, o que o fez despertar por completo. Parou o veículo.

— Não posso ir adiante — informou. — Aconselho-as a seguirem por estradas secundárias.

— Não vai deixar-nos! — gritou Josette.

— Tenho de cumprir ordens. Não posso continuar.

Nesse instante, superando o ronco dos motores dos carros, os gritos das crianças e o arrastar de pés de milhares de pessoas, ouviram-se os zumbidos que todos temiam.

— Depressa! Desçam do carro! — gritou Antoine, saltando do automóvel. — Deitem-se na valeta!

Camille saiu do veículo amparada por Léa. As mãos crispavam-se-lhe no ventre num irrisório gesto de proteção. Correu, rolou na erva poeirenta da vala e foi parar junto da criada, que tremia toda, e de um casal de velhos, aninhados nos braços um do outro.

Os aviões sobrevoaram muito baixo, tão próximos que se distinguiam nitidamente os pilotos. A opressão do medo desvanecia-se pouco a pouco e algumas cabeças já começavam a erguer-se. Mas, de repente, em súbita reviravolta, os aviadores alemães começaram a metralhar a longa e imóvel coluna de fugitivos estirados no solo.

Léa sentiu sobre ela a poeira das balas que crepitavam na estrada. Duas, três vezes, as aeronaves passaram por cima deles. Quando a tempestade mortífera cessou, houve um longo silêncio, logo seguido dos primeiros gemidos, dos primeiros gritos, dos primeiros uivos de dor, enquanto uma fumaça negra e nauseabunda, feita de carne humana, de borracha e de gasolina queimada, se elevava no meio da catástrofe. Josette foi a primeira e levantar-se, bestificada e coberta de sangue. Gritou, rodopiando sobre si mesma. Camille ergueu-se devagar, ilesa. Perto dela, o casal de velhinhos permanecia imóvel. A jovem sacudiu o ombro do homem. Esse movimento o fez mexer-se e constataram então que a mesma bala atingira marido e mulher. De punhos cerrados, Camille abafou um grito. Dominando a repugnância, debruçou-se sobre os corpos e fechou-lhes os olhos. Antoine saíra ileso. Quando Léa se pôs de pé por sua vez, tudo girou à sua volta; teria caído não fosse a ajuda de Camille.

— Mas... você está ferida! – exclamou.

Léa levou a mão à testa e a contemplou, cheia de sangue. Aquilo produziu-lhe uma sensação esquisita, sem que a preocupasse, no entanto.

— Deixe-me ver – interveio um homem de uns 60 anos, de opulenta cabeleira branca. – Sou médico – esclareceu.

Do estojo retirou compressas e curativos.

— Foi no arco da sobrancelha. Nada de grave – constatou. – Vou pôr-lhe uma atadura bem apertada que estancará a hemorragia.

Um pouco tonta, Léa deixou-se tratar.

Sentada no declive, conferindo-lhe a atadura o aspecto de trepanada da Grande Guerra, observou com olhos frios o espetáculo que a rodeava: vários carros ardiam, mas, como por milagre, o deles não fora atingido. Corpos sem vida jaziam por toda parte. Os feridos gemiam, gritando por socorro. Foram necessárias várias horas para que a caravana retomasse a caminhada. Ninguém pensara em comer. Eram oito da noite quando Léa se instalou ao volante; o motorista desaparecera. Diante da insistência de Camille, Léa concordou em transportar uma velha que não conseguira encontrar a família.

Acompanhou-as durante quilômetros o mesmo espetáculo de morte e de destruição. Ao cair da noite, Léa, fatigada, o sangue do ferimento a escorrer pela face, deixou a estrada nacional 20, em Angerville, na esperança de achar um café ou um restaurante aberto. Mas nada. Tudo estava fechado perto da aldeia, atulhada de refugiados que dormiam nos portais das casas, na igreja, na escola, na praça e mesmo no cemitério. Léa parou o carro à beira de um campo. As quatro mulheres saíram. A noite era suave, o céu, cheio de estrelas, e pairava no ar um agradável perfume de feno. Josette abriu então o cesto das provisões, às quais se atiraram, esfomeadas.

ACORDANDO COM o sol, constataram que o automóvel estava com um pneu vazio. Incapaz de retirar a roda, Léa partiu em busca de um mecânico. Mas, tal como todos os outros estabelecimentos da aldeia, a oficina encontrava-se fechada. Na praça, algumas religiosas distribuíam leite às crianças. Léa perguntou onde poderia obter socorro.

– Não ficou ninguém aqui, minha pobre pequena – esclareceu uma delas. – Todos os homens sãos estão na guerra ou fugidos. O presidente da Câmara, o notário, o médico, os bombeiros, o professor, os padeiros, todos foram embora. Só resta o vigário, já muito idoso, aliás. Até mesmo Deus nos abandonou, minha filha.

– Cale-se, irmã Jeanne. Como se atreve a duvidar da bondade de Deus? – admoestou uma das religiosas, de rosto fino e cansado.

– Perdoe-me, madre, mas, depois de ter visto tanta miséria desde que partimos, duvido cada vez mais dessa bondade.

– A fadiga a faz blasfemar, irmã Jeanne. Vá descansar.

Depois, virando-se para Léa, a religiosa disse:

– Venha, minha filha. Vou trocar seu curativo.

Com mãos hábeis, retirou a tira suja e limpou o ferimento que seguia a linha da sobrancelha. Depois, colocou sobre ele uma grande compressa, fixando-a com um esparadrapo.

– Não está com mau aspecto. Mas seria conveniente levar dois ou três pontos de sutura.

– Ficarei deformada? – inquiriu Léa.

– Não se preocupe – respondeu a religiosa com um riso juvenil. – Isto não a impedirá de encontrar um marido.

Agradecendo, Léa regressou ao local onde ficara o automóvel. Por três vezes, pediu ajuda a homens que transportavam pesadas cargas. Mas, ocupados que estavam, nem sequer se dignaram responder-lhe, seguindo em frente. Desencorajada, sentou-se num marco à beira do caminho.

– Léa!

Esgotada demais para surpreender-se com o chamado num lugar para ela desconhecido ainda no dia anterior, a jovem ergueu a vista. Na sua frente estava um militar sujo, de rosto oculto pela barba por fazer, sem boné, cabelos compridos, capote cinzento de poeira, tal como as botas e as faixas que lhe cobriam as pernas, capacete pendurado no bornal, uma sacola em cada ombro e a arma na mão.

Léa levantou-se. Quem seria aquele homem? Como sabia seu nome? No entanto... aquele olhar... os olhos azuis...

— Mathias!

Com um grito, atirou-se em seus braços e o rapaz deixou cair a arma para receber a amiga reencontrada.

— Mathias... Mathias...

— É... você... – balbuciava o jovem, cobrindo-a de beijos.

— Que alegria em encontrá-lo! Que faz aqui?

Antes de responder, o soldado voltou a pegar a arma. Depois respondeu:

— Ando à procura do meu regimento. Fui informado de que estava perto de Orléans. E você? Que faz pelas estradas? Julguei que estivesse segura em Montillac.

— Estou com Camille d'Argilat, que está grávida e doente. Não pudemos deixar Paris antes. É uma sorte tê-lo encontrado; nosso carro está com problemas.

Com que alívio Camille, Josette e a velha senhora os viram chegar!

— Receei muito que tivesse acontecido alguma coisa, Léa – suspirou Camille.

— Na aldeia não achei ninguém que me ajudasse. Felizmente encontrei Mathias. Lembra-se de Mathias Fayard, filho do administrador das adegas?

— Claro que me lembro! Como está, Mathias?

— Tão bem quanto possível.

Depois de beber um café ainda morno no copo da garrafa térmica, o jovem trocou o pneu do carro.

Soavam nove horas na torre da igreja.

MATHIAS INSTALARA-SE ao volante e, seguindo por estradas secundárias, procurava aproximar-se de Orléans. As mulheres sentiam-se mais tranquilas com sua presença. Camille, a criada e a passageira apanhada pelo caminho tinham adormecido. A mão de Léa repousava, confiante, na coxa do amigo.

Ao longo da via estreita e branca estendia-se uma coluna de peões e de veículos que caminhavam em passo de procissão. Nos acostamentos, havia carros abandonados, alguns calcinados, cadáveres de cavalos e de cães. Pelos campos marginais, sepulturas abertas havia pouco, mobiliário diverso, utensílios de cozinha, carrinhos de bebê e malas rasgadas atestavam os recentes bombardeios. À frente do veículo em que seguiam, um velho automóvel sobrecarregado quebrou, transportando no teto dois colchões enrolados. Mathias deixou o volante e ajudou a empurrá-lo para desobstruir a rodovia. Uma mulher com um bebê nos braços e duas outras crianças agarradas à saia observava a cena chorando. Mathias voltou a subir no carro e retomaram a marcha.

Quando pararam para comer, por volta de uma hora, haviam percorrido apenas uns 30 quilômetros.

No lavatório público de uma pequena vila fizeram uma higiene sumária, que, assim mesmo, contribuiu para restituir-lhes um pouco de ânimo. Camille estava com má aparência e tinha o rosto muito vincado. Mas nenhuma queixa lhe aflorava aos lábios, embora, de tempos em tempos, sua fronte se cobrisse de suor. A velha senhora, cujo nome desconheciam, balançava a cabeça coberta pelo chapéu de viúva, repetindo com obsessiva regularidade:

– Michèle, cuidado com as crianças! Georges, Loïc, voltem aqui!

– Façam-na calar! – explodiu Léa. – Façam-na calar!

Camille rodeou com o braço os ombros curvados da mulher sem nome e disse:

– Não se preocupe, minha senhora. Georges e Loïc nada têm a recear. Estão com a mãe.

– Michèle, cuidado com as crianças!...

Num gesto de cansaço, Camille tapou os olhos com a mão de tal forma emagrecida que retirara do dedo a aliança, receando perdê-la.

– A senhora não sabe lidar com doentes mentais – observou Josette, levando o indicador à testa.

Pegando no braço da velha, sacudiu-a sem cerimônia.

– Cale-se, ô mãe, se não a deixamos à beira do caminho. Vai ver seu Georges e seu Loïc no inferno.

– Josette, não tem vergonha de falar nesses termos à pobre mulher? – admoestou-a Camille. – Deixe-a!

A criada, de rosto vermelho, despenteada e com a roupa em desalinho, obedeceu de má vontade. Durante momentos, todos comeram em silêncio os ovos cozidos e as rodelas de salsichão, enquanto na estrada continuava o mísero desfile, sob o céu branco de calor. A velha calara-se, entorpecida.

– Temos de seguir viagem – aconselhou Mathias.

Era noite quando atingiram os arredores de Orléans. Nem uma loja ou residência aberta! Também os habitantes da cidade tinham fugido. A avenida Chateaudon e o subúrbio de Bannier haviam sido bombardeados. De repente, desabou sobre eles violenta tempestade, reduzindo ainda mais a marcha – não se sabia para onde – de toda aquela gente atirada para a estrada por incontrolável pavor. Cada um se abrigava como podia e alguns refugiados não hesitaram mesmo em arrombar portas e janelas de residências abandonadas. Depois, a tempestade cessou tão subitamente como chegara. Das casas violadas, sem procurarem esconder-se, surgiam vultos trazendo consigo relógios de parede, quadros, jarras e cofres. Os pilhantes iniciavam sua sinistra tarefa.

— Receio que tenhamos de passar a noite no carro — disse Mathias, que não conseguira avançar um milímetro sequer no espaço de uma hora.

— Senhorita... senhorita... a senhora desmaiou!

— Que quer que eu faça? Procure fazê-la engolir as gotas.

Josette pegou o frasco que Léa lhe estendia e pingou o remédio no copo da garrafa térmica. Lentamente, Camille recobrou os sentidos.

O automóvel avançou mais alguns metros.

Como um rebanho entontecido, a multidão escoava-se pelo Bannier, movendo-se de ambos os lados do carro e à sua frente, de cabeça vergada ao peso das cargas e do cansaço. Sem o ruído dos motores, das rodas das carroças e do estrépito arrastado dos passos de milhares de indivíduos, seria possível acreditar estar-se vendo, na noite agora escura, cortada pela claridade dos relâmpagos, o desfile silencioso de um grupo fantasmagórico caminhando rumo a um destino obscuro.

À direita, surgiu uma rua quase vazia. O embrutecimento da massa humana, provocado pelo medo e pelo sofrimento, contribuía para conservá-la compacta. Quanto aos condutores dos veículos motorizados e das carroças, esses guiavam adormecidos. Mathias virou num cruzamento e avançou com prudência na escuridão, mantendo os faróis apagados com receio dos aviões. Chegaram assim a um quarteirão destruído pelos recentes bombardeios. Das ruínas enegrecidas desprendia-se um cheiro de cinza molhada e de porões úmidos. Apesar da atmosfera pesada e quente, Léa tremia de frio. Pararam numa pracinha plantada de tílias, poupadas pelas bombas. Saíram do automóvel, estirando os membros entorpecidos por tantas horas de imobilidade. Foram fazer suas necessidades atrás das árvores.

Josette ajudou a patroa a deitar-se em cima de uma nesga de relva.

– Estou com frio – queixou-se a doente.

A criada regressou ao carro, de onde retirou a manta de viagem e cobriu Camille, que agradeceu com um sorriso triste, de mãos crispadas sobre o ventre.

– Precisa de mais alguma coisa, minha senhora? – perguntou Josette.

Camille fez um gesto negativo com a cabeça e fechou os olhos.

A velha sem nome afastou-se pela rua maldesobstruída de escombros, repetindo:

– Michèle, cuidado com as crianças!...

Mathias e Léa deram uma volta pela praça, enlaçados pela cintura e muito apertados um contra o outro.

Junto de um pequeno jardim, espalhava-se pelo ar um inebriante perfume de rosas. O rapaz empurrou o portão de madeira e os dois jovens acharam-se sob um caramanchão coberto dessas flores, que adivinharam ser brancas. Instalaram-se no banco onde algumas almofadas haviam sido esquecidas, aspirando com volúpia o ar perfumado. Como parecia longínqua a guerra nesse instante!

Bastava-lhes fechar os olhos para estarem de volta a Montillac, sentados no banco de pedra ainda quente do sol da tarde, em frente dos vinhedos, as costas apoiadas na parede pela qual serpenteava a velha roseira carregada de rosas brancas, pendentes e cheirosas. Era a pausa obrigatória das longas noites de verão, quando o poente lambuzava de ouro as velhas pedras, as telhas das adegas e as pranchas escuras do alpendre. O momento em que subia da terra uma paz à qual todos os habitantes de Montillac eram sensíveis.

Mathias apertou a companheira contra si com mais força. Léa sentiu-se em segurança pela primeira vez desde há muito tempo, assim envolvida pelos braços do amigo de infância. Vieram-lhe à memória, fazendo-a estremecer, as brincadeiras de ambos no meio do feno, as perseguições por entre o mato crescido dos prados, a embriaguez na época das vindimas, as corridas de bicicleta na encosta de Saint-Maixant, os encontros ao luar, quando exploravam as grutas de Saint-Macaire ou procuravam as "masmorras" do castelo dos duques de Epernon, em Cadillac.

Os lábios de ambos encontraram-se com violência, os dentes entrechocaram-se, os hálitos misturaram-se, pondo nesse beijo toda a fúria de viver. As mãos fortes, estragadas e de unhas sujas de Mathias quase arrancaram o leve corpete do vestido de Léa. A combinação rendada de seda branca colava em sua pele. As alças escorregaram revelando os seios, cujos bicos roçaram a camisa cáqui de Mathias, ensopada de suor. O tecido grosseiro tornou-os ainda mais eretos, enquanto a boca do rapaz os sugava com uma espécie de grunhido. Mas Léa afastou sua cabeça com doçura.

– Pare, Mathias!
– Por quê?
– É uma coisa tão intensa...
– Não quer mais?
– Sim. Mas espere um pouco.

Como tinham certeza de ter a vida pela frente nesse instante, ali estendidos no banco de madeira, em suas roupas amarrotadas, a mente transtornada, embriagados pelo perfume das rosas!

Longe, soaram duas horas.

– Devia dormir um pouco, Léa.

Sem se dar ao trabalho de ajeitar a combinação, a moça estendeu-se no banco, apoiando a nuca nas coxas do amigo, e adormeceu. Com ternura, Mathias ficou a contemplá-la assim adormecida, durante muito tempo. Estava escuro nas imediações e apenas os seios brancos de Léa se destacavam levemente na escuridão. Para não ficar tentado a agarrá-los e beijá-los uma vez mais, o rapaz ajeitou-lhe a combinação e abotoou-lhe o vestido. Depois, acendeu um cigarro.

CAMILLE ACORDOU sobressaltada, de um sono agitado, perguntando-se, por instantes, onde estaria.

O lugar desaparecia nas sombras e as próprias tílias, tranquilas, pareciam erguer-se, negras e ameaçadoras, por cima dela. A criança mexeu-se, provocando-lhe dor e alegria ao mesmo tempo. Soergueu-se no tronco de uma das árvores. "Está tudo muito calmo", pensou, segurando o ventre.

Notou, de início, um estrondo longínquo; talvez ainda a trovoada. Escutou com mais atenção. A tempestade aproximava-se... trovejava... Nessa altura, um vulto lançou-se ao chão, junto dela, gritando:

– Os aviões, minha senhora... os aviões!...

O pavor recomeçou quase antes mesmo de a criada ter tempo para terminar a frase: um rosário de bombas caiu tão próximo da pracinha que o chão tremeu e os escombros ruíram. As explosões sucediam-se e logo as chamas se elevavam, iluminando de repente as tílias.

Mathias obrigou as mulheres a se afastarem do carro, para o qual se tinham precipitado, arrastando-as para o lado mais vazio da praça.

— A gasolina — soprou ele ao ouvido de Léa, que se debatia.

— Acho que as bombas caíram na estrada por onde viemos — gaguejou a criada.

O bombardeio prosseguia, agora mais longe. Ouvia-se o crepitar das metralhadoras.

— Deus do céu! Que fará a DCA?* — rosnou Mathias.

Desconhecia nessa altura que a bateria da DCA deixara de existir em Orléans. O rugido dos aviões afastou-se e depois aproximou-se de novo. Voando a baixa altitude, a esquadrilha sobrevoou outra vez a cidade. Caiu uma potente bomba com barulho ensurdecedor, derrubando os últimos edifícios ainda de pé, uma garagem e o Hotel Saint-Aignan. Uma chuva de pedras, ferros e fogo foi abater-se sobre a longa coluna de refugiados.

Pela pracinha, antes tão calma, passavam correndo, com o rosto deformado pelo terror, pessoas de vestes rasgadas, mulheres alucinadas transportando no colo pequenos corpos desconjuntados e criaturas sem mãos, sem braços ou sem rosto. Um ser monstruoso, desnudado pela explosão, saltitava com espantosa rapidez no pé que lhe restava, ridiculamente calçado com um sapato baixo, enquanto o coto sangrento deixava atrás de si um rastro escuro. De olhos fora das órbitas, siderados, Léa e os companheiros assistiam à fuga dos infelizes. Surgiu um carro de bombeiros com todas as sirenes ligadas, varrendo-os à sua passagem com os faróis. Uma caminhonete parou. Dela desceu um homem de idade, com a cabeça protegida por um capacete do modelo usado durante a Grande Guerra.

— Há alguém ferido? — perguntou.

— Não. Estamos bem, obrigado — disse Mathias.

---

204   *DCA – Destacamento de Canhões Antiaéreos. (*N. do E.*)

– Mas... você é soldado... é novo. Venha conosco. Nós somos velhos e não muito fortes – disse o homem, indicando os companheiros em cima das viaturas.

– Não vá, Mathias! – gritou Léa, agarrando-se a ele.

– Não é muito bonito o que está fazendo, senhorita – censurou o velho. – Há centenas de desgraçados sepultados sob os escombros e é necessário socorrê-los.

– Ele tem razão, Léa, deixe Mathias ir – disse Camille.

– E nós? Que será de nós sozinhas?

– Vocês também são novas. Venham ajudar-nos.

– Não podemos. Minha amiga está doente.

– Bem, a caminho! Chega de conversa. Enquanto isso, há gente morrendo.

Mathias chamou Léa à parte.

– São soldados da defesa passiva e devo obedecer-lhes. Vão para o carro e tentem chegar até as pontes.

– Mas nós não podemos abandoná-lo aqui! – protestou.

– Tenho de cumprir meu dever. Na frente ou aqui.

– Mas a guerra está perdida! – gritou Léa com violência.

– E então? Será isso razão válida para esquivar-me? Vamos, não chore. Havemos de tornar a ver-nos. Pegue minha arma. Nunca se sabe... Tenha cuidado. Eu a amo.

Sob os olhares desolados das três mulheres, Mathias retirou do automóvel seu equipamento militar e subiu para a caminhonete, que logo se afastou em direção ao incêndio.

De cabeça apoiada no braço, sobre o capô do carro, Léa soluçava.

– É preciso partir – advertiu Josette, amparando a patroa, cujas feições se encontravam ainda mais cavadas.

– Tem razão. De nada serve choramingar – concordou Léa, arrancando o curativo solto pelo calor.

As duas instalaram Camille no banco traseiro do veículo. *205*

– Obrigada – murmurou a doente. – Onde está a velhinha?

– Foi embora há muito tempo – esclareceu a criada, estendendo o braço na direção do fogo.

CAMILLE GEMIA, semi-inconsciente. Josette, a cabeça para fora da janela, orientava Léa em meio a detritos de todos os gêneros, jatos de água das canalizações rebentadas, pedaços de madeira em chamas que caíam dos edifícios.

– Atenção à direita! Um grande buraco.

Léa conseguiu evitá-lo em parte e o sacolejo arrancou um grito de Camille e uma praga de Josette. Atrás delas, ruiu um prédio e algumas pedras atingiram a lataria, que ficou coberta de espessa camada de poeira.

– Não consigo ver nada – lamentou-se Léa.

Imobilizada em meio ao assobiar das chamas, que pareciam rodeá-las por todos os lados, tentou fazer funcionar o limpador do para-brisa, sem êxito.

– Saia e limpe o vidro da frente – ordenou à criada.

– Não quero, senhorita! Tenho muito medo! – recusou-se a moça, desfazendo-se em pranto.

Léa estendeu o braço e agarrou-a pelos cabelos.

– Desça, vamos! Estou mandando!

Os tapas desabavam sobre Josette, sem que ela procurasse defender-se.

– Pare com isso, Léa! Por favor! – interveio Camille.

Com as mãos sem força, tentava deter a amiga.

– Dê-me o lenço. Eu vou – ofereceu-se a doente.

– Está louca! Você nem sequer se sustenta de pé! Se deseja ser útil, dê-me uma manta.

Fora do carro, Léa sentiu-se envolvida pelo sopro do incêndio. Com o auxílio da manta, conseguiu remover do vidro a poeira mais grossa. De súbito, alguém gritou atrás dela. Depois, apesar do ambiente ensurdecedor, ouviu o baque de um corpo caindo muito próximo. Virou-se bruscamente, pronta para defender-se com a manta, mas suspendeu o gesto.

Sob a claridade das chamas, distinguiu Camille de pé, apertando entre os dedos o cano da arma e fitando o chão com olhar fixo. A seus pés jazia um homem com o rosto coberto de sangue. Junto dele, brilhava a comprida lâmina de uma faca de açougueiro. Tomada de espanto, Léa inclinou-se e sacudiu o indivíduo, que continuou imóvel. Endireitou-se devagar e encarou a mulher que acabava de salvar-lhe a vida, como se a visse pela primeira vez. A doce Camille não hesitara em matar! Em sua fraqueza, como conseguira arranjar forças para tanto? Suavemente, Léa retirou-lhe a arma das mãos. Nesse instante, como se apenas aguardasse tal gesto, Camille tombou de joelhos, junto ao cadáver.

— Deus do céu! Está morto! Não pude fazer outra coisa, compreende? Vi-o avançar... a faca erguida... prestes a matá-la. Depois... bem... depois não sei mais o que aconteceu.

— Obrigada – disse Léa com um calor que a deixou surpresa por instantes. – Venha. Entre no carro. Não fique aqui mais tempo.

— Mas eu matei um homem! – gritou Camille mordendo os punhos.

— Não teve escolha. Venha.

Com gestos de uma doçura pouco habitual nela, Léa ajudou Camille a se instalar.

Josette, que assistira a toda a cena, permanecia sentada no automóvel, de boca escancarada, sem conseguir mover-se.

— Venha ajudar-me ou mato-a também! – gritou-lhe a jovem.

A criada saiu do veículo como um autômato.

— Apresse-se!

Assim que as duas mulheres acabaram de instalar a doente no banco traseiro do automóvel, esta desmaiou.

— Cuide dela — ordenou Léa à criada. — Ora, vejamos... Mas que é que tem? Suba!

De olhos arregalados, Josette fitava o chão.

— O homem não está morto, senhorita — sussurrou.

De fato, o indivíduo erguia-se brandindo a faca e resmungando:

— Malditas... Fazer isto a mim... Putas... Vou furar suas peles.

— Sobe, depressa!

Enquanto Josette se atirava para dentro do carro, Léa recuou com calma e engatilhou a arma, tal como Mathias lhe ensinara quando pararam para o almoço. Depois, sempre recuando, levou a arma ao ombro e disparou, sentindo o recuo ferir-lhe a carne. À sua frente, apenas a alguns passos, o desconhecido, com um buraco em pleno rosto, permaneceu um instante perplexo, de braço erguido, antes de cair para trás num só movimento.

Apertando a arma, Léa, imóvel, observava-o.

Sentiu pousar em si uma mão escaldante: Camille! Que fazia ela aqui fora de novo? Não podia ficar quieta dentro do carro? Tinha já complicações suficientes mesmo sem aquele encargo de zelar constantemente pela mulher de Laurent d'Argilat. Laurent... a essa altura, estaria morto, por certo; na frente de combate, as coisas eram bem piores do que ali. Sim, mas ele era homem, era soldado, dispunha de uma arma. Ela também a tinha, porém. Não acabara de matar um homem? Pum! De um só tiro. O pai ficaria orgulhoso da sua façanha de atiradora. Não fora ele quem a ensinara, nas romarias das aldeias? Teria orgulho da filha, sem dúvida.

– Léa...

A filha de Pierre Delmas não se deixava intimidar! Que o dissesse aquele patife com cara estourada! Tinha agora um aspecto bem desagradável.

– Vamos, Léa, acalme-se. Acabou-se. Temos de partir.

Que chata! Com aquela Camille no pé, ninguém podia se divertir um pouco. Partir? Sabia que era necessário, mas... para onde? Em volta, tudo ardia; era terrível o calor. Com a mão suja de poeira, limpou o suor que lhe escorria para os olhos e vomitou, sustentada por Camille e amparada à arma.

– Está melhor?

Léa resmungou. Sim, estava melhor, mas precisava sair dali rapidamente.

– Desta vez, está bem morto – comentou Josette, quando as duas jovens se instalaram no carro.

E foi essa apenas a oração fúnebre daquele pobre-diabo.

O dia surpreendeu-as na praça Dunois. Ali as casas não haviam sofrido danos. Havia um posto de primeiros socorros. No chão, jaziam dezenas de pessoas, a maior parte com queimaduras graves. Religiosas de hábitos sujos de sangue agitavam-se no meio dos feridos. Léa saltou do veículo.

– Onde posso encontrar um médico, irmã? – perguntou a uma das freiras.

A religiosa endireitou-se a custo, uma madeixa de cabelos grisalhos por debaixo da touca.

– Não há nenhum, minha filha. Estamos aqui sozinhas com nossa superiora. Esperamos a chegada de ambulâncias para o transporte dos feridos para o Hospital Sonis ou para outro qualquer.

– Onde ficam os hospitais?

– Não sei. Não somos daqui. Viemos de Etampes.

Desesperada, Léa olhou em volta. Felizmente Camille desmaiara de novo e não podia ver nem ouvir. Abordou um jovem bombeiro, quase uma criança, que passava correndo.

– Qual é o caminho para se chegar à ponte, por favor?

– As pontes... as pontes vão ser dinamitadas. De qualquer modo, não conseguirá chegar lá. São necessárias horas para ir de Martroi à avenida Dauphine, que fica do outro lado da ponte Royal. No lugar onde está, é preferível tentar a ponte Marechal Joffre.

– E por onde devo seguir?

– Em tempos normais, seria pela rua Coulmiers ou pela Marechal Foch, para depois pegar Rocheplatte, atravessá-lo e cortar por uma das ruas que descem.

Sem mais, o bombeiro partiu correndo.

Quanto tempo teriam levado para percorrer aquele bairro de Orléans, avançando, recuando, contornando, detidas pelos escombros, por vezes, ou por barragens de arame farpado erguidas pelo Exército, com Camille inconsciente? Léa sentia dores na nuca, nos ombros e nos braços; o ferimento na testa incomodava-a. E o calor, santo Deus!

Depois da morte do desconhecido armado da faca, Josette se acalmara como por encanto, lançando olhadelas de admiração e de receio para a jovem ao volante, ajudando-a o melhor que podia, já não hesitando em sair do automóvel para desviar com energia alguma trave, uma peça de mobiliário ou qualquer outro obstáculo do caminho. O gesto de Léa lhe dera confiança.

– Estou com fome, senhorita – lamentou-se.

Na verdade, havia muitas horas que não comiam; mas como era possível sentir fome em semelhantes circunstâncias?

Chegaram à rua da porta de Saint-Jean, abarrotada de gente desvairada. Depois de atravessarem Rocheplatte, haviam encontrado os fugitivos no meio de incrível balbúrdia de cavalos, de carrinhos de bebê, de ambulâncias, de militares de uniforme em desalinho, de homens com cara de condenados, muitas vezes bêbados, de velhos carregados nos ombros por gente caridosa, de crianças empurradas, perdidas e gritando pelas mães. Léa poderia ter desligado o motor e o carro avançaria do mesmo modo, arrastado pela multidão. Camille abriu os olhos, por fim, para logo os fechar de novo.

– Ah, não! Chega! – gritou Léa, receosa de outro desmaio.

À custa de enorme esforço, Camille abriu os olhos.

– Josette, dê-me minhas gotas e um pouco de água, por favor – pediu ela.

A água da garrafa, agora tépida, pareceu-lhe deliciosa.

– Mais um pouco – insistiu com voz alterada.

Quando se preparava para beber, o olhar dela captou o de um rapazinho que seguia ao lado do veículo; pálido, de traços vincados, passava sem cessar a língua pelos lábios rachados.

– Tome – ofereceu Camille, entregando-lhe o copo pela janela aberta.

O garoto pegou-o sem sequer agradecer e bebeu avidamente. Em seguida, passou o recipiente a uma mulher ainda jovem, vestida com um *tailleur* preto que teria sido elegante. Mas ela não tocou na água, dando-a de beber a uma menina de uns 4 ou 5 anos, de rosto lindo.

– Muito obrigada, minha senhora – disse a mãe.

Camille abriu a porta do carro, convidando:

– Subam.

Depois de breve hesitação, a mulher empurrou os filhos à sua frente, assim como a uma senhora de idade, de aspecto muito digno e admiráveis cabelos brancos, cobertos por um chapéu de palha preto.

– Minha mãe – apresentou a mulher.

Instalou-se por sua vez.

– Está louca, Camille? Faça essa gente descer! – gritou Léa.

– Cale-se, minha querida, eu lhe peço. Pense bem: o carro vai quase vazio e é milagre que não nos tenha sido tirado ainda. Assim, deixamos de ter lugares vagos e foi-nos dada a possibilidade de escolher os companheiros de viagem.

Compreendendo a sensatez do raciocínio, Léa deixou de fazer objeção.

– Muito obrigada, minhas senhoras, muito obrigada. Chamo-me Le Ménestrel. Nosso carro quebrou em Pithiviers. Umas pessoas bondosas apiedaram-se de minha mãe, de idade tão avançada, e ofereceram-lhe lugar no deles, já bastante cheio, aliás. Eu e as crianças continuamos a pé, ao lado do veículo. Infelizmente, porém, ele também quebrou.

– Mas como é que estão nesta zona de Orléans se vêm de Pithiviers? – perguntou Josette desconfiada, consultando o mapa das estradas aberto sobre os joelhos.

– Na verdade, não sei como. Alguns soldados franceses encaminharam-nos para Les Aubrais. Depois disso, não sei mais nada. Houve um terrível bombardeio noturno, durante o qual perdemos nossos novos amigos.

Camille ordenou à criada que distribuísse víveres, e os pedaços de pão duro foram devorados com apetite. As crianças dividiram entre si as poucas maçãs restantes. A senhora idosa e a menina adormeceram.

Uma grande caminhonete, atulhada de documentos, em cuja capota seguiam garotos empoleirados, parou diante deles. Soltava fumaça por todos os lados, recusando-se a prosseguir. Soaram gritos e imprecações. Por sorte, o prédio vizinho dispunha de um largo portão, para o qual o veículo pesado logo foi empurrado por voluntários. Nesse exato momento, reapareceram os aviões, voando a baixa altitude. Ululando, a multidão procurava escapar à armadilha formada pela rua estreita.

– Avancem... empurrem... deixem-me passar... saia daí, canalha... traste... cuidado com as crianças... papai... mamãe...

Por cima, os pilotos divertiam-se muito. Efetuavam mergulhos, voos invertidos e regressavam, deixando a cada passagem sua parcela de morte. As balas choviam compactas sobre as ruas Royal e Borgonha, sobre a praça Saint-Croix e o Loire. A dois passos dali, na rua Cheval-Rouge, fora esmagada uma coluna de artilharia. Os assassinos do céu realizavam um bom trabalho.

Uma adolescente com o braço decepado tombou sobre a tampa do motor do automóvel em que seguiam, tingindo de sangue o para-brisa. Depois ergueu-se e correu em frente, gritando pela mãe. Cinco ou seis pessoas caíram, ceifadas pelas balas das metralhadoras. Uma delas, de ventre rasgado, olhava com ar surpreso os intestinos espalhados pelas coxas. A senhora Le Ménestrel apertava contra o corpo o rosto dos filhos, para ocultar deles as cenas de horror. A avó orava, de pálpebras cerradas.

Muito além do medo, Camille e Léa experimentavam idêntico sentimento de cólera diante do massacre. Não muito longe, um veículo incendiou-se de repente. Os ocupantes, de roupas e cabelos em chamas, saltaram dele aos gritos. Um dos passageiros foi derrubado e esmagado por um cavalo enlouquecido, que arrastava atrás de si uma carroça, esmigalhando tudo à sua passagem. O infeliz soltou um uivo quando a carroça lhe triturou as pernas. Tentou erguer-se, mas as chamas foram mais rápidas e bem depressa deixou de gritar, transformando-se rapidamente numa massa informe.

– Não quero morrer assim! – guinchou Josette, abrindo a porta do automóvel.

– Não faça isso! – gritaram Léa e Camille ao mesmo tempo.

Mas a criada não as ouvia. Desvairada, correu por entre os corpos caídos, pisando sangue, caindo, erguendo-se, procurando escapar àquela amálgama de homens e de veículos.

A rua era em declive; pareceu a Léa que o avião subia a rua, precedido, à medida que avançava, pelo crepitar das balas ricocheteando no asfalto. Solitária, de pé no centro da carnificina, num instante em que tudo quanto vivia se atirara no chão, Josette olhava o rosário de morte aproximar-se dela.

Um grito mudo deformou a boca de Camille, que se deixou cair no ombro da senhora Le Ménestrel.

O impacto das balas projetou Josette para trás com violência. Caiu de braços estendidos em cruz, de saia erguida. Léa deixou então o automóvel e correu para ela. De olhos muito abertos, a moça sorria como se no instante da morte o medo a tivesse abandonado. O sangue brotava-lhe às golfadas da garganta aberta. Léa procurou nos bolsos um lenço, tentando estancar a hemorragia. Não o achando, tirou o corpete e colocou-o sobre a chaga horrível, como um tampão. Mas isso de nada servia, pois Josette estava morta.

"A culpa é minha", pensava Léa. "Se a tivesse deixado voltar para junto da família, talvez ainda estivesse viva.

Pobre moça! Era da minha idade." Com ternura, acariciou-lhe os cabelos loiros, embebidos em sangue, dirigindo-se à vítima tal como antigamente a mãe fazia com ela quando a via sofrer:

– Não tenha medo... acabou... vamos, durma...

Fechou-lhe os olhos docemente. Depois, arrastando o corpo para que não fosse atingido de novo ou esmagado, sentou-o encostado a um portão.

As sirenes não tocaram para anunciar o fim do alerta, pois não havia ninguém para acioná-las. Os sobreviventes iam-se levantando aos poucos. Observavam, bestificados, o medonho espetáculo: por toda parte carcaças de veículos, carroças e velocípedes retorcidos ou calcinados, corpos mutilados e queimados, crianças errantes e emudecidas sob o império do terror, mães rasgando as faces e soltando uivos, homens abraçados às respectivas esposas ou às mães mortas, mulheres rodopiando sobre si mesmas como piões, as roupas em tiras, mãos cobertas de sangue, feridos gritando por socorro...

– Depressa! Temos de desobstruir a via para chegarmos à ponte – ordenou um homem gordo ostentando no casaco a roseta da Legião de Honra.

Léa, esquecida do seu traje sumário, começou a ajudar nos trabalhos de limpeza da rua. A senhora Le Ménestrel quis juntar-se a ela, mas Léa ordenou:

– Não. Volte para o carro. Pegue a arma e não deixe que nos roubem o veículo.

– Conte comigo – respondeu em tom feroz.

Durante horas, cobrindo-se cada vez mais de sangue e de sujeira, Léa arrastou cadáveres e detritos de toda espécie. Soldados sobreviventes do 7º Exército forneceram reforços ao grupo de desobstrução da via.

– Mas... será que estou vendo bem? A senhorita Delmas em pessoa!

Apenas um único homem no mundo seria capaz de gracejar em semelhantes circunstâncias.

– François! – exclamou Léa, atirando-se ao pescoço de um Tavernier uniformizado, sujo e barbudo. – Oh, François, você! Tire-me daqui depressa... se sabe como fazê-lo.

– Sei, minha filha, sei. Onde ficou a senhora d'Argilat?

– Ali. No automóvel.

– Como vai ela?

– Não muito bem. Josette morreu.

Quando se aproximavam do carro, a senhora Le Ménestrel, não reconhecendo Léa de imediato, apontou a arma na direção deles.

– Não se aproximem! – avisou.

– Sou eu, senhora Le Ménestrel. Com um amigo que irá nos ajudar.

– Desculpem. Mas, ainda há pouco, dois homens horrorosos quiseram apoderar-se do automóvel. Só desistiram quando perceberam que eu não hesitaria em disparar contra eles. Mas ameaçaram voltar com reforços. É medonho o que fazem: roubam as joias e o dinheiro dos mortos.

Caíra já a noite quando Tavernier conseguiu forçar um pesado portão. Léa, ao volante, entrou com o veículo no pátio, onde crescia um plátano gigantesco. François fechou o portão com uma tranca de ferro. Exceto pelas vidraças quebradas, o prédio mantinha-se intacto.

– Vou ver se é possível entrar na casa – decidiu a senhora Le Ménestrel, depois de ajudar a mãe a sair do automóvel. – Meninos, fiquem perto da vovó.

François e Léa retiraram Camille, ainda desmaiada, do interior do veículo. Tinha a respiração fraca e aos solavancos.

– Consegui abrir a porta – avisou a senhora Le Ménestrel. – Podemos deitar sua amiga numa cama. Vão ver se encontram velas, meninos.

As duas crianças subiram a escada correndo. Acomodaram a doente num quarto do andar térreo.

Não havia água na cozinha nem no banheiro. Num canto do quintal, porém, Tavernier descobriu um poço. O som do balde vazio batendo na parede de pedra fez Léa recordar-se do poço do quintal de Montillac. Como aquele tempo lhe parecia distante! Ainda voltaria para casa? Como respondendo a tal pergunta, o bombardeio recomeçou nesse instante, felizmente em outra zona da cidade.

François transportou para a casa diversos baldes de água. Sentada em um dos degraus, o queixo apoiado nas mãos, Léa observava seus movimentos.

– Ufa! As senhoras já poderão lavar-se – disse ele. – Agora chegou nossa vez.

Depois de carregar mais alguns baldes, Tavernier pôs o recipiente no rebordo do poço e começou a despir-se. Logo estava completamente nu.

Léa não conseguia desviar dele os olhos; com admiração, contemplava o largo dorso muito moreno reluzindo de suor na noite clara, as ancas estreitas, as coxas compridas e peludas e o sexo de tom pálido sob o fundo mais escuro dos pêlos púbicos.

– Por que espera para tirar esses andrajos? Você está tão suja que mete medo.

Léa obedeceu, desembaraçando-se da saia imunda, da combinação em tiras e da calcinha.

– Vai sentir um pouco de frio no começo, mas depois verá como é agradável. Encontrei toalhas e um pedaço de sabonete com perfume de alfazema.

Despejou-lhe parte da água na cabeça e nos ombros. Léa não pôde conter um grito, de tão gelada que estava a ducha. François ensaboou-a da cabeça aos pés, esfregando-a depois com energia, como se quisesse remover-lhe do corpo a lembrança do sangue que o maculara. Léa via-o agir, comovida com aquelas mãos que lhe brutalizavam os seios e lhe afloravam o sexo e as ancas. Deixando-a por instantes coberta de espuma, Tavernier molhou-se com a água que restava no balde e estendeu-lhe o sabão.

— Agora é sua vez — disse.

Léa nunca imaginara que fosse tão vasta a superfície de um corpo masculino, que os músculos pudessem ser tão rijos. François resfolegava de prazer, ao toque das pequenas mãos desajeitadas. A jovem sentiu-se corar quando lhe tocou no pênis erguido. Depois agachou-se para ensaboar-lhe as pernas.

— Foi assim que sempre sonhei em vê-la um dia — comentou François Tavernier.

Léa não respondeu, ocupada em esfregar-lhe as coxas e depois a barriga das pernas. Ele segurou-a então pelas axilas, obrigando-a a erguer-se.

— Não é verdade o que eu disse! — exclamou ele. — Não gosto de vê-la a meus pés. Aprecio-a altiva e obstinada.

Atraiu-a para si e os corpos ensaboados deslizaram um sobre o outro. Os lábios se procuraram. Léa esticou o corpo, enquanto o sexo dele se tornava ainda mais rígido.

Nesse instante, recomeçaram os bombardeios, suspensos há algum tempo. Mas os dois não se mexeram, como se os protegesse o desejo, nem mesmo quando uma bomba caiu não muito longe do prédio, provocando um incêndio cujo clarão lhes iluminou os corpos.

— Faça amor comigo — murmurou Léa. — Não quero morrer sem ter feito amor.

François embrulhou-a na toalha de banho, ergueu-a e entrou na casa com ela nos braços. Subiu a escada que conduzia ao primeiro andar, encaminhou-se para um dos quartos e a colocou numa grande cama, em cuja cabeceira pendia um crucifixo.

– Abençoada seja a guerra que a entrega a mim – sussurrou-lhe ao ouvido enquanto a penetrava suavemente.

Era tão grande o desejo de Léa que não experimentou a mínima sensação de dor, mas sim a ânsia progressiva de abrir-se ainda mais para que o companheiro a atingisse profundamente. O orgasmo surpreendeu-a com uma intensidade que a fez gritar. François via-a contorcer-se debaixo dele e abafou-lhe os gritos com a mão. Ela gemeu demoradamente quando ele saiu de dentro dela e derramou-se sobre seu ventre. Ainda trêmula, Léa logo adormeceu.

François Tavernier não conseguia ocultar por mais tempo a realidade: amava aquela jovem. Mas ela... amava-o também? Não podia levar em consideração o que acabara de acontecer. Adivinhava nela um corpo fácil: nas mesmas circunstâncias, teria feito amor com qualquer homem ainda que não lhe agradasse totalmente. François conhecia o suficiente as mulheres para ter certeza disso. Só os acontecimentos e a sede de viver lançaram Léa em seus braços. E essa convicção provocava-lhe uma tristeza insuportável. Ela agitou-se no sono, aninhando-se nele. Desejou-a de novo. Tomou-a com suavidade, deslizando para dentro do seu ventre úmido, que o sorveu como uma boca voraz. A jovem despertou, então, gemendo. E o prazer cresceu nela, aumentou, invadindo cada célula de seu corpo.

O SOL JÁ ESTAVA alto quando Léa acordou com um ruído de colher batendo numa tigela. François, recém-barbeado, cabelos ainda molhados e envergando as calças sujas do uniforme, inclinava-se para ela.

— Já é tarde, sua grande preguiçosa. Tem de levantar-se. Descobri chá e biscoitos e preparei-lhe um verdadeiro desjejum.

Que fazia ali naquela cama, nua, com um homem que não era Laurent? De repente recordou-se, corando.

— Não core – disse Tavernier. – Foi maravilhoso. Trouxe-lhe a mala; suponho que seja a sua. Vou deixá-la vestir-se e tomar o café.

Que fizera ela, santo Deus! Enganara Laurent, portando-se como uma cadela no cio. Ainda se não tivesse sentido tanto prazer! A essa lembrança, todo o seu corpo estremeceu. Era então aquilo o amor, a maravilhosa sensação sentida por cada fibra de carne, o milagre que tudo fazia esquecer, até mesmo a guerra? Reviu os horrores presenciados na véspera. Josette morta. E Camille, como estaria? Camille, que Laurent lhe confiara...

Ergueu-se de um pulo e corou de novo ao ver a roupa da cama amarrotada e manchada de sangue. Puxou os lençóis e atirou-os para o fundo de um armário. Uma contração no estômago a fez lembrar-se de que não comia havia várias horas. Sem perder tempo em se vestir, lançou-se sobre os biscoitos e sobre o chá preparado pelo amante. Depois foi olhar o quintal pela janela aberta. François Tavernier derramava no tanque do automóvel o conteúdo das latas de gasolina que o motorista tivera o cuidado de trazer no porta-malas. As duas crianças perseguiam-se, rindo, sob o olhar enternecido da avó, que, muito digna, os cabelos bem esticados sobre a nuca, se instalara numa cadeira de vime. A seu lado, também sentada, Camille os observava, sorridente. A senhora Le Ménestrel ia e vinha da casa para o carro, transportando embrulhos. Fazia um dia bonito. Nesse domingo, 16 de junho de 1940, reinava no pátio daquela residência de Orléans um clima de partida em férias.

Ouviu-se, então, ao longe, o uivo de uma sirene, sem dúvida na outra margem do Loire. Logo depois chegaram os aviões.

– Apresse-se. Estão bombardeando as pontes. Se forem atingidas, não poderemos atravessar o rio – disse François, entrando no quarto de Léa.

Sem se incomodar com sua própria nudez, a jovem abriu a mala, retirando uma calcinha, um vestido *chemisier* de algodão azul e sandálias de couro branco.

– Leve-a – ordenou a Tavernier, apontando a mala.

Vestiu-se, sem se importar com sua presença. Siderado e pálido de cólera, François observava-lhe os movimentos. De repente, agarrou-a por um braço, puxando-a para si.

– Não gosto que me falem nesse tom – advertiu.

– Largue-me!

– Não a largo enquanto não lhe disser uma coisa, sua burra: um dia há de implorar meu amor.

– Nunca!

TERIAM AVANÇADO desde o recomeço da viagem? Em volta, era a balbúrdia total.

– Apressem-se! Os alemães estão chegando! As pontes vão ser dinamitadas! – gritavam as pessoas por todo lado.

Tal como na véspera, fazia um calor terrível. Ao fim de muito tempo, atingiram o cais Barentin. Soldados de engenharia, de guarda na ponte Joffre, procuravam organizar a confusão, prontos para proibir o acesso à ponte minada caso fosse dada ordem de começar as explosões. Mas eram tão poucos que não tinham a mínima esperança de conter a onda humana. Era necessária uma meia hora para completar a travessia.

Os aviões surgiram novamente, fazendo com que algumas pessoas se precipitassem ao solo, enquanto outras, pelo contrário, empurravam, davam encontrões e derrubavam as que as precediam, a fim de ganharem alguns metros de percurso. Diversas bombas caíram na água, esparramando lama sobre os 12 arcos da ponte e sobre aqueles que ali se apinhavam. Uma granada caiu na plataforma e parte da calçada mergulhou nas águas do Loire. Veículos, velocípedes e peões foram arrastados num dilúvio de pedras e de terra. Era a queda dos infernos. Os aviões sobrevoaram o local por três vezes, sem conseguir atingir a ponte Royal e a ponte Joffre, metralhando, no entanto, os que se encontravam nelas. Para escapar às balas, uma mulher escalou o parapeito, mergulhando no vácuo, num local onde quase não existia água... Um motorista morto instantaneamente ao volante de um veículo fez com que este se imobilizasse no centro da avalancha. Então, cerca de 15 possessos, ritmando a manobra com gritos de incitamento, ergueram o carro e atiraram-no ao rio, sem se importarem com os passageiros restantes. Feridos morriam, esmagados por centenas de pés. Patinava-se num caldo repugnante. Por fim, os aviões afastaram-se.

— Prossiga — ordenou Tavernier a Léa. — Vou tentar falar com o comandante.

— Não vai deixar-nos sozinhas!

Sem replicar, François Tavernier desceu do automóvel e abriu passagem até os militares de guarda.

— Marchand!

— Tavernier! O que faz aqui neste inferno?

— Leva muito tempo para explicar e é muito deprimente. É verdade que vão explodir as pontes?

— Há muito que isso devia ter sido feito. Os alemães estavam ontem em Pithiviers e em Etampes, e neste momento não devem achar-se muito longe de Orléans. Nem sequer recebi a quantidade de explosivos necessária e tive ainda de reparti-los pelas duas pontes. Se pudesse prever essa situação, não teria minado o viaduto da estrada de ferro com 750 quilos de dinamite.

— Meu tenente! Meu tenente! – gritou um jovem soldado postado em cima de uma metralhadora, de binóculo em punho. – Pareceu-me ver tanques alemães no cais de Châtelet.

— Deus do céu! – exclamou Marchand, saltando para a viatura e arrancando o binóculo das mãos do soldado.

— Merda! Avançam pela ponte Georges V. Dê ordem para dinamitar. Depressa, em nome de Deus! Os boches já estão na ponte.

Servindo-se do binóculo, Albert Marchand, a testa coberta de suor, seguia o avanço de três metralhadoras, retardado pelos fugitivos. Os alemães disparavam contra a dúzia de militares em guarda na ponte. Atingiam o meio da plataforma quando se ouviu uma série de explosões, seguidas de enorme estrondo: um dos arcos da ponte norte precipitara-se no rio, arrastando consigo todos os que nele se encontravam. Por instantes, não foi possível distinguir nada. Eram três e meia da tarde.

Quando a poeira baixou, Marchand, sempre de olhos colados ao binóculo, gritou:

— Atravessaram, santo Deus! Dirigem-se para Sully.

De olhar desvairado, deixou-se escorregar ao longo do veículo sobre o qual se empoleirava.

— Proíba a multidão de se aproximar. A ponte Joffre tem de ir pelos ares.

— Mas... meu tenente, as pessoas que já estão na plataforma não conseguirão atravessá-la.

— Eu sei, meu velho. Mas não temos escolha. Tomem posição e não hesitem em disparar.

Os 16 militares avançaram, empurrando os pedestres.

– Recuem! Recuem! A ponte vai explodir.

A multidão, que presenciara a derrocada da ponte Royal, estacou, enquanto alguns passavam as instruções.

– Se assim é, mais uma razão para nos apressarmos – gritou um energúmeno, investindo contra a barreira formada pelos soldados. Soou um tiro e o homem caiu.

Uma nuvem de perplexidade envolveu os espectadores – militares franceses disparando em compatriotas! Por detrás da linha da frente, a multidão continuava, porém, a pressionar. E em breve as primeiras filas cederam. Um pequeno automóvel sobressaltou, derrubando dois velhos, que caíram entre os soldados e a ponte; depois o veículo avançou, esmagando um deles. O acontecimento funcionou como uma espécie de sinal; a multidão pôs-se de novo em marcha. Um, dois, três tiros partiram sem atingir ninguém. Em seguida, os soldados desapareceram, engolidos pela torrente humana.

Logo após a explosão da ponte Royal, François Tavernier precipitara-se à procura do veículo, no qual seguia o que de mais caro tinha na vida. Mas não o encontrou já no cais Barentin. Avançou pela ponte, servindo-se dos punhos e dos cotovelos, dando com ele, por fim; seguia ao passo de um homem que dispunha da vida inteira à sua frente. O contentamento invadiu Léa ao descobrir Tavernier.

– Graças a Deus chegou! Pensei que nos tivesse abandonado.

François substituiu Léa ao volante.

– A ponte vai explodir – informou em voz baixa.

– Oh...

– Cale-se – ordenou. – É inútil assustar os outros. Vamos tentar escapar.

Um soldado caminhava ao lado do automóvel.

– Passe a mensagem a indivíduos que lhe pareçam confiáveis – disse-lhe Tavernier. – A ponte vai pelos ares. Procurem apressar as pessoas sem que elas entrem em pânico.

O militar fitou-o sem compreender. O rosto sujo e marcado pelo cansaço não demonstrava a mínima emoção. Embrutecido, porém, principiou a gritar, empurrando aqueles que seguiam adiante:

– A ponte vai explodir! A ponte vai explodir!

Como se recebesse uma chicotada, a multidão pulou para a frente. Separava-a da margem esquerda do Loire apenas umas dezenas de metros.

Tal como animais à aproximação de um tremor de terra, os refugiados batiam-se, repelindo os mais fracos, esquecidos de toda a dignidade humana. Infelizes daqueles que caíam, pois logo morriam esmagados.

Nesse momento, ecoaram diversas explosões. Depois, no meio de um barulho ensurdecedor, a segunda ponte mergulhou nas águas do rio.

DECORRERA APENAS meia hora após a destruição da ponte Royal.

Em pé, junto do veículo, Léa e François contemplavam a catástrofe, sem conseguir despregar os olhos daquele horror. Quantas pessoas estariam na plataforma? Trezentas, Quinhentas, Oitocentas, ou mais? Embaixo, no leito do rio, os raros sobreviventes tentavam escalar montanhas de cadáveres, pilhas de ferragens e de pedregulhos. Alguns feridos, tombados sobre os pilares da ponte, clamavam por socorro, enquanto outros se afogavam nas zonas mais profundas do Loire. Na capota de um veículo em chamas um corpo de bebê queimava lentamente.

– Vamos sair daqui – disse Tavernier, arrastando Léa para o automóvel.

Do leito do rio subia uma poeira escura.

Transitando por entre escombros, o carro rodou pela avenida Candalle. Em Saint-Marceau, metralhadoras francesas disparavam na direção do cais de Praga e dos Grands-Augustins. Perto de Notre-Dame-du-Val, Camille pediu para descer.

– Não é hora – resmungou Léa.

– Por favor... tenho de vomitar.

François Tavernier freou. Camille saiu do automóvel e afastou-se, vacilante.

– Deixe-me ajudá-la – ofereceu-se a senhora Le Ménestrel, descendo do carro por sua vez.

– Obrigada – murmurou Camille, limpando a boca no lenço sujo que ela lhe estendia.

Apoiada no braço da outra mulher, Camille voltou.

– Mamãe, estamos com vontade de fazer xixi – disse o menino.

– Está bem, meus filhos, venham depressa.

Afastaram-se alguns passos. A menina agachou-se, enquanto o irmão escarafunchava a braguilha. De repente, assobiando, um obus caiu a uma dezena de metros do grupo. Com a lentidão de movimentos própria dos instantes inelutáveis, os ocupantes do automóvel viram a mãe e os dois filhos serem projetados no ar, enquanto estilhaços se espalhavam por toda parte, e, depois, caírem devagar, graciosos mesmo na morte.

Com um uivo de dor, a velha senhora saltou do assento, precipitando-se para a filha, depois para a neta e logo para o neto, o mais querido ao seu coração. De braços afastados e mãos abertas, não cessava de ir de uns para outros.

François Tavernier inclinou-se sobre o corpo da senhora Le Ménestrel e ergueu-lhe a cabeça. Empalideceu ao tatear a ferida mortal. Mesmo morta, conservava uma elegância infinita. Atravessada sobre suas pernas jazia a filha, ainda segurando a boneca. Parecia adormecida. Uma flor rubra de sangue alastrava-se sobre o vestido de algodão cor-de-rosa. O irmão caíra a certa distância de ambas, com a cabeça quase separada do corpo, o sexo despontando do calção.

Camille ia de um cadáver para outro, repetindo incansavelmente:

— Por minha culpa... por minha culpa...

Deixou-se cair no chão, debatendo-se numa crise nervosa. Léa agarrou-a pelos ombros, sacudiu-a, falou-lhe e, por fim, deu-lhe um par de tapas, que a fizeram interromper os gritos.

— Não. A culpa não é sua. Nada tem a ver com isto. Volte para o carro.

— Venha. Não devemos permanecer aqui — interveio Tavernier, dirigindo-se à velha senhora.

— Deixe-me, senhor Tavernier. Eles não podem ficar sozinhos. Ao tirá-los de mim, Deus tirou-me tudo.

— Não posso deixá-la só, minha senhora — insistiu ele.

— É preciso, senhor Tavernier. Pense nas duas jovens que estão com o senhor e na criança que uma delas traz no ventre. Elas precisam do senhor. Eu não.

— Peço-lhe, minha senhora.

— Não insista.

A contragosto, François encaminhou-se para Léa e para Camille e pegou-a no colo. "Como é leve", pensou. Depositou-a suavemente no banco traseiro do automóvel e foi instalar-se ao volante.

– Não vem? – perguntou a Léa, que permanecia imóvel, os olhos presos nos três corpos sem vida.

Passaram alguns aviões, mas não soltaram bombas.

Os soldados franceses tinham deixado de disparar em Saint-Marceau. Atingindo Orléans pelo bairro de Borgonha, os alemães não encontraram resistência. Derrubaram uma árvore na Motte-Sanguin para restabelecer a passagem sobre a ponte da estrada de ferro, que não fora destruída. Cerca das quatro da tarde, os primeiros tanques atravessaram o Loire por sobre os trilhos, reunindo-se aos que haviam conseguido atravessar a ponte Georges V, antes que fosse pelos ares. Apesar da corajosa resistência oferecida pelas tropas da guarnição de Orléans, que para a defesa da ponte dispunha apenas de uma velha peça de 90mm calçada com tijolos, os assaltantes, superiores em número e mais bem-armados, forçaram-nas a recuar para a avenida Dauphine, abandonando no local muitos mortos, e colocaram três pequenos canhões na cabeceira da ponte.

Por volta de cinco horas começaram a chegar em Croix-Saint-Marceau os primeiros destacamentos inimigos, instalando metralhadoras em todos os cruzamentos. Apalermados, os raros habitantes que haviam permanecido na região saíram de seus porões, observando com espanto esses soldados vencedores. Tinham-lhes afirmado durante meses serem um bando esfaimado, descalço e sem vestuário. Uma mulher de certa idade, não conseguindo conter-se, foi apalpar o tecido do dólmã de um jovem oficial, que lhe sorriu, cumprimentando-a com delicadeza:

– Bom dia, minha senhora.

Estupefata, a mulher começou a soluçar, fugindo, ao mesmo tempo em que dizia:

– Fomos enganados.

Durante esse tempo, soldados franceses entravam em Orléans através do Bannier.

– Tenham cuidado! Os alemães já estão lá – preveniram-nos.

– Mas não é possível – admirou-se um tenente. – Os alemães estão na nossa retaguarda.

Teve apenas tempo para ordenar aos homens que tomassem posições de defesa e logo pelo bulevar Saint-Euverte chegavam tropas inimigas motorizadas. Após breve troca de tiros, os franceses viram-se forçados a se render. O tenente foi morto juntamente com dois dos seus homens. Os alemães concentraram então os prisioneiros na Motte-Sanguin, num campo provisório, guardado por metralhadoras. À noite, novas levas de capturados juntaram-se a eles.

Por toda parte se ouviam gritos de feridos e chamados dos grupos de socorro. Os canhões troavam, o fogo se alastrava. Silenciara o crepitar das últimas metralhadoras francesas. Dois fugitivos do manicômio de Fleury esgueiravam-se por entre os escombros, soltando gargalhadas que gelavam a espinha dos sobreviventes. Malfeitores, evadidos das cadeias, pilhavam as raras lojas poupadas à fúria das chamas. Não havia água nem eletricidade. Nem pão. Deixara de existir presidente da Câmara e do Conselho Municipal. Só restava uma cidade abandonada e destruída.

Assim começava a primeira noite da longa ocupação alemã de Orléans.

15

Tarde da noite, depois de percorrer estradas secundárias, chegaram a La Trimouille, pequena aldeia da Vienne. No assento traseiro, de rosto alagado, com suores frios, Camille delirava. Ao léu, perto do rio, refugiados dormiam deitados no chão. Abriu-se a porta do café de uma das ruas, filtrando para o exterior uma tênue claridade amarelada. O estabelecimento estava abarrotado de gente. François Tavernier parou o automóvel e desceu. O cheiro da cerveja, do fumo e da sujeira o sufocou.

— Um chope – pediu ao dono bigodudo, encostando-se no balcão molhado.

— Não há.

— Nesse caso, quero um conhaque.

— Também não há. Vendi tudo.

— E rum?

— Nada. Não tenho mais nada. Nem mesmo laranjada.

Beberam tudo o que tinha.

— Assim sendo, que me sugere?

— Posso servir-lhe um anis.

— Que seja. Um anis.

François nunca bebera anis com tanto prazer. Pediu outro e foi levá-lo a Léa, que se sentara nos degraus do café, diante da porta aberta do automóvel. Sem sequer agradecer, a jovem pegou o copo e bebeu com avidez.

— Perguntou onde poderemos encontrar um médico?

— Ainda não. Como está Camille?

Léa encolheu os ombros sem responder.

François voltou ao café e perguntou ao dono do estabelecimento:

– Poderá indicar-me um médico?

– Não há médicos. Vignaud morreu e o substituto quebrou uma perna. Tem de ir a Montmorillon ou a Blanc, que dispõem de hospitais.

– Qual é a cidade mais próxima?

– Mortmorillon. A 12 quilômetros.

– Há hotel?

O homem gargalhou.

– Hotel!... Este senhor quer um hotel, vejam só! Há vários, de fato, mas não encontrará nem sequer um tapete onde deitar-se. Está tudo cheio como um ovo, tanto mais que uma ordem vinda ninguém sabe de onde proíbe os civis de prosseguir para além de Montmorillon. Deve haver aí umas cinquenta mil pessoas andando a esmo pelas ruas.

– E em Blanc?

– A mesma coisa. Além disso, a povoação foi bombardeada e o comandante da guarnição mandou dinamitar a ponte.

– Depressa, François! – chamou Léa nesse instante. – Acho que Camille vai morrer.

O aparecimento intempestivo da jovem e seu grito interromperam de chofre as conversas.

– Trazem um doente? – inquiriu a dona do estabelecimento, mulher gorda e de rosto azedo, encaminhando-se para eles e continuando a limpar um copo.

– Sim. Uma mulher grávida.

– Talvez eu possa ajudar – informou a mulher. – Quando chegarem a Montmorillon, atravessem a ponte velha, virem logo à direita para a rua Puits-Cornet. A quarta casa à esquerda é de uma prima-irmã minha, a senhora Trillaud. Digam-lhe que fui eu, Lucienne, quem os mandou procurá-la. Irá ajudá-los se puder.

François Tavernier apertou-lhe a mão calorosamente.

— Obrigado, minha senhora, obrigado.

— De nada, de nada — resmungou a mulher.

FICOU-LHES NA MEMÓRIA a travessia de Montmorillon. Veículos de todos os tipos atulhavam ruas e praças. As igrejas haviam sido transformadas em dormitórios, tal como as escolas e os salões de festa.

Após vaguearem durante muito tempo sem que ninguém soubesse lhes dar informações, acharam, por fim, a ponte velha e logo a estreita rua Puits-Cornet.

Léa estava prestes a desistir de bater ainda uma vez quando a porta se entreabriu por fim.

— Que deseja? — perguntou uma velhinha. — Não são horas de incomodar ninguém.

— É a senhora Trillaud? Venho da parte de sua prima Lucienne.

A porta abriu-se.

— De Lucienne? Que quer ela?

— Ela não quer nada. Mas disse-nos que talvez a senhora pudesse auxiliar-nos. Trago comigo uma amiga doente.

— Que tem ela?

— Está grávida e há horas está desmaiada.

— Pobre pequena! Entrem, entrem.

Tavernier entrou na cozinha, transportando Camille inanimada.

— O espaço não é lá muito grande — disse a mulher. — Tanto mais que tenho aqui uns primos de Paris, que chegaram ontem. Só disponho do meu próprio quarto.

— Mas... minha senhora...

— Não façam cerimônia. Não encontrarão mais nada, aliás. Nós, as mulheres, temos obrigação de nos amparar umas às outras. Ajude-me a mudar os lençóis.

Dentro de pouco tempo Camille achava-se estendida na cama da senhora Trillaud, vestindo uma de suas camisolas, igual à que a boa mulher usava.

– Isto só não chega. Temos de encontrar um médico – decidiu ela. – O pior é que os pobrezinhos não param atualmente. Vou primeiro à casa do doutor Soulard. Se ele ainda não tiver chegado, procurarei o doutor Rouland. Esse tem mau gênio, mas é bom médico – comentou a anfitriã, pondo nos ombros uma velha capa. – Não demoro muito. Há café na cozinha, em cima do fogão, e pão dentro do cesto. Quanto a manteiga, não tenho. Mas em cima do guardalouças, na tina de barrela, estão ainda alguns frascos de compota. Sirvam-se.

Sentado à mesa da cozinha, coberta por um oleado de xadrez azul, François Tavernier observava Léa, vendo-a molhar na tigela do café sua terceira fatia de pão com compota de morango. Rodeavam seus olhos dois grandes círculos violáceos e estava pálida e cansada.

– Não come? – perguntou ela, a boca cheia, cobiçando a fatia que o companheiro não tocara.

Sorrindo, ele empurrou-a em sua direção.

– Obrigada – agradeceu Léa, apoderando-se do alimento com rapidez, como se temesse que François mudasse de ideia. Depois de engolir a última gota de café, a jovem encostou-se à parede, satisfeita. – Estava com tanta fome! – confessou.

– Eu vi. Pouco lhe falta para ser uma ogra.

Soaram duas horas da manhã. De cotovelos apoiados no tampo da mesa, cabeça encostada às mãos em concha, Léa divagava. Que diabo fazia nessa casa desconhecida, perdida naquele fim de mundo, na companhia de uma moribunda e longe das pessoas que amava? Os pais deviam estar loucos de preocupação.

— Pare de me olhar assim.

— Não será possível fazermos as pazes por alguns momentos?

Agastada, a moça ergueu-se e começou a tirar a mesa; colocou as tigelas na pedra da pia. François reteve-a quando ela lhe passou ao alcance.

— Por que motivo resiste, sua cabecinha de mula? Você não me ama, certo, mas gosta de fazer amor! Não sabe que é o melhor remédio para fugir do medo? Ontem, pequena, você teve bastante sorte, isto sem querer gabar-me; mas muitas mulheres levam anos, por vezes, para descobrir o prazer. Você foi feita para o amor, Léa. Não o reprima.

Enquanto falava, as mãos de Tavernier vagueavam por sob a saia da jovem e os dedos encontraram a fenda úmida, apertando-a suavemente.

De olhos vagos e respiração curta, Léa deixava-o tocá-la, atenta ao prazer que, em ondas, a invadia. Sem retirar a mão, ele deitou-a na mesa, abriu as calças, ergueu as pernas da amiga e penetrou-a. Tal como na véspera, Léa gozou longamente. Permaneceram alguns minutos imóveis, fora do tempo, sentindo os corações baterem com violência. Quando ele se retirou, experimentaram ambos um último espasmo de prazer. François compôs então a roupa desalinhada, ajudou a companheira a erguer-se e manteve-a durante muito tempo contra ele, murmurando-lhe palavras ternas, os lábios mergulhados em seus cabelos.

— Minha bela namorada... minha pequena...

De corpo apaziguado, ela deixava-se embalar pela doçura da voz do amante.

Léa ajeitava o vestido quando a senhora Trillaud apareceu, acompanhada do médico.

– O doutor Rouland – apresentou a dona da casa.

– Onde está a doente?

A senhora Trillaud guiou-o até o quarto e Léa seguiu-os. A fadiga que marcava as feições do médico, encovando-lhe as faces, desapareceu como por encanto mal ele se achou diante da enferma. Retirou as cobertas e auscultou-a cuidadosamente.

– Há muito tempo que está neste estado? – perguntou, desembaraçando-se do estetoscópio.

– Não sei bem – respondeu Léa. – Suponho que desde as seis horas da tarde.

– Já teve algum outro desmaio assim tão prolongado?

– Tão prolongado, não. Mas acontece-lhe muitas vezes, com maior ou menor demora. O médico que a assistia em Paris queria que permanecesse deitada, tanto por causa do coração como por causa da criança.

– Mostre-me os medicamentos que a doente está tomando.

Léa saiu e foi ao carro buscar a bolsa de Camille. Estendeu ao médico a receita e as embalagens dos remédios.

– Sim... está bem. Mas essas drogas não são fortes o bastante. Vou aplicar-lhe uma injeção para fortalecer seu coração. Não respondo por nada, no entanto. Seria necessário hospitalizá-la, mas não existe nenhuma vaga.

Minutos depois da injeção Camille abriu as pálpebras, embora cansada demais para olhar em volta. François sentou-se na beira do leito e tomou entre as suas as mãos frágeis da doente.

– Tudo correrá bem agora, Camille. Só precisa de repouso.

– As crianças, meu Deus... as crianças... – gemeu ela.

O doutor Rouland arrastou Léa para um canto.

– É parente dela? – perguntou.

– Sim – mentiu a jovem.

– Estou bastante preocupado. O coração pode ceder de um momento para outro. É necessário prevenir o marido, os pais... Ora, é tolice o que estou dizendo. O marido está na frente de combate, por certo, e os pais... os pais, sabe Deus onde.

– Ia levá-la para a casa do sogro, em Gironde.

– Não pode viajar de nenhum modo. Se conseguir vencer a crise, terá de manter-se imobilizada até o parto.

– Quer dizer que teremos de ficar aqui?

O médico não respondeu. Da maleta retirou os apetrechos necessários para outra injeção. Logo Camille fechou os olhos. O pulso, embora rápido, tornara-se regular. O médico arrumou os instrumentos, o rosto novamente cinzento de cansaço.

– Alguém terá de ficar permanentemente junto dela. Mal acorde, dê-lhe três gotas disto num copo com água. Em caso de crise, suba a dose para dez. Voltarei durante o dia.

– Não se preocupe, doutor – interveio a senhora Trillaud. – Eu cuidarei dela. De doentes entendo eu.

– Até logo, senhora Trillaud. É uma boa mulher. Vá descansar – acrescentou, dirigindo-se a Léa. – Não está com uma aparência muito boa.

François Tavernier acompanhou o médico até a ponte velha. Na volta, encontrou Léa já adormecida no assento traseiro do automóvel. Tanto ela se assemelhava, assim adormecida, a uma garotinha amuada que ele ficou a contemplá-la emocionado durante muito tempo.

Com cuidado, para não despertá-la, instalou-se à frente, as pernas compridas saindo pela janela aberta.

LÉA ACORDOU com os gritos e com o ruído dos batedores das mulheres que lavavam roupa à beira do rio; eram cerca de 12, ajoelhadas em bancos forrados de palha. Não muito longe delas, François Tavernier, sentado em cima de um bote emborcado, via deslizar o Gartempe, que naquele ponto borbulhava em cima das pedras do leito. Um pouco mais adiante, plantas aquáticas floridas balançavam ao sabor da corrente. Nesse instante, a senhora Trillaud apareceu no limiar da porta e bateu palmas, avisando:

— O desjejum está pronto!

Na cozinha ensolarada, sobre o oleado de xadrez azul, dentro de grandes tigelas de faiança grossa, pintadas de branco e orladas de vermelho, fumegava o café, cujo aroma, misturado ao cheiro apetitoso do pão torrado, fez estremecer as narinas de Léa.

— Venham comer. A comida vai esfriar. Tal como ontem, não há manteiga, mas sim uma geleia de marmelo.

— Como dormiu nossa amiga? – perguntou François.

— Muito bem. Dei-lhe as gotas quando há pouco acordou. Sorriu-me gentilmente e voltou a adormecer.

— Como poderemos agradecer-lhe tudo quanto tem feito por nós, senhora Trillaud?

— Ora, ora, isso não é nada! Contudo, se aqui ficarem por alguns dias serei obrigada a pedir-lhes que participem das despesas. Infelizmente, de rica não tenho nada.

— Isso nem é preciso dizer, senhora Trillaud – disse Léa, devorando a torrada.

— Ouviu as notícias? – perguntou François Tavernier, indicando o bojudo aparelho de rádio que imperava sobre o aparador, entre fotografias de família, um ramo de rosas numa jarra azul e grandes cartuchos de obuses cinzelados da guerra de 1914-18.

— Não. Tive receio de acordar a gente da casa, pois sintoniza com dificuldade.

— Verei se posso consertá-lo.

– Ah, o senhor entende de rádios!

– Um pouco.

– Onde posso fazer minha toalete? – perguntou Léa.

– Em cima, perto do meu quarto. Não tem grande conforto; é apenas uma cabine. Pus toalhas lavadas. Leve esta chaleira de água quente. Não há água encanada. Seu marido já subiu com as malas.

– Ele não é meu marido! – gritou Léa com uma violência que espantou a boa mulher.

– Peço desculpas. Julguei que fosse.

O DOUTOR ROULAND voltou cerca de onze horas, ficando agradavelmente surpreso com o estado da paciente. Camille, lavada e penteada por Léa, estava reclinada na cama com a ajuda de algumas almofadas, já sem as faces cavadas da véspera. Apenas as olheiras e o cansaço do olhar lhe traíam o sofrimento.

– Estou muito contente com a senhora – declarou o médico depois de auscultá-la. – É menos grave do que a princípio julguei. Mas não deve mexer-se, de forma alguma. Vou mandar-lhe uma irmã que cuida de doentes. Vai lhe aplicar as injeções que eu lhe receitar. Deixe que a tratem e em breve estará curada.

– Quando poderemos retomar a viagem?

– Por enquanto, é bom nem pensar nisso!

– Mas, doutor...

– Não há mas nem meio mas. Tem de ser assim. Do contrário, será a morte da criança e talvez mesmo a sua. É já milagre o fato de não tê-lo perdido ainda. Seja paciente. São apenas mais dois meses de espera.

O doutor Rouland desceu as escadas e passou para a cozinha, onde redigiu a receita. A grande peça estava abarrotada de primos de Paris que ajudavam a parente a fazer o almoço, relatando pela milésima vez as peripécias da viagem movimentada ou observando as manobras de François Tavernier, que consertava o aparelho de rádio.

– Acho que já funciona – disse.

Após alguns estalidos, ouviu-se uma voz.

Na sala, todos se calaram. Era meio-dia e meia de 17 de junho de 1940.

Franceses:

Respondendo ao apelo do senhor presidente da República, assumo, a partir de hoje, a direção do governo da França. Certo quanto ao afeto do nosso admirável Exército, que luta com um heroísmo digno das suas velhas tradições militares contra o inimigo superior em número e armamento, certo de que, através da sua magnífica resistência, esse Exército cumpriu o dever em face dos nossos aliados, certo do apoio dos antigos combatentes que tive a honra de chefiar, certo da confiança de todo o povo, faço entrega da minha pessoa à França, a fim de minorar sua infelicidade.

Nestas horas dolorosas, penso nos infelizes refugiados que na mais extrema penúria vagueiam pelas nossas estradas. Exprimo-lhes minha piedade e solicitude. É com o coração apertado que hoje lhes comunico ser preciso depor armas. Na noite passada, dirigi-me ao adversário para saber se ele estaria disposto a procurarmos, em conjunto, como camaradas de armas, finda a luta e em condições honrosas, os meios necessários para que cessassem as hostilidades. Que todos os franceses se reúnam à volta do governo a que presido durante tão duras provações e abatam a angústia, obedecendo apenas à sua fé nos destinos da pátria.

Todos estavam de cabeça baixa quando a voz trêmula e cansada se calou. As lágrimas corriam pelas faces de muitos deles, lágrimas de vergonha na maioria, embora, pouco a pouco, os dominasse um sentimento de alívio covarde.

Pálido, o olhar duro e seco, Tavernier desligou o aparelho e saiu de casa sem dizer nada.

De todo o discurso, Léa retivera apenas uma frase: "(...) ser preciso depor armas..." A guerra terminava e Laurent ia regressar. Subiu os degraus de quatro em quatro para dar a notícia a Camille, que desatou a chorar.

— Mas... por que está chorando? A guerra acabou! O marechal Pétain disse! Laurent vai voltar para casa.

— Sim, talvez. Mas perdemos a guerra.

— Estava perdida há muito tempo.

— Sem dúvida. Mas rezei tanto...

— ... que pensou que Deus iria ouvi-la. Orações... orações... Não é com preces que se ganham guerras, mas com aviões, carros de assalto e com chefes à altura. E você viu no céu algum avião francês? Viu carros de assalto nossos pelas estradas? E os nossos chefes militares? Viu-os à frente das tropas? Todos aqueles por quem passamos estavam fugindo. Já se esqueceu daquele coronel verde de pavor, em sua limusine atulhada de bagagem, que dizia: "Abram caminho! Abram caminho! Vou ocupar meu posto." Ah, seu posto! Talvez na Espanha! E os soldados franceses? Não viu nossos belos militares com seus uniformes desguarnecidos, as armas antiquadas, sujos, de pés sangrentos, pensando apenas em uma coisa... fugir?

— Você está exagerando, Léa. Estou certa de que a maior parte deles lutou valorosamente. Lembra-se dos que defendiam a ponte em Orléans? Por todo o lado, na França, houve homens que lutaram e lutaram bem, morrendo muitos deles.

— Por nada.

— Por nada, não. Pela honra.

— Ora, pela honra! Deixe-me rir. A honra é um conceito aristocrático e nem todo mundo dispõe de meios para ter honra. O operário, o camponês e o comerciante, que patinam no lodo e recebem na cabeça as bombas ou as balas no corpo, esses querem lá saber de honra! O que querem é não morrer como cães e que os conflitos cessem, seja como for, não importa a que preço. Não entendem essa guerra, nem a desejaram.

– Não a desejaram, é certo, mas não é verdade que pretendam vê-la terminada ao preço que for.

– Minha pobre Camille! Vejo que você se ilude muito acerca da natureza humana. Vai ver como todos aceitam o fim das hostilidades.

– Não acredito nisso. Deixe-me. Estou cansada.

Léa encolheu os ombros e desceu ao térreo.

– ... com ele estamos salvos...

– ... você se deu conta, ele entrega sua pessoa à França...

– ... um verdadeiro patriota...

– ... com o marechal no governo, nada temos a temer...

– ... poderemos voltar para casa...

– ... já é tempo de as coisas andarem para a frente...

– Receio que os alemães se mostrem muito duros conosco.

A frase do doutor Rouland provocou entre os presentes um silêncio de perplexidade.

– Por que diz isso, doutor?

– Porque os alemães venceram em todas as frentes e ainda não esqueceram, por certo, as duras condições impostas pelo tratado de paz de 1918.

– Era natural, visto terem perdido a guerra.

– Ora, aí está! Tal como nós agora.

À NOITE, JÁ BEM TARDE, François Tavernier voltou embriagado para a casa da senhora Trillaud, que o aguardava na cozinha, fazendo tricô.

– Acho que "reguei" demais nossa derrota, senhora Trillaud. Mas não é todos os dias que se tem a oportunidade de testemunhar uma derrota como esta. Quer que lhe diga? A Alemanha... a Alemanha é um grande país e Hitler um grande homem. Viva a Alemanha! Viva Hitler!

– Cale-se! Do contrário, porá em alvoroço todo o quarteirão – disse a mulher, obrigando-o a sentar-se. – Tenho certeza de que ainda não comeu nada. Vou dar-lhe um prato de sopa de couve. Nada melhor para transformar um homem.

– A senhora é muito boa. Mas a Alemanha... creia em mim...

– Sim, já sei: é um grande país. Vamos, tome sua sopa, senão esfria.

Depois de engolir a última colherada, Tavernier desabou sobre a mesa, a cabeça dentro do prato vazio. Com suavidade, a anfitriã o levou dali.

– Pobre homem! – murmurou, apagando a luz da cozinha.

NO DIA SEGUINTE pela manhã, ao descer, a senhora Trillaud foi encontrar François já barbeado e penteado fazendo café.

– Bom dia, senhora Trillaud. Chegou cedo demais. Queria fazer-lhe a surpresa de encontrar seu desjejum pronto quando descesse. Agora de manhã, arranjei leite, manteiga e pão fresco.

– Bom dia, senhor Tavernier. Como conseguiu isso?

– Ontem, durante a ronda pelos cafés de Montmorillon, fiz algumas amizades. Lamento muito o que aconteceu a noite passada. Pode me desculpar?

– Não falemos no assunto; já está esquecido. Tenho a certeza de que meu falecido marido também teria se embriagado.

– Obrigada, minha senhora. Como vai a doente?

– Muito bem. Precisa apenas de tranquilidade e de repouso.

– Vamos comer. O café está pronto. Hoje vou à Câmara saber onde está meu regimento. Se não conseguir, voltarei a Paris.

– E deixa sozinhas as duas senhoras?

– A senhorita Delmas é bem capaz de se arranjar sem mim. Ontem, a linha telefônica estava cortada, mas talvez hoje já funcione. Se assim for, telefonarei aos pais dela para dar notícias. Conhece alguma loja onde eu possa comprar roupa íntima, camisas e um terno?

– Aqui não há grande coisa. Mas tente na Rochon ou na Guyonneau. A primeira fica no largo do mercado coberto e a segunda na esquina da rua principal com a avenida.

– Uma outra coisa – prosseguiu Tavernier. – Sabe de algum apartamento ou de uma casa para alugar destinada às senhoras?

– Neste momento, não há nada. Os primeiros refugiados a chegar instalaram-se nas raras casas de aluguel existentes. Mas daqui a dias a situação ficará mais clara. As pessoas falam em voltar para casa. Entretanto, as senhoras poderão continuar aqui.

– É muita amabilidade sua, senhora Trillaud, mas até seu quarto lhe roubamos.

– Ora! Na minha idade não é preciso dormir muito. Basta-me um colchão em qualquer canto.

– É reconfortante encontrar pessoas como a senhora.

– Bom dia – saudou Léa surgindo na cozinha, ainda em quimono, de cabelos desalinhados, o rosto sonado.

– Bom dia, senhorita. Dormiu bem?

– Não muito bem. Camille agitou-se durante toda a noite.

– Como está ela esta manhã? – quis saber François.

– Acho que bem, pois disse ter fome.

– Bom sinal. Vou levar-lhe a bandeja do desjejum – disse a senhora Trillaud, erguendo-se.

– Deixe, senhora Trillaud. Eu trato disso – ofereceu-se François Tavernier.

Com destreza, dispôs sobre a bandeja rústica de madeira uma bela xícara de porcelana, o cesto cheio de fatias de pão cortadas finas, um pedaço de manteiga, açúcar e compota. Para completar essa apetitosa refeição, acrescentou-lhe uma tigela transbordante de cerejas e uma rosa subtraída à jarra azul. Contente com a obra, François exibiu a bandeja para as duas mulheres.

– Nada mal, não é verdade? – perguntou.

– Maravilhoso – afirmou a senhora Trillaud.

– Acha que Camille vai comer tudo isso? – ironizou a jovem.

– Esqueceu-se do café e do leite – observou a anfitriã, colocando na bandeja um jarrinho com leite e outro maior com café.

– Como "camareira", tenho ainda muito que aprender – confessou Tavernier.

NA COZINHA, com ar negligente, Léa descascava ervilhas sob o olhar malicioso da dona da casa e a expressão admirada de um primo de rosto borbulhento.

– Não me esperem para o almoço – avisou François, entrando na cozinha. – Eu me arranjarei.

– Aonde vai? – perguntou Léa.

– À procura de uma garagem para o carro, à Câmara, comprar algumas roupas e telefonar a seus pais e ao senhor d'Argilat.

– Vou com você – decidiu Léa, abandonando as ervilhas.

— Mas você ainda não está pronta. Venha me encontrar no correio, se quiser.

— Mas...

François já deixara a cozinha, porém. Léa voltou a sentar-se e com raiva retomou sua tarefa de descascar ervilhas.

Quando Tavernier voltou, em torno das cinco horas, envergando um terno azul-marinho de corte grosseiro, Léa passava a ferro um vestido, escutando o rádio.

— Onde se meteu? Procurei-o por toda parte.

— Procurou mal, com certeza. A cidade não é assim tão grande. Passei três horas no correio tentando telefonar para Paris e depois para seus pais. Por fim, consegui falar com eles, mas a ligação logo foi interrompida.

— Como estão meus pais? – gritou Léa, largando o ferro de engomar.

— Acho que bem. Estavam preocupados com você, mas os tranquilizei.

— Teria gostado tanto de falar com minha mãe!

— Tentaremos de novo amanhã em casa do doutor Rouland. Encontrei-o na saída do correio e ele pôs o telefone a meu dispor. Não está sentindo um cheiro esquisito?

— Ai, meu vestido! Por sua culpa...

Tavernier desatou a rir diante de tal injustiça.

— Que disseram no rádio? – perguntou, girando os botões do aparelho.

— Nada. É uma chatice só. Nem transmitem música de boa qualidade. Veja meu vestido! E, agora, o que vou fazer?

— No lugar em que o pano queimou poderá colocar um bolso – sugeriu Tavernier.

— Boa ideia! – exclamou Léa, satisfeita. – Mas não tenho tecido igual – acrescentou, de novo aborrecida.

– Como o vestido é branco, ponha bolsos coloridos e botões da mesma cor. Ficaria muito bem.

Léa fitou-o com espanto.

– Não é má ideia, não, senhor. Não sabia que se interessava por moda.

– Tudo me interessa. Não sou como você.

– Que quer dizer?

– Que você nem sequer notou que eu estou vestido à última moda de Montmorillon.

– Que, aliás, lhe fica muito bem – comentou Léa, após uma olhada rápida e indiferente.

– Agradeço o cumprimento. Vindo de você, me sensibiliza.

– Pare de mexer nos botões do rádio!

– Procuro a emissora londrina. Quero saber em que pé está a guerra. Talvez os ingleses estejam melhor informados do que nós.

AQUI RÁDIO Londres... Fala-lhes o general De Gaulle...

– Quem é o general De Gaulle? – quis saber Léa.

– Quieta! Digo depois.

Constituíram-se em governo os chefes militares que há vários dias se encontram à frente dos exércitos franceses. Esse governo, alegando a derrota das nossas tropas, entrou em contato com o inimigo para que cessem as hostilidades.

É certo que fomos, que estamos subjugados pela força mecânica, terrestre e aérea do inimigo. Infinitamente mais que o contingente, foram os carros de assalto, os aviões e a tática empregada pelos alemães que surpreenderam nossos chefes, a ponto de os conduzirem à situação em que hoje se encontram.

Mas será que foi dita a última palavra? Teremos de perder a esperança? Será a derrota definitiva? Não!

Acreditem em mim, em mim que lhes falo com conhecimento de causa, quando digo que nada está perdido para a França. Os mesmos meios que nos venceram poderão dar-nos um dia a vitória. Pois a França não está sozinha! Não está só! Tem atrás de si um vasto Império. Poderá reunir-se ao Império Britânico, que domina os mares e prossegue na luta. Tal como acontece com a Inglaterra, a França poderá utilizar sem limites a indústria dos Estados Unidos.

Essa guerra não se confinou ao infeliz território do nosso país. Essa guerra não se decidiu com a batalha da França. Essa guerra é um conflito mundial. Todos os erros, todos os atrasos, todos os sofrimentos não impedem que existam no mundo os meios necessários para um dia esmagarmos nossos inimigos. Hoje avassalados pela força mecânica, poderemos vencer futuramente por meio de uma força mecânica superior. E estará aí o destino do mundo.

Eu, general De Gaulle, atualmente em Londres, convido os oficiais e os soldados franceses que estão em território britânico ou que aqui estarão com suas armas, convido os engenheiros e os operários especializados das indústrias de armamento que estão em território britânico ou que aqui estarão a entrarem em contato comigo. Aconteça o que acontecer, a chama da resistência francesa não deve extinguir-se, e não se extinguirá.

Tal como hoje, falarei amanhã através da Rádio Londres.

Pensativo, François Tavernier desligou o aparelho, começando a caminhar de um lado para outro. Sentada a um canto, a senhora Trillaud, que chegara à cozinha no início do discurso sem que tivessem notado, enxugava os olhos na ponta do avental.

— O que tem, minha senhora? – inquiriu Léa.

— Nada... é de alegria.

— Alegria?! – estranhou Léa.

— Sim... esse general... como se chama ele?

— De Gaulle.

— Sim, é isso, De Gaulle... disse que a chama da resistência francesa não se extinguiria.

— Ora, que significa isso? Ele está em Londres, não na França. E não é na Inglaterra que se encontram os alemães, mas sim aqui. Se pretende continuar a batalha, então que volte em vez de abandonar covardemente o posto.

— Não diga asneiras, Léa – interveio Tavernier. – Não sabe de que está falando. De Gaulle é um homem sincero e corajoso. Conheci-o quando ele era secretário de Estado da Defesa Nacional. Deve ter refletido durante muito tempo antes de lançar um apelo que o coloca fora da lei, ele que, por tradição militar, é um homem de obediência.

— O senhor vai encontrar-se com ele? – perguntou a dona da casa.

— Não sei. Tudo depende do desenrolar dos acontecimentos. Mas, primeiro, tenho de encontrar meu regimento. Não janto hoje em casa; vou jantar com o presidente da Câmara.

— E eu? Que faço?

— Você? Como amiga dedicada, cuide de Camille – replicou Tavernier, despedindo-se com uma saudação irônica.

No dia seguinte, Léa conseguiu falar com os pais pelo telefone. Chorou ao ouvir a voz doce de Isabelle e a do pai, embargada pela emoção. Que alegria escutar de novo, também, o sotaque de Ruth! Mesmo as escassas palavras trocadas com Françoise e com Laure lhe deram prazer. Não se cansou de fazer perguntas sobre a propriedade, os tios, as tias e os primos. Descobria, de repente, que amava todos. Gostaria de ter descrito à mãe os horrores dos bombardeios, a morte de Josette, a morte do assaltante que quisera roubá-las, a expressão da velha perante os cadáveres da filha e dos netos, a doença de Camille, sua própria aventura com François etc. Mas conseguira repetir apenas:

— Ah, mamãe, se você soubesse... se soubesse...

— Logo que seja possível, irei buscá-la, na companhia de seu pai, minha querida.

— Isso, isso, mamãe, venha. Sinto muito sua falta. Tenho tanto que contar! E senti tanto medo! Pensava em você muitas vezes, me perguntando o que você faria em meu lugar. Mas nem sempre fiz o que você faria. Portei-me egoisticamente, como uma criança mimada. Mas logo a verei e poderei dormir na minha caminha no quarto das crianças. E, como antigamente, você virá conversar comigo antes de se deitar e carregar-me no colo, como quando eu era pequena. E então vou sentir seu perfume e vou acariciar seus lindos cabelos. Como gosto de você, mamãe! Tive tanto medo de não voltar a vê-la quando tudo queimava à nossa volta! Os bombardeios são horríveis, matando crianças, aquela pobre gente... mamãe...

Os soluços impediram Léa de prosseguir. Com doçura, François tirou-lhe o fone das mãos e forneceu a Pierre Delmas o endereço da filha e o número do telefone do doutor Rouland.

Depois de agradecer ao médico, acompanhou Léa até em casa.

CAÍA A NOITE e nenhuma luz brilhava nas ruas atulhadas de veículos. O clima estava suave. Ao atravessarem a ponte velha, Léa observou:

– Sinto cheiro de água.

Gostava daquele odor de rio, mistura de ervas, de peixe e de lodo. Chegaram em frente à casa da senhora Trillaud.

– Não quero entrar ainda. E se fôssemos passear no campo? Não é muito longe. Fica no final deste caminho.

– Como quiser – concordou Tavernier.

A jovem pegou em seu braço.

Caminharam devagar por entre dois muros baixos, atrás dos quais se estendiam as hortas. No fim do caminho, passaram diante de algumas casas muito danificadas. A soleira das portas estava repleta de detritos de toda espécie. Um forte cheiro de pocilga os fez acelerar o passo.

Agora, os muros davam lugar a sebes. Algumas delas, floridas, perfumavam o ar. O caminho se fazia cada vez mais estreito. Em dado momento, Léa arrastou o companheiro na direção de um pequeno prado, no meio do qual se erguia uma cabana sob um enorme carvalho. Quando a jovem empurrou a porta, envolveu-os um forte aroma de feno.

– É a minha casa: descobri-a ontem. Senti-me tão bem, havia tanta tranquilidade aqui e um cheiro tão bom, tal como em Montillac, que voltei hoje com os meus livros – esclareceu Léa, deixando-se cair na palha cheirosa.

François permaneceu em pé, imóvel, procurando adivinhar o que pretendia dele aquela garota caprichosa e temendo cometer qualquer deslize que a levasse a assumir de novo suas atitudes duras e distantes. Surpreendera-o agradavelmente seu comportamento após saírem do consultório do doutor Rouland. Seu único desejo era tomá-la nos braços. Não no propósito de fazerem amor, mas sim pela mera felicidade de senti-la contra si, mesmo sabendo que pensava em outro homem.

– Não fique aí plantado! Venha para perto de mim. Parece que lhe causo medo.

"Tenho motivos para isso", pensou Tavernier, indo deitar-se no feno, ao lado dela.

Ficaram em silêncio durante um longo momento.

– Por que não me beija? – disse Léa, por fim.

– Pensei que isso lhe desagradasse.

– Não sei. Abrace-me.

Os beijos dele eram suaves, de início, os gestos ternos.

– Com mais força – incitou Léa. – Beije-me com mais força.

Durante toda a noite, fizeram e refizeram amor, até quase a dor. Por fim, adormeceram enlaçados, os corpos nus deixando ver as marcas dos dentes e dos arranhões, às quais aderiam ervas secas, coladas pelo suor.

Despertou-os o tamborilar dos pingos de chuva. Estava frio. François cobriu os ombros de Léa com seu casaco azul. Chegaram encharcados na casa da senhora Trillaud.

– Já estava preocupada. Por onde andaram? Não deviam pregar-me tais sustos. Vejam em que estado ficaram! Vão ficar doentes. Não tem juízo, senhor Tavernier? Esta pequena treme de frio. Como se já não bastasse uma doente – resmungou a boa mulher.

Retirou do armário um cobertor, no qual envolveu Léa, que batia o queixo. Preparou-lhes vinho quente. O casaco de François fumegava em frente do fogão aceso, pendurado nas costas de uma cadeira.

– Tome – disse a dona da casa. – Aqui tem umas calças e uma camisa do meu falecido marido. Vá trocar de roupa.

Sem responder, Tavernier pegou na roupa que a senhora Trillaud lhe estendia.

NO FIM DA TARDE, Tavernier anunciou a Camille e a Léa seu propósito de partir.

– E para onde vai? – perguntou Léa em tom brusco.

– Para Paris.

– Então deixa-nos sós?

– Ficam em segurança aqui. A senhora Trillaud prometeu cuidar de vocês e procurar alojamento conveniente, onde se instalem enquanto o doutor Rouland achar que Camille não deve deslocar-se. Têm dinheiro?

– Sim. Dinheiro não é problema. Obrigado por ter pensado nisso, François.

– Senhor Tavernier, senhor Tavernier, venha depressa! O general De Gaulle vai falar de novo – gritou a senhora Trillaud do fundo da escada.

– Gostaria de ouvir o que ele diz – suspirou Camille.

François debruçou-se na cama, ergueu Camille num gesto vigoroso e desceu os degraus com precaução. Instalou-a na cozinha, na cadeira de vime da dona da casa. Na sala, uma dezena de pessoas atentas escutava aquela voz vinda de um país livre, a voz portadora da esperança:

A esta hora, todos os franceses já perceberam que as formas habituais do poder desapareceram. Face à perplexidade do espírito de todos os franceses, face à liquefação do governo caído sob o jugo inimigo, face à possibilidade de fazer funcionar nossas instituições, eu, general De Gaulle, soldado e chefe francês, estou consciente de me exprimir em nome de toda a França.

E é em nome da França que declaro formalmente o que segue: todo francês ainda na posse de armas tem o estrito dever de prosseguir com a resistência. Depor armas, evacuar posições militares, concordar em submeter ao domínio inimigo a mais ínfima parcela de território francês serão considerados crimes de lesa-pátria.

A esta hora, falo sobretudo para o Norte da África francês, o Norte da África intacto.

O armistício italiano não passa de armadilha grosseira. Na África de Clauzel, de Bugeaud, de Lyautay ou de

Noguès, todo aquele que tiver honra tem o dever absoluto de recusar-se a cumprir os termos impostos pelo inimigo. Não se pode tolerar que o pânico de Bordeaux transponha o mar.

Soldados da França, onde quer que estejam, ergam-se!

Durante a noite, François Tavernier deixou a pequena cidade.

16

A assinatura do Armistício, na noite de 24 de junho de 1940, lançou Camille e Léa nos braços uma da outra. Ambas logo pensaram: a guerra terminou e Laurent vai regressar. Em seguida, porém, a dúvida, o receio, a vergonha substituíram pouco a pouco o impulso inicial. Na verdade, somente Camille se sentia envergonhada; Léa encarava o Armistício apenas como a volta à existência rotineira. Ávida por viver, recusava-se a analisar a situação. A guerra acabara, ponto final. Tudo recomeçaria como antes. Como antes?... Sabia estar mentindo a si própria, pois nada seria como anteriormente; tinham acontecido todas aquelas mortes inúteis e horríveis, havia o caso do homem morto por suas próprias mãos e cuja lembrança a fazia erguer-se na cama gritando. Nesses momentos, só se acalmava diante da doçura maternal de Camille, que, sem o saber, empregava as mesmas palavras de Isabelle Delmas:

— Não é nada, minha querida. Estou aqui. Não tenha medo. Acabou. Vamos, durma.

E Léa voltava a dormir, aninhada contra Camille, murmurando:

— Mamãe!...

Não, nada seria como antes. Em meio a todo o horror, ela se transformara em mulher. E por isso ela não se perdoava com facilidade. Desde o dia 19 de junho não conseguia ligar para Montillac. Finalmente, dia 30 ouviu a voz do pai no outro extremo do fio. Talvez devido à distância ou à comunicação deficiente, a voz de Pierre Delmas pareceu-lhe a de um velho hesitante, abafada, repetindo as mesmas palavras sem cessar:

— Tudo vai bem... tudo vai bem...

Houve um longo silêncio quando Léa pediu para falar com a mãe.

— Alô! Alô! Não desligue.

— Alô! Léa?

— Que alegria em ouvi-la, Ruth! Como vai? Passe o telefone para mamãe. Receio que cortem a ligação. Alô! Está me ouvindo?

— Sim, estou.

— Passe para mamãe.

— Sua mãe não está. Foi a Bordeaux.

— Oh, que pena! Gostaria tanto de ouvi-la! Me faz tanto bem! Dê-lhe um grande beijo. Não se esqueça de lhe dizer que penso muito nela e que a amo com muita ternura. Tentarei telefonar de novo durante esta semana. Alô! Alô! Oh... cortaram a ligação!

Ao desligar, Léa experimentou tamanha sensação de angústia que o suor lhe cobriu a fronte e as têmporas, provocando-lhe prurido na cicatriz da sobrancelha.

— Tenho de voltar para casa – murmurou, erguendo-se da cadeira do consultório do doutor Rouland.

O médico entrou no gabinete nesse instante.

– Conseguiu falar com seus pais?

– Consegui, sim, muito obrigada. Quando é que Camille poderá viajar, doutor?

– Não antes do parto. Seria perigoso demais.

– Quero voltar para casa. É muito importante.

– A saúde da sua amiga e do filho são ainda mais importantes, sem dúvida.

– Como sabe? Tenho certeza de que meus pais precisam de mim. Tenho de ir.

– Há alguém doente?

– Não sei. Mas sinto que devo ir. Sinto, está ouvindo?

– Sim, estou ouvindo. Acalme-se. Sabe muito bem que não pode partir.

– Mas o senhor está aqui! E também a senhora Trillaud. Além disso, Camille está melhor, já que a autoriza a levantar-se da cama.

– Isso não basta. Só a sua presença a impede de entregar-se ao pânico. Ela gosta tanto de você que lhe oculta as inquietações e os males físicos. Não é pelo fato de ter-lhe permitido dar alguns passos que seu estado deixa de ser crítico. Além do mais, devido à fadiga, arrisca-se a ter um parto prematuro. Seja paciente, peço-lhe, menina Delmas.

– Há semanas e semanas que sou paciente. Não posso mais. Quero ir ver minha mãe.

Deixou-se cair na cadeira, com a cabeça entre as mãos, chorando como uma criança.

– Quero partir. Deixe-me partir, doutor, peço-lhe.

O médico era tão hábil para cuidar de doentes como desajeitado diante de uma cena de lágrimas, sobretudo da parte de uma jovem bonita. Depois de várias tentativas infrutíferas, preparou-lhe um calmante e conseguiu que ela o bebesse.

E sentindo-se ele mesmo com os nervos esgotados, engoliu também uma boa porção.

— Vamos, não chore mais... não serve de nada chorar... vai ficar doente.

Quando Léa voltou para a casa da anfitriã, a boa mulher, diante de seu ar desfigurado e das mãos escaldantes, obrigou-a a deitar-se. Durante a noite, a febre chegou a 40 graus. A senhora Trillaud correu para chamar o médico, que se revelou impotente para diagnosticar o mal.

Léa delirou durante três dias, chamando pela mãe, por Laurent e por François. Depois, tão subitamente como viera, a febre desapareceu, deixando-a fraca e emagrecida. Nesse tempo, Camille nem por um só instante deixara a cabeceira da amiga, apesar das admoestações do médico e da senhora Trillaud.

Uma semana depois, Léa, totalmente restabelecida, foi nadar no Gartempe, num lugar chamado Ilettes. E naquela mesma noite Camille lhe disse:

— O doutor Rouland acha que já posso partir para Roches-Blanches.

— De verdade!? – gritou Léa.

— Sim, se viajarmos com cuidado. Um primo da senhora Trillaud incumbiu-se de mandar fazer a revisão do automóvel e de ver se arranjava gasolina. Partiremos quando você quiser.

— Que maravilha! Vou ver minha mãe de novo.

Camille pousou na amiga o olhar bondoso.

"É verdade que ela gosta de mim", pensou Léa. "Que pateta!"

— Vamos partir, senhora Trillaud! Camille já pode viajar! – exclamou, precipitando-se para a anfitriã, que entrava na cozinha com um enorme cesto de legumes no braço.

Surpresa, a boa mulher virou-se para Camille:

– Mas, minha filha...

Interrompeu-se, vendo a jovem fazer-lhe sinal para que se calasse.

– Partiremos amanhã, senhora Trillaud. O médico está de acordo – acrescentou Léa com precipitação perante a testa franzida da mulher que dela cuidara como mãe durante os três dias da doença.

– Mas por que motivo ele não me falou antes de partir? – disse ela, desconfiada.

– Talvez tenha se esquecido. Tem tanto que fazer! – interveio Camille.

– Não sabia que o doutor Rouland tinha viajado! – admirou-se Léa. – Aonde foi?

– À Bretanha, buscar a mãe que ficou só depois da morte do filho mais novo, em Dunquerque.

– Desconhecia que ele tivesse perdido um irmão na guerra – disse Camille.

– O doutor não gosta de falar no caso, mas teve um grande desgosto. O rapaz era para ele como um filho.

– Quando ele voltar, diga-lhe que eu e Léa sentimos muita pena pelo que aconteceu.

– Seria melhor aguardarem sua volta e dizerem pessoalmente.

– Não. Temos de regressar. Quero que meu filho nasça na casa dos seus antepassados.

– As estradas não são seguras.

– Não se preocupe, senhora Trillaud. Tudo correrá bem – asseverou Camille pegando-lhe nas mãos. – Prometa-me que irá passar alguns dias comigo em minha casa. Será sempre bem recebida.

– Sentirei muito sua falta, senhora d'Argilat. Tinha-lhes arranjado já uma boa casinha com jardim, à beira do

Gartempe. Está vendo? É aquela com postigos vermelhos e brancos, do outro lado do rio. Pertence a uma negociante de cereais que só está aqui alguns dias por mês. Aluga metade da casa. Esteve ocupada por banqueiros de Paris, mas já regressaram à capital.

– Tal como todos os outros refugiados, aliás. A cidade está agora deserta e parece sinistra. Não se vê ninguém nas ruas – comentou Léa. – Vou fazer as malas.

NO DIA SEGUINTE, apesar das lágrimas da senhora Trillaud, Camille e Léa puseram-se a caminho, levando consigo cestos cheios de provisões de todos os gêneros. Até mesmo Léa sentiu a garganta apertada ao deixar a mulher que com tanta generosidade lhe abrira a porta e o coração.

– Depois da guerra, voltarei aqui com Laurent e com nosso filho – afirmou Camille, confortavelmente deitada no banco traseiro do automóvel.

– Espero nunca mais ver esse vilarejo – comentou Léa, no momento em que atravessavam o rio sobre a ponte velha.

NO COMEÇO DA TARDE, chegaram sem incidentes a Nontron, pequena subprefeitura do Limousin. Tinham encontrado pouco trânsito pelas estradas, mas, aqui e ali, nas valetas, à beira dos caminhos, havia veículos abandonados ou parcialmente destruídos, fazendo lembrar os refugiados que tinham passado por lá.

Léa ajudou Camille a descer do automóvel e a instalar-se no terraço de um café.

– Peça uma limonada bem gelada para mim – solicitou Léa. – Vou ao hotel em frente perguntar se têm quartos.

– Mas para quê?

– Para que você repouse. Deve estar cansada.

– Não, não. Não vale a pena. Continuemos. Vamos parar um pouco mais longe.

– Tem certeza de que está bem?

O aparecimento da garçonete poupou Camille de responder à pergunta.

– Duas limonadas bem geladas, por favor. Quer comer alguma coisa? – perguntou Léa.

– Não, obrigada. Não estou com fome.

– Eu também não. Este calor me deixa indisposta.

Depois de refrescarem o rosto e os braços com água da bomba no quintal do café, puseram-se de novo a caminho.

EM PÉRIGUEUX foram paradas por policiais franceses, desconfiados de ver duas jovens sozinhas dentro de um carro tão grande e com tão pouca bagagem. Como se fosse suspeito todo veículo sem um colchão em cima da capota! Só depois de verificarem o estado de fraqueza de Camille consentiram em deixá-las prosseguir viagem, recomendando:

– É preferível dirigir-se ao hospital mais próximo se não quer ter a criança pelo caminho.

Camille agradeceu o aviso e entrou no automóvel cerrando os dentes.

RODARAM EM SILÊNCIO durante alguns minutos. Um solavanco arrancou um grito de Camille. Léa virou-se para trás.

– Não está bem? – perguntou.

Com um sorriso forçado, a doente sacudiu a cabeça num gesto negativo. Léa parou o carro junto do acostamento.

– Onde dói? – perguntou, indo para junto de Camille.

– Em todos os lugares – murmurou.

– Ah, não! Que fiz eu a Deus para encontrar-me em semelhante situação?

"Calma, calma!", dizia ao mesmo tempo a si mesma. "Arranjarei um médico na aldeia mais próxima."

Mas entre Périgueux e Bergerac não havia médicos nas aldeias. Na última das duas cidades estavam ausentes os três médicos que Léa procurou. Só restava o hospital. Ao chegarem, informaram-nas que a hora de admissão de doentes já passara; teriam de voltar no dia seguinte ou, então, munirem-se de uma ordem de internação urgente redigida pelo médico-assistente. Nem as súplicas nem as ameaças de Léa amansaram o responsável de serviço.

Quando a jovem regressou ao carro, Camille continuava a sentir-se mal. Por sorte, depressa encontraram quarto num hotel. Não era muito confortável, na verdade, mas dava para passar a noite. Léa mandou servir o jantar no quarto e obrigou Camille a engolir algumas colheradas de caldo.

Léa deitou-se na cama incômoda e de colchão de arame deformado, mas adormeceu instantaneamente. Camille, porém, não conseguiu pregar o olho durante toda a noite. Só pegou no sono de manhã, um sono tão agitado, no entanto, que despertou a companheira. Agastada, a moça levantou-se. Eram seis horas e o dia estava encoberto.

Depois de fazer uma higiene rápida, Léa saiu e deu uma volta pela cidade, aguardando que o café do hotel abrisse as portas para tomar o desjejum. Passando em frente do correio, lembrou-se de telefonar aos pais, e anunciar a chegada. Não pudera fazê-lo antes da partida, pois as linhas estavam cortadas mais uma vez. Apesar da hora matinal, várias pessoas esperavam para telefonar. Por fim, chegou sua vez. Depois de diversas tentativas infrutíferas por parte da telefonista, Léa ouviu:

– Não consigo linha. Venha mais tarde.

Eram quase onze horas quando, desanimada, deixou a estação do correio. Diante da vitrine de uma loja distinguiu o próprio reflexo, levando alguns instantes para se reconhecer. Que diriam a mãe e Ruth se a vissem assim de cabelo em desalinho e com o vestido todo amarrotado? Riu, ao imaginar as repreensões de ambas. Em breve as veria. E com que contentamento suportaria então as lições de boas maneiras de Ruth e as ternas admoestações da mãe! Dentro de pouco tempo, dentro de algumas horas, dentro de um dia, no máximo, poderia abraçá-las.

Camille vestira-se e a aguardava estendida na cama. Pintara as faces para ocultar a palidez. Como não estava acostumada a fazê-lo, porém, carregara muito na pintura e isso lhe dava o aspecto de uma boneca de rosto maldesenhado. No entanto, aquela cor de saúde contribuiu para iludir Léa:

– Vejo que você está com melhor aparência esta manhã. Sente-se bem para viajar?

– Sim, estou bem – assegurou Camille, mordendo os lábios ao levantar-se.

Apoiando-se ao corrimão e ao braço de Léa, desceu as escadas e à custa de um esforço que a cobria de suores, conseguiu atravessar o saguão do hotel e instalar-se no automóvel estacionado em frente da porta. Deitou-se no banco traseiro. Léa voltou ao quarto em busca da bagagem e aproveitou a oportunidade para mudar de vestido e escovar os cabelos.

CHEGAVAM AGORA a terra conhecida e os nomes das povoações soavam como música aos ouvidos de Léa: Sainte-Foy-la-Grand, Castillon-la-Bataille, Sauveterre-en-Guyenne, La

Réole. Nesse ponto, Léa hesitou entre conduzir Camille para a casa do sogro ou a Montillac. Virou-se para trás, a fim de perguntar-lhe a opinião. O assento estava vazio!

— Camille! Camille! — gritou Léa, ao mesmo tempo que parava o carro.

Saltou, abriu a porta de trás e recuou diante do espetáculo de uma mulher de olhos fora das órbitas, caída no piso do veículo, de dentes cravados na manta de viagem.

— Santo Deus, Camille!

Que mais teria ela agora?

— O bebê...

O bebê! O bebê o quê? Que queria dizer com isso?

— O bebê... — voltou Camille a dizer num sopro, erguendo a cabeça.

Ah, não! Naquela altura, não! Por acaso aquele bebê não poderia esperar mais um pouco? Sem saber o que fazer, Léa olhou em volta: apenas o campo, sob um céu ameaçador. Calma, calma! Quanto tempo seria necessário para dar à luz? Léa teve de confessar a si própria que não fazia a mínima ideia. Isabelle nunca conversara com as filhas a respeito de tais assuntos.

— Começou há muito tempo?

— Ontem. Mas parou de manhã. Há pouco, senti que algo se rasgava no meu ventre. Foi nessa altura que caí. Estava encharcada.

Uma contração a obrigou a arquear o corpo magro e deformado. Camille não conseguiu conter um grito que lhe desfigurou o rosto onde a pintura escorria com o suor.

Passada a dor, Léa procurou erguê-la para voltar a deitá-la no assento, mas não teve forças para tanto.

— Não consigo... desculpe — disse Camille.

— Cale-se, deixe-me pensar. A próxima localidade é Pellegure e pediremos então ajuda a alguém.

– Não, não. Quero ir para casa de Laurent ou para a de seus pais.

– E acha que aguentará 50 quilômetros? – inquiriu Léa esperançosa.

– Sim... vamos embora.

Léa recordaria esses 50 quilômetros durante toda a vida. Em Saint-Maixant viu os primeiros uniformes alemães. Foi tamanha a surpresa que quase atirou o veículo para a valeta. Fora colocada uma barragem no sopé da colina de Verdelais. Um soldado fez-lhe sinal para parar.

– *Es ist verboten zu weiter gehen** – comunicou ele.

No seu espanto, Léa esquecera o alemão que Ruth tão laboriosamente lhe ensinara.

– Não o entendo...

Apareceu um oficial que explicou num francês penoso:

– É proibido passar. Tem *ausweis*?

– *Ausweis*?

– Sim. Salvo-conduto.

– Não. Estamos voltando para casa. Fica no topo da encosta – esclareceu Léa, apontando na direção de Montillac.

– *Nein*. Não *ausweis*, não passar.

– Peço-lhe... olhe, veja... minha amiga está em trabalho de parto... o bebê – disse Léa, apontando para o banco traseiro do automóvel.

O oficial inclinou-se para ver.

– *Mein Gott! Wie heissen Sie?***

– Léa Delmas.

– *Gehören Sie zur Familie der Montillac?****

Fez sinal ao soldado para que afastasse a barreira e saltou para a motocicleta encostada a uma árvore.

---

*É proibido seguir adiante.
**Meu Deus! Como você se chama?
***Da família do proprietário de Montillac?

– Venha. Vou acompanhá-las.

Léa imaginara a chegada a casa de modo totalmente diferente daquele: todos estariam lá para recebê-la, festejar seu regresso, mimá-la. Nada disso acontecia, porém. O local parecia deserto, a propriedade, as adegas, a casa, os celeiros. Parecia que até os animais tinham se retirado. Tudo estava calmo, uma calma excessiva.

– Mamãe! Papai! Ruth! – gritou Léa, entrando em casa pela cozinha espaçosa. Correu, abriu a porta de comunicação com a escada dos quartos, chamando de novo:

– Mamãe! Papai! Sou eu.

Na sala de jantar, na sala de visitas e no escritório do pai os reposteiros encontravam-se fechados como nos dias de sol escaldante. Teve então de render-se à evidência: não havia ninguém em casa. Lá fora, o tempo estava cada vez mais sombrio. Na cozinha, o oficial alemão esperava, amparando Camille.

– *Wo soll ich Sie hinlegen?**

– Para o meu quarto – decidiu Léa.

Subiu na frente deles. O ar no interior do quarto indicava que estivera fechado desde muito. Foi à rouparia buscar lençóis e fez a cama, auxiliada pelo alemão. Camille gemia sobre o sofá onde a tinham colocado. Com precaução, estenderam-na sobre os lençóis lavados de onde se desprendia um perfume de alfazema.

– *Ist denn niemand da?***

– Vou chamar o médico.

Desceu de dois em dois os degraus da escada. Reinava enorme desordem no escritório do pai; teve dificuldade em

---

*Para onde devo levá-la?
**Não há ninguém em casa?

encontrar a agenda de endereços. Ninguém respondeu em casa do doutor Blanchard. Tentou, em vão, os números telefônicos dos médicos de Cadillac, de Saint-Macaire e de Langon, todos eles amigos da família. De repente, um grito atravessou as paredes da velha casa. Onde se teriam metido todos, santo Deus? Novo grito precipitou Léa para fora do escritório. À passagem, notou uma carta tarjada de luto, interrogando-se sobre quem teria morrido.

O oficial estava atarefado na cozinha. Acendera o fogo, pondo para aquecer diversas chaleiras com água.

– *Kommt der Arzt?**

Léa fez um aceno negativo com a cabeça e foi ter com Camille. Conseguiu despi-la, deixando-a apenas de combinação. Depois sentou-se junto dela, segurando-lhe as mãos e enxugando-lhe a fronte. Entre duas contrações, Camille agradecia-lhe, esforçando-se o mais que podia para não gritar.

O alemão entrou no quarto com uma bacia de água quente. Tirara o quepe, a jaqueta e arregaçara as mangas da camisa. Só então Léa notou quanto ele era jovem e belo. Caía-lhe sobre a testa uma longa mecha de cabelos loiros, acentuando-lhe a juventude.

– *Beruhigen Sie sich. Es wird schon gut gehen*** – assegurou ele, debruçando-se sobre Camille.

Recuou diante da expressão de terror que surgiu no rosto da jovem. Camille soergueu-se, apontando as insígnias nazis que enfeitavam a camisa do militar.

– Não tenha medo – acalmou-a Léa, obrigando-a a deitar-se de novo. – Ajudou-me a trazê-la até aqui.

---

*O médico está vindo?
**Não se preocupe, vai dar tudo certo.

— Mas é um alemão! Não quero que um alemão me toque... que toque no meu filho... Prefiro morrer.

— É o que acontecerá se não ficar quieta – observou Léa.

— Não sei o que aconteceu, mas não há ninguém em casa.

Uma contração mais forte impediu Camille de responder. Seguiu-se outra e outra ainda.

— *Holen Sie mal Wäsche** – ordenou o alemão.

Léa obedeceu.

— Sabe como fazer? – balbuciou ela, regressando com uma pilha de toalhas e dois grandes aventais.

— *Mein Vater ist Arzt, ich habe ein paar Bücher aus seiner Bibliothek gelesen.***

O alemão pôs um dos aventais e Léa lavou as mãos. "Deus queira que mamãe chegue depressa", suspirou ela intimamente. "Creio que vou passar mal."

— *Na, wie sagen Sie es aus Französisch:**** du cran!*

Depois, dirigindo-se a Camille:

— Minha senhora, coragem! O bebê está chegando!

QUANDO RUTH, toda vestida de preto, empurrou a porta do quarto, teve de apoiar-se ao batente para não cair: um alemão – reconheceu-o pelas botas e pelas calças do uniforme – segurava nos braços, envolta em uma toalha, uma criança minúscula que lançava para o ar gritos estridentes.

— *Das ist ein Junge****** – declarou ele com orgulho.

Léa atirou-se para os braços da governanta.

— Oh, Ruth, só agora você chega! E mamãe, onde está? Precisei tanto de vocês!

---

*Vá buscar mais panos.

**Meu pai é médico. Eu li alguns livros na biblioteca dele.

***Vamos, como vocês dizem em francês: coragem!

****É um menino.

– Bom dia, minha senhora – cumprimentou o oficial, inclinando-se, o rosto vermelho coberto de suor, mas sorrindo radiante. – Tudo vai bem. Bebê pequeno, mas bem forte.

Sem responder, Ruth debruçou-se sobre Camille. Em seguida, com ar preocupado, precipitou-se para fora do quarto.

Minutos depois, surgiu o doutor Blanchard, de terno preto, seguido de Bernadette Bouchardeau, de luto fechado.

– Doutor, doutor, venha depressa!

– O que está acontecendo? – perguntou o médico. Mas logo compreendeu.

– Cuide da criança, Bernadette – ordenou. – Ruth, vá buscar minha maleta. Está no automóvel.

– Acha que ela vai morrer, doutor?

– Não sei de nada. Tem o coração muito fraco. Que faz este alemão aqui?

– Foi ele que me auxiliou a trazer Camille para cá e ajudou também a criança a nascer.

Depois de Bernadette Bouchardeau lhe ter tirado dos braços o menino, o oficial fora postar-se no meio do quarto com ar constrangido, limpando as mãos no avental. Ruth voltou com a maleta e dirigiu-se a ele em sua própria língua:

– *Wir bedanken uns, mein Herr...**

– Leutnant Frederic Hanke.

– Léa, acompanhe o tenente à porta. *Auf Wiedersehen, mein Herr.***

Frederic Hanke tirou o avental, fez uma saudação rápida e seguiu a jovem, ainda vestindo a jaqueta. No corredor,

---

*Nós agradecemos, senhor...
**Até logo, meu senhor.

encontraram Françoise e Laure, as irmãs de Léa, também vestidas de preto. Abraçaram-se as três.

— Laure, minha Laurette, como estou contente em ver você. E mesmo você, Françoise, minha safada!

— Oh, Léa, é horrível!

— Mas... horrível o quê? Estamos de novo juntas, o bebê de Camille está bem, a guerra acabou, enfim... quase acabou — acrescentou Léa, deitando um olhar de viés ao alemão.

— Que faz ele aqui? — murmurou Laure a seu ouvido.

— Depois explico. Onde estão papai e mamãe?

— Mamãe?!...

Na cozinha, Raymond d'Argilat, Jules Fayard, o encarregado das adegas, Amélie Lefèvre e Auguste Martin, seu administrador, Albertine e Lise de Montpleynet, Luc e Pierre Delmas e diversos vizinhos bebiam em grandes copos o vinho doce e amarelado da propriedade. Todos eles portavam roupas de cor escura. As mulheres tinham erguido os véus de luto.

O impulso de correr para o pai quebrou-se em Léa ao avistar o grupo. Sentiu-se gelar de repente. Atrás dela, Françoise e Laure choravam, o alemão acabava de abotoar a jaqueta do uniforme. Quando terminou de afivelar o cinturão, de onde pendia o estojo com a arma, colocou o quepe, avançou, bateu os calcanhares em frente a Pierre Delmas e saiu, sem dizer uma palavra.

O motor da motocicleta no pátio pareceu, por momentos, produzir um estrondo enorme. Ninguém se moveu até o som se perder na distância.

Um raio de sol penetrara na cozinha e o negro dos trajes sobressaía da brancura das paredes. Em cima da mesa enorme coberta pelo oleado azul, um tanto gasto em certos pontos, as moscas embriagavam-se com o vinho escorrido das garrafas. O grande relógio de parede bateu cinco horas. Ruth e o médico apareceram sem que ninguém se movesse. Léa apurava o ouvido. Por que razão ela demorava tanto? Não sabia ainda que a filha a esperava?

– Mamãe! – ouviram ela chamar. – Mamãe! ... Mamãe... — a palavra pareceu gritar-lhe dentro do cérebro. Não, isso não! Que morressem todos, menos ela!

– Papai, onde está mamãe? Diga-me... não é verdade, não? Foi outra pessoa...

Léa olhava ao redor, procurando quem faltava ali. Mas faltavam muitos: tio Adrien, primos...

As irmãs começaram a soluçar com mais força. Todos baixaram a cabeça. Pelas faces do pai – como envelhecera! – deslizavam lágrimas. Ruth atraiu Léa contra o peito.

17

Durante mais de uma semana Léa permaneceu embrutecida, sem lágrimas, sem palavras, comendo o que lhe punham em frente, dormindo enroscada na sua antiga caminha do quarto das crianças, engolindo os medicamentos que o doutor Blanchard receitara e passando horas a fio no terraço olhando o horizonte. Nem o pai nem Ruth ou as irmãs conseguiam fazê-la sair do mutismo em que mergulhara. O coração da governanta apertava-se ao ver a elegante silhueta imóvel, voltada para o caminho dos Verdelais como se esperasse a chegada de alguém.

A descoberta, dentro de uma grande mala do quarto das crianças, de um velho colete em crepe cor-de-rosa pertencente à mãe veio provocar, por fim, o pranto libertador. Ouvindo-a chorar, Camille arrastou-se para fora do quarto, de camisola branca, e no mesmo tom de voz de Isabelle, encontrou as palavras certas para minorar-lhe um pouco o sofrimento.

Esgotada pelas lágrimas e pelos soluços, Léa adormeceu nos braços de Camille.

Quando despertou sozinha, muitas horas depois, Léa lavou o rosto, prendeu os cabelos e dirigiu-se ao quarto da mãe. O perfume de Isabelle ainda flutuava no aposento de janelas fechadas. Perto da cama, feita com esmero, um ramo de rosas perdia lentamente as pétalas. Léa ajoelhou-se apoiada ao leito da mãe, encostando a face à coberta de piquê branco. Deixou então que as lágrimas corressem com suavidade.

— Mamãe... mãezinha... — murmurou.

O pai entrou no quarto e foi ajoelhar-se perto da filha.

— Amanhã de manhã iremos os dois ao cemitério — disse Léa.

— Agora, conte-me o que aconteceu.

— Você quer... mesmo?

— Sim.

— Então vamos sair deste cômodo. Aqui, não tenho coragem.

Em seu escritório, Pierre Delmas engoliu dois cálices de vinho do Porto. Sentada no velho canapé de couro, cada vez mais deformado, Léa aguardou que ele começasse a falar.

— Aconteceu na noite de 19 para 20 de junho — começou Pierre Delmas. — Sua mãe foi a Bordeaux, à sede da Liga Feminina para a Ação Católica, da qual fazia parte, a fim de participar das tarefas de reabastecimento e alojamento de refugiados. Passaria a noite em casa de seu tio Luc. Houve um alerta pouco depois da meia-noite. A cidade toda foi bombardeada: junto às docas, no bairro de Bastide, nas alamedas de Luze e no bairro de Saint-Seurin. Jogaram algumas bombas entre a rua David-Johnston e a Camille-Godard, na dos Remparts, perto da estação, por volta do meio-dia, na alameda Alsace-Lorraine, na trincheira-abrigo da alameda Damours, onde morreram diversas pessoas. Uma das bombas caiu perto do edifício do comando militar da região, onde estavam instalados os gabinetes do marechal Pétain e do general Weygand.

Léa continha a impaciência com dificuldade. Que lhe importavam os lugares onde haviam caído as bombas? Apenas queria saber como morrera a mãe.

Pierre Delmas serviu-se novamente de uma bebida e prosseguiu:

— Com outras senhoras, sua mãe saiu do edifício da Ação Católica para refugiar-se no abrigo mais próximo. Deve ter demorado demais, sem dúvida. Uma bomba caiu na rua Ségalier, ferindo-a na cabeça e nas pernas. Uma das primeiras pessoas a aparecer no local foi um jornalista de Paris, que a transportou ao hospital e me avisou. Estava em estado de coma quando cheguei e só saiu desse estado na véspera de morrer, no dia 10 de julho.

— Disse alguma palavra para mim?

Pierre Delmas acabou de engolir a bebida antes de responder, com voz um tanto pastosa:

— A última palavra que disse foi seu nome.

Um clarão de pura alegria iluminou o espírito de Léa. Então, antes de morrer, a mãe pensara nela!

— Obrigada, meu Deus – murmurou, lançando-se nos braços do pai.

– Não devemos chorar, minha querida. Durante a noite, ela volta para conversar comigo.

Léa fitou-o com espanto.

– Sim, papai. Também penso que ela continua conosco.

Deixou o pai no escritório, sem reparar no sorriso de absoluta convicção de Pierre Delmas.

NO DIA SEGUINTE, de volta do cemitério, Léa e o pai encontraram Frederic Hanke com outro oficial que discutia com Ruth; discussão acalorada a avaliar pelo ar furioso da governanta.

– Bom dia, meus senhores – cumprimentou Pierre Delmas com secura. – Que se passa, Ruth?

– Estes senhores pretendem instalar-se aqui. Segundo parece, trazem uma ordem de requisição.

– Mas não é possível! – exclamou Léa.

Infelizmente, sim, parecia dizer Frederic Hanke, apontando para o papel que Ruth tinha na mão.

– Mas não dispomos de espaço! Estão aqui familiares nossos vindos de Paris e de Bordeaux.

– Lastimo muito, senhor Delmas, mas vemo-nos forçados a cumprir ordens. Sou o tenente Otto Kramer. Necessito de dois quartos decentes e local onde alojar três dos meus homens. Procuraremos incomodá-los o menos possível – prosseguiu o oficial num francês perfeito.

– Será difícil – murmurou Léa.

– Mas não podem aboletar-se aqui. Estamos de luto – opôs-se Ruth, com dificuldade em conter a cólera:

– Apresento-lhes minhas sinceras condolências. Podemos ver a casa?

Pierre Delmas cedeu o quarto ao tenente e foi instalar-se no que pertencera à mulher.

– Fique com o meu – disse Léa a Hanke. – Já o conhece.

– Não quero expulsá-la dos seus domínios, *fräulein*.

– *Es ist schon gemacht** – respondeu, esvaziando as gavetas da cômoda.

– Nada pude fazer para impedi-lo – assegurou o alemão. – Recebemos ordens de Bordeaux.

COMEÇOU, ENTÃO, uma convivência difícil. Os alemães desciam à cozinha logo pela manhã, onde o ordenança do tenente Kramer preparava os desjejuns. Françoise, enfermeira no hospital de Langon, tinha de levantar-se cedo e muitas vezes ia encontrá-los em frente ao fogão onde a água aquecia. Pouco a pouco, foram trocando algumas palavras e, certa vez, aceitou mesmo compartilhar da refeição dos ocupantes, mais copiosa, é bem verdade, do que a sua. Os alemães não apareciam em casa durante o resto do dia, ficando em Langon ou em Bordeaux. À noite, procuravam chegar tarde à casa. Albertine e Lisa de Montpleynet apreciavam muito esse gesto de delicadeza. Era Camille quem tinha maior dificuldade em suportar a presença dos alemães. Ela se restabelecia do parto lentamente. Ter os alemães sob o mesmo teto punha-a numa irritação que a esgotava. O doutor Blanchard, seu médico, proibira que partisse para Roches-Blanches, argumentando que ficaria muito fora de mão para ele fazer a visita cotidiana. Também a criança, um lindo menino a quem a mãe dera o nome de Charles, embora gozasse de saúde e se desenvolvesse de maneira normal, necessitava de cuidados constantes devido ao pouco peso com que nascera. Camille tivera de resignar-se a permanecer ali.

---

*Já está feito.

Raymond d'Argilat, o sogro, passava todos os sábados e domingos junto da nora e do neto, cuja presença o ajudava a suportar o afastamento do filho e a falta de notícias.

GRAÇAS AO TENENTE Kramer, todos os membros da família tinham obtido salvos-condutos com facilidade, documentos que lhes permitiam deslocar-se até a zona livre. A morte de Isabelle desorganizara a vida do lar. Bem depressa Ruth se apercebeu de que a despensa se esvaziara rapidamente. Não havia azeite, sabão, chocolate e café; escasseavam o açúcar, compotas e conservas. Assim, de bicicleta, ela, Léa e Françoise deslocaram-se até Langon para fazer compras. A cidade, esmagada pelo calor, tinha as ruas quase desertas e cafés praticamente vazios ou ocupados por militares alemães, que bebiam canecas de cerveja com ares de tédio profundo. Todas as lojas pareciam ter sido pilhadas: não existia nenhuma diversidade de gênero nas mercearias, nas sapatarias ou nas lojas de roupas. Também estavam às moscas as vitrines das padarias e dos açougues. Nas lojas de bebidas restavam apenas algumas garrafas poeirentas, pois os alemães tinham passado por lá e adquirido para si ou para enviar às famílias, na Alemanha.

— Até o negociante de quinquilharias fez fortuna – explicou a merceeira, a senhora Vollard, dona da loja onde a família Delmas se abastecia há muitos anos. – O livreiro, que sempre lastimou a falta de interesse dos habitantes da cidade pela leitura, já não dispõe de um só livro ou de um único lápis. Durante dois dias, o comércio funcionou normalmente, mas agora há restrições para todo mundo.

— Que vamos fazer, então? Não temos nada em casa – queixou-se Léa.

— Isso não teria acontecido no tempo de sua pobre mãe. Olhe, ainda na véspera do bombardeio falei com ela!

Apesar das senhas de racionamento, consegui encher suas sacolas. Mas hoje...

– Então não tem nada para nos vender?

– Pouquíssima coisa. De que precisam?

– De café, sabão, azeite, açúcar...

– Café não tenho. Há chicória em pó; com leite fica bastante bom. Recebi manteiga esta manhã. E posso vender-lhes 2 litros de azeite e 3 quilos de açúcar. Ainda me resta um pouco de chocolate, de massa e de sardinhas.

– Dê-nos tudo quanto puder. E sabão...

– Tudo vai-se arranjar. Tem as senhas?

DE REGRESSO a Montillac, Françoise e Léa, de comum acordo, reuniram a família na sala de visitas.

– Temos de tomar algumas providências se não quisermos morrer de fome – começou Léa. – É necessário preparar o pequeno prado, junto do lavadouro, para fazer uma horta. Comprar frangos, coelhos, leitões...

– Isso não – interrompeu Laure. – Cheiram muito mal.

– Mas ficará contente quando comer presunto ou carne salgada, não é mesmo?

– E uma vaca para termos leite – acrescentou Lisa de Montpleynet.

– Sim, sim! – exclamou Laure. – Fará companhia à Caoubet e à Laouret.

– Tudo isso está muito certo, mas o que faremos com respeito a carnes e a mercearias? – interveio Françoise.

– Falaremos com o açougueiro de Saint-Macaire; o filho é afilhado de sua mãe. Quanto aos gêneros de mercearia, Françoise, que se desloca ao hospital de Langon três vezes por semana, pode passar pela loja da senhora Vollard. Mas vamos ter muita dificuldade enquanto esperamos que a horta de Léa produza alguns legumes.

— Daqui até lá o marechal Pétain já solucionou as coisas — garantiu tia Bernadette.

Bernadette Bouchardeau não regressara a Bordeaux. Aceitara, agradecida, a hospitalidade de Pierre Delmas. Lucien, o filho, fugira de casa para juntar-se ao general De Gaulle, conforme explicara na carta deixada à mãe. Bernadette estava sem notícias dele desde então, e tinha um ódio implacável ao "desertor de Londres", como o chamava. Encheu-a de contentamento a notícia, em 2 de agosto, da sua condenação à morte por contumácia.

UMA CARTA VINDA da Alemanha em fins do mês de agosto informou Raymond d'Argilat que o filho, após ter sido ferido, tinha sido feito prisioneiro em Westphalenhof, na Pomerânia. Vivo! Estava vivo! Idêntica alegria se acendeu no olhar de Camille e de Léa.

— Nunca mais verei meu filho — asseverou Raymond d'Argilat.

— Ora, vamos, meu amigo, não estrague nossa alegria. Isso é tolice. Laurent estará de volta dentro em breve — disse Pierre Delmas.

— Para mim será tarde.

Tal convicção perturbou Pierre Delmas, que observou o amigo atentamente. Na verdade, envelhecera e emagrecera muito havia algum tempo.

EM 2 DE SETEMBRO, um ciclista apresentou-se em Roches-Blanches, pedindo para falar com a senhora d'Argilat.

— Que quer dela? — perguntou o velho encarregado das adegas.

— Trago notícias do marido.

— Do senhor Laurent?! Como está ele? Conheço-o desde pequeno, você sabe — explicou o velhinho, emocionado.

– Espero que esteja bem – respondeu o desconhecido. – Fomos feitos prisioneiros ao mesmo tempo. Confiou-me certos papéis para entregar à esposa. Mas nunca
mais o vi.

– A senhora d'Argilat não está aqui, está em Montillac,
perto de Langon. O pai do senhor Laurent d'Argilat também lá se encontra.

– Fica muito longe?

– A uns 40 quilômetros.

– Ora! Mais quilômetro menos quilômetro... tanto faz.

– Tenha cuidado! A propriedade fica na zona ocupada.
Meu filho irá acompanhá-lo, pois conhece bem os caminhos.

SEM INCIDENTES, os dois jovens chegaram a Montillac ao
fim da tarde. O viajante foi levado imediatamente à presença de Camille.

– Bom dia, minha senhora. Sou o alferes Valéry – apresentou-se ele. – Fui prisioneiro na mesma época que o tenente d'Argilat. Como foi ferido nas pernas, não pôde fugir.
Deu-me estes papéis para entregar à senhora. Perdoe-me
por ter levado tanto tempo para completar a missão. Teve
notícias dele?

– Não... enfim... sim. Sei que foi ferido e está prisioneiro na Pomerânia.

– Graças a Deus não morreu!

– Gosta muito dele?

– É um homem bom e corajoso. Todos os subordina-
dos o amavam.

– Mas o senhor fugiu?

– Fugi.

– Que pensa fazer?

– Chegar à Espanha e, daí, passar para o Norte da África.

– E como?

– Existe uma rede em Bordeaux, dirigida por um dominicano.

– Um dominicano?! – interveio Léa, que assistia ao encontro entre os dois. – Sabe o nome dele?

– Não sei. Mas o local das reuniões é um botequim das docas – replicou o alferes.

– Léa... pensando em...?

– Claro que não! O alferes Valéry não pode ficar em Montillac. É perigoso demais.

– Temos dois oficiais alemães em casa – esclareceu Camille.

– Como pensa em chegar a Bordeaux? – prosseguiu Léa.

– De trem.

– As estações estão submetidas a vigilância cerrada. E esta noite já não há trens. O senhor dormirá no meu quarto.

– Não, no meu – afirmou Camille. – Ninguém irá incomodar-me devido à criança.

– Tem razão – concordou Léa. – Amanhã de manhã o acompanho à estação. Até lá, é preferível não falar do caso a ninguém; não vale a pena preocupá-los.

– Deve estar com fome, senhor Valéry – disse Camille.

– De fato, comeria qualquer coisinha.

Léa foi à cozinha e apareceu com uma bandeja com frios, queijo, pão e uma garrafa de vinho. O jovem atirouse à comida com uma voracidade que fez sorrir as duas mulheres.

– Desculpem – disse ele de boca cheia –, mas há dois dias não como.

— Agora, descanse. Vamos deixá-lo. Muito obrigada por ter me trazido as cartas de meu marido — agradeceu Camille, saindo do quarto com Léa. — E se fôssemos até o terraço? — sugeriu à amiga.

— Sente-se com forças para ir até lá?

— O doutor Blanchard recomendou-me que fizesse um pouco de exercício. Estou melhor desde que recebi notícias de Laurent. E com as cartas trazidas pelo alferes, algo me diz que o verei dentro em breve.

Já no terraço, Camille foi ocupar o banco de ferro sob o caramanchão onde morriam os últimos cachos de glicínia. Abriu o grosso envelope e começou a ler:

Minha adorada mulher:

Se Deus quiser, o alferes Valéry irá lhe entregar estas páginas, escritas durante os raros momentos de calma. Talvez sua leitura lhe pareça cansativa, mas, no estado de fadiga e de depressão em que me acho, me é difícil alhear-me deste cotidiano absurdo. Quero que saiba, no entanto, que penso constantemente em você e em nosso filho. São vocês que me dão forças para continuar esperando.

Desculpe, minha bem-amada, esta prosa demasiado breve, demasiado seca, mas vi tantos dos meus amigos e camaradas morrerem junto de mim! É preciso que se saiba que todos eles lutaram com honra. Não se esqueça disso, pois talvez haja muita gente disposta a dizer que os soldados franceses fugiram diante do inimigo. Infelizmente, isso é verdade em relação a alguns deles. Eu os vi; vi aqueles que pilharam Reims e abandonaram as armas nas valetas a fim de correrem mais depressa. Vi-os e não os esquecerei jamais. Mas também vi heróis desconhecidos que preferiram deixar-se matar a recuar. É desses que devemos lembrar-nos.

Cuide-se. Que Deus a abençoe, assim como a Léa.

Perto de Veules-les-Roses, 15 de junho de 1940.

P.S.: Anexas a esta, algumas páginas do meu diário.

"Pobre Laurent!", pensou Camille. Tirou o cordão que prendia o maço de folhas cobertas por uma caligrafia miúda, feita a lápis. Instalou-se melhor para proceder à demorada leitura. Depois, como seu hábito, leu em voz alta diversas páginas para Léa.

Terça-feira, 28 de maio de 1940

Encontro Houdoy no botequim da povoação. Está estafado; fez 245 quilômetros a cavalo em quatro dias. Há muitos cavalos feridos. Passo o resto do dia a vasculhar as propriedades dos arredores em busca de abastecimentos.

Quarta-feira, 29 de maio de 1940

Cavalgo juntamente com Houdoy e com Wiazemsky. Tagarelamos durante a noite inteira. Atravessamos Congis, Puisieux, Sennesvières, Nanteuil e Baron. Acampamos numa propriedade até as seis da manhã. Depois de algumas horas de repouso, procedemos à revisão do material e do armamento, visto que nos aproximávamos da frente de combate. O coronel vem visitar-nos. Partida às onze e meia da noite.

Quinta-feira, 30 de maio de 1940

Atravessamos Senlis cerca de uma da madrugada. Chegada às sete e meia, após 45 quilômetros de caminhada. O esquadrão acampa num prado. É difícil encontrar água.

Sexta-feira, 31 de maio de 1940

Toque de reunir à uma da madrugada, partida à uma e meia. Pequeno percurso de 25 quilômetros até Bois-du-Parc, onde acampamos. Durante o dia, com o caminhão, vou a Beauvais para reabastecimento. Tudo está calmo na cidade; as lojas mantêm-se abertas. Compro um jornal local. Regresso às quatro horas, tendo a meu cargo os preparativos do próximo acampamento, em Equennes. Às dez horas fica pronto o acantonamento, quando uma mensagem do coronel me informa de que não podemos utilizá-lo. Voltamos a partir sem destino.

Segunda-feira, 3 de junho de 1940

Enquanto faço o desjejum com Wiazemsky, vemos um avião despencar nas matas situadas por detrás do 3º Esquadrão. Corrida generalizada. Por sorte, o piloto está vivo. É inglês, um rapaz de 1,90m de altura. O coronel dá ordens para reconduzi-lo à base, que fica a 8 quilômetros de Rouen. No regresso, paro em Gournay-en-Bray para comprar sanduíches e chocolate. As lojas estão abarrotadas de coisas e tudo respira tranquilidade. Jantar no PC. Fala-se que seremos mandados para Forges-les-Eaux. Passeio nos bosques na companhia de Yvan Wiazemsky, com quem troco ideias cada vez com mais agrado. Não conheço no regimento personalidade mais atraente, nem quem tanto me chame atenção como ele. É um belo rapaz, bem-constituído, de aspecto sedutor apesar das enormes orelhas, com passos lentos e olhar distante, dotado de grande inteligência e de uma boa alma. Adotou-me, de certo modo, guiou-me no regimento, começou logo a tratar-me com intimidade e me impôs uma camaradagem preciosa. Assim como Houdoy, é ele meu melhor amigo.

Terça-feira, 4 de junho de 1940

Dia calmo e sem história. Temos dificuldade em encontrar feno.

Quarta-feira, 5 de junho de 1940

Escrevo com a luz da vela, colada ao fundo de um caixote. Após a entrega dos abastecimentos, bem cedo, como sempre, fui cortar o cabelo e fazer a barba no barbeiro da aldeia. Tinha ainda o queixo cheio de sabão quando Wiazemsky chegou, brandindo a mensagem da Brigada: "O inimigo atacou esta manhã no Somme, empregando meios bastante poderosos, e conseguiu romper as linhas em diversos pontos do setor da Divisão." Sabemos o que isso significa. Faz um calor terrível. Sobre nós, passam muitos aviões. Ouvem-se disparos de obuses muito perto. Obtenho autorização do comandante para retomar minhas funções de oficial de ligação e de seguir o PC com a cozinha e meu motorista. Partimos por volta das duas horas e ultrapassamos o Regimento por entre nuvens de poeira. Por diversas vezes, asseguro o contato com a vanguarda. Às quatro da tarde, paramos em Hornoy, ainda habitada, e tomo de assalto os botequins para dar de beber a todo o PC. Voltamos a partir, e em Belloy nos deparamos com um incrível engarrafamento; os moradores fogem. Os esquadrões ficam bloqueados. Procura-me um oficial, comunicando que o general Maillard quer falar urgentemente com o coronel. Vamos os quatro – o coronel, Creskens, Wiazemsky e eu. Com o mapa aberto sobre a asa de um Panhard, o general explica-nos que os alemães se encontram muito perto e que tencionam atacar o 4º de Hussardos em Walrus, com os carros de assalto. O Somme foi transposto hoje de manhã. Trata-se de conter o inimigo que desce sobre Beauvais. O coronel dá ordens para instalação dos esquadrões e interrompe-se para me dar ordens de ir buscar a munição deixada em Aguières. Parto imediatamente. São por volta de seis da tarde. Quando regresso, os carros alemães estão já muito próximos, circulando entre as linhas, nas imediações da aldeia. Comunicam-me que o caminhão de Chevalier saltou sobre uma mina, à saída de Hornoy. É quase noite e dispara-se por toda parte. Encontro Chevalier errando pela escuridão, gravemente ferido nas costas. É corajoso e não se queixa. Junto dele, aguardo a chegada do médico. Informam-me da gravidade do ferimento. Aperto a mão de Chevalier, que é levado para a retaguarda.

Volto a encontrar o PC em Bromesnil, onde Houdoy se acha com seus homens e cavalos. Comunica-me que fomos colocados à disposição do general Contenson. São onze da noite horas e durmo um pouco.

Quinta-feira, 6 de junho de 1940

Às duas da madrugada, o PC desloca-se para Fresneville, enquanto os esquadrões tomam posição em linha. De madrugada, faço a ligação com Navarre no castelo de Avesnes. Somos surpreendidos por um grupo de bombardeiros voando baixo. Fugimos à velocidade máxima do veículo para nos abrigarmos atrás de um muro. Os aparelhos metralham-nos à passagem. As balas rasgam o toldo. Depois, os aparelhos acabam por afastar-se. Tornamos a partir na direção de Arguel.

São oito horas. Tudo está calmo no PC, apesar da pressão dos carros de assalto alemães. O regimento mudou de local durante a noite. Pouco depois, volto a partir para Hornoy. Encontro um tenente de Engenharia meio desesperado que informa ser inútil prosseguir na colocação de minas. A aldeia está cercada. A fuzilaria aproxima-se. Pergunto-lhe se pensa abandonar o local e ele responde: "Claro que não." Ofereço-lhe ajuda. Apanho três atiradores senegaleses que fugiam. Uma hora mais tarde, horrorizado, verei caírem os três, ceifados por uma rajada de metralhadora. A náusea faz-me dobrar em dois. Sem o meu zelo, os infelizes seriam desertores, mas talvez estivessem vivos. As balas assobiam por todos os lados. Apanho uma arma tombada junto de um corpo sem vida e disparo – ouço um grito vindo do mato e vejo erguer-se um homem sem capacete. Menos de 10 metros nos separam. Impressiona-me sua juventude e os cabelos tão loiros. Da garganta aberta, jorra uma torrente de sangue. Os olhos estão esbugalhados e ele cai, fitando-me. Um aviso salva-me a vida: "Meu tenente! Cuidado, meu tenente! Não fique aí." Mais por instinto do que por reflexo, lanço-me ao chão a tempo. Sinto as pedras baterem-me nas costas. Na estrada, há duas motocicletas caídas. Juntos delas, jazem os condutores, desfeitos pela rajada. Um dos veículos ficou intacto. Fico com ele na esperança de chegar ao PC. Às quatro da tarde, apresento meu relatório. Não me deixam respirar, ordenando-me que vá reabastecer meu caminhão em Sénarpont. Distribuo dois dias de ração aos esquadrões. São nove horas da noite. Estou esgotado.

– Leia – disse Camille, estendendo as folhas do diário a Léa.
– Vou cuidar de Charles, que está chorando.

Léa as pegou e prosseguiu a leitura:

Sexta-feira, 7 de junho de 1940

Estou no PC de Rohan-Chabot quando o ataque alemão se desencadeia ao longo de toda a frente. O bombardeio redobra de intensidade, a investida inimiga torna-se mais feroz. Rumo de novo ao 2º, onde Colomb acaba de ser morto. Depois Kéraujat e Rohan-Chabot são feridos.

Às oito e meia da noite, o coronel, perdida a ligação com Sèze, envia-me para confirmar a ordem de retirada. Volta rápida no meio dos bombardeios.

De madrugada, encontramo-nos em Campneuville (25 quilômetros). O percurso foi duro: território devastado, muitas casas destruídas. Às cinco horas, o coronel nos reúne. Achamo-nos definitivamente isolados. Tentaremos abrir caminho em direção ao Sena, protegendo a retirada da Divisão Alpina, com a 5ª DIC. O regimento reagrupara-se com dificuldade. O coronel informa-me que não há reabastecimento há 48 horas. Proponho que se abatam alguns animais, se requisite a padaria e se faça uma provisão de cidra. Eu e Wiazemsky arranjamos 500 quilos de pão e 1.600 litros de cidra. Quanto ao resto, os esquadrões terão de se virar sozinhos.

Domingo, 9 de junho de 1940; segunda-feira, 10 de junho; terça-feira, 11 de junho

O regimento organiza um foco de resistência na linha Auvilliers-Mortimer. São assinaladas infiltrações alemãs em todas as direções. Às cinco horas, recebemos ordem de retirada. Operação bem difícil; Saint-Germain, que representa a única porta de saída utilizável, já está ocupada quando chega o 3º Esquadrão. Seguem-se combates de rua, em um dos quais Dauchez é morto. Os alemães recuam e passamos com o 2º e o 4º Esquadrões.

Tenho tempo para mandar abater três animais, que são distribuídos. Voltamos a partir para o castelo de (?), onde se acha instalado o PC. Nova organização defensiva. Ficamos sabendo que o cerco se tornou definitivo.

Conduzo o 4º GM, o único intacto, para reforço do 3º Esquadrão, e instalo meu PC no abrigo de Stern. Tenho ainda tempo para inteirar-me de que Sèze foi apanhado em Bellencombre com três pelotões e... é o inferno. Cazenove, que tentara organizar um ponto de apoio à minha esquerda, é morto. Depois, é a vez de Chambon, tombado junto de Audoux, com um estilhaço de obus enterrado na garganta. Em seguida, Stern é ferido com gravidade. Os tanques alemães esmagam o 4º GM. Echenbrenner morre também. Luirot, Branchu, Novat e Sartin são feridos.

Reúno os sobreviventes junto do PC, na pedreira existente na base da falésia. Os carros alemães aproximam-se até 200 metros de distância e metralham-nos durante três horas com canhões de 37 milímetros e projéteis incendiários. Nossos transportes de munições, concentrados à entrada de Veules-les-Roses, vão pelos ares uns após os outros. O céu parece de fogo. Os cavalos estão magnificamente calmos.

Noite de espera febril. Acalmo a impaciência redigindo estas notas ao abrigo da falésia, iluminado pela luz de uma vela, resguardada por um capote estendido entre duas espingardas sustentadas por seixos. Há instantes em que tudo está tranquilo. Ouve-se distintamente o barulho da maré subindo. Do lado de lá da água fica a liberdade e talvez a vida. Penso em minha querida Camille, em nosso filho que corre o risco de não conhecer o pai, na valente Léa, no meu pai, nesta terra de França invadida pelo inimigo, em todos os amigos mortos para que ela permaneça livre e cujo sacrifício de nada terá servido, no soldado alemão que matei, eu que tanto odeio a violência. Uma estranha paz apodera-se então de mim. A noite é bela e calma. O cheiro de maresia mistura-se ao odor quente dos cavalos.

Camille, com o filho no colo, aproximou-se da janela aberta sobre o parque, esforçando-se por fazer Charles rir, para melhor disfarçar as lágrimas.

Léa, entusiasmada pela narrativa, prosseguiu com a leitura:

Quarta-feira, 12 de junho, ao amanhecer

Somos informados de que apenas três barcos de transporte ingleses puderam partir (um deles encalhou na praia e afundaram o outro quando saía do porto).

Wiazemsky foi feito prisioneiro durante a noite e Mesnil desapareceu. Restam apenas alguns elementos do 4º Esquadrão sob as ordens de Dumas, de Pontbriand e minhas, e uns cinquenta homens dos 226 que constituíam os efetivos à partida. O comandante designou-me para o setor nordeste da falésia de Veules, de costas para o mar. Disponho os homens e subo o morro. A 3 ou 4 quilômetros a leste, a sul e a oeste, movimentam-se colunas de tanques alemães.

Perto do meio-dia, somos alvejados sem interrupção com disparos de 37 e de projéteis cortantes. Ravier e alguns soldados ficam feridos.

O comandante Augère comunica-me que será inútil insistir e dirigimo-nos à aldeia para organizar a resistência nas propriedades. Até as quatro horas, abro fogo com os meus homens. Ferido nas pernas, caio de joelhos. Depois, esgotadas as munições, escondemo-nos num celeiro, esperando a chegada da noite. Mas por volta das cinco horas da tarde soldados alemães irrompem pelo abrigo, metralhadoras em punho. Jogo meu revólver sem balas e saio, amparado por dois dos meus homens. Levam-nos para um caminho no fundo de um barranco, onde encontramos os sobreviventes do regimento.

Somos levados para o hospital de campanha, onde ainda hoje me encontro.

O alferes Valéry comunica-me sua intenção de se evadir. Imobilizado pelos ferimentos nas pernas, confio-lhe estas notas e uma carta para minha mulher. Que Deus o proteja!

As últimas linhas dançaram em frente dos olhos de Léa. Sentia no próprio corpo os sofrimentos de Laurent. Por detrás daquele breve relato, adivinhava as privações experimentadas. Onde estaria Laurent nesse instante? Seriam graves os ferimentos? Nada dizia a esse respeito.

Camille voltava com o pequeno Charles nos braços. Via-se que chorara.

– Não chore desse modo. Vai ficar doente – disse Léa, restituindo-lhe as folhas. – Ruth vem aí. Suba com ela.

Camille escondeu as folhas no bolso do vestido.

– Você voltou a chorar, Camille! – censurou Ruth. – Não é nada razoável. Pense no seu filho. Vamos, venha.

A jovem deixou-se levar sem nada dizer.

Léa ficou sozinha com a criança. Os campos diante do terraço em nada traíam a infelicidade que sobre eles se abatera. Com uma ternura ansiosa, Léa contemplava-os tal como o rosto amado de uma mãe, atingida por doença talvez incurável. Tudo parecia igual ao que sempre fora. As vinhas estremeciam à brisa da tarde. Um cão ladrava ao longe e crianças gritavam na estrada.

18

Antes de Françoise e dos alemães se levantarem, na manhã seguinte, Léa acompanhou o alferes Valéry à estação de Langon, onde tiveram de esperar até as sete horas pela chegada do primeiro trem para Bordeaux. O militar registrou a bicicleta, passou pela alfândega e pela fiscalização sem dificuldade – seus documentos falsos valiam como verdadeiros.

No entanto, não fora sem inquietação que Léa assistira ao minucioso exame dos documentos dos passageiros por parte de soldados alemães e de policiais franceses. Obedecendo a um impulso, Léa confiou a bicicleta à guarda do chefe da estação, que a conhecia desde a infância, e comprou bilhete de ida e volta para Bordeaux.

— Não tem bagagem? – inquiriu um dos policiais.

— Não. Vou a Bordeaux apenas por um dia, visitar uma tia doente.

Subiu no trem no instante em que o chefe da estação apitou.

A viagem parecia não ter mais fim. O trem parava durante muito tempo em todas as estações. Eram quase dez horas quando a composição entrou em Saint-Jean. Ao descer, Léa tentou localizar o alferes Valéry. Na plataforma, porém, a multidão era tão compacta que ela se achou no saguão sem ter conseguido descobri-lo.

— Léa!

A moça sobressaltou-se. Perto dela, muito elegante, estava Raphaël Mahl.

— Que alegria em vê-lo, Raphaël!

— E eu... nem se fala! De todas as minhas belas amigas ausentes de Paris nestes tempos absurdos, foi você quem me fez mais falta.

— Exagerado, como sempre!

— Deixe-me admirá-la. Parece-me ainda mais linda do que antes da nossa lamentável derrota.

Voltaram-se para eles algumas cabeças.

— Tenha cuidado! Estão nos olhando.

— E então? Não é verdade? Não levamos uma surra monumental? – retorquiu Raphaël.

— Cale-se – implorou a jovem.

– Mas... parece que isso a faz sofrer, menina. Vamos...
vamos... estava brincando. Vamos sair daqui. Aonde vai?

– Não sei.

– Magnífico! Assim sendo, convido-a para almoçar.
Um almoço como os de antigamente. Depois me dirá.

– Como queira.

– Não diga isso com ar tão triste. Assim vestida de preto, parece ter perdido pai e mãe.

– Minha mãe morreu.

– Oh, lamento muito, Léa! Não direi mais bobagens.

Um automóvel com motorista aguardava em frente à
estação. Mahl abriu a porta de trás e deu passagem a Léa.

– Para o jornal – ordenou, subindo, por sua vez.

Rodaram em silêncio durante momentos.

– Conte-me como isso aconteceu – pediu ele, por fim.

– Minha mãe foi morta durante o bombardeio de 19
de junho.

– Eu estava em Bordeaux nessa data. Acompanhei o
governo desde Tours. Após esse bombardeio imbecil que
custou a vida de umas sessenta pessoas, quis deixar a França
no dia seguinte. Tinha passagem a bordo do *Massilia*. Depois encontrei uma amiga, Sarah Mulsteïn, que você conhece, aliás, que procurava tirar o pai da França. Dispunham
dos vistos necessários, mas não tinham passagens. Cedi-
lhes a minha.

– Muita generosidade de sua parte.

– Não se trata de generosidade. Simplesmente, não podia permitir que os alemães pusessem a mão num maestro
tão excepcional como Israël Lazare.

– Que aconteceu a Sarah Mulsteïn?

– Não sei. Em 20 de junho, Bordeaux foi declarada cidade aberta; em 21 de junho era assinado o Armistício; em

25, Pétain decretou um dia de luto nacional; em 27, os alemães entravam jubilosamente em Bordeaux e, em 30, o governo deixava a cidade. Não imagina a desordem. Quanto a mim, regressei a Paris no dia 29. Na Rádio Mundial, ocupada pelos alemães, deram-me a entender que minha presença era indesejável. Por sorte, graças a certos amigos, arranjei emprego como jornalista no *Paris-Soir*. É por isso que aqui estou de novo, fazendo uma reportagem.

O veículo parou diante do edifício do *La Petite Gironde*, onde Raphaël Mahl tinha seu escritório. Instalou a jovem num gabinete sombrio, atulhado de pilhas de jornais.

— Sente-se. Não demoro. Tem muito que ler; cuide da sua cultura – disse ele, referindo-se aos jornais.

Regressou cerca de meia hora depois e levou-a a almoçar no Chapon Fin.

— Bom dia, senhor Mahl. Sua mesa está pronta – disse o maître com uma saudação.

— Obrigado, Jean. O que temos de bom hoje?

— Nada especial, senhor Mahl – respondeu, empurrando a cadeira para Léa. – Posso arranjar-lhe *foie gras* com um *château-d'Yquem*, carneiro com legumes, galinha recheada ou pequenos linguados.

— Muito bem. E para sobremesa?

— *Charlotte* de morangos com cobertura de framboesa ou então *profiterolles* de chocolate.

— Devo estar sonhando – comentou Léa. – Pensei que os pratos nos restaurantes estivessem racionados.

— Não em todos, senhorita. Não em todos.

— Traga-nos, então, *foie gras* e vinho branco da casa. Que diz do carneiro, cara amiga? É uma delícia – disse ele para Léa. E depois, dirigindo-se de novo ao maître: – Traga-nos em seguida um *haut-brion*. Escolha uma boa safra.

– Vou lhe mandar o *sommelier*.

– Não é necessário. Diga-lhe que pode servir-nos já o branco de Bordeaux.

– Muito bem, senhor Mahl.

– Vem aqui com frequência? – perguntou Léa, olhando em volta.

– Às vezes, pois é muito caro. Mas todos os bons restaurantes estão acima do preço. Quando o governo estava aqui, ia jantar muitas vezes no Chez Catherine, um excelente restaurante, dirigido pelo senhor Dieu, grande cozinheiro e bibliófilo, com quem costumava discutir o problema do ano de edição do livro *Voyage d'Egypte et de Nubie*, de Norden. Dieu teimava ser 1755 e eu 1757. Ele tinha razão.

– Olhe aqueles oficiais alemães que se instalaram ali...

– Por que se admira? Nem todos os alemães comem apenas salsichas e couve. Sei de muitos que são grandes entendidos em boas safras.

– Sem dúvida. Mas não deixa de ser muito desagradável.

– Terá de habituar-se, minha querida, ou então reunir-se ao general De Gaulle, em Londres. Eles vão ficar por aqui durante um bom tempo, tenha certeza.

Surgiu o *sommelier*, trazendo com precaução a garrafa de *château-d'Yquem* do ano de 1918.

– O vinho da vitória – comentou ela em voz baixa para Mahl, apresentando-lhe a bebida.

– Cale-se – disse ele, dando uma rápida olhadela em redor.

– Depressa. Dê-me desse vinho – pediu Léa, estendendo o copo. – Vou beber pela vitória!

Um sorriso divertido distendeu os lábios de Mahl.

– E por que não? À vitória! – disse ele.

– À vitória! – exclamou Léa, elevando a voz e erguendo a taça.

Os copos tocaram-se em meio a um silêncio que tornava ainda mais incisivo o riso da jovem.

— Senhor Mahl... senhorita... por favor – sussurrou o gerente que acorrera, olhando a mesa ocupada pelos oficiais alemães.

Um deles levantou-se da cadeira e fez uma saudação a Léa, a taça de champanhe na mão:

— E eu bebo à beleza das mulheres francesas.

— À beleza das mulheres francesas! – secundaram-no os companheiros, pondo-se em pé por sua vez.

Léa enrubesceu de cólera e quis erguer-se, mas Raphaël a reteve.

— Fique quieta – ordenou.

— Não quero ficar no mesmo local que essa gente.

— Não seja ridícula e não se exponha mais ainda. É uma imprudência. Pense na sua família.

— Por que diz isso?

Mahl baixou a voz para retorquir:

— Como lhe disse, estou aqui como repórter. Na realidade, investigo a rede clandestina encarregada de fazer passar para a Espanha certos indivíduos que pretendem reunir-se a De Gaulle ou atingir o Norte da África.

— E então? Que tenho eu a ver com isso?

— Você, nada. Mas certas verificações que efetuei levam a supor que um dominicano esteja à frente dessa rede – respondeu Raphaël Mahl.

— Um domini...!

— Um dominicano, tal como seu tio Adrien Delmas, o célebre pregador.

— Que absurdo! Meu tio não se interessa por política.

— Não é o que consta nos meios da alta sociedade de Bordeaux – contrapôs o companheiro.

— Como assim?

— As pessoas não esqueceram o apoio que ele prestou à Revolução Espanhola. Como bom francês, deveria denunciá-lo ao governo de Vichy.

— E vai fazê-lo?

— Não sei. Coma o *foie gras*. Está excelente.

— Perdi a fome.

— Vamos, Léa, como pode levar a sério o que eu digo? Sabe bem que estou sempre gracejando.

— Muito divertido o tema que você escolheu...

— Vamos, coma.

A gulodice suplantou em Léa a inquietação.

— Eu não lhe disse que o patê era excelente? – observou Mahl.

— Hum... – fez Léa.

— Sabe que estamos sentados à mesa onde se encontrava Mandel ao ser preso?

— Não. Nem sequer sabia que ele tivesse sido preso. Julguei que partira a bordo do *Massilia*.

— De fato, partiu. Mas, antes, foi detido por ordem do marechal Pétain. Eu ocupava a mesa ao lado da dele. Mandel acabava de almoçar em companhia de Béatrice Bretty, uma atriz, quando um coronel da polícia francesa se aproximou, pedindo para lhe falar. Mandel fitou-o, continuando a saborear suas cerejas. Depois de um tempo que me pareceu infinito, ergueu-se e seguiu-o. Comer cerejas em 17 de junho de 1940, veja só! As cerejas se transformariam depois no símbolo de todas as depravações do regime. O coronel conduziu-o a seu gabinete, dando-lhe ordem de prisão, bem como ao antigo colaborador de Mandel, o general Bürher, chefe do Estado-Maior das tropas coloniais.

— Por que o prenderam? – quis saber Léa.

– Convenceram Pétain de que conspirava "com o propósito de impedir o Armistício".

– E como terminou o caso?

– Da melhor maneira para Mandel. Pomaret, seu sucessor no Ministério do Interior, foi à casa do marechal Pétain, que o recebeu na presença do ministro da Justiça, Alibert, que por sua vez só tratava Mandel pela alcunha de "o judeu". Antes, Pomaret mostrara-se bastante severo com o marechal, acusando-o de ter cometido um grave erro ao deixar o caso se desenvolver. Pétain pediu então que lhe fossem buscar Mandel e Bürher. Este chorou, lastimando-se de ter sido preso diante de seus oficiais, apesar das cinco estrelas que ostentava. Quanto a Mandel, disse simplesmente: "Não me humilharei apresentando-lhe explicações. É o senhor quem deve me fornecê-las." Para grande espanto de todos, Pétain retirou-se para seu gabinete. Pouco depois, regressava com um texto que leu em voz alta: "Senhor ministro, após as explicações que me deu..." "Mas eu não lhe dei qualquer explicação", objetou Mandel. "Tem de suprimir essa passagem." E o marechal refez a carta, transformando-a em um mero pedido de desculpas que, à noite, Mandel leu a Lebrun e a mais alguns indivíduos. Bem cômico, não acha?

– Incrível! – comentou Léa, balançando a cabeça. – Mas como conhece todos esses fatos?

– Ouvi-os da boca de Pomaret.

– E quem lançou a ideia da conjura?

– Um certo Georges Roux, escritor, advogado e colaborador do *La Petite Gironde*. Prenderam-no, mas logo o soltaram.

– Bordeaux deve ter sido uma cidade bastante curiosa nessa época – disse Léa com expressão sonhadora, girando diante dos olhos o copo de *haut-brion*.

– Nunca vi nada que se pudesse comparar – garantiu o companheiro. – Imagine: 2 milhões de refugiados dentro da cidade, nem um só quarto vago. No Hotel Bordeaux e no Hotel Splendide até os próprios sofás dos saguãos foram alugados. Paris inteira emigrou para Bordeaux. Por toda parte se encontravam amigos e conhecidos, e as pessoas quase esqueciam o êxodo devido ao prazer proporcionado pelos encontros. Nos terraços dos cafés, fazia-se e desfazia-se o governo. As filas alongavam-se à porta dos Consulados para obtenção de passaportes. Os ministros aconselhavam os Rothschild a partir, embora ninguém pensasse que os alemães progredissem até Bordeaux. Os restaurantes abriam as portas às dez da manhã. À tarde, eu me demorava conversando com uns e com outros: com Julien Green, com Audiberti ou com Jean Hugo. À noite, vagava por sob as árvores à procura de uma alma gêmea. Nada é melhor para fomentar a devassidão do que os momentos graves: não se sabe de que será feito o amanhã e assim é conveniente aproveitar rápido. Além disso, quando se é espectador impotente da debandada de uma nação, deve-se procurar o esquecimento na depravação e no álcool. Nunca pensei testemunhar tanta covardia! Não passamos de velhos débeis de um velho país, o qual, desde há duzentos anos, vai-se desagregando a partir do interior. É preciso se conformar.

– Eu não posso me conformar – reagiu Léa –, pois não pertenço à categoria desses velhos de que falou.

– Você talvez não. Mas onde estão os vigorosos jovens que deveriam defendê-la? Eu os vi derrubando em seu caminho civis aterrorizados, desfazendo-se das armas para correrem mais depressa, gordos, barrigudos, calvos antes do tempo, sonhando apenas com férias remuneradas, segurança e reforma.

– Cale-se! E você, o que fez? Onde está sua farda? E sua arma?

– Quanto a mim, minha querida, tal como todos os outros da minha espécie, tenho horror a armas de fogo – garantiu Raphaël, fazendo trejeitos. – Nós, os invertidos, só apreciamos fardas como condimentos para o amor. Veja nossos graciosos ocupantes, loiros, bronzeados, simultaneamente viris e meigos, semelhantes a jovens deuses romanos! Dão-me água na boca.

– Você é ignóbil!

– Não mesmo; realista, quando muito. Já que a fina flor da juventude francesa foi morta ou aprisionada, sou obrigado a virar-me para o lado alemão. Acredite em mim, minha boa amiga: devia fazer o mesmo. De contrário, ficará velha antes do fim da guerra. "Colhei, se em mim acreditais, as flores da vida..."

– Deixe Ronsard em paz e fale-me, antes, de seu trabalho.

– Quer que lhe diga mais coisas sobre esse dominicano, sua curiosa, não é verdade? Mas é segredo, minha linda, um segredo que não foi feito para ser escutado por tão bonitas orelhas. Olhe para esta *charlotte* de morangos! Não lhe dá água na boca? E estes *profiterolles*? Sou capaz de comê-los até passar mal. Olá, bom dia, meu amigo! – disse Mahl, dirigindo-se a um homem que se aproximara da mesa.

– Bom dia, Mahl. Vejo que está em encantadora companhia. Não me apresenta?

– Desculpe-me. Onde estou eu com a cabeça? Léa, apresento-lhe o meu amigo Richard Chapon, diretor do *La Petite Gironde*. Richard, a senhorita Delmas.

– Bom dia, senhorita Delmas. Tenho muito prazer em conhecê-la, mesmo em má companhia – disse o recém-chegado, piscando o olho. – Se em algum momento precisar de mim, não hesite em procurar-me. Ficarei feliz podendo ser-lhe útil.

– Muito obrigada, senhor Chapon.

– Até logo, Mahl.

– Até logo.

Terminaram a refeição em silêncio. A sala esvaziava-se lentamente. Léa não estava habituada a beber tanto e sentia-se um pouco tonta.

– Venha. Vamos andar um pouco.

UM CALOR PESADO os envolveu.

– Quando tornarei a vê-la, Léa?

– Não sei. Você está em Paris e eu aqui. E parece-me à vontade e feliz; eu, não.

– Não se iluda, criança. Tenho felicidade, mas nunca a felicidade completa. Habita em mim um sofrimento agudo, confuso e profundo que nunca me abandona. Aos 20 anos, desejei escrever um livro sublime; hoje, contento-me com um bom livro, apenas. Porque esse livro, Léa, trago-o cá dentro. O trabalho do escritor é o único que amo verdadeiramente e é também o único que não conseguirei realizar. Tudo me distrai, tudo me chama, e disperso-me. Ambiciono a glória futura, mas não tenho ambições cotidianas. As coisas bem depressa me cansam. Gosto de todos e não gosto de ninguém, amo a chuva e o bom tempo, a cidade e o campo. Conservo no fundo da alma a nostalgia do Bem, da honra e das leis com as quais nunca me importei. Embora aborrecido com minha má reputação, tenho a fraqueza de extrair vaidade dela. O que me incomoda é o fato de não ser totalmente entregue ao vício, de ser generoso até a extravagância, aliás, por covardia, na maior parte das vezes; de nunca ter fingido ser semivirtuoso, isto é, ser como todo mundo, no fundo; de preferir maus rapazes a hipócritas que simulam ser honestos quando apenas o são um pouco mais do que eu. Não me amo, mas me quero bem.

A última frase fez Léa rir.

– Tenho certeza de que se tornará um grande escritor – garantiu ela.

– É isso que importa! Veremos... Talvez me leiam depois de morto. Mas só falo de mim, quando, afinal, você é que é interessante. Venha para Paris. Não fique aqui.

– Meu pai precisa de mim.

– Que coisa bonita! – exclamou ele em tom de zombaria. – Que boa pequena! É maravilhoso o espírito de família. A propósito de família: recomende a seu tio dominicano que seja prudente. Não divulgarei no meu artigo aquilo que descobri, mas outros poderão fazê-lo.

Caminhavam de braço dado. Léa o fez parar e ergueu para ele os olhos brilhantes, dizendo:

– Obrigada, Raphaël. Não me esquecerei.

– Obrigada, por quê? Eu não lhe disse nada. Separamo-nos ali. – Mahl apontava a igreja de Saint-Eulalie. – Se você crê, acenda uma vela por mim. Até logo, minha bela amiga. Não se esqueça de mim. Se precisar contatar-me, escreva para a Livraria Gallimard da avenida Raspail. Eles se encarregarão de entregar-me a carta.

Beijou Léa com uma emoção que não procurou dissimular.

– A rua Saint-Gènes fica a dois passos daqui.

Com um último aceno, Mahl afastou-se.

Léa entrou na igreja. Depois da temperatura de fornalha experimentada lá fora, estremeceu devido ao frescor do lugar. Pegou uma vela num gesto maquinal, colocou algumas moedas na caixa das esmolas e acendeu o pavio. De círio na mão, encaminhou-se para a imagem de Santa Teresa do Menino Jesus, à qual a mãe dedicara particular devoção. A mãe... Léa sentou-se diante do altar e deixou correr as lágrimas. "A rua

Saint-Gènes fica a dois passos daqui." Por que Raphaël lhe dissera aquilo? Que haveria na rua Sain-Gènes? O nome dizia-lhe algo. Mas o quê? Era exasperante não conseguir recordar-se. Um padre e um monge caminhavam pela nave. Tio Adrien... Rua Saint-Gènes... Ah, o tio morava nessa rua! Ou, melhor, era a rua do convento dos dominicanos. Entendia agora o motivo pelo qual Raphaël a acompanhara até ali. Precisava avisar o tio rapidamente.

Com aquele calor, a rua Saint-Gènes estava deserta. A porta do mosteiro abriu-se de imediato.

— Em que lhe posso ser útil, minha filha? — perguntou um frade de idade já bem avançada.

— Desejava falar com meu tio, o padre Delmas. Sou Léa Delmas — apresentou-se a jovem.

— O padre Adrien encontra-se ausente há já alguns dias.

— Que se passa, irmão Georges? — perguntou um monge, surgindo no parlatório. Era de estatura elevada e amenizava-lhe o rosto severo uma bela cabeleira branca.

— A senhorita Delmas pretende falar com o padre Adrien.

— Bom dia, minha filha. É uma das filhas de Pierre Delmas, sem dúvida. Conheci muito bem sua mãe, mulher admirável. Que Deus lhe dê coragem para suportar o desgosto.

— Obrigada, meu padre.

— Seu tio não está — prosseguiu ele, reticente. — Tem algo de importante para comunicar-lhe?

— Ele deve... — principiou Léa. Interrompeu-se, porém, sem saber por quê.

— Deve o quê?

Por que não lhe dizia o motivo de sua visita? Apoderara-se dela inexplicável desconfiança.

– Sou o superior de seu tio – informou o monge. – Deve dizer-me a razão da visita.

– Meu pai precisa lhe falar com urgência – mentiu Léa precipitadamente.

– Por que motivo?

– Não sei.

O superior fitou a jovem com frieza. Ela sustentou seu olhar.

– Assim que ele voltar, direi que esteve aqui e do desejo de seu pai. Até logo, minha filha. Que Deus a abençoe.

LÁ FORA levantara-se uma brisa suave que não refrescava. Léa sentia o vestido preto colado ao corpo pelo suor.

Como contatar tio Adrien? E onde estaria o alferes Valéry? Não se referira ele às docas? Mas que docas? Desencorajada, Léa parou. Só Raphaël poderia esclarecê-la. Com alguma dificuldade, encontrou a rua Cheveurs e as magníficas instalações do *La Petite Gironde*. Foi informada, porém, da partida de Mahl para Paris.

– Quem pergunta por esse traste? – perguntou uma voz vinda de um dos gabinetes.

– Uma senhorita, senhor diretor.

– Uma senhorita para Mahl?! Não me digam! Mande entrar.

Contrariada, Léa entrou no gabinete, mas não viu ninguém.

– Estou aqui. Acabo de derrubar uma pilha de livros.

A voz saía de debaixo de uma mesa cujo tampo desaparecia sob uma montanha de jornais, cartas, livros e processos. Léa inclinou-se.

– Ah, senhorita Delmas! Só um instante e já a atendo.

Richard Chapon ergueu-se com uma braçada de livros. Recusou-se a pô-los na escrivaninha e, à falta de outro lugar disponível em toda a sala, colocou-os na própria cadeira.

– Procura Mahl? Foi-se embora. Admirou-me que uma moça tão bonita e de tão boa família conviva com alguém como ele. Os costumes da época assim o exigem, sem dúvida. Posso substituir Mahl em alguma coisa?

Léa hesitou. Como fazer a pergunta sem intrigar o jornalista? Poderia confiar nele?

– Como será possível encontrar um modo de sair da França? – perguntou.

No rosto de Richard Chapon surgiu uma expressão de profundo espanto, seguida de breve angústia. Em passos lentos, foi fechar a porta.

– E queria perguntar isso a Mahl?

Léa sentiu que era necessário responder com prudência e assumiu seu ar mais ingênuo.

– Como Raphaël é jornalista, pensei que soubesse se isso é ou não possível.

– Tudo é possível. Mas admira-me tal pergunta feita por uma jovem. Quem é a pessoa que pretende sair da França?

– Ninguém. Simples curiosidade de minha parte.

– Você é muito nova e não sabe de muitas coisas. Mas não deveria ignorar que nas atuais circunstâncias não se fazem certas perguntas apenas "para saber".

– Muito bem. Não falemos mais no assunto – decidiu Léa em tom falsamente jovial. – Lamento muito tê-lo incomodado.

– Nunca me incomodará, minha cara senhorita – retorquiu ele em tom de gracejo. – É importante? – sussurrou-lhe, retendo sua mão que já tocava a maçaneta da porta.

– Não – Léa respondeu, também num sussurro. Depois, reconsiderando, prosseguiu: – Poderá dizer a meu tio Adrien Delmas que seja prudente?

– O dominicano?

– Sim.

– Não se preocupe. Será dito.

– Muito obrigada. Até logo.

LÉA TOMOU o trem no momento em que ele partia. Não havia lugares para sentar. Ficou no corredor, vendo desfilar perante os olhos os arredores de Bordeaux, as fábricas, as hortas dos ferroviários, os campos, as aldeias, as pequenas estações. Tentou refletir sobre aquele dia incoerente. Censurou-se por ter sido imprudente. Com tal atitude, não iria provocar uma série de catástrofes? A quem dirigir-se? Em quem confiar? O trem chegou à estação de Langon às nove da noite.

– FICAMOS TÃO assustados, minha querida! Onde esteve? – perguntou Pierre Delmas, apertando a filha contra si.

A família reunira-se na sala de visitas para ouvir Françoise tocar piano e todos se ergueram à chegada de Léa. Camille, de olhos brilhantes, fitava-a intensamente. Ruth assoou-se com estrondo. Lisa agitou as mãos pequenas e rechonchudas. Albertine pigarreou e Françoise franziu as sobrancelhas. Só Laure continuava a folhear o livro que tinha entre as mãos.

– Quis ir a Bordeaux, visitar tio Adrien – mentiu a jovem.

– A Bordeaux, com todos esses boches por aí! – exclamou Bernadette Bouchardeau.

– Pare de chamar boches aos alemães, minha tia! Eles não gostam disso – observou Françoise com um desagrado que Léa achou excessivo.

– São boches e eu os chamo boches, senhorita.

Françoise encolheu os ombros.

– Por que não me disse que queria ver seu tio? Teria ido com você. Sua mãe também ficaria satisfeita se o visse. 303

Abateu-se sobre todos um silêncio constrangido. Léa encarou o pai com espanto e mágoa. Pobre papai, como mudara! Parecia mais frágil agora. Suas expressões, às vezes, ficavam quase infantis. Parecia necessitar de proteção, ele, o protetor nato.

— Desculpe, papai – disse Léa.

— Não faça isso outra vez, minha querida, eu lhe peço. Fiquei muito preocupado. Viu seu tio?

— Não. Não estava.

— Também não compareceu ao enterro de Isabelle... – censurou Bernadette.

— Você não jantou e deve estar com fome – interveio Camille. – Vou preparar alguma coisa. Quer vir à cozinha?

Léa seguiu Camille, que abriu a geladeira e pegou alguns ovos.

— Uma omelete, lhe agrada?

— Agrada – concordou Léa, instalando-se à mesa.

— E então? – quis saber Camille, quebrando os ovos na saladeira.

— O alferes não teve nenhum problema em Langon. E acho que em Bordeaux também não. Encontrei Raphaël Mahl na estação de Saint-Jean. Almoçamos juntos. Pelo que me disse, julguei perceber que tio Adrien é o dominicano em questão.

— Isso não me espanta da parte dele – comentou Camille, pondo na frigideira um pouquinho de manteiga.

— Não entendo. Não devemos obedecer às diretivas do marechal Pétain? Não é ele o salvador da França, o pai de todos os franceses? Tia Lisa e tia Bernadette assim o dizem.

— Também não sei. Mas penso que o dever de todos os franceses seja combater o inimigo.

— Mas como? Que quer que façamos?

– Também isso não sei, mas hei de saber. Coma – disse ela, pondo a omelete na frente de Léa.

– Obrigada.

– As vindimas estão próximas – lembrou Camille. – E seu pai ainda não tocou no assunto.

– É verdade. Tinha-me esquecido. Amanhã eu lhe pergunto o que tenciona fazer.

Por instantes, Léa comeu em silêncio.

– Não acha que papai anda esquisito já há alguns dias? – perguntou ela, por fim.

PERDEU-SE PARTE das colheitas por falta de braços para o trabalho, embora todo o povo de Montillac tenha participado da tarefa. As mulheres, porém, pouco habituadas a trabalhos agrícolas, mostravam-se lentas e desajeitadas, apesar da boa vontade. Camille, cujo estado de saúde era incompatível com a tarefa da vindima, ajudou a velha Sidonie e a senhora Fayard a conduzir o carro puxado por dois bois e a preparar as refeições.

Léa viu-se forçada a organizar os trabalhos, pois o pai manifestara a mais completa indiferença pelo assunto. Até mesmo Fayard, o encarregado das adegas, sem notícias do filho, não dera mostras da sua antiga competência. O senhor d'Argilat apenas foi capaz de proferir alguns conselhos, visto que ele mesmo vivia uma situação dramática em Roches-Blanches.

Léa recusara com altivez o auxílio proposto pelos "pensionistas" alemães, apesar das instâncias de Françoise, assistindo com raiva impotente ao apodrecimento dos cachos nas parreiras.

Tudo corria mal nesse outono de 1940! Na companhia de Ruth, vasculhara os campos vizinhos com o propósito de comprar leitões, frangos, coelhos e patos. Conseguira trazer para casa apenas alguns frangos magros, metade dos quais haviam morrido, e um porquinho cuja alimentação se revelou muito cara.

Léa desconhecia por completo a situação financeira da família. Sempre julgara ricos os pais. Mas Pierre Delmas informou-a de que o grosso da fortuna se achava nas ilhas. Haviam sido desastrosos, também, certos investimentos feitos antes da guerra.

— Então não temos mais dinheiro? — perguntou Léa, incrédula.

— Não — confirmou o pai, sorrindo. — Exceto a renda dos prédios de Bordeaux.

— E quanto dão por mês?

— Não sei. Pergunte à sua mãe. É ela quem trata do assunto.

"Pergunte à sua mãe..." Quantas vezes ouvia dizer aquilo? Várias vezes ao dia, segundo julgava. A princípio, só lhe prestara atenção pela mágoa que lhe provocava. No entanto, com o decorrer do tempo, frases como aquela davam-lhe um receio que não se atrevia a confessar. Em casa, aliás, todas as outras pessoas experimentavam o mesmo sentimento. Certo dia, enchendo-se de coragem, Léa abordou o assunto com o doutor Blanchard, durante uma das suas visitas a Camille.

— Eu sei — disse ele. — Prescrevi-lhe um tratamento, há tempos. Tem de ter paciência, Léa. Seu pai está ainda sob o efeito do choque.

— Mas tenho a impressão de que seu estado se agrava a cada dia. Está cada vez mais ausente — comentou a jovem. — Tenho medo.

— Vamos, vamos, não se deixe abater! Você e Ruth são os únicos esteios desta casa. Não incluo neste número a senhora d'Argilat, pois dentro em breve regressará a Roches-Blanches.

– Já?

– Não está satisfeita com isso? Julguei que mal suportasse sua presença.

Léa teve um encolher de ombros agastado.

– De forma alguma – disse ela. – Camille é muito útil aqui e prometi a Laurent olhar por ela.

– Receberam mais notícias dele?

– Recebemos. Uma carta de 25 linhas. Diz que vai bem e pede calçado, roupas de baixo e tabaco. Mandamos ontem uma encomenda. Quanto aos sapatos, foi o mais difícil. Françoise arranjou um par, mas não disse como; uns magníficos sapatos de sola de borracha.

19

O Natal de 1940 foi um dos mais tristes para os moradores de Montillac.

Três semanas antes, tinham enterrado o senhor d'Argilat. Apagara-se durante o sono, após uma doença de cuja gravidade ninguém suspeitara, nem mesmo as pessoas mais chegadas. Tal como ele próprio predissera, morreu sem tornar a ver o filho. À notícia da morte do melhor amigo, Pierre Delmas permaneceu como que estupidificado durante vários dias. Desse modo, foi Léa quem se encarregou das formalidades necessárias. Escreveu também a Laurent, comunicando-lhe a triste notícia; perguntava igualmente quais as medidas que deveria tomar referentes à propriedade. Teve nessa altura uma violenta altercação com Françoise. Reprovou-lhe o fato de não dar o mínimo apoio aos problemas domésticos, pensando apenas no hospital no momento em que a família necessitava da sua colaboração.

– Mas faço tanto quanto você – contestou Françoise. – Quem é que traz carne para casa, por exemplo, quando não conseguem encontrá-la em parte alguma? E azeite? E açúcar e os vinte sacos de carvão? Você, não? Se tivesse ficado em casa trabalhando, como você, não teríamos grande coisa para comer.

Era verdade; Françoise tinha razão. Sem ela, a família seria obrigada a alimentar-se da rutabaga, da batata e das castanhas que Léa, Ruth e Laure apanhavam pelas matas perto de La Réole. Mas o que ela fazia para aparecer em casa com todas aquelas coisas? Sem contar que nunca pedia dinheiro, afirmando bastar-lhe o salário de enfermeira. Léa suspeitava de algo, pois, além dos gêneros de primeira necessidade, a irmã comprava ainda, com certa frequência, saias, vestidos, lenços de pescoço e até mesmo sapatos. Prometera tentar obter para Léa na cooperativa do hospital alguns desses artigos.

Por diversas vezes, ela procurara fazer Françoise se interessar pelo destino de Montillac, pedindo-lhe opiniões quanto ao modo de administrar a propriedade, esperando que o pai superasse o desgosto. Mas obtivera apenas a mesma resposta indiferente:

– Tudo que você fizer está bem-feito, irmãzinha.

– O assunto também diz respeito a você – insistia Léa. – Trata-se da nossa terra, da nossa casa, da casa onde nascemos e que mamãe amou e embelezou.

– Nunca entendi o que todos vocês acham nesta velha casinha e muito menos nestes campos de um tédio mortal.

Léa ficara sem palavras perante tal resposta e, tal como na infância, atirara-se à irmã para lhe bater. Françoise escapara da bofetada, refugiando-se no quarto. Desde então, eram ainda mais tensas as relações entre as duas irmãs.

COMO TODOS os anos, apesar do som do bombardeio ecoando para os lados de Bordeaux, Ruth colocou na sala de visitas o tradicional pinheiro, ornamentando-o com as grinaldas e as bolas de vidro que Isabelle Delmas conservara religiosamente dentro de caixas de sapatos desde o nascimento da filha mais velha. Era a primeira vez que Isabelle não punha no presépio o Menino Jesus de cera. Coube a Camille executar o gesto simbólico.

Estelle e a senhora Fayart excederam-se na preparação do jantar, fazendo com que os comensais esquecessem os acepipes da cozinheira, despedida por medida de economia. Havia um enorme peru, oferta de Françoise, é óbvio, couves estufadas lentamente no molho da própria ave, purê de castanhas e uma barra de chocolate, obra-prima de Estelle. Completavam a refeição festiva algumas garrafas do bom néctar da propriedade.

Estava um frio tão intenso que renunciaram à missa da meia-noite e cearam cedo. Apesar do luto, todos tinham feito um esforço para melhorar o aspecto pessoal, exibindo um lenço de pescoço, um colar ou uma flor, detalhes que davam um toque mais alegre no negrume dos trajes. O pequeno Charles ensaiava seus primeiros sorrisos.

Depois da refeição, a família passou à sala, quente e profusamente iluminada pelas velas da árvore de Natal e pelo fogo que ardia na lareira. Camille ofereceu a Léa um magnífico colar de pérolas, que antes pertencera à mãe.

— Oh, Camille, que maravilha! — exclamou. — Mas não posso aceitar.

— Aceite, eu lhe peço, minha querida. Vai me dar prazer!

Léa envergonhou-se da modéstia do seu próprio presente: um retrato do bebê feito a caneta, que Camille apertou contra o peito.

– Nada me teria dado maior prazer – assegurou. – Não se importa que o mande para Laurent?

– É seu. Faça dele o que quiser.

Françoise e Laure receberam belas pulseiras de ouro; Ruth, um pregador com uma safira; Lisa, uma gola de renda; Albertine, a edição antiga dos *Pensamentos* de Pascal; Bernadette Bouchardeau e Estelle, lenços de seda para o pescoço. Quanto a Pierre Delmas, Camille presenteou-o com uma caixa de charutos, os seus preferidos.

Ruth e Bernadette apareceram com luvas, echarpes, meias e blusas de malha, feitas por elas próprias durante os serões. Todos haviam encontrado um modo engenhoso de proporcionar algum prazer aos outros segundo os próprios recursos. As senhoras de Montpleynet presentearam as sobrinhas com cortes de fazenda para casacos de inverno. No meio da euforia um tanto lassa que acompanha geralmente a entrega de presentes de Natal, todos esqueceram, por momentos, os próprios desgostos, os receios e a guerra, ouvindo Françoise tocar uma fuga de Bach.

Pela primeira vez Léa pensou na mãe sem revolta nem mágoas. A mão de alguém apertou a sua, mas ela não a retirou, embora reconhecesse os dedos magros de Camille. Quando Françoise terminou a execução, soaram aplausos no vestíbulo, adiantando-se aos da plateia na sala. Todos se voltaram, descobrindo Otto Kramer e Frederic Hanke. Françoise ergueu-se e encaminhou-se para os alemães. Instantes depois, entravam os três no salão.

– Sua filha insistiu que entrássemos, o meu camarada e eu – disse o tenente Kramer, dirigindo-se a Pierre Delmas. – Tomamos a liberdade de descer para escutar Bach. Minha mãe é excelente pianista e aprecia muito esse compositor. Apesar da guerra, permitam-me desejar-lhes feliz Natal.

Bateu os calcanhares, encaminhando-se para a saída. Contra todas as expectativas, Camille propôs:

— Neste dia de Natal, esqueçamos o fato de sermos inimigos. Venham tomar uma bebida conosco.

— Muito obrigado, minha senhora – agradeceu Hanke.

— *Heilige Weinacht*! – saudou ela.

— *Joyeux Noël!** – replicaram os oficiais em francês.

— Disse que sua mãe era pianista, tenente. Você também é? – inquiriu Lisa, com afetação.

— É um dos melhores pianistas da Alemanha – antecipou-se o camarada.

— Não acredite. Ele exagera – retrucou o rapaz.

— Mas, tenente...

— Cale-se, Frederic.

— Toque alguma coisa, tenente, peço-lhe – solicitou Françoise.

Todos os olhares convergiram para a jovem. Esta baixou a cabeça, corando. Era conhecida sua paixão pela música. Não faltava a um concerto realizado em Bordeaux. Não fora Françoise assistir ao *Sansão e Dalila* e ao *Bolero* de Ravel, na inauguração da temporada lírica, apesar da oposição de Ruth e das tias? Mas daí a pedir a um oficial alemão que tocasse...

— Se o senhor seu pai autorizar, terei muito gosto em atender seu pedido.

— Faça o favor, senhor oficial. Minha mulher aprecia imensamente música – replicou Pierre Delmas, puxando um trago do charuto, o rosto congestionado e o olhar ausente.

---

*Feliz Natal!

Otto Kramer foi colocar-se ao piano.

– Vai ver que vai nos tocar Wagner – segredou Léa a Camille.

Por uma questão de delicadeza que a todos sensibilizou, Kramer executou com virtuosismo diversas peças para piano de Debussy. Quando a última nota se perdeu no ar e após segundos de silêncio, soaram os aplausos. Mas só Camille notou a alegria e o orgulho que iluminavam o rosto de Françoise.

Foi NO DIA seguinte ao desse Natal que Laurent d'Argilat, na companhia de um amigo, fugiu do campo de Westphalenhof. Os dois homens aproveitaram um trabalho no bosque fora do campo e a cumplicidade de dois outros camaradas. Estes, fingindo-se doentes, baixaram à enfermaria, deixando-a depois clandestinamente para se misturarem ao pequeno grupo de prisioneiros, após a chamada feita pelos guardas. Ao chegarem à mata, Laurent e o amigo esconderam-se sob as ramagens. O tempo estava sombrio, nevava e fazia um frio cortante. Os guardas abreviaram a tarefa, reuniram e contaram os detidos – o número estava certo. O destacamento regressou ao campo de concentração.

Loucos de alegria, Laurent e o companheiro ergueram-se e caminharam para a liberdade. O manto de neve tinha vários centímetros de espessura. Depois de meia hora, viram-se forçados a interromper a marcha para recobrar alento e livrarem-se dos uniformes de prisão. No decorrer das longas horas de cativeiro, Laurent conseguira confeccionar um casaco preto sobreposto, utilizando a jaqueta de um policial holandês. Sob o casaco, vestia as duas camisas de lã enviadas por Camille. Completavam-lhe o traje um par de luvas de couro, forradas, os sapatos conseguidos por Françoise e um boné de carvoeiro. Levavam víveres e sacos de dormir dentro das mochilas. Retomaram a marcha rumo à estação de Jastrov, a 40 quilômetros de distância.

Pernoitaram à beira da estrada numa cabana de cantoneiro. Na noite seguinte, atravessaram a aldeia de Jastrov. As ruas ostentavam ainda enfeites natalinos. Casais enlaçados dirigiam-se para o baile. A porta aberta de uma taberna lançava tépidas lufadas de tabaco e de álcool, misturadas à melodia de um acordeão... Apressaram-se em busca de um trem providencial. Mas todos os que passavam seguiam em direção oposta. Gelados, refugiaram-se num vagão estacionado na linha de reserva. Apesar dos sacos de dormir, o frio atormentou-os até a madrugada.

Depois dessa noite interminável, sem bilhetes, tomaram o trem que seguia para Scheindemühl. Viajaram clandestinamente durante seis dias em vagões de batata, de transporte de gado ou de pedra. Por vezes, também sem passagens, infiltraram-se em composições de passageiros, procurando esgueirar-se entre a multidão dos viajantes.

O fato de Laurent saber alemão evitou que fossem presos por diversas vezes. Passaram sucessivamente por Frankfurt-an-der-Oder, Cottbus, Leipzig, Halle, Cassel e Frankfurt-an-Main. Atravessaram o Reno em Mayence, escondidos na guarita do guarda-freios.

A fuga terminou em Bingerbrück, em frente do painel dos horários da estação, onde o companheiro de Laurent, interpelado por um policial, não conseguiu responder por que não falava alemão. Mas não foi preso de imediato, na suposição de que tivesse um cúmplice. Ao vê-lo de longe, calmamente sentado, Laurent preparava-se para juntar-se a ele quando, de chofre, o rapaz se ergueu, precipitando-se para o trem de carga que passava. Conseguiram içar-se para um vagão plano enquanto policiais corriam ao longo da plataforma, gritando. Por desgraça, a composição parou e os alemães, de pistola em punho, deitaram-lhes a mão. Sem contemplações, foram conduzidos ao posto de polícia da estação. O clima mudou quando Laurent respondeu às primeiras perguntas num alemão perfeito. Deram-lhes sopa quente e carne, exprimindo-lhes admiração pela proeza realizada. Em seguida, encerraram-nos na cadeia municipal. No dia seguinte, solidamente vigiados por três guardas, foram reconduzidos ao campo de Westphalenhof.

Quem os interrogou foi um oficial do serviço de informações que concordou em que mereciam ter sido bem-sucedidos. Foram condenados a trinta dias de cárcere. Haviam decorrido nove dias após a fuga.

À saída do gabinete do oficial tiveram direito ao "sermão" de um certo coronel Malgron, capelão dos prisioneiros do *oflag** II D, sermão que versou sobre o caráter egoísta de semelhante aventura e sobre as desagradáveis consequências que poderia ter-lhes acarretado, não fora a generosidade do comandante do campo. Aconselhou-os também a meditar sobre o verdadeiro sentido dos seus deveres atuais – mostrarem-se prisioneiros exemplares era a contribuição mais eficaz que poderiam dar à política do marechal Pétain, penhor do advento próximo de uma "França europeia".

Cumprida a pena, regressaram ao acampamento. Não por muito tempo, porém; como medida de segurança, foram transferidos para outro campo.

Tinham decorrido mais de sete meses desde sua captura numa praia francesa, no verão.

---

*Em alemão no original. Campo de prisioneiros para oficiais. (*N. da T.*)

20

O inverno parecia interminável. Devido à escassez de combustível, a temperatura no interior da casa enorme não passava de 10 graus. Tomavam-se as refeições na cozinha, aquecida pelo velho fogão a lenha, em que Estelle e Ruth cozinhavam. Toda a família passava fome, não obstante os víveres que Françoise, por vezes, trazia de Langon.

Naquela região vinícola, quase todos os habitantes sofreram com a fome e com o frio durante o rigoroso inverno de 1940-41. Enraivecidos, os ferroviários viam partir para a Alemanha composições inteiras abarrotadas de carne, de farinha, de legumes e de lenha.

Em Montillac, apesar da carência involuntária, todos passavam por privações suplementares para enviarem coisas a Laurent. Em fevereiro, uma carta comunicava-lhes sua transferência para a fortaleza de Colditz.

No mês de março, Albertine e Lisa de Montpleynet anunciaram sua decisão de regressarem a Paris. As duas senhoras, habituadas à vida da cidade, não conseguiam suportar o campo por mais tempo. A família tentou demovê-las desse propósito, mas só Isabelle Delmas o teria conseguido...

A primavera trouxe consigo algum conforto. Tinham sido semeados ou plantados legumes na pequena horta cultivada por Ruth e por Léa. Esta vigiava com paixão o crescimento do mais insignificante caule verde. A seus olhos, revestia-se de capital importância o sucesso da iniciativa, pois representava a compensação da fadiga, das mãos calejadas, das frieiras e daquela fome que jurara a si própria não mais tornar a experimentar. A vinha, cuidado permanente dos habitantes da região, transformou-se em fator menos preocupante quando Fayard, agora no cargo de administrador da propriedade, recebeu notícias do filho – era prisioneiro na Alemanha, mas regressaria dentro em breve, conforme assegurara o marechal Pétain.

O amor e o reconhecimento de Fayard pelo marechal não conheceram então limites. Ali estava um dirigente que se preocupava com o destino dos infelizes militares prisioneiros! A França achava-se em boas mãos. Trabalho, Família e Pátria – eis o futuro. Com que renovado ardor o antigo combatente da guerra de 1914 retomou o trabalho! Uma única nuvem lhe sombreava a alegria: acostumava-se com dificuldade à presença dos alemães em Montillac. Para ele, a vista de um uniforme germânico sempre era uma presença desagradável.

Mathias Fayard foi libertado no mês de maio. Ao vê-lo, Léa reencontrou o sorriso que a abandonara desde a morte da mãe. Quando o jovem a apertou nos braços, um arrepio violento veio despertar-lhe o corpo adormecido. Indiferente ao olhar desaprovador de Ruth e à expressão alegre de Camille, Léa prolongou o abraço. Mathias observava-a, incrédulo e satisfeito. Achava-a mudada, amadurecida, bela, de uma beleza ainda mais violenta e com uma nova dureza no olhar.

– Está tão magro e sujo que dá medo – comentou a amiga. – Venha. Vou lhe preparar o banho.

– Mas, senhorita Léa – interveio o pai do rapaz, mordiscando o bigode. – Mathias pode muito bem lavar-se em nossa casa.

– Deixe, Fayard. O que minha filha fizer está bem-feito. A mãe ainda hoje de manhã me dizia...

– Ora, papai...

Sem dar tempo aos pais de Mathias para reagirem, Léa arrastou-o escada acima, até o quarto das crianças. Enlaçados, rolaram sobre as almofadas.

– Você está vivo... está vivo... – Léa não cessava de repetir.

– Não podia morrer, pois pensava em você.

Tocavam-se, impregnando-se um do outro como para se assegurar de sua recíproca existência. Léa, com o rosto escondido no pescoço do companheiro, mordiscava-o.

– Largue-me – ele disse. – Estou sujo de dar medo e é mesmo possível que tenha piolhos.

À palavra "piolhos", Léa repeliu-o. Mathias sabia qual seria a reação da amiga ao mencionar os parasitas. Desde a infância Léa não suportava a ideia de pegar piolhos. À sua mera evocação, experimentava um nojo invencível. Mathias riu de seu ar de repugnância.

– Tem razão. Espere aqui. Vou abrir as torneiras.

O banheiro do quarto das crianças era o maior e o mais antigo da casa. Pouco servia, porém, pois a enorme banheira usava toda a água do aquecedor. Aquela divisão tinha para Léa o encanto das lembranças infantis com seus dois lavatórios de válvula basculante, o toucador forrado com um pano florido em cores suaves, o canapé de junco e a janela alta voltada para o sul, com cortinado de cretone branco. Todas as tardes, naquela mesma banheira, Isabelle Delmas dera banho nas filhas, no meio de risos, gritos, esparramando água. Às vezes, atraído por tanto barulho, Pierre Delmas aparecia, simulando ares de reprovação. A algazarra das crianças atingia o auge nesse momento para ver qual delas teria o privilégio de ser enxugada pelo pai. Laure, a mais nova, recebia esta atenção com mais frequência, diante do descontentamento de Léa; ela queria ser a única a ser embrulhada no grande roupão e levada pelo pai ao quarto.

Sob o jato de água das torneiras, Léa despejou os últimos sais de banho com perfume de alfazema que pertenceram à mãe. Emocionou-a de tal forma o vapor quente e cheiroso exalado pela água da banheira, evocação daqueles tempos passados, que rompeu em soluços. Escorregou para o chão, ajoelhando-se no tapete de banho e, a testa encostada ao rebordo de esmalte, deu livre curso à tristeza.

— Léa! — exclamou Camille, ajoelhando-se junto da amiga e afagando-lhe os cabelos. — O que você tem, minha querida?

— Mamãe...

Diante de tão profundo desgosto infantil, Camille também não conseguiu reter as lágrimas.

Foi assim que Ruth veio encontrá-las momentos depois.

— O que aconteceu? — perguntou. — Algum acidente?

— Não, não. Não se preocupe, Ruth. Apenas um excesso de tristeza — esclareceu Camille, erguendo-se.

Com cuidados maternais, passou um pouco de água fresca no rosto de Léa.

— O tenente Kramer está lá embaixo, senhora d'Argilat, e deseja lhe falar — comunicou Ruth.

— Que faz ele aqui durante o dia? Por que motivo quer falar comigo?

— Não sei. Mas tem um ar um tanto sombrio.

— Deus do céu! Contanto que nada tenha acontecido a Laurent!

— Mas o que poderia lhe acontecer? Como prisioneiro, não corre riscos — garantiu Léa, enxugando o rosto.

— Venha comigo — pediu Camille. — Não tenho coragem de enfrentar o tenente sozinha.

— Primeiro, vamos ajeitar os cabelos. Olhe para nós! Se o tenente descobre que choramos, pode muito bem começar a imaginar coisas.

— Tem razão — concordou Camille.

As duas mulheres procuraram então apagar os vestígios da tristeza.

– Por favor, Ruth, diga a Mathias que o banho está pronto – pediu Léa, ajeitando a saia. – Ele ficou no quarto.

De pé, o oficial aguardava na sala de visitas. Inclinou-se à entrada das moças.

– O senhor queria falar comigo? – perguntou Camille.

– Sim, minha senhora. Devo dar-lhe uma notícia bastante desagradável: seu marido fugiu.

Camille ficou impassível.

– Não sabia disso, não é? – prosseguiu o tenente Kramer.

Ela balançou negativamente a cabeça.

– Quando isso aconteceu? – perguntou Léa.

– Durante a Páscoa.

– E só agora o soube?

– Não, não foi só agora. Fomos informados há já três semanas – respondeu o oficial.

– E por que motivo só hoje me avisa?

– Colocamos sob vigilância esta casa e a propriedade de Roches-Blanches, para o caso de seu marido vir encontrá-los.

– E o senhor o teria prendido...

– Seria meu dever, minha senhora. A contragosto, sim, mas o faria. Como seu hóspede e dedicando-lhes simpatia e estima, quis ser eu mesmo a comunicar-lhes a fuga.

– O que acontecerá se ele for capturado?

– É já sua segunda tentativa de fuga. Assim sendo, arrisca-se a ser tratado com muito mais severidade a partir de agora.

– Mas não é natural que um prisioneiro procure fugir? – interveio Léa, encolerizada.

– Sou da mesma opinião, senhorita Delmas. Se eu próprio estivesse detido, tentaria fugir a qualquer preço. Mas não é esse o caso. Ganhamos a guerra e...

– Por ora – cortou Léa.

– Claro. A glória é bastante caprichosa. Atualmente, porém, nenhum país possui capacidade para derrotar o Grande Reich.

– Nem mesmo os americanos?

– Nem mesmo eles. Permita-me um conselho, senhora d'Argilat: se por milagre seu marido conseguir furar as malhas da nossa vigilância, convença-o a entregar-se.

– Nunca farei isso!

– Falo-lhe no interesse dele e no seu, minha senhora. Pense também em seu filho.

– É precisamente pensando nele que jamais incentivarei meu marido a agir desse modo.

O tenente Kramer fitou com uma espécie de ternura a mulher frágil que o enfrentava, comentando:

– Ah, se todos os franceses tivessem pensado como a senhora!

– Tenho certeza de que, no íntimo, todos pensam como eu.

– Se esse é o caso, então tal sentimento de honra está bem escondido.

Batendo os calcanhares, o oficial cumprimentou-as e saiu.

Camille e Léa permaneceram silenciosas durante muito tempo. "Queira Deus que Laurent não venha para cá", diziam ambas, intimamente.

– Temos de avisar tio Adrien – disse Léa, por fim.

– Mas como? Nunca mais tivemos notícias dele desde sua rápida aparição no início de fevereiro.

– Antes de partir, disse-me que em caso de urgência poderíamos deixar recado a Richard Chapon; ele o transmitiria. Vou a Bordeaux.

– Vou com você.

– Não. Se formos as duas, o tenente desconfiará de alguma coisa e talvez mande seguir-nos. Espere... tenho uma ideia. Papai e Ruth vão amanhã visitar Laure no colégio. Direi a eles que sinto saudade dela.

Léa deixou a sala e no saguão esbarrou com um rapaz alto, cheirando a alfazema, que a tomou nos braços.

– Que é isto? – protestou Léa. – Ah, é você? Tinha-me esquecido.

– Mas já? Mal acabo de chegar e já saí da sua vida. É muito pouco lisonjeiro de sua parte.

– Não, não é isso, Mathias. É que... desculpa, mas não posso dizer. Encontramo-nos no calvário dentro de uma hora.

LÉA ACABARA de reunir-se a Mathias quando começou a chover. Refugiaram-se em uma das capelas do calvário e, aninhados para se aquecerem, contaram um ao outro os acontecimentos, após a separação em Orléans.

Léa informou Mathias de todos os episódios desse período, mesmo o incidente da morte do assaltante. Omitiu, porém, detalhes da sua relação com François Tavernier.

Quanto a Mathias, depois de ter ajudado no socorro aos feridos de Orléans, em vão procurara a amiga no meio dos escombros e da multidão de refugiados. Juntara-se, em seguida, a um pequeno grupo de militares sob as ordens de um alferes e combatera perto da catedral. Todos os companheiros foram mortos, à exceção do cabo, feito prisioneiro junto com ele. Tinham sido postos em campos provisórios rodeados de arame farpado, perto da igreja de Saint-Euverte e depois em Motte-Sanguin. No dia seguinte, ajudou no combate ao incêndio que devastara Orléans durante cinco dias, na remoção de escombros, no transporte de feridos e no enterro dos mortos. A pé, em companhia de uma tropa digna de pena, incorporara-se aos 18 mil prisioneiros do campo de concentração de Pithiviers. Dormiam deitados no chão, na lama, famintos, sujos, cobertos de parasitas, sem sequer notarem o cheiro pestilento que se desprendia dos corpos de todos aqueles homens, muitos dos quais não mudavam de camisa e de meias há um mês. Lutava-se por um pedaço de pão bolorento, por uma sopa de cevada de aspecto duvidoso, recolhida numa gamela improvisada, numa velha tigela ou numa lata de conserva.

De cabeça baixa, Mathias relatou tudo... os 30 gramas de carne de cavalo a que tinham direito de tempos em tempos; a alegria sentida quando a Associação das Mulheres Francesas distribuiu alguns cobertores; os sanduíches de patê de fígado oferecidos pela Legião Americana; o sabonete com perfume de cravo dado por uma moça; a esperança, sempre adiada, da libertação próxima; a generalizada confiança no marechal Pétain; o maço de cigarros que valia 1 franco e lhes era vendido por 100 francos; o progressivo desencorajamento; as missas, às quais assistia um número cada vez maior de internados: 100 em 18 mil no início de junho, 2 mil dos 2.500 restantes, no início de agosto. Mathias fizera parte desses 2 mil, pedindo a Deus que lhe concedesse a graça de ver Léa de novo. Num tom de voz enraivecido, o rapaz falou ainda da covardia de todos eles em face da ideia da fuga, bastante fácil, aliás; do contentamento quando da notícia do Armistício e da decepção perante as cláusulas que poriam fim às hostilidades, sobretudo o "parágrafo 20º", onde se especificava que "todos os prisioneiros de guerra franceses permanecerão em campos de concentração alemães até a assinatura da paz". Contou também a Léa as horas infindáveis de inatividade, a relembrar o passado, a elaborar, com a fome roendo-lhes as entranhas, *menus* pantagruélicos, ou a sonhar com mulheres. Felizmente para ele o tempo das colheitas chegara; fora incorporado ao grupo de jovens agricultores enviados por toda a França para substituir os homens que faltavam no trabalho dos campos.

– Nunca pensei obter tanto prazer do ato de apanhar aqueles feixes de trigo, o dorso nu, sob o sol escaldante – afirmou Mathias. – Pudemos, por fim, matar a fome.

Escrevera a Léa e ao pai de uma propriedade de Beauce. As duas cartas, porém, nunca lhes chegaram às mãos. Sem resposta, Mathias tentara fugir, "pegando emprestado" a roupa do dono da quinta. Capturado ao fim de 30 quilômetros andando, embarcara para a Alemanha num vagão de transporte de gado. Ficara apenas 15 dias num *stalag** perto de Frankfurt, sendo depois enviado para uma exploração florestal, onde permanecera até ser solto. Mathias não entendia por que o tinham libertado, visto não ter encargos de família. A única explicação plausível era a circunstância de, terminados os trabalhos, o proprietário já não necessitar de mão de obra e de os campos de concentração daquela área estarem superlotados. Isso coincidira também com o fato de o governo de Vichy se mostrar empenhado, nessa altura, na libertação dos prisioneiros de guerra. Tivera sorte e mais sorte ainda ao encontrar Léa sã e salva.

– E, agora, o que vai fazer? – perguntou ela.

– Trabalhar. Meu pai precisa muito de mim.

– Claro, evidentemente. Mas... e a guerra?

– O que tem a guerra?

– Há pessoas que continuam a lutar.

– Você se refere ao Norte da África?

– Sim. E ao general De Gaulle.

---

*Em alemão no original. Campo de prisioneiros destinado a soldados. (*N. da T.*)

— Falaram-me dele há dois dias, no trem. Muita gente pensa que o assunto não é sério e que devemos confiar no marechal Pétain – observou Mathias.

— E você? Que pensa?

— Por agora, penso apenas numa coisa: voltei para casa e tenho nos braços a mulher que amo. De Gaulle que espere – disse o rapaz, cobrindo-a de beijos.

Léa repeliu-o, mal-humorada.

— Não gosto que fale desse jeito.

— Vamos, minha querida, não vai me dizer que se interessa por política e que é gaullista!

— Mas não compreende? É algo mais do que um problema político; está em causa a liberdade.

O jovem deu uma gargalhada e comentou:

— Esperava por tudo, menos por isto: a bela e frívola Léa Delmas discursando sobre liberdade e namoriscando o general De Gaulle, esquecida de seduzir os rapazes! Que aconteceu para que você tenha mudado assim?

Léa ergueu-se com cólera, gritando:

— O que aconteceu? Vi morrerem mulheres e crianças de maneira atroz, matei um homem, minha mãe, que julgava em segurança aqui, morreu num bombardeio em Bordeaux. Laurent vagueia sem que ninguém saiba por onde, estamos sem dinheiro, quase não temos o que comer, os alemães ocupam-nos a casa e meu pai... meu pai está enlouquecendo...

À medida que falava, Léa martelava com os punhos a parede cheia de salitre.

— Desculpe, sou tão desajeitado! Mas agora estou aqui e vou ajudá-la – disse Mathias.

Beijava-a no rosto, na cabeça, procurando nos cabelos dela a lembrança do antigo cheiro de feno de quando rolavam no meio da palha, e descobrindo na pele um perfume de baunilha. Apertou-a com violência contra si. Impacientes, os dedos procuravam desabotoar-lhe o vestido e os dentes mordiam-lhe os lábios.

Imóvel e atenta, Léa sentia o eco das carícias brutais do companheiro. Mas dizia a si mesma que não devia prosseguir; amava Laurent e estava se mostrando louca e imprudente. Toda a resistência, porém, estava antecipadamente vencida, tanto era o desejo de sentir um corpo contra o seu, de sentir um sexo penetrar-lhe o ventre. Ouvia-se gemendo e balbuciando palavras sem nexo. Depressa... depressa... que ele a tomasse... mas por que não o fazia? Agastada, Léa arrancou as calcinhas, oferecendo-se a ele, impudica e magnífica.

— Vem...

O rapaz contemplava os pelos públicos de reflexos ruivos, enquadrados pelos elásticos que sustinham as meias pretas e destacavam a brancura do interior das coxas. Escondeu então o rosto naquela umidade cheirosa. Sob sua língua, Léa gemia sem parar.

Por instantes, seus olhos se abriram, captando o rosto do Cristo esmagado sob o peso da cruz. E pareceu-lhe que a imagem se animara e que o Filho do Homem lhe lançava um olhar cúmplice. Deixou escapar um grito e atingiu o orgasmo com as carícias de Mathias. Sentia uma dor deliciosa nos seios. Puxou a cabeça de seu ventre e beijou com gula a boca que tanto prazer acabara de lhe proporcionar, embriagando-se com seu sabor.

— Venha – disse ela, afastando as pernas.

E novamente gemeu de prazer quando o sexo do homem forçou o seu, ainda intumescido de volúpia.

LÁ FORA a chuva se intensificara. Estava um dia tão sombrio como no inverno. Na capela aberta para as árvores do calvário, um rapaz e uma moça seminus dormiam aos pés de um grupo de imagens de pedra, cujos vultos pálidos pareciam velar-lhes o sono.

No dia seguinte ao da chegada de Mathias a Montillac, Léa acompanhou o pai, tia Bernadette e Ruth a Bordeaux, a pretexto de visitar Laure e de adquirir sementes para a horta. O almoço em casa de tio Luc decorreu em ambiente de constrangimento. Não se falou de outra coisa se não da sorte do país em ter encontrado um herói como o marechal Pétain. Terminada a refeição, Léa pôde cuidar dos seus assuntos.

— Vou com você – decidiu Laure, erguendo-se.

— Não, não vale a pena. Não me demoro muito – Léa se opôs contrariada.

— Posso ir com vocês? – pediu a prima Corinne.

Léa lançou a Ruth um olhar de súplica.

Ruth sempre desconfiara do que designava por "ideias loucas da sua pequena", embora afirmasse constantemente que Léa seria bem-sucedida em tudo que necessitava de maior liberdade de ação que as irmãs.

— Léa possui uma vitalidade e um instinto de sobrevivência capazes de superar tudo – comentara Ruth para Adrien Delmas, na última vez que o vira. – Infelizes aqueles que pretenderem se opor a ela.

Apesar da suspeita que sentia, Ruth foi em socorro de Léa:

— Mas você não vai à Livraria Mollat, Laure? Então, podemos ir com Corinne, enquanto Léa compra as sementes. Na volta, irá nos encontrar lá.

Ruth mal terminara a frase e Léa já estava na rua. Felizmente, a casa do advogado Delmas não ficava muito longe da sede do *La Petite Gironde*, na rua Cheverus. Quanto à Livraria Mollat, ficava na rua Vital-Charles, bem próxima do jornal.

Durante a rápida visita a Montillac no mês de fevereiro, Adrien dissera à sobrinha que, caso necessitasse contatá-lo, poderia fazê-lo por intermédio de Richard Chapon. No jornal, recebeu-a o mesmo empregado da vez anterior. Informou-a da ausência de Chapon; não sabia quando regressava.

– Mas é muito importante – insistiu Léa.

– O que ele faz neste momento, senhorita Delmas, é também ocupar-se de coisas importantes, provavelmente.

Diante da expressão perplexa de Léa, o funcionário acrescentou:

– Fale com o amigo dele, o padre de Saint-Eulalie. Talvez possa ajudá-la.

Saint-Eulalie? Ficava muito perto do convento dos dominicanos, no local onde Raphaël Mahl a deixara. Decidiu seguir o conselho.

– Muito obrigada – disse Léa, retirando-se.

O dia nublara-se e estava frio. Léa levantou a gola da velha veste impermeável que pertencera à mãe e ajustou na cabeça o chapéu de feltro. Depois começou a correr, prendendo debaixo do braço a bolsa.

Sem fôlego, parou junto aos degraus do templo. A chuva começava a cair quando empurrou a porta.

Algumas mulheres rezavam em frente do altar onde brilhava uma pequena lâmpada vermelha. Tentando disfarçar a indecisão, Léa ajoelhou não muito longe da sacristia, refletindo no que deveria fazer e dizer.

– Léa, o que faz aqui?

Ela sobressaltou-se e quase deu um grito ao sentir a mão que lhe pousava no ombro. Um homem de terno marrom com o chapéu na mão e espesso bigode a olhava.

– Tio Adrien!

– Silêncio! Venha comigo – disse ele, encaminhando-se para a saída.

Chovia. Adrien Delmas pôs o chapéu e, pegando no braço da sobrinha, começou a andar rapidamente.

— Mas por que razão você está vestido assim, tio? – perguntou Léa.

— O hábito de dominicano é um pouco vistoso demais para certos passeios. Dou graças ao Senhor por tê-la encontrado. A igreja está sendo vigiada pela Gestapo há alguns dias. Se não tivesse visto você entrar, só Deus sabe o que aconteceria.

— Andava à sua procura.

— Desconfiei disso. Mas não volte aqui. O que aconteceu?

— Laurent fugiu da Alemanha.

— Como soube?

— O tenente Kramer disse a Camille.

— Há quanto tempo?

— Na Páscoa.

A chuva aumentou. Recolheram-se na soleira de uma porta, em frente da catedral.

— Camille teve notícias diretas de Laurent?

— Não.

— Nesse caso, que querem que eu faça?

— Tenho... Camille tem receio de que Laurent vá procurá-la. A casa está sob vigilância. Que faremos se ele for lá?

Rindo, dois soldados alemães abrigaram-se da chuva perto deles.

— Maus tempos na França! – exclamou um deles com um trejeito de desgosto.

— Sim, mas bons vinhos – acrescentou o segundo.

Sem terem tomado qualquer decisão, tio e sobrinha deixaram o abrigo. Andaram em silêncio durante algum tempo.

— Na semana que vem, irei a Langon visitar um dos nossos irmãos que está no hospital. Aproveitarei a oportunidade para dar uma passada em Montillac. Farei contatos na região.

— Não posso ir em seu lugar? – sugeriu Léa.

Sempre caminhando, o tio apertou a sobrinha contra si.

— Não, minha querida, é muito perigoso. Já sabe demais, tanto para minha como para sua própria segurança.

— Mas eu quero ajudar Laurent.

— Não duvido. Mas a melhor maneira de ajudá-lo é ficar quieta.

Havia certa irritação na voz de Adrien Delmas.

— Como vai seu pai?

Léa deixou escapar profundo suspiro.

— Estou preocupada com ele, tio. Mudou muito; já nada lhe interessa. Ficou ainda pior desde a morte do senhor d'Argilat. Fala constantemente em mamãe como se ainda fosse viva. Fecha-se no escritório ou vai sozinho para o terraço, onde fica monologando. E parece contrariado quando queremos fazer-lhe companhia. "Deixe-me, não vê que estou conversando com sua mãe?", diz. É terrível, tio. Receio muito por ele.

— Eu sei, eu sei, minha pequena. E que diz disso o doutor Blanchard?

— Ele não gosta de falar a respeito. Receitou alguns medicamentos, que Ruth ministra a papai regularmente.

— Parte do seu ser morreu e não serão medicamentos que a farão ressuscitar. Resta-nos pedir a Deus...

— Deus? Ainda acredita nisso? Você?

— Cale-se, Léa. Não blasfeme.

— Já não creio em Deus, tio. E temo que mais ninguém em Montillac acredite, exceto, talvez, a pobre da Camille.

— Não diga semelhante coisa, para mim seria um golpe terrível.

Passaram em frente dos escombros de um prédio bombardeado, na rua Remparts. Essa imagem trouxe cruelmente à memória de Léa a lembrança da mãe.

– Por que não foi ao enterro de mamãe? – perguntou.

– Não me foi possível. Não estava em Bordeaux. Aonde vai agora?

– Vou encontrar Ruth e Laure na Livraria Mollat.

– É perto. Deixo-a aqui, então. Não quero que me vejam vestido assim. Siga meus conselhos e não me procure no convento ou no *La Petite Gironde*. O jornal também está sob vigilância. Depois lhe darei notícias. Seja como for, estarei em Montillac no começo da próxima semana. Até lá, seja prudente. Se, por desgraça, Laurent chegar antes disso, diga-lhe para ir a Saint-Macaire, na casa do afilhado de sua mãe; ele sabe o que tem a fazer. Laurent, deve dizer-lhe: "Os dominós foram devolvidos"; ele entenderá.

– Os dominós foram devolvidos – repetiu Léa.

– Isso mesmo.

Separaram-se na Porte Dijeaux. A chuva parara.

NA LIVRARIA, Léa foi informada por um dos empregados de que as senhoras Delmas haviam acabado de sair. Por acaso, a loja de sementes na praça do mercado estava aberta. Restavam-lhe ainda algumas sementes e mesmo – cúmulo do luxo! – mudas de tomateiro e de alface.

Ao chegar à casa de tio Luc, Laure preparava-se para voltar ao colégio e a acolheu com frieza.

– Tinha uma coisa importante para lhe dizer – murmurou ela –, mas fica para outra vez.

– Não seja boba e diga-me o que é – pediu Léa.

– Agora não. Pior para você.

– Vou com você.

– Não vale a pena. Pergunte a Françoise se ela se divertiu no concerto na outra noite. Adeus.

21

— Olha, tio Adrien!

Acocorada na "sua" horta, envergando uma bata preta de camponesa com pequenas flores azuis e brancas, a cabeça protegida por um enorme chapéu de palha, Léa ergueu-se, com um punhado de ervas daninhas na mão.

Levantando a fralda do hábito branco, o dominicano encaminhava-se para ela, acompanhado de Camille. A sobrinha atirou-se em seus braços estendidos.

– Que alegria vê-lo, tio!

– Esteve com Laurent, Laurent está em Bordeaux! – lançou-lhe Camille de um jato.

– Em Bordeaux?!

– Quis vir ver-me, mas seu tio não deixou.

– Por agora, tudo corre bem. Laurent está em segurança – garantiu o dominicano.

– Onde? Quero ir vê-lo! – gritou Camille.

– Por enquanto não é possível; é perigoso demais. Logo lhe direi quando poderá encontrá-lo.

– Logo, espero.

– Como está ele? – perguntou Léa.

– Bem. Apenas cansado. Depois de fugir de Colditz, refugiou-se na Suíça, onde esteve tão doente que sequer pôde escrever para dar notícias. Dentro de alguns dias o farei passar para a zona livre.

— De que ele precisa?

— Por enquanto, de nada. Na próxima quinta-feira voltarei a Langon para visitar o padre Dupré e virei até aqui para comunicar a Camille a maneira de ver Laurent. Até esse momento, fique quieta e não fale nada a ninguém, peço-lhe. Se por infelicidade não puder vir a Montillac, entregarei um bilhete a Françoise. Ela trabalha na seção hospitalar onde o padre Dupré está internado — disse Adrien.

— Será prudente confiar-lhe tal missão? — perguntou Camille, baixando a cabeça.

Tio e sobrinha fitaram-na com surpresa.

— Mas... por que você diz isso? — perguntou a moça.

— Françoise não é irmã de Léa? Não vivem sob o mesmo teto? — admirou-se o dominicano.

— Sim... claro... mas...

Adrien e Léa olharam-se sem compreender. Por que tais reticências, aquela súbita desconfiança? Semelhante atitude era completamente estranha ao caráter de Camille.

— Françoise pode perder o bilhete... ser presa pelos alemães... — balbuciou Camille, o rosto em fogo.

— Esconde-nos qualquer coisa, Camille. Por que desconfia de Françoise?

— Não, não... não é nada. Receio por Laurent, é tudo.

O padre Delmas afastou-se alguns passos. Depois regressou para junto das mulheres.

— Anotarei um endereço na capa do *Caminho da perfeição*, de Santa Teresa d'Ávila. Mas talvez não sejam necessárias tais preocupações e eu venha pessoalmente entregá-lo.

Voltaram para casa conversando.

Sentado no banco de pedra voltado para Bellevue e para a colina de Verdelais, Pierre Delmas, de queixo apoiado às mãos postas sobre o castão da grossa bengala espiralada, olhava a distância, com um sorriso vago pairando em seus lábios.

– Então, Pierre, descansando? – perguntou Adrien em tom jovial.

– Um pouco – respondeu Pierre Delmas. – Isabelle obrigou-me a mudar os móveis do quarto dela. Estou esgotado.

– Mas, papai, mamãe está...

– Compreendo, senhor Delmas. Nada mais cansativo do que mudar os móveis – interveio Camille, cortando a fala de Léa.

– É, não é? – disse Pierre Delmas, tendo no rosto uma expressão delicada. – Isabelle não quer admitir que estou ficando velho...

Léa deu-lhe as costas.

SENTADAS NO GRAMADO que descia até o terraço, Camille e Françoise amparavam Charles, que ensaiava os primeiros passos:

– Andará dentro de um mês – prognosticou Françoise.

– Sidonie e Ruth pensam a mesma coisa – respondeu Camille. – Dizem que os bebês magros começam a andar mais rapidamente.

– Laurent ficaria tão satisfeito se pudesse vê-lo! É estranho que você não tenha notícias dele desde que fugiu.

Camille mordeu os lábios.

– Se não fosse a fuga, teria sido libertado, como Mathias – prosseguiu Françoise, erguendo nos braços a criança, que riu.

Era um belo menino loiro, parecido com o pai e com a mãe. Crescia com a rapidez de um cogumelo e nunca ficara doente. Camille dispensava-lhe uma ternura animal e inquieta. Mantinha sempre os olhos nele, como se, a cada instante, temesse que desaparecesse. A criança era alegre e nunca chorava. Todos o adoravam, exceto Léa, que não podia olhá-lo sem um sentimento de ciúme, embora o menino desde cedo tivesse lhe demonstrado uma nítida preferência.

– Vai ler o livro que tio Adrien lhe mandou? Não deve ser muito divertido esse *Caminho da perfeição* – comentou Françoise.

– Claro que não é divertido. Mas tem utilidade; dá-nos força para enfrentar a vida.

– Talvez você tenha razão – respondeu Françoise com ar sombrio.

Camille notou aquela mudança de humor, mas fingiu não percebê-la. Brincava com o filho, rindo dos seus trejeitos e das suas cambalhotas.

"Faz-lhe bem a maternidade", pensou Françoise.

De fato, nesse domingo de Pentecostes, Camille d'Argilat resplandecia a ponto de estar bela. Como não podia comprar um tecido, e com a aproximação dos dias mais quentes, abandonara o luto pelo irmão e pelo sogro e envergava um dos seus antigos vestidos de algodão azul pálido, que valorizava a cor dos olhos, a pele queimada e os cabelos agora mais claros pelo sol. Estava tão magra que parecia uma adolescente frágil. Comparada a ela, a morena Françoise parecia mais velha e mais mulher, embora fosse três anos mais jovem.

Françoise mudara muito desde que começara a trabalhar regularmente no hospital de Langon, parecendo mais feminina e sedutora. Penteava-se muito bem, pintava o rosto – demais na opinião de Ruth e de tia Bernadette – e andava sempre bem-vestida, apesar das restrições. Usava nesse instante um vestido de seda vermelha com bolinhas azul-marinho, acinturado, que parecia ter saído das mãos de um bom costureiro, embora tivesse sido feito pela pequena modista de Langon – como Françoise garantia.

"Verei Laurent amanhã", pensava Camille.

LÉA ESTAVA de péssimo humor. Encontrara-se com Mathias em Saint-Macaire, em casa de um amigo do rapaz, que estava ausente durante aquele dia. Mathias contava com aqueles momentos longe dos olhares inquisitivos de Ruth e das olhadelas preocupadas dos pais. Depois do encontro na capela do calvário de Verdelais, não conseguira ficar a sós com a amiga um único instante. Chegara a desconfiar que ela o evitava. Assim, quando, na quinta-feira, Léa, de rosto pálido, surgira na cozinha da propriedade para chamá-lo, Mathias surpreendera-se. Seguira-a até o celeiro. Sem uma palavra, ela se lançara a seus braços, trêmula como um junco. Mathias beijara-lhe os lábios gelados com doçura e a deitara sobre o feno, procurando aquecê-la. Os braços de Léa, por detrás da nuca, tinham uma rigidez cadavérica. Separara suas pernas com dificuldade, de tal forma as mantinha apertadas. E, apesar do desejo de Léa, fora necessário a Mathias a maior paciência para que se deixasse penetrar. Ela chorava no orgasmo como outros choram na dor. Aquele contato deixara no rapaz um estranho sabor de amargura.

Querendo apagar tal lembrança, Mathias preparou na casa do amigo um lanche com os petiscos que Léa tanto apreciara em outros tempos: torta de morango, vinho doce envelhecido, cerejas maceradas em aguardente e caramelo. Para reunir essas guloseimas, fora-lhe necessário recorrer a tesouros de engenhosidade. A modesta e velha casa recendia ao perfume das rosas brancas que Mathias distribuíra em profusão. Léa sorriu diante de tais preparativos. Bem compenetrado do seu papel de anfitrião, o rapaz estendeu-lhe um copo de vinho, dizendo:

– Bebamos à nossa felicidade.

Léa engoliu a bebida de um só trago.

– Quero mais. Me faz bem.

Sorrindo, Mathias serviu-a de novo.

A jovem pôs-se a percorrer a casa de copo na mão, parando durante alguns minutos em frente da lareira, sobre a qual se via uma paisagem de Lourdes, pintada em um pedaço de cortiça, um furão empalhado e um tanto roído pela traça, um calendário dos correios, um ramo de rosas e algumas fotografias amareladas.

– É engraçada a casa do seu amigo – observou ela. – Onde fica o quarto?

Um relâmpago de contrariedade perpassou os olhos de Mathias. Não conseguia habituar-se à desenvoltura de Léa quanto ao amor. Sem ter consciência disso, gostaria que ela fosse mais tímida. Ele sempre tinha a desagradável impressão de que ela conduzia as coisas, e isso não lhe parecia natural nem adequado. Para ele estava agora claro que Léa seria sua mulher. Como poderia ser de outro modo? Léa riu ao entrar no quarto, de tal modo que se assemelhava ao de Sidonie – a mesma cama alta em nogueira, coberta por uma colcha de algodão branco e enorme edredom de cetineta vermelha. À cabeceira do leito, um grande crucifixo de madeira preta, enfeitado com um ramo de buxo bento. Na parede da frente, de ambos os lados da janela, duas fotografias de camponeses endomingados e um imenso armário junto da porta.

Sem se dar ao trabalho de desabotoá-las, Léa atirou as sandálias pelo ar. O contato com o ladrilho frio era agradável. Pousou o copo na mesa de cabeceira e começou a despir-se, cantarolando.

Mathias desfez a cama, que pareceu maior ainda com os lençóis brancos. Nua, Léa estirou-se sobre ela.

"Cheiram a alfazema", comentou consigo mesma, sentindo o coração comprimir-se por alguns instantes.

– Dê-me de beber – pediu.

– Você bebe demais – comentou o companheiro, voltando com a garrafa.

Léa bebia lentamente, observando Mathias tirar a roupa.

– Você devia trabalhar com o dorso nu – comentou. – Com essa marca de camisa, parece que sua cabeça bronzeada está num corpo que não é seu. Não é bonito.

– Já vou lhe mostrar se é ou não bonito – respondeu o rapaz, estendendo-se ao lado dela e atraindo-a para si.

– Espere. Deixe-me pousar o copo.

À passagem de Léa sobre ele, a boca de Mathias apoderou-se de um seio, enquanto os dedos lhe apertavam o outro.

– Ai, você me machuca!

– Pior para você.

Rolaram um sobre o outro, rindo e gritando, sob o olhar impassível dos retratos de família.

Sentada sobre a cama desfeita, com olheiras, nua, os cabelos em desalinho, Léa devorava a torta, a fruta e o caramelo bebendo o vinho que a deixava tonta, sob o olhar encantado de Mathias.

– Pare de me olhar desse jeito! – disse ela.

– Não me canso de observá-la. É tão bonita!

– Não é motivo...

– Quando for minha mulher, eu a olharei pelo tempo que quiser.

Léa suspendeu o gesto de levar à boca o pedaço do bolo.

– Do que está falando?

– De me casar com você.

– Mas eu não pretendo me casar com você! – exclamou a jovem.

– Por quê? Não sou suficientemente bom?

– Não diga bobagens. Não quero me casar, ponto final. É tudo – assegurou Léa.

– Todas as moças querem casar – insistiu o rapaz.

– É possível. Mas eu não sou como elas. Não falemos mais no assunto, eu lhe peço.

– Não, não, pelo contrário. Temos de falar. Amo-a e desejo me casar com você – disse Mathias, apertando o braço de Léa.

– Largue-me! Está me machucando.

Mathias apertou com mais força.

– Está doido! – gritou Léa. – Ordeno que me largue!

– Não largo enquanto não prometer se casar comigo – garantiu ele.

– Nunca, está ouvindo! Nunca!

Mathias ergueu a mão.

– Vai, bate, bate! O que está esperando?

– Mas por que não me diz?

– Porque não o amo.

Mathias empalideceu de tal forma que, instintivamente, Léa se encolheu contra a madeira da cama.

– Que disse? – perguntou ele.

Ergueu-se de um salto e começou a se vestir.

– Não me queira mal, Mathias. Gosto muito de você, sempre gostei, mas não como sua mulher.

– Contudo, você é minha mulher.

Léa acabara de abotoar o vestido e observava o companheiro ainda nu, sentado sobre os lençóis amarrotados, as pernas pendentes, a cabeça caída para o peito, uma mecha de cabelo cobrindo seu rosto. Teve por ele um ímpeto de ternura.

Como continuava a se parecer com o rapazinho que cedia a todos os seus caprichos infantis! Sentou-se ao lado de Mathias, encostando a cabeça em seu ombro.

— Seja razoável, Mathias. Não é pelo fato de termos estado juntos na cama que somos obrigados a casar.

— Quem é? – perguntou ele.

— Que quer dizer?

— Quem é seu amante?

— Não entendo o que quer dizer.

— Você acha que sou imbecil? Pensa que não notei que não era mais virgem?

De rosto em fogo, Léa ergueu-se e fingiu procurar os sapatos. Encontrou um deles aos pés da cama, o outro, debaixo do armário. Engatinhando, tentou apanhá-lo. Mathias, mais rápido, apoderou-se da sandália.

— Responde ou não? Quem é ele?

— Está me aborrecendo. O assunto não lhe diz respeito – respondeu a jovem.

— Ordinária! Não quis acreditar, dizendo a mim mesmo que você era uma moça honesta. Pensei que talvez tivesse sido seu noivo, que você quisesse lhe proporcionar esse gosto antes que ele partisse para a guerra... não podia levá-la a mal. Agora, porém, percebo tudo. Não foi o irmão de Camille que a fez perder todo o pudor. Porca... você... você... que eu desejei para minha mulher. É como sua irmã: puta de boches... puta de boches.

Infeliz, deixou-se cair sobre a cama, soluçando.

De pé, petrificada, sentindo o sangue fugir-lhe do corpo, Léa olhava à sua frente sem distinguir nada.

Ficaram assim durante muito tempo ela, imóvel, ele, soluçando. Mathias foi o primeiro a dominar-se. De repente, Léa lhe causou medo. Limpando nos lençóis a face molhada, aproximou-se dela.

339

No rosto lívido de Léa, os olhos haviam adquirido uma fixidez anormal. Com um esforço sobre-humano, articulou em voz surda:

— Que disse há pouco?

— Nada. Foi apenas a raiva – respondeu Mathias, já arrependido das palavras que lhe haviam escapado.

Léa repetiu:

— Que disse?

— Nada, pode acreditar. Não foi nada.

— "...como a sua irmã... puta de boches" – articulou ela.

Depois, tal como a erva de um prado sob a foice, a jovem escorregou lentamente para o chão. Mathias acompanhou sua queda e, no chão de ladrilhos frios, procurou atenuar o efeito provocado pelas palavras proferidas momentos antes.

— Não, não diga nada... aperte-me com força. Como pôde acreditar que...?

— Perdoe-me.

— ...que eu...

— Cale-se – balbuciou Mathias, cobrindo-lhe a boca de beijos para impedi-la de falar.

— Françoise... ah, agora eu entendo! Pobre papai! É preciso que ele não saiba de nada. Que devo fazer, Mathias?

— Não pense mais no caso, minha querida. Talvez eu esteja enganado.

Inconscientemente, Léa correspondia a seus beijos e seu ventre roçava o sexo ereto. Então, fizeram amor de novo.

LÉA NÃO PERMITIU que Mathias a acompanhasse a Montillac.

À chegada, pretextou uma terrível dor de cabeça e foi deitar-se sem jantar. Quando subia para o quarto, cruzou com os dois oficiais alemães, que a cumprimentaram afastando-se para lhe dar passagem.

Sozinha, por fim, em meio à desordem do quarto das crianças, a que era tão grata, Léa deixou-se cair sobre as almofadas. Confirmava-se então aquilo de que vagamente suspeitara: Françoise, sua própria irmã, tornara-se amante de um dos alemães. Mas qual deles? De Otto Kramer, claro! O mesmo amor pela música...

Bateram à porta.

— Quem é? – perguntou Léa.

— Sou eu, Camille. Posso entrar?

— Entre.

— De fato, você não me parece bem, minha querida. Vou buscar um comprimido.

— Obrigada – agradeceu Léa, engolindo o medicamento e a água do copo que a amiga lhe estendia.

— É muito amável em me acompanhar amanhã – disse Camille. – Laurent vai ficar contente. Gosta tanto de você!

— Notou algo de especial em Françoise de uns tempos para cá?

— Não. Mas o que você quer dizer?

Léa olhou-a, desconfiada.

— A que se deveram suas reticências do outro dia? – perguntou.

Camille corou e não respondeu.

— Também acha que ela... que ela e o tenente...

— Cale-se! Seria abominável.

— Mas pensou nisso? – insistiu Léa.

— Não é possível. Devemos estar enganadas – assegurou Camille.

— E se não estivermos?

— Nesse caso, seria horrível demais – disse Camille em voz abafada, ocultando o rosto nas mãos.

— Temos de tirar isso a limpo. Vou perguntar a Françoise – decidiu Léa.

– Neste momento, não. Só depois de eu ter estado com Laurent.

– Quem poderia supor uma coisa destas da parte de Françoise?

– Não podemos julgá-la; não temos certeza de nada. E... caso seja verdade, é porque o ama.

– Não é motivo válido.

– É o melhor.

Léa fitou Camille, surpreendida. O quê? Que saberia ela, a puritana senhora d'Argilat, a imagem daquela Camille de corpo vacilante, mas, assim mesmo, disposta a matar para defendê-la. Nessa altura não se mostrara tímida. E quem sabe se também no amor?... Foi-lhe insuportável a visão de uma Camille entregando-se, desenfreada, a Laurent.

– Não sabe o que está dizendo – garantiu Léa. – Você se esquece de que se trata de um alemão?

– Não, não me esqueço. Há semanas...

– Como?! E não me disse nada?

– Que poderia dizer? Era apenas uma impressão vaga, algumas trocas de olhares que surpreendi... enfim, nada de concreto – replicou Camille.

– Seja como for. Devia ter-me falado. Ah, se mamãe estivesse aqui! Acha que os outros desconfiam?

– Não sei de nada. Vamos dormir. Amanhã partiremos muito cedo. Mandei verificar a gasolina e tudo está em ordem. Sinto-me tão contente, Léa! Verei Laurent dentro de poucas horas. Oh, querida, perdoe-me! Sou tão desajeitada! Desajeitada e egoísta. Encontrará logo um bom rapaz que a faça feliz como meu irmão a teria feito – disse Camille, beijando a amiga com ternura.

LÉA DESPIU-SE com gestos raivosos e enfiou a camisola demasiado curta, que lhe dava um ar de criança. Passou para o banheiro, escovou os dentes e penteou os cabelos com violência. O espelho refletia um rosto obstinado e tenso. Em La Réole, no dia seguinte, se tivesse aquele mesmo aspecto, provavelmente Laurent não a acharia nada bonita. Apagou então a expressão mal-humorada; os olhos brilharam, os dentes morderam os lábios e o peito arqueou-se.

– A nós dois, Laurent.

A PASSAGEM DA LINHA de demarcação fez-se sem obstáculos. O automóvel rodava a boa velocidade pela estrada, como se também ele se sentisse excitado por estar na zona livre.

À saída de La Réole, Léa cortou à esquerda por uma estrada secundária. Logo surgiu uma sebe aparada margeando o caminho. Depois apareceu o portão de ferro, aberto. O carro o transpôs e rodou durante alguns metros por uma larga alameda margeada de roseiras. Parou em frente da escadaria de um edifício do começo do século, construção de aspecto maciço e sem graça. Léa desligou o motor. Ouvia-se apenas o canto das aves e o choro do pequeno Charles, que despertara no colo da mãe. Na esquina da casa, surgiu então uma silhueta alta e claudicante. Léa e Camille deixaram o veículo ao mesmo tempo. A segunda entregou o filho à amiga e correu para o homem, gritando:

– Laurent!

Léa apertou mais fortemente o bebê, que lhe rodeara o pescoço com os bracinhos. Desejou poder furtar-se ao espetáculo daqueles dois corpos enlaçados, mas foi incapaz de mexer-se. Ao fim de um tempo que lhe pareceu infindável, o casal, de mãos dadas, encaminhou-se para ela. Diante do olhar com que Laurent a envolveu, Léa, com alegria, quase deixava o menino cair, para se atirar em seus braços. Mas Camille o pegou, entregando-o ao pai. Desajeitado, Laurent o pegou, ergueu-o no ar, contemplando-o com incredulidade.

— Meu filho... – balbuciou, enquanto uma lágrima lhe escorria pela face, perdendo-se entre os pelos do espesso bigode que o envelhecia.

Com precaução, depôs um beijo no rosto da criança, murmurando:

— Charles, meu filho...

— Sem Léa, nem ele nem eu estaríamos aqui – comentou Camille.

Laurent voltou a entregar Charles à mãe e abraçou a moça.

— Tinha certeza de que poderia confiar em você – disse ele. – Obrigado.

Pousou-lhe os lábios nos cabelos, perto da orelha.

— Obrigado – sussurrou de novo, com fervor.

Invadia Léa o desejo intenso de lhe gritar seu amor, mas limitou-se a balbuciar:

— Ah, Laurent... Laurent... se soubesse!

— Eu sei. Foi muito duro. Adrien contou-me tudo. Você demonstrou imensa coragem.

— Não, não foi coragem – exaltou-se Léa. – Não tive escolha, é tudo.

— Não acredite, Laurent. Léa é maravilhosa – interveio Camille.

— Eu sei.

Nesse momento, um homem e uma mulher de cerca de 60 anos vieram reunir-se ao grupo.

— Camille e Léa, apresento-lhes o senhor e a senhora Debray, meus anfitriões. Correm grande perigo ao abrigarem fugitivos como eu.

– Não diga isso, senhor d'Argilat. É uma honra para nós poder auxiliar nossos soldados – afirmou o senhor Debray com convicção.

– Não fazemos mais que o nosso dever – apoiou a mulher em voz doce.

– Esta é Camille, minha mulher, e meu filho Charles – continuou Laurent, prosseguindo nas apresentações.

– Charles? A senhora é bastante imprudente – disse o senhor Debray em tom de ironia, dirigindo-se a Camille. – Não sabe que Philippe é o nome próprio agora em moda?

– A moda passa, senhor Debray. Fico imensamente feliz em poder agradecer-lhes tudo o que têm feito pelo meu marido.

– Por favor, em nosso lugar fariam o mesmo! É nossa maneira de continuar a luta e de nos aproximarmos de nosso filho.

– O filho de nossos amigos tombou como um herói em Dunquerque – esclareceu Laurent.

Camille preparava-se para falar, mas o senhor Debray interrompeu-a:

– Não diga nada, minha senhora. As palavras não conseguem exprimir o que... Bem... Venha, entremos em casa. Quem é esta jovem encantadora?

– É Léa Delmas, amiga muito querida e a quem devemos nossa felicidade.

– Seja bem-vinda, senhorita Delmas. Permite-me que a trate por Léa?

– Certamente, senhor Debray.

DEMORARAM-SE três dias naquela casa hospitaleira. No segundo dia, Adrien Delmas reuniu-se a eles, envergando trajes civis. A presença do tio contribuiu para atenuar os terríveis ciúmes que roíam o íntimo de Léa. Não conseguia suportar por mais tempo o rosto resplandecente de Camille e a ternura atenciosa que Laurent lhe dispensava.

LAURENT FOI UM dos primeiros detidos a evadir-se de Colditz, antiga cidadela real, que ergue suas fortificações a 40 metros de altura sobre um promontório escarpado, dominando a pequena cidade construída com tijolo e grés corde-rosa, na margem esquerda do Mulde.

Bem depressa Laurent se apercebeu de que a única possibilidade de fuga seria na hora do passeio. Revelou o propósito a três camaradas, que o ajudaram a reunir víveres, roupas e algum dinheiro.

Certa tarde, ao sair para o passeio, Laurent observou que rebocavam a fachada de um edifício de três andares que dava para o caminho por onde os prisioneiros chegavam ao parque. Uma porta habitualmente fechada estava aberta.

Devido ao declive pronunciado, o andar térreo ficava à altura de um primeiro andar em relação à estrada. Espreitando por entre as barras corroídas pela ferrugem das exíguas aberturas ao nível do solo, viu que se tratava de adegas ou de cocheiras. Tinha de agir depressa; concluídos os trabalhos, poderiam fechar de novo a porta a cada momento. Assim, na volta de um dos passeios, a magra bagagem escondida sob o capote, decidiu agir. Segredou ao companheiro de fila:

– É agora.

O camarada fez a coluna diminuir o ritmo da marcha:

– Devagar. Fiquem calados e olhem em frente.

O guarda que seguia adiante dos prisioneiros não virou para trás uma única vez. Da terceira fila, muito perto dele, Laurent distinguia-lhe os cabelos curtos despontando na nuca forte. Atrás dele, seguiam algumas filas de prisioneiros e outro guarda, no final da coluna.

Com três passadas, atirou-se para a porta da adega, temendo, a cada instante, receber uma bala nas costas. Dentro dele, abrira-se enorme vazio.

Diminuía o som dos passos dos companheiros. O coração batia como se quisesse saltar-lhe do peito. Enrolou a bainha das calças azuis, enfiando-a por dentro das meias de lã branca e grossa. Despiu o velho casaco de algodão, conservando apenas o pulôver bege, de malha trançada, que Ruth lhe mandara. Com o colarinho da camisa azul sobre o pulôver, o boné de abas, os confortáveis sapatos de sola de borracha e uma maleta com o indispensável, parecia um viajante alemão de bom aspecto. Decorreu um minuto sem que se ouvissem gritos, chamamentos ou latidos.

Deixar o porão úmido, transpor o pequeno muro, retomar o caminho e, sobretudo, evitar a tentação de correr, tudo isso Laurent fizera em pensamento inúmeras vezes. O único verdadeiro risco eram os guardas do caminho de ronda.

Arquitetara um plano simples: regressar ao parque, atravessando, por sobre uma árvore caída, a pequena torrente que separava a floresta do local de passeio dos prisioneiros. Em seguida, escalar a paliçada de madeira que circundava o campo de jogos dos soldados alemães e, daí, a muralha, servindo-se dos intervalos entre as pedras. O projeto foi adiado, porém, devido à presença de militares que jogavam bola. Ficou escondido na cave, onde esteve na iminência de ser descoberto por diversas vezes: dois garotos vieram jogar bola no meio da estrada, alguns soldados passaram junto à parede do edifício, um casal e um cão detiveram-se por algum tempo em frente à porta aberta. O perigo maior era o cão. Apesar do frio úmido, Laurent estava molhado de suor quando o animal se afastou. Contra todas as expectativas, seu desaparecimento não fora ainda percebido pelos guardas. Dentro de duas horas, porém, seria feita a chamada. Por fim, Laurent saiu do subterrâneo e executou então todos os movimentos previstos. Voltou-se ao chegar à muralha: em frente, o parque deserto e, à esquerda, a cidadela enorme, à qual as sombras da tarde conferiam aspecto mais tenebroso. No caminho de ronda, os vultos das sentinelas recortavam-se contra o céu ainda claro. Estava perdido se uma delas olhasse em sua direção. Com calma, principiou a escalada vagarosa. Não obstante o ferimento na perna, que ainda incomodava, içou-se até o topo sem dificuldades. Deixou-se então cair no vácuo, a queda amortecida pelas folhas mortas. Estava fora do castelo de Colditz! Num plano inferior, estendia-se a estrada, o caminho para a liberdade. Rolando sob seus pés, as pedras da encosta produziam um barulho horrível. Ouviram-se vozes na estrada. Compôs o vestuário desalinhado e limpou a terra dos sapatos. As vozes aproximavam-se. Cruzou com dois oficiais da cidadela, acompanhados das respectivas esposas, que seguiam em conversa animada e não lhe prestaram a mínima atenção; transformara-se em um alemão de classe média. Fingindo despreocupação, correspondeu ao sorriso de um velho e saudou com um *Heil Hitler* sonoro um grupo de jovens. Chegado à estrada principal, deu-se ao luxo de se virar para trás para contemplar o vulto harmonioso da fortaleza de Colditz. Apoderara-se dele intenso sentimento de orgulho – vencera o sutil e formidável arsenal de vigilância que rodeava a cidadela!

Três dias depois, atravessou a fronteira em Schaffhouse. À noite, sem um tostão no bolso, apanhou o trem para

Rochlitz, chegando a Berna, onde caiu gravemente enfermo. Permaneceu hospitalizado por diversos dias e escreveu longas cartas ao pai e à mulher, cartas que nunca lhes chegaram às mãos. Apenas as que escrevera a Adrien Delmas foram entregues ao destinatário, tendo passado, como que por milagre, através das malhas da censura. O dominicano entrou, então, em contato com Laurent por intermédio de outro dominicano suíço, que lhe forneceu documentos e dinheiro.

UM FIM DE TARDE doce e calmo cintilava sobre a pequena cidade de La Réole, onde Laurent e Léa tinham ido tratar de alguns assuntos. Por causa do filho, Camille não os acompanhara. Era a primeira vez que ambos se encontravam a sós. A senhora Debray indicara-lhes a padaria da rua Argentiers, cujo pão era o melhor da região, e onde também se vendia farinha. Perderam-se no emaranhado das ruelas e chegaram às imediações do castelo Quat'Sos, de onde se avistava toda a paisagem do vale do Garona. Passaram diante da abadia dos beneditinos. As tílias embalsamavam o ar. Léa quis entrar na igreja. Os passos ecoaram sob as abóbadas góticas. Laurent demorou-se bastante em frente da capela da Virgem. Léa aproximou-se, pegou-lhe a mão e apoiou a cabeça em seu ombro. Laurent beijou-lhe os cabelos encaracolados. A jovem sentia vibrar na palma da mão o pulso do homem amado. Quando ergueu a cabeça, os olhos de ambos prenderam-se sem conseguirem se desviar. Os lábios tocaram-se de leve e, nesse ligeiro contato, os corpos sentiram aflorar a chama do desejo. Perto, uma porta bateu, chamando-os à realidade – o encanto fora quebrado.

Laurent repeliu a companheira com suavidade.

– Não, não me deixe – protestou ela.

– Somos loucos, Léa. Não devemos... não devo...

– Cale-se. Eu o amo.

A moça encostou-se nele novamente. Laurent pegou-a pelos quadris e a apertou contra si.

– Eu a amo.

O corpo de Léa ondulava, acariciando-lhe com sua barriga o sexo ereto. Laurent empurrou-a com tanta violência que ela caiu sentada num genuflexório.

– Pare com isso! – gritou o rapaz.

Esfregando as costas doloridas, Léa olhava-o com ar triunfante. Depois ergueu-se e encaminhou-se para a saída. Ele seguiu-a de cabeça baixa.

– Vamos depressa. A padaria vai fechar.

O estabelecimento não cerrara ainda as portas, mas só ao evocar o nome da senhora Debray conseguiram obter um pão de 4 quilos e um pacote de farinha.

Foram buscar as bicicletas junto à estação. Indiferentes, perdidos nos respectivos sonhos, passaram sem olhar pela paisagem do Signal du Mirail. Em breve atingiriam a propriedade dos Debray.

Mal chegaram ao jardim, Camille apareceu correndo.

– Onde estiveram? Morria de preocupação.

– Ora, o que podia nos acontecer? Fomos visitar La Réole – disse Léa, imperturbável.

Durante o jantar, a jovem mostrou-se alegre e jocosa, tagarelando com espírito sobre mil e um assuntos. Adrien e o senhor Debray, divertidos com os seus ditos, a incentivavam.

Enquanto tomavam um péssimo café no jardim, o dominicano anunciou a Laurent:

– Achei a pessoa que procurávamos. Trata-se de Jean Bénazet, de Varilhes, perto de Foix. Temos um encontro amanhã à tarde, no Café de la Poste, em Foix.

– Tão cedo! – exclamou Camille.

– Por favor, querida... Virá me encontrar logo que possível.

– Mas eu quero acompanhá-lo.

– Nem pense nisso! Não se esqueça de que Charles precisa de você.

A senhora Debray ergueu-se e pousou a mão no ombro de Camille:

– Não deprima seu marido com lágrimas, minha fi-lha. Ele cumpre seu dever, procurando continuar na luta. Mostre-se corajosa. Quer ficar aqui? Teríamos muito pra-zer, eu e meu marido. Gostaríamos muito que ficasse conosco.

– Não vai ser possível – interveio Laurent. – Camille terá de me substituir em Roches-Blanches. Delpech, nosso administrador, informou-me por carta de que não só a casa foi ocupada como também as vinhas se encontram em mau estado devido à falta de mão de obra.

– Tal como acontece em Montillac – observou Léa.

– E por toda a região – rematou o dominicano.

– Que tenciona fazer? – perguntou a senhora Debray.

– Não sei. Penso constantemente em meu pobre pai e me pergunto o que ele faria em tais circunstâncias. Enche-ram-me de cólera e de tristeza as desgraças que se abateram sobre este infeliz país. Eu, que era a favor da aproximação dos povos, da sua fusão nos Estados Unidos da Europa, sin-to-me agora nacionalista, coisa que me parecia ultrapassada antes da guerra. Não me julgava tão francês nem pensei amar meu país a tal ponto.

– Graças à existência de homens como o senhor, meu jovem amigo, tentaremos restituir-lhe a honra e a liberdade – afirmou Debray com energia.

– Acha realmente que isso é possível?

– Se não achasse, teríamos nos suicidado, eu e minha mulher, no dia em que ouvimos Pétain anunciar seu pedido de paz aos alemães. Pareceu-nos que nosso filho morria pela segunda vez. Choramos, implorando a Deus que nos iluminasse. No dia seguinte, tivemos a resposta pela voz do general De Gaulle.

Ninguém falou durante alguns momentos. Ouviam-se apenas os chamados dos pássaros e os gritos das andorinhas perseguindo-se pelo espaço. Depois, Adrien Delmas rompeu o silêncio:

– Seria necessário que fossem mais numerosos os que adotam atitude semelhante à sua, senhor Debray. Mas, por toda parte, tudo o que há é falta de vigor, desordem, comprometimento, espionagem ignóbil, denúncia perversa e concordância com a servidão. Veem-se escritores de talento, tais como Brasillach, Rebatet e Drieu, universitários, homens de negócio, militares e mesmo, que Deus os perdoe, eclesiásticos prostituindo os respectivos talentos a serviço de uma ideologia desprezível. Como animais enfraquecidos, deitam-se de costas, oferecem a barriga à bota do ocupante. Estou desesperado...

– Sua fé em Deus acabará por lhe restituir a crença na humanidade – afirmou a senhora Debray, interrompendo as palavras do dominicano.

– A fé em Deus, sem dúvida... – disse ele, erguendo-se.

Léa, a quem semelhante discussão aborrecia, levantou-se também, surpreendida pelo tom do tio. Julgara perceber nele um desencanto enraivecido. Teria perdido a fé? "Seria cômico", pensou, "um frade não acreditar em Deus."

– Você está com ar infeliz, tio Adrien – disse ela com meiguice, indo juntar-se a ele sob o enorme castanheiro.

Sem responder, Adrien Delmas acendeu um cigarro.

Léa observava-o pelo canto do olho – não tinha uma expressão apenas triste, mas desesperada. Uma timidez muito antiga, vinda da infância, impediu-a de consolá-lo. Para distraí-lo e expulsar a angústia que a invadia ao vê-lo tão forte em suas convicções, duvidar desse Deus por quem ele tudo abandonara, a sobrinha perguntou:

– Sabe se o alferes Valéry chegou são e salvo a Marrocos?

– Chegou, sim.

– E quanto a Laurent? Acha que tudo irá correr bem? – prosseguiu ela.

O dominicano observou-a com atenção. Não se enganara – aquela garota continuava apaixonada por Laurent d'Argilat. Resolveu tirar o caso a limpo.

– Tudo correrá bem, sim. O passador é um homem de confiança e Laurent irá se reunir aos companheiros em Argel. Camille e o filho poderão ir ao seu encontro dentro em breve.

Léa empalideceu, mas não se deu por vencida.

– Você deve estar satisfeita, vendo que tudo corre bem com seus amigos – continuou o tio, com uma pontinha de sadismo.

– Muito satisfeita, de fato – afirmou Léa secamente, voltando-lhe as costas. – Desculpe, tio, estou cansada e vou deitar-me. Boa noite.

– Boa noite, e que Deus a proteja.

Léa entrou no quarto correndo.

353

Encerrada ali, não via como encontrar-se a sós com Laurent antes da partida. Nua e deitada no leito, relembrava cada um dos pormenores do passeio a La Réole, em frente ao altar da Virgèm, na igreja de São Pedro. À lembrança do contato com o corpo amado, o seu arqueou-se, e colocando a mão entre as coxas desencadeou um prazer que a deixou furiosa consigo mesma. Adormeceu rapidamente, com o braço dobrado sobre o rosto.

O DIA PARECIA não acabar mais.

Na véspera, muito cedo, Adrien e Laurent tomaram o trem para Toulouse, onde mudariam de composição, rumo a Foix. As despedidas tinham sido tão pungentes como deveriam ser – ironizava Léa para si mesma. Conseguira deslizar uma carta entre as mãos de Laurent, cujo súbito rubor não passara despercebido nem a Adrien Delmas nem à senhora Debray. Pouco se preocupava porém: o importante era que ele soubesse que o amava e que tivesse podido lhe dizer novamente.

– Mais uma vez lhe confio o que de mais caro tenho na vida – dissera Laurent ao despedir-se de Léa com um beijo.

DEPOIS DE LONGA espera, soaram, por fim, passos sobre o saibro do caminho. Eram, de fato, do tio Adrien. Léa fez um esforço para não correr em sua direção e interrogá-lo – a senhora Debray estava ali e não cessara de observá-la desde a véspera.

– Foi tudo bem? – gritou Camille, o peito arfando, os dedos comprimindo as batidas do coração.

– Sim, tudo bem.

– Quando ele parte para a Espanha?

– Hoje, à noite. Não vai só. Serão uns sete ou oito – esclareceu o dominicano.

— Se soubesse o medo que eu sinto, padre – murmurou Camille.

— Nada receie. Tudo correrá bem.

— Espero que sim. E eu, o que farei enquanto espero? Não há nada que eu possa fazer aqui na França? O senhor, padre, tem uma tarefa, assim como o senhor e a senhora Debray. Eu gostaria de ajudá-los. Disponham dos meus préstimos – ofereceu-se Camille.

O dominicano envolveu num olhar comovido a mulher frágil que pretendia auxiliá-los.

— Seu dever, minha filha, é o de resistir ao desespero e demonstrar extrema prudência. São poucos os comprometidos na ação direta. Poderá constatá-lo se olhar à sua volta. Vamos esperar que desapareça a confiança que as pessoas depositam no marechal Pétain. Esta já se desvaneceu bastante, mas muitos homens e muitas mulheres, não menos patriotas do que nós, aliás, hesitam ainda em se colocar à margem da lei. Em Londres, certos oficiais mostram-se hostis ao general De Gaulle. Muita gente desconfia da Inglaterra. O golpe de Mers-el-Kébir comprometeu gravemente as boas relações entre os dois países. Seja paciente. Assim que puder, entrarei em contato com a senhora, dando notícias de Laurent e comunicando-lhe quando poderá juntar-se a ele. Todavia, se quiser, pode prestar-me um serviço: levar um maço de cartas a Saint-Emilion. Isto implica alguns riscos durante a passagem da linha de demarcação entre as duas zonas.

— Onde devo entregá-lo?

— Em casa do senhor Lefranc, na ruela do Château-du-Roy. Dê-lhe também este exemplar do *Guia Azul* da Bretanha; ele saberá do que se trata. Em seguida, esqueça tudo o que aconteceu e vá para Roches-Blanches. Venha comigo, Léa. Quero lhe falar.

Seguindo o tio pelas aleias do jardim, Léa sentia o coração bater descompassado – temia aquela conversa.

– Tenho de partir esta tarde – começou Adrien Delmas. – Tomarei o trem das seis para Bordeaux. Amanhã, você levará Camille a Saint-Emilion e depois a Roches-Blanches. Daí volte para casa o mais rapidamente possível, passando por Cadillac. Na cidade, entregue estas três cartas da parte do cônego ao senhor Fougeron, funcionário da Câmara.

– Só isso?

– Sim. Ah, já me esquecia! Laurent deixou-me isto para você – rematou o tio.

Léa ficou escarlate, pegando o envelope ordinário que Adrien lhe estendia.

– Obrigada – disse.

– Não me agradeça. Não é por você que faço, mas sim por ele, embora não aprove que lhe escreva. Se aceitei fazê-lo, foi apenas por sentir que ele estava se dilacerando.

Com a cabeça baixa, Léa não respondeu, girando maquinalmente o envelope entre os dedos. Não estava fechado. A moça lançou ao tio um rápido olhar de viés.

– Esteja certa de que não li a carta.

22

Léa estava bem longe de supor que iria experimentar qualquer pena ao separar-se de Camille. No entanto, foi de coração amargurado que caiu em seus braços na despedida.

A passagem da linha de demarcação em Saint-Pierre-d'Aurillac efetuara-se sem obstáculos. Tinham escondido as cartas na pequena mala da roupa do bebê. Em Saint-Emilion, entregaram ao senhor Lefranc o guia da Bretanha. Na Roches-Blanches, Delpech recebera, comovido, a patroa e o filho.

Léa revia a casa pela primeira vez desde aquela festa de noivado que marcara o fim de uma época feliz. Tivera então um único desejo: permanecer ali o menor tempo possível. Depois de lavar o rosto e as mãos, furtara-se à solicitude de Camille e partira.

Chegou a Cadillac pouco antes que a Prefeitura fechasse. Na escadaria, cruzou com dois risonhos soldados alemães. No balcão do registro civil, um funcionário redigia à mão, meticulosamente, alguns documentos; era Fougeron. Léa entregou-lhe as cartas e viu-se incumbida de enviar um embrulho pelos correios da zona livre. Não teve tempo para dizer uma única palavra, pois era manifesto o mau humor dos soldados alemães. Com um gesto rápido, fez desaparecer o pacote na bolsa.

A partir desse dia, efetuava regularmente a passagem de correio entre uma zona e outra. Para isso, fora obrigada a pedir ao tenente Kramer um *auswis* especial, a pretexto de vigiar a realização de trabalhos nas terras do seu pai, em Mounissens e em La Laurence, perto de Saint-Pierre-d'Aurillac. O cardápio em Montillac melhorou graças a essas viagens. Além disso, Albertine e Lisa, que, segundo afirmavam, morriam de fome lentamente em Paris, recebiam algumas encomendas de vez em quando.

Com as férias, Laure regressara do pensionato disposta a não voltar, agora que recebera o diploma. Transformara-se numa bela moça de 16 anos, fútil e coquete, grande admiradora de Pétain, dele colecionando retratos de todos os tipos. Nunca perdoara Léa por ter atirado ao chão uma fotografia autografada de seu ídolo, que orgulhosamente colocara sobre o piano do salão. Queixara-se do caso ao pai, cuja resposta a abalara, apesar de tudo.

– Sua mãe faria exatamente o mesmo.

Depois disso, Laure deixava a sala de visitas ostensivamente sempre que Léa escutava a Rádio Londres. Quanto a Françoise, ninguém sabia ao certo o que se passava. Se não estava de serviço no hospital, tocava piano o dia inteiro, exibindo a todos o rosto resplandecente, o que levava Ruth a comentar:

– Não me admiraria que esta pequena estivesse apaixonada.

Mas apaixonada por quem? Léa recusava-se a responder a tal pergunta. Vigiara a irmã durante dias, sem nada notar de suspeito em seu comportamento. Contudo, certa vez, Léa desceu à cozinha mais cedo do que o habitual para preparar o café da manhã. Na escada escura, chocou-se com o tenente Hanke, que a cumprimentou em um tom de voz bastante alto:

– Bom dia, senhorita Delmas.

– Bom dia – correspondeu Léa bruscamente.

Ao entrar na cozinha, o tenente Kramer terminava sua refeição. Ergueu-se ao aparecimento da rapariga, saudando-a.

– Bom dia, senhorita Delmas. Levantou-se hoje muito cedo. Vai, sem dúvida, visitar as propriedades de seu pai, na zona ocupada – observou.

Por que motivo havia três tigelas sobre a mesa, uma delas cheia?

Pouco depois do regresso de Laure a Montillac, chegavam também Philippe, Corinne e o caçula Pierrot, filhos de Luc Delmas. Na velha casa, ecoaram de novo gritos e gargalhadas. Devido à presença dos alemães, tiveram de ficar mais apertados.

Léa revia com agrado o primo Pierrot, que aos 14 anos já se considerava um homem. Tal como antes, dormia com ela no quarto das crianças.

Durante as refeições, as conversas eram tão animadas que Bernadette Bouchardeau se apressava a fechar as janelas.

– Querem que todo mundo os ouça? Que sejamos todos presos?

A mesa dividia-se nitidamente em três campos. O dos adeptos convictos de Pétain: Bernadette, Philippe, Corinne e Laure, que não encontravam palavras suficientemente duras para falar daqueles que, de modo covarde, traíram o marechal e, por consequência, a França; o dos partidários de De Gaulle ou, pelo menos, daqueles que não aceitavam a presença do ocupante: Léa e Pierrot; e ainda o dos "sem-opinião", por motivos vários: Pierre Delmas, Françoise e Ruth.

O primeiro grupo pregava a colaboração solicitada por Pétain a 30 de outubro de 1940, única maneira – segundo garantiam – de restabelecer a ordem, a dignidade e a religião no país, corrompido por judeus e por comunistas; os segundos afirmavam que a única oportunidade de a França recuperar a honra e a liberdade era seguir as diretivas do general De Gaulle.

– Um traidor!

– Um herói!

Os sequazes do terceiro grupo pouco se manifestavam. Ruth por discrição, Pierre Delmas por indiferença e Françoise por... não se sabia por quê. Abandonava a mesa com frequência, se o debate se tornava demasiado apaixonado.

Certo dia, sem se conter, Léa seguiu-a. No terraço, caída sobre o banco de ferro, Françoise soluçava. A irmã aproximou-se, perguntando, com doçura:

— O que você tem, Françoise?

O pranto redobrou.

— Estou farta de ouvir falar de guerra, de Pétain, de Hitler, de De Gaulle, das restrições, dos russos, da zona livre, da zona ocupada, da Inglaterra, de... de... Estou farta! Gostaria que me deixassem em paz. Quero poder amar livremente... quero... quero morrer!

A compaixão sentida pelo desgosto da irmã transformava-se aos poucos em desagrado e logo em repugnância. "As pessoas escondem-se, quando ficam assim tão feias chorando", pensou Léa.

— Cale-se! — ordenou. — Se visse sua cara! Se algo não vai bem, diga-me. Se o seu apaixonado a põe assim, deixe-o — disse Léa.

Falara por implicância, sem pensar no que dizia. Ficou surpresa e muda em face da violência da reação de Françoise.

— Que sabe você do meu apaixonado, você que rola no feno com um serviçal, embora continue a pensar no marido de outra mulher? O meu apaixonado, se quisesse, faria com que todos vocês fossem... Mas isso não lhe diz respeito, não diz respeito a ninguém. Detesto vocês... gostaria de nunca mais os ver.

Depois de cuspir no rosto da irmã a última palavra, Françoise pôs-se em fuga pelo caminho entre a vegetação, ao longo do terraço. Léa ficou olhando a silhueta vacilante afastar-se por entre os vinhedos e depois desaparecer para além de Valenton.

Quanto tempo assim ficara, imóvel, em face da paisagem familiar, enquanto lhe martelava o cérebro aquela frase: "O meu apaixonado, se quisesse, faria com que todos vocês fossem..." Fossem presos? Sim, era isso: "O meu apaixonado, se quisesse, faria com que todos vocês fossem presos." Mas, como sempre, a beleza tranquila dos campos, das matas, das colinas, das vinhas, das aldeias e da linha sombria das Landes, ao fundo, contribuiu para aplacar-lhe a angústia e interromper a horrível música que lhe ressoava no cérebro.

Françoise comunicara em casa que iria a Arcachon no dia seguinte, visitar uma amiga. Léa recordou-se então daquilo que Laure lhe sugerira certa vez: perguntar a Françoise se se divertira no concerto. Naquele momento, ficara admirada com tais palavras. Depois, a irmã mais nova acrescentara vagamente que aquilo não tinha importância, que esquecesse. Mas, diante da insistência de Léa, acabara por confessar.

– Pareceu-me vê-la com o tenente Kramer. Mas não devia ser ele, pois o homem que a acompanhava vestia trajes civis.

Léa não tinha agora nenhuma dúvida: Françoise amava um alemão de quem certamente se tornara amante.

Comentou o caso com Camille, que veio passar alguns dias em Montillac, antes das vindimas. Que devia fazer? Avisar o pai, Ruth e tio Adrien?

– Não faça isso – aconselhou Camille. – É mesmo um assunto muito delicado. Só Françoise e o tenente Kramer podem dizer se é ou não verdade sua suspeita.

– Mas... e aquelas palavras de Françoise?

– Disse-as num momento de cólera.

Durante a estada de Françoise em Arcachon, o tenente Kramer esteve ausente de Montillac a maior parte do tempo.

COM A CHEGADA do outono, todo mundo partiu para Bordeaux, até mesmo Laure, que achava o campo de "um tédio mortal". Léa deixara a Mathias e a Fayard a responsabilidade das vinhas e assistiu com satisfação à partida dos outros, ainda mais que alimentar toda aquela gente, embora tivesse senhas de racionamento suplementares, era um problema muito complicado. Via aproximar-se o inverno sem grande receio graças às conservas dos legumes cultivados em sua horta e ao viveiro bem provido de coelhos e de galinhas; sem contar os dois porcos que engordavam. Apenas uma coisa a preocupava: a falta de dinheiro. A venda do vinho era suficiente somente para pagar àqueles que se ocupavam dos vinhedos, e nem mesmo a todos; nos seis últimos meses, Fayard não recebera seu salário. Por Camille, Léa soube que Laurent ficara em Argel apenas alguns meses. Encontrava-se agora em Londres. Notou com alegria que Camille não falava mais em ir ao encontro do marido.

Apesar do amor sentido por Laurent, prosseguira suas relações amorosas com Mathias, sempre mais violentas e mais decepcionantes. Após cada contato, Léa se prometia que seria o último. Mas, ao fim de uma semana ou 15 dias, no máximo, ia encontrá-lo no celeiro, nas vinhas ou na velha casa de Saint-Macaire.

Em 21 de outubro de 1941 houve um atentado em Bordeaux contra um oficial alemão. No dia 23 do mesmo mês, eram executados cinquenta reféns.

Léa experimentava sentimentos de sufocação e de tédio profundo cada vez mais agudos. Em vão procurava quebrar a monotonia das horas mergulhando na leitura dos livros da biblioteca do pai. Nenhum autor lhe agradava. Por falta de interesse, caíam-lhe das mãos as obras de Balzac, de Proust ou de Mauriac. Seu sono era perturbado por horríveis pesadelos: ora a mãe se erguia soluçando no meio dos escombros, ora o homem que matara a comprimia contra si num abraço repugnante. Durante o dia, assaltavam-na bruscas crises de lágrimas que a deixavam alquebrada. Montillac pesava-lhe nos ombros. Perguntava a si mesma se valeria a pena trabalhar tanto para manter tudo aquilo vivo, para conservar a terra, amada apenas por ela agora, pois nem o pai nem as irmãs lhe davam a mínima importância. Outra pessoa havia, porém, que também amava a propriedade, a ponto de ambicioná-la para si: Fayard. Readquirira a razão de viver após o regresso do filho, mudança acompanhada de maior aspereza. Conseguira dissimulá-la até o dia em que dissera a Léa, sem rodeios:

— Tudo isto representa um peso demasiado grande para a sua juventude, senhorita. O pobre senhor Delmas já não está no seu perfeito juízo e dentro de pouco tempo terão de interná-lo num hospital de loucos. Só um homem conseguirá administrar uma propriedade como esta. Aconselhe seu pai a vendê-la. Fiz economias e minha mulher acaba de receber uma herança. Como é evidente, ficarei devendo alguma coisa. Mas, por certo, o senhor Delmas não se importará de transformar essa quantia no seu dote.

Gelada, Léa foi incapaz de interromper-lhe o discurso. Só nesse momento se apercebeu de que, durante todos aqueles anos passados trabalhando a terra, Fayard tivera em mente um único objetivo: tornar-se seu proprietário. E as circunstâncias ajudavam-no maravilhosamente. Se Isabelle Delmas fosse viva, nunca Fayard se atreveria a apresentar tal proposta. Além disso, o administrador acabava também de lhe dar a perceber que estava perfeitamente a par das relações existentes entre ela e o filho.

— Não responde? – insistiu Fayard. – Estou vendo o que é! Receia ter de deixar a casa. Mas depende só da senhorita mantê-la, casando-se com meu filho.

Léa conteve com dificuldade a cólera que a invadia.

— Mathias está a par de seus belos projetos?

— Mais ou menos. Diz que são assuntos que não devem ser tratados agora.

Diante de tais palavras, Léa sentiu um pouco mais leve o peso que a oprimia.

– Engana-se, Fayard. Não tencionamos vender a propriedade, nem a você nem a ninguém. Nasci nesta terra e faço questão de conservá-la. Quanto ao estado de saúde de meu pai, não é tão catastrófico como o senhor diz.

– Mas vocês não têm dinheiro e há seis meses não recebo – contestou Fayard.

– Nossos problemas financeiros não são da sua conta. No que diz respeito a seu salário, receberá antes do fim do mês. Boa noite, Fayard.

– Fez mal, senhorita Léa. Fez mesmo muito mal em levar as coisas deste modo – disse o homem em tom ameaçador.

– Chega! – falou Léa. – Não tenho mais nada a dizer sobre o assunto. Boa noite.

Fayard saiu resmungando.

No dia seguinte, Léa escreveu a tia Albertine, pedindo-lhe emprestada a quantia devida ao administrador. A senhora de Montpleynet enviou-lhe o dinheiro rapidamente por correio e Ruth viu-se incumbida de entregá-lo ao capataz das adegas. Foi nessa época que violenta altercação opôs o filho ao pai Fayard. Depois disso, Mathias decidiu oferecer-se como voluntário para trabalhar na Alemanha. Léa suplicou-lhe que abandonasse tal projeto, argumentando que precisava dele ali e que tal coisa era um ato de traição à pátria.

– Não, você não precisa de mim – objetou o rapaz em voz azeda. – Afirma precisar, mas pensa apenas em Montillac. E eu quero lá saber de Montillac.

– Não me diga, Mathias! Você bebeu! – exclamou a moça.

– Sim, é verdade, bebi. Não sou como meu pai. É a você que eu quero, com ou sem terras. Mas cheguei à conclusão de que não me ama. Não passa de uma cadela no cio; de vez em quando, precisa que lhe metam a coisa.

— Cale-se! Não seja vulgar.

— Se você soubesse como me é indiferente ser ou não vulgar! Nada mais importa para mim. Deste modo, aqui ou na Alemanha...

— Se quer ir embora de qualquer maneira, então por que não vai reunir-se ao general De Gaulle?

— Quero lá saber! Quero lá saber do general De Gaulle, de Hitler ou de Pétain! Para mim são todos a mesma coisa... militares! E eu não gosto de militares.

— Eu lhe peço, Mathias, não me abandone.

— Por pouco a julgaria sincera. Vejam como chora! Então vai sentir falta do pobre Mathias? Do pobre Mathias e da sua grossa coisa.

— Cale-se!

Tinham se encontrado no pequeno bosque de pinheiros perto da horta. Mathias fora procurar Léa para anunciar-lhe sua decisão. Bebera para ganhar coragem?

Num gesto brusco, o rapaz empurrou a amiga, fazendo-a cair no chão. Ela escorregou nas folhas. Com a queda, a saia ergueu-se, descobrindo as coxas brancas acima das meias de lã preta. Mathias lançou-se sobre ela.

— Tudo o que lhe interessa, minha porca, é minha coisa, uma coisa boa e grossa. Não chore mais que já vai tê-la – garantiu o rapaz.

— Largue-me! Você fede a vinho.

— Não tem problema, isso não impede os sentimentos.

Léa debatia-se sem sucesso; a embriaguez multiplicava a força do companheiro. As agulhas dos pinheiros, aquecidas pelo sol brilhante da tarde de inverno, exalavam aquele mesmo perfume das brincadeiras infantis quando ambos rolavam junto dos troncos dos pinheiros enormes. A evocação perturbou Léa de tal forma que cessou de defender-se, oferecendo-se ao sexo que a procurava. Mathias iludiu-se quanto a essa aparente sujeição.

– Não passa de uma porca – comentou ele.

Tratou-a com instintos animalescos, procurando magoá-la, castigá-la, por não amá-lo. Gritaram de prazer.

Durante quanto tempo choraram depois, ainda enlaçados, ridículos na sua seminudez e visíveis da horta? Por fim, o frio e o desconforto os trouxeram de volta à triste realidade. Ergueram-se sem dizer nada, compondo a roupa, sacudindo-a, para libertá-la da terra, tirando dos cabelos emaranhados pedaços de agulhas dos pinheiros. E após uma troca de olhares que falavam de sua tristeza partiram cada um para seu lado.

À noite, Mathias apanhou o trem para Bordeaux, de onde seguiu para a Alemanha no dia 3 de janeiro de 1942.

23

O cão dos Fayard acompanhara Léa no passeio. Fizeram uma pausa ao pé da cruz de Borde, que dominava a planície. O dia estava claro, ensolarado, o vento vivo e frio enrubescia as feições da jovem. Protegida pela ampla capa de pastor das Landes, ela fitava o espaço em frente, os olhos perdidos no vazio. Em Saint-Macaire, os sinos tocaram as vésperas. Era domingo. De repente, o cão levantou a cabeça em atitude de alerta e depois ergueu-se, rosnando.

– O que foi, Courtaud?

O animal ladrou e correu para o caminho. "Deve ser um coelho ou um rato", pensou Léa, mergulhando de novo nos devaneios sem objetivo.

Passados instantes, uma pedra rolou para perto dela. Ergueu a cabeça e pôs-se em pé de um pulo.

— Tio Adrien!

— Filha!

Abraçaram-se, felizes.

— Ufa! Tinha esquecido como é árdua a encosta para chegar até aqui – disse o dominicano, deixando-se cair sobre a erva com o peito arfando. – A não ser que seja mal da idade – acrescentou, arrumando as pregas do hábito.

— O que faz aqui, tio? Quando chegou? – perguntou a moça.

— Cheguei agora mesmo e vim procurá-la. Agrada-me encontrá-la longe de casa, devido ao que tenho a lhe dizer.

— Laurent...?

— Não, não se trata de Laurent. Ele vai bem... pelo menos estava bem na última vez que o vi.

— Na última vez!? Então está na França? – perguntou Léa, admirada.

— Está. Veio de Londres de avião e foi lançado de paraquedas – informou o tio.

— Onde ele está agora?

O dominicano não respondeu à pergunta.

— Camille já sabe?

— Acho que não. Ouça bem o que lhe digo, Léa. Sei que você prossegue na missão de carteiro entre as duas zonas e que sua bicicleta azul já é conhecida de todos aqueles que ainda conservam a esperança. Você demonstrou coragem e sangue-frio por diversas vezes. Vou agora incumbi-la de uma tarefa de extrema importância. Estou a ponto de ser descoberto e tenho de fugir para a zona livre. Preciso transmitir uma mensagem a Paris. Você irá em meu lugar.

– Eu?! – espantou-se Léa.

– Sim, você. Vai receber amanhã uma carta da sua tia Albertine, pedindo que a ajude a cuidar da irmã.

– Tia Lisa está doente?

– Não. É uma carta falsa, mas você precisa de um motivo plausível para ir a Paris. Você sairá amanhã no trem da noite, viajando em segunda classe. Aqui está a passagem. Quando chegar, telefone da estação para suas tias. Cuidado com o que dirá! Depois, pegue o metrô e siga diretamente para a rue da Universidade, passando pela rua Bac...

– Mas...

– Eu sei; não é o caminho mais curto, mas é por onde terá de seguir. Ao chegar em casa, invente qualquer coisa que justifique sua ida. O ideal seria que Lisa pudesse ficar uns dias de cama. À tarde, dê umas voltas pelo bairro, faça algumas compras no Bon Marché, vá ver as vitrines. Na volta, passe diante da Livraria Gallimard, na avenida Raspail. Conhece?

– Conheço.

– Muito bem. Entre na loja depois de observar a vitrine. Folheie, então, obras expostas sobre a mesa diante do caixa, percorra as prateleiras, parando diante dos livros cujos autores tenham nomes começados pela letra P, como Proust. Pegue o segundo tomo da obra *Em busca do tempo perdido*. No interior do volume encontrará então um folheto das edições da *N.R.F.*, sobre as novidades literárias. O prospecto será um pouco mais grosso do que habitualmente. Troque-o por este.

Léa pegou o papel verde-claro onde figuravam, impressos, vários títulos de livros.

– Também é grosso – comentou.

– Pois é. Tem dentro a mensagem que é imprescindível entregar. Depois da troca, volte a pôr o livro na prateleira. Pegue ao lado qualquer uma das obras publicadas pela Gallimard e vá ao caixa para pagá-la.

– É tudo?

– Não. Você deve estar na livraria às cinco horas em ponto e sair dez minutos depois. Pode acontecer, por um ou por outro motivo, que você não consiga substituir o folheto. Assim, volte no dia seguinte, às onze horas. Se ocorrer de novo algum impedimento, vá até a rua da Universidade, onde receberá outras instruções. Entendeu bem?

– Entendi. Mas o que faço com o folheto? – interrogou a moça.

– Coloque-o dentro do livro que comprar. Se tudo correr bem, no dia seguinte vá ver a fita de Louis Daquin, *Nous les Gosses*, no cinema da avenida Champs-Elysées, na sessão das duas horas. Instale-se na antepenúltima fila, o mais perto possível da passagem central. Um pouco antes de terminar a sessão, deixe o livro debaixo do assento e saia. Se houver algum impedimento, proceda do mesmo modo na sessão das quatro horas. Dois dias depois, vá ao Museu Grévin, às três horas. Diante da tela da família real no templo você será abordada por alguém que dirá: "Já não vamos ao bosque." Responda então: "Os loureiros foram cortados." Em seguida, essa pessoa deixará cair um folheto do museu e você o apanhará. Ele lhe dirá: "Fique com ele; talvez lhe interesse." Agradeça e continue a visita ao museu, consultando o folheto de vez em quando – explicou Adrien Delmas.

– E em seguida?

– Em seguida, volte para casa. No dia seguinte, apanhe o trem para Limoges. Irão verificar os documentos na estação de Vierzon. Chegando a Limoges, deixe a mala no depósito de bagagens. Ao sair, tome o bonde e desça na praça

Denis-Dussoubs. Há ali um cinema, o Olympia. Na esquina da praça com a avenida Victor Hugo, fica uma livraria. Dirija-se à mulher gorda, de cerca de 60 anos, envergando bata cinzenta, e pergunte-lhe se recebeu *Os mistérios de Paris*, de Eugène Sue. Ela responderá que tem apenas *Os mistérios de Londres*, de Paul Féval. Entregará a você, então, um exemplar dessa obra. Coloque entre as páginas o folheto do Museu Grévin. Depois devolva-lhe o livro, desculpando-se e dizendo não lhe interessar. À saída, dobre à direita, na rua Adrien-Dubouché, e entre na igreja de Saint-Michel-les-Lions, assim chamada devido aos dois leões de pedra deitados à entrada. Visite o templo e, na passagem, nada a impede de rezar um pouco. Quando sair, desça a rua Clocher, passando pelas Nouvelles Galeries e pelo Hotel Central, situado na praça Jourdan. Contorne o largo e pegue a avenida Gare. Serão mais ou menos cinco horas. Há um trem para Bordeaux às cinco e meia. Em Bordeaux, tio Luc estará à sua espera. Passe a noite na casa dele. Ele não sabe de nada; pensará que você esteve cuidando de sua tia. No dia seguinte, volte a Montillac e procure esquecer tudo o que aconteceu. Entendeu? – perguntou o tio.

– Acho que sim.

– Nesse caso, repita o que eu lhe disse – ordenou o dominicano.

Sem se enganar, Léa repetiu tudo o que deveria dizer e fazer.

– Em princípio, tudo deverá correr bem. Não se preocupe na passagem da linha de demarcação, pois seus documentos estão em ordem. Não se assuste se houver outras verificações imprevistas. Caso aconteça em Paris algum problema grave, telefone a François Tavernier ou mande avisá-lo...

— François Tavernier!...

— Sim, não se lembra dele? Você o conheceu no dia do noivado de Laurent e Camille.

— Mas confia nele?

— Depende de para quê. Certas pessoas acusam-no de colaboracionista; outras dizem ser agente do II Bureau. Que pensem o que quiserem! Mas eu sei quando posso contar com ele. Por isso, telefone-lhe caso tenha qualquer aborrecimento – concluiu o dominicano.

Léa estremeceu.

— Está com frio? – perguntou Adrien. – Que estupidez a minha obrigá-la a permanecer aqui quieta! Levante-se. Vai ficar doente, e não é um bom momento para adoecer.

Quando chegaram a Montillac, toda a família se encontrava reunida no salão, em frente da lareira, tomando chocolate e comendo um bolo enorme.

— Parece que estamos em Bizâncio! – exclamou o dominicano.

— Graças a Françoise – comentou Bernadette Bouchardeau. – Um dos seus doentes, em sinal de reconhecimento, ofereceu-lhe estas maravilhas.

Bebendo o chocolate em pequenos goles, Léa não pôde impedir-se de lançar à irmã um olhar inquieto. Deveria comunicar ao tio suas suspeitas em relação a Françoise?

Tudo se passou como Adrien Delmas previra. Tomaram ambos o trem para Bordeaux. Depois, sem se virar, Léa, sozinha, subiu para o trem que a conduziria a Paris.

Felizes em rever a sobrinha, as senhoras de Montpleynet pouco estranharam seu súbito aparecimento. A satisfação delas atingiu o auge quando a moça exibiu as guloseimas que trouxera consigo: um presunto, uma dúzia de ovos e 1 quilo de manteiga. Lisa, a glutona, tinha os olhos marejados de lágrimas e até a digna Albertine pareceu comovida. Quanto a Estelle, depôs um beijo em cada face da jovem, tratando-a por "boa senhorita", antes de transportar para a cozinha, com cuidados de avarento, aqueles tesouros.

Almoçaram uma sopa rala, algumas batatas e um pouco de presunto.

— Se não fosse você, teríamos de nos contentar com este triste cardápio – observou Lisa de boca cheia, apontando a terrina.

— Não nos lastimemos, minha irmã – interveio Albertine. – Conhecemos pessoas bem mais infelizes. Graças ao pouco dinheiro que nos resta, podemos ainda dar-nos ao luxo de comprar carne ou aves no mercado negro.

— Isso é verdade. Mas nunca comemos bolos.

A frase infantil de Lisa provocou riso em Albertine e na sobrinha.

Depois do almoço, Léa comunicou às tias que iria dar umas voltas pelo bairro.

À SAÍDA DO METRÔ, Léa não prestou atenção ao ambiente que a rodeava. Só ao chegar a Saint-Germain tomou consciência da quietude reinante: não havia carros pelas ruas. Só algumas bicicletas, bicicletas-táxis, raros pedestres e um Mercedes rutilante, dentro do qual dois oficiais alemães enlaçavam duas falsas loiras cobertas por casacos de pele. A jovem seguiu o veículo com os olhos, apertando contra o corpo, num gesto friorento, o casaco muito leve para aquela época do ano. Lamentou não ter vestido uma das calças de Claude, dadas por Camille. Achara-as pouco elegantes para Paris. Os raros transeuntes apressavam o passo, de rosto fechado e cabeça baixa para melhor evitar as rajadas de vento glacial. Léa subiu rapidamente a avenida Raspail, mas diminuiu o passo ao chegar diante do Hotel Lutécia. Nas fachadas dos edifícios, flutuavam bandeiras alemãs. Embora não fosse para ela um espetáculo novo – Bordeaux também tinha marcas da ocupação –, Léa sentiu o coração apertar-se. Ao percorrer a rua Babylone, o vento a fez vacilar. Estava quente dentro do Bon Marché. A maior parte das prateleiras estava vazia. "Faça algumas compras", recomendara o tio, dando-lhe dinheiro. Nada lhe agradaria mais, na verdade. Mas comprar o quê? Para quase tudo eram necessárias senhas. Na seção de papelaria, adquiriu alguns lápis de cor e um estojo de pintura; na de perfumaria, um frasco de água-de-colônia Chanel. Durante uma hora, vagueou pelos magazines e subiu ao salão de chá para tomar uma bebida quente que de chá tinha apenas o nome. Por fim, chegaram as quatro e meia. Caminhando devagar, estaria às cinco na livraria. Na Gallimard, teve a sensação de que todos a observavam. Nunca imaginara ser tão difícil o simples gesto de retirar com naturalidade um livro de uma prateleira. E aquele jovem empregado que não cessava de fitá-la com olhares famintos de adolescente! Os títulos dos livros dançavam-lhe à frente dos olhos.

— Procura um bom livro?

Antes de responder, Léa empurrou para o respectivo lugar o segundo tomo da obra *Em busca do tempo perdido*.

— Você! – exclamou ela.

— Claro! Eu mesmo, em carne e osso. Não foi aqui que nos encontramos pela primeira vez?

— Raphaël! Parece que foi há tanto tempo! – observou Léa, estendendo-lhe a mão.

– Bom dia, bela bordalesa. Que estranho! Sempre que nos vemos, sinto o mesmo aperto de coração, a mesma nostalgia. Infelizmente, minha doce amiga, que não sou outro... como eu a amaria! – exclamou Raphaël, pegando seus dedos e os beijando de leve por diversas vezes.

– Então você não mudará jamais? – disse a moça, retirando a mão.

– E por que motivo haveria de mudar? Já não lhe disse que gostava de mim tal como sou, judeu e pederasta? – perguntou Mahl.

– Isso! Fale em voz ainda mais alta! – disse a jovem, de mau humor.

– Estou entre amigos. Aqui todos me conhecem. Não sou eu um escritor da casa? Pouco conhecido, é verdade, mas muito estimado. Aquele jovem moreno que você vê ali é um poço de sabedoria. Nada há nada que não tenha lido, até mesmo as minhas obras. E com apenas 16 anos! Não é incrível? – disse Mahl, irônico. Depois, dirigindo-se ao empregado, perguntou: – Como é o seu nome? Diga-me outra vez.

– Jean-Jacques, senhor.

– Jean-Jacques, é isso. Encontrou o livro que lhe pedi?

– Ainda não. Mas é questão de alguns dias.

– Quando o tiver, leve-o ao hotel, na rua Saints-Pères. Terei então oportunidade de lhe oferecer um Porto velhíssimo e raríssimo – disse Mahl, beliscando a face do rapaz, que o fitou com expressão insolente e divertida. Depois, virando-se para Léa, Raphaël murmurou: – Viu aqueles olhos, minha amiga? Que chama! Desculpe, querida, se não lhe prestei toda a atenção que merece. Que faz em Paris? A última vez que a vi foi à porta de uma igreja de Bordeaux. A propósito, como vão os dominicanos dessa magnífica cidade?

Léa conseguiu conter um estremecimento e responder com maior reticência do que seria desejável:

– Vão muito bem.

– Fico muito feliz em sabê-lo. Mas ainda não me disse o que faz aqui.

– Uma das minhas tias está doente e a outra cansada demais para tratá-la. Assim, vim ajudá-las um pouco.

– Que boa pequena! Hoje janta comigo, bem-entendido – disse Raphaël.

– Não é...

– Ora, ora! Irei buscá-la às seis e meia. Janta-se muito cedo em Paris, atualmente. Diga-me novamente seu endereço.

– Rua da Universidade, número 29. Mas...

– Nem mais uma palavra. Voltei a encontrá-la e a manterei comigo. Esteja bem bonita. Esta noite, eu a levo para a alta-roda. Primeiramente, iremos jantar no La Tour d'Argent e, depois, a uma recepção onde você será a figura principal.

"Como hei de desembaraçar-me dele?", perguntava-se Léa. "Agora é tarde demais para trocar os folhetos."

– Pela amizade que tem por mim, aceite meu convite, peço-lhe – insistiu Mahl.

– Está bem. Vá então buscar-me daqui a pouco.

– Obrigado. Nem sabe o prazer que me dá.

"E SE MAHL for um espião?", repetia Léa mentalmente, correndo para a rua da Universidade. Mas, não, não era possível! Não a ajudara em Bordeaux? Contanto que no dia seguinte ninguém a incomodasse na livraria... Que vestir para o jantar? Léa furtou-se à futilidade de tal pensamento já que fora incapaz de cumprir a missão que ali a trouxera. Maquinalmente, fez o inventário da roupa de que dispunha – nada com que pudesse apresentar-se no Tour d'Argent.

— NÃO PENSE NISSO, Léa! Ir jantar com um cavalheiro que nem sequer conhecemos! – exclamou tia Albertine.

— Mas, tia, irá conhecê-lo daqui a pouco! Vem até aqui buscar-me.

— É possível. Mas não está certo.

— Tiazinha, eu lhe peço! Desde que saí daqui, é a primeira vez que tenho oportunidade de me divertir.

Albertine olhou com enorme ternura para sua sobrinha preferida. A pobre criança vivia uma juventude bem pouco alegre, era verdade. Não lhe faria mal algum distrair-se um pouco.

— Tem um vestido elegante para usar?

— Infelizmente não.

— Vou falar com Lisa e com Estelle e veremos se encontramos qualquer coisa. Graças a Deus não vendi minha raposa!

As duas irmãs começaram, então, a revolver os malões, descobrindo alguns antigos vestidos de baile. O mais recente deles remontava aos anos 1920.

— E isto? O que é isto? – perguntou Léa, desdobrando uma saia de tule preta com aplicações de renda.

— Não sei. Talvez tenha pertencido a nossa mãe.

— É muito bonita – elogiou Léa, vestindo-a por cima da roupa. – Vejam! Depois de passada a ferro, ficará perfeita. E este corpete?

— Não pode vestir isso! Está completamente fora de moda.

— Ajude-me, Estelle, por favor. Vamos dar um jeito nesta roupa – decidiu a jovem.

E FOI ASSIM que Léa causou sensação ao surgir no Tour d'Argent. Cobria-lhe o longo pescoço a gola alta de renda preta de um corpete de outros tempos, com mangas franzidas em volta dos pulsos. A saia rodada espalhava-se em torno da cadeira. Uma pluma preta enfeitava os cabelos presos, conferindo-lhe um ar de altivez. As mulheres elegantíssimas, muito pintadas e cobertas de joias, observavam com inveja aquela jovem de tez pálida, de rosto onde mal se percebiam tênues vestígios de pó de arroz, nele sobressaindo os olhos claros, entre os cílios pintados. Também os homens observavam Léa, mas com sentimentos muito diferentes. Os que conheciam Raphaël Mahl e sua duvidosa reputação estranhavam o fato de uma jovem tão distinta assim se comprometer em sua companhia.

O amor-próprio de Léa experimentou grande satisfação ao sentir todos os olhares. Felicitou-se por não dispor de um traje na moda; assim vestida sublinhava a diferença que sabia existir entre si e as outras mulheres presentes. Foi essa também, aliás, a opinião de Raphaël, que a elogiou com a exuberância habitual.

— Bravo! Você é a mais bela. Veja como todos a olham, sobretudo as mulheres. Que engraçado! Onde desencantou esse traje, ao mesmo tempo severo e sexy, como dizem os americanos? As poucas mulheres de sociedade que aqui estão parecem querer disputar a atenção, diante da sua beleza. Obrigado por estar tão bela – disse Mahl. Depois, dirigindo-se ao *sommelier*, ordenou: – Traga-nos champanhe. Dom Pérignon de uma boa safra.

— Com certeza, senhor.

— Festejemos condignamente nosso reencontro – propôs Mahl, virando-se para a companheira. – Suas tias são encantadoras. Pensei que uma delas estivesse doente.

— Está melhor – replicou Léa com precipitação.

— Fico contente em sabê-lo. Ah, eis o champanhe! Devido à guerra, que nos priva de luz, você não poderá admirar a cabeceira de Notre-Dame, o Sena e a île Saint-Louis.

Mas prometo que a cozinha irá consolá-la da impossibilidade de contemplar o panorama. Está no mais antigo restaurante de Paris e um dos mais prestigiados – garantiu Mahl.

Léa olhou seu acompanhante. Mudara muito desde o último encontro. Engordara, e o casaco do smoking enrugava em alguns pontos. Tinha o rosto macilento das pessoas que se deitam tarde, parecia inquieto e fumava um cigarro atrás do outro.

– Dê-me um – pediu Léa.

– Pensei que não fumasse – disse ele, estendendo-lhe a cigarreira aberta.

Léa retirou um cigarro de ponta dourada. O maître precipitou-se para acendê-lo.

– Obrigada! – agradeceu Léa, expelindo a fumaça.

– Gosta?

– De onde são estes cigarros? – perguntou. – Têm um gosto esquisito.

– São turcos. O fuzileiro do *Crillon* os fornece em pacotes. Posso arranjar-lhe, se estiver interessada.

– Agradecida, mas estão seguramente·além de minhas possibilidades.

– Quem falou em dinheiro, minha amiga? Pagar-me-á mais tarde – disse Mahl.

– Não, obrigada. Preferiria um bom par de sapatos.

– Não há problema; também posso obtê-lo. É só dizer o que quer: sapatos abertos? Botas? Sandálias? Posso fornecer-lhe de tudo. Deseja zibelinas, lenços de cabeça, meias de seda, camisolas de *cashmere*, casacos de pelo de camelo? Tudo isso eu arranjo.

– E como é que faz para obter tais artigos? – quis saber a moça.

– Isso é segredo, minha bela amiga. Em geral, aos meus clientes pouco lhes interessa saber a proveniência da mercadoria. Contentam-se em pagar e... adeus. E quanto menos se sabe acerca destas coisas, melhor, pode crer.

O *sommelier* serviu o champanhe.

– Bebamos à sua beleza.

Léa inclinou a cabeça sem dar resposta e esvaziou a taça de um trago.

– Então, então, minha querida, este vinho é para ser saboreado! Não é limonada. Que quer comer?

– Frutos do mar, muitos frutos do mar e esse pato à cabidela de que tanto se fala.

– Excelente escolha. Pedirei a mesma coisa.

Pouco depois, chegava à mesa uma suntuosa travessa de ostras, de ouriços-do-mar e de mexilhões. Em seguida, comeram o famoso pato à cabidela, queijo *brie* e uma enorme fatia de bolo de chocolate. Terminada a última garrafa, Léa recostou-se no espaldar da cadeira, diante dos olhares divertidos dos vizinhos de mesa.

– Pela primeira vez desde há alguns meses termino uma refeição sem continuar com fome – comentou ela.

– Espero que sim; comeu por quatro.

– Isso é uma censura?

– Claro que não. Dá gosto vê-la comer. Dá a impressão de se assistir a um prazer sexual. É delicioso – comentou Raphaël Mahl.

– Acha? – disse Léa, franzindo o rosto de descontentamento. – Tenho vergonha. Dê-me outro cigarro e explique-me quem é toda essa gente. Além dos alemães, é claro.

– Essa gente é a mesma de antes da guerra. Ver e ser visto sempre foi o lema da boa sociedade parisiense. É toda a fina flor, minha querida. Acontece o mesmo no Maxim's, no Fouquet's, no Carrère, no Le Doyen e por toda parte onde se suponha que se deva estar.

– Não acredito.

– Veja aquelas duas mulheres ali, entre o oficial alemão com aspecto distinto e o homem bem conservado de cabeleira grisalha...

– Parece Sacha Guitry.

– Parece e é. A sua vizinha da direita é a grande pianista Lucienne Delforge. Foi ela quem disse esta interessante frase: "Se me pedissem para definir o que é colaboração, diria: colaboração é Mozart em Paris."

– Não vejo qual a relação.

– Não vê porque lhe falta o sentido do humor – garantiu Mahl. Depois, prosseguindo na apresentação dos presentes, continuou: – A outra dama é Germaine Lubin, a maior especialista em Wagner. Quanto ao oficial alemão, trata-se do tenente Rademacher, principal responsável pelos serviços de censura. Sem a sua concordância, nenhuma peça teatral ou espetáculo pode entrar em cena em Paris. Na outra mesa, a que fica perto da janela, estão Albert Bonnard, Bernard Grasset, Marcel e Elise Jouhandeau. Olhe, mais atrás Arletty: Depois de você, é a mulher mais bonita de todo o restaurante.

Nesse momento, aproximou-se deles um homem ainda jovem, de perfil aquilino, mãos fortes e nervosas, com uma capa forrada de cetim vermelho negligentemente atirada sobre o smoking. Seguia-o um rapaz muito bonito, também de smoking.

– Você aqui, Raphaël! – exclamou o primeiro. – Fico contente em ver que seus negócios parecem ter melhorado.

– Estão melhor, muito melhor. Estou numa boa fase. Léa, permita-me que lhe apresente um amigo muito querido – disse Mahl. – O senhor Jean Cocteau.

– Jean Cocteau... Boa noite. Gostei muito do seu livro

380 Thomas, o impostor.

– Obrigado. Não sabia que meu amigo Raphaël conhecia pessoas tão encantadoras como você.

– Esta é Léa Delmas, que vive em Bordeaux.

– Ah, Bordeaux, Bordeaux! Que bela cidade! Em nenhum lugar do mundo, aliás, o tédio possui elegância tão aristocrática como ali. Até as vadiazinhas de Quinconces têm uma classe inegável. Deseja que a deixe em algum lugar? Um amigo teve a amabilidade de pôr à minha disposição o automóvel e o motorista.

– Ficaremos um pouco apertados.

– Ah, desculpe, meu amigo! Onde estou com a cabeça? Esta jovem deixou-me perturbado. Senhorita... perdoe-me, mas não fixei seu nome.

– Léa Delmas.

– Senhorita Delmas, apresento-lhe o mais notável bailarino parisiense... Mas que digo eu? O mais notável bailarino da Europa, meu amigo Serge Lifar.

O jovem, delgado e elegante dentro do seu smoking azul-escuro, inclinou-se secamente.

– Aonde vão? – perguntou o poeta.

– À casa do meu amigo Otto.

– Que engraçada coincidência! Nós também. Seremos os últimos a chegar.

O MOTORISTA ALEMÃO abriu a porta do magnífico automóvel escuro. Léa recuou.

– Venha, minha cara amiga. Não receie. Está em boas mãos e o lugar aonde vamos é um dos mais disputados de Paris. Conheço algumas pessoas célebres capazes das maiores baixezas só para serem recebidas lá.

Léa sentou-se entre Raphaël e Jean Cocteau. Sempre com ar de descontentamento, o bailarino instalou-se junto do motorista.

Rodaram em silêncio ao longo dos cais desertos. Na noite clara e fria, a massa negra de Notre-Dame parecia proteger a cidade. A imagem fez Léa recordar-se da chegada a Paris na companhia do pai. Mas como parecia distante!

Viraram para a rua Saints-Pères e percorreram a rua Lille. Instantes depois, o veículo ultrapassou um amplo portal guardado por soldados alemães, e parou diante da escadaria de uma residência particular.

Num gesto galante, Jean Cocteau ajudou a moça a descer do automóvel.

– Onde estamos? – perguntou ela.

– Na residência que Bonaparte ofereceu a Josefina.

Chegaram ao topo da escadaria. Os reposteiros da grande porta envidraçada sussurraram à passagem dos visitantes. Acolheu-os um jato de calor e uma onda de luz e de perfume. Criados uniformizados recolheram seus agasalhos. A contragosto, Léa viu-se privada da sua capa de raposa. Ofuscada, olhou ao redor com deslumbramento infantil, apenas empanado por uma pontinha de acanhamento, que em vão tentou disfarçar.

– Onde estamos? – perguntou de novo.

– Na Embaixada da Alemanha.

Teve a sensação de receber um soco no estômago. Mas seu gesto de recuo foi interrompido pelo pulso enérgico de Raphaël, que a arrastou para os salões iluminados.

– Quero ir embora – afirmou ela.

– Não vai fazer-me tal coisa. Seja como for, agora é tarde demais... aí vem o embaixador.

Um belo homem ainda jovem, muito elegante no smoking que lhe dissimulava um começo de obesidade, parou junto ao grupo para cumprimentar Jean Cocteau.

– É com imenso prazer, caro amigo, que recebo em minha casa um tão grande poeta como você – disse o recém-chegado.

– Excelência...

– Vamos, apresente-me os seus amigos.

– Este é Serge Lifar, Excelência, de quem já ouviu falar...

– Claro que sim. Adoro a maneira como dança.

– Excelência...

– O escritor e jornalista Raphaël Mahl.

– Conheço este senhor – disse o embaixador, seguindo em frente sem estender-lhe a mão. Um leve rubor surgiu na face de Raphaël, que esboçou uma saudação rígida.

– E quem é esta encantadora jovem? A futura intérprete de uma das suas futuras obras-primas?

– Permita-me que lhe apresente a senhorita Léa Delmas. Léa, apresento-lhe Sua Excelência o senhor Otto Abetz, embaixador da Alemanha em Paris.

Léa não se atreveu a recusar a mão que o diplomata lhe estendia. Pegando-a familiarmente pelo braço, ele lhe disse em francês perfeito:

– Venha cá, senhorita Delmas. Quero apresentá-la à minha mulher. Também é francesa, e estou certo de que se entenderão muito bem.

A senhora Abetz dispensou a Léa um acolhimento encantador.

– Seu vestido é muito original, minha querida. Gostaria que me desse o endereço de seu costureiro – pediu ela.

Depois, sem esperar pela resposta, afastou-se para receber outros recém-chegados. Léa ficou sozinha no meio do salão, vendo o vaivém dos convidados elegantes e cheirosos que passavam e tornavam a passar, rindo e tagarelando, sempre de copo nas mãos. Quase todos davam uma olhadela a essa jovem esguia, em seu estranho e longo vestido negro que lhe sublinhava a palidez do rosto. Sob esses olhares, Léa permanecia ereta, felicitando-se que o comprimento da saia lhe ocultasse os velhos e feios sapatos pretos e dourados, que foram de tia Lisa. Sem procurar esconder o interesse, observava as evoluções daquela multidão aparentemente alegre, descontraída, feliz por ali se encontrar, onde os luxuosos vestidos das mulheres e suas joias davam uma nota clara em meio às roupas negras dos homens.

— Espantoso, não é? – murmurou-lhe Raphaël Mahl ao ouvido.

— Espantoso o quê?

— Toda essa gente fazendo a corte ao inimigo.

— E você, o que faz aqui?

— Eu! Eu sou apenas uma minhoca. Além do mais, como já lhe expliquei, aprecio os vencedores.

— Não o serão para sempre, por certo.

— Fale mais baixo, minha querida – recomendou Mahl, dando uma olhada inquieta em volta.

Pegou-lhe no braço, e, falando-lhe ao ouvido, prosseguiu:

— Julga que as pessoas aqui presentes e outros iguais a eles não estão absolutamente convencidos da vitória do Grande Reich?

— Não obstante, na Rússia, as tropas alemãs perdem cada vez mais efetivos.

— Psiu! Quer que sejamos presos? Aí está um fato que você não devia saber e muito menos repetir. Quer um conselho? Ouça a Rádio Paris em vez da Rádio Londres; não é tão perigoso.

Pararam diante do bufê, onde Léa engoliu cinco ou seis *petits-fours* um atrás do outro.

— Olhando para você, estou vendo a mim quando só comia nos *cocktails* da Rive Gauche. O que eu devorei de canapés, de salmão e de caviar! Alimentava-me por dois dias. Tome! Beba isto. Do contrário, ficará sufocada.

De um dos salões vizinhos chegaram até eles os acordes de uma valsa.

– Vai começar o baile – observou Mahl. – Que pena eu ser tão mau dançarino! Gostaria muito de conduzi-la nos braços ao som de uma valsa vienense. Venha comigo visitar a casa. Vou lhe mostrar o toucador de Josefina.

Havia tanta gente apinhada no exíguo compartimento que desistiram da visita. Foram sentar-se numa sala um tanto retirada, perto de uma mesa, sobre a qual havia um admirável vaso chinês, transformado em abajur. A claridade rosa-chá difundida por ele conferia à tez e à cabeleira de Léa um brilho muito especial. Passou por eles um indivíduo de estatura mediana e assaz corpulento.

– Oh, o meu caro editor em pessoa! – exclamou Mahl.

– Decididamente, o senhor está em toda parte – observou o recém-chegado. – Esta jovem veio com o senhor? Não quer apresentar-me?

– Léa, apresento-lhe o senhor Gaston Gallimard, famoso editor e notável apreciador de mulheres. A senhorita Delmas.

– Não faça caso do que ele diz – respondeu o editor, instalando-se junto da moça.

– Quer vir aqui por instantes, Gaston? O embaixador pergunta por você.

– Desculpe, senhorita Delmas. Não se vá embora que eu já volto. Aqui estou eu, Marie!

– Não é Marie Bell?

– É. Mulher encantadora. Um serão muito literário, o de hoje. Além do nosso amigo Cocteau, estão aqui também Georges Duhamel, Jean Giraudoux, Robert Brasillach, o belo Drieu La Rochelle, Pierre Benoit, em grande conversa com o amigo Arno Breker...

– O escultor? – perguntou Léa, interrompendo a enumeração das personalidades presentes.

– Esse mesmo. Veio preparar a grande exposição que haverá em maio. Olhe, dois dos seus colegas menos talentosos, Belmondo e Despiaux, que vão juntar-se ao grupo. E, além, Jean Luchaire e Edwige Feuillère...

– Chega, Raphaël! Pare com essa ladainha! É muito deprimente.

– Dá-me a honra desta dança?

Léa ergueu os olhos.

– François! – exclamou, sem notar que gritara seu nome. — François! – repetiu, pondo-se de pé em um salto.

– Léa...

De pé, um em frente do outro, olhavam-se, incrédulos, sem atreverem a se tocar.

– Um local muito estranho para nos reencontrarmos – murmurou Tavernier. – Esquecera-me de como você é bela. Venha dançar.

Há muito Léa não realizava sonho tão agradável: valsar lentamente nos braços do homem a quem desejava e que claramente a desejava também. Que deliciosa sensação a de se deixar conduzir! Ah, não despertar, não abrir os olhos! Comprimiu-se mais contra o corpo de François. Esquecera o local onde se achava, esquecera as pessoas que a rodeavam, alemãs ou francesas, esquecera a missão de que o tio a incumbira, a guerra e até o próprio Laurent. Queria ser apenas uma mulher nos braços de um homem.

– Não posso censurá-lo por continuar dançando mesmo sem música, meu caro amigo – disse Otto Abetz, pousando a mão no ombro de François Tavernier.

Este olhou-o sem o ver e, sem responder, arrastou Léa consigo.

— Só os franceses sabem amar assim — supirou o embaixador, seguindo o par com os olhos, uma expressão de inveja no rosto.

No saguão, Raphaël aproximou-se de Léa.

— Vai embora? — perguntou.

— Vai, sim — antecipou-se Tavernier. — A senhorita Delmas está cansada e vou levá-la para casa.

— Mas...

— Boa noite.

— Boa noite, Raphaël.

FRANÇOIS TAVERNIER a fez subir no Bugatti, estacionado no pátio da Embaixada.

Não havia ninguém nas ruas sem iluminação. A praça da Concórdia assemelhava-se a um cenário cinematográfico. As árvores dos Champs Elisées erguiam para o espaço os troncos sem folhas.

— Aonde vamos? — perguntou Léa.

— Não sei — respondeu Tavernier, parando o veículo junto à calçada.

Acendeu o isqueiro e passeou a chama diante do rosto de Léa, que demonstrava estar marcado por uma tensão insuportável.

Quando a luz se extinguiu, os dois corpos precipitaram-se um para o outro. Na boca de ambos o gosto de sal e de sangue exacerbou-lhes o desejo.

Teriam feito amor ali mesmo, no carro, não fora o aparecimento de uma patrulha alemã. François Tavernier exibiu os documentos e os militares afastaram-se, pedindo desculpas.

— Está em casa de suas tias?

— Estou.

– Neste momento, estou hospedado muito perto de vocês, no Hotel du Pont-Royal. Quer ir até lá?

– Vamos.

– SUAS TIAS DEVEM estar preocupadíssimas, Léa. São cinco da madrugada.

– Estou tão bem aqui! – protestou a moça. – Não tenho vontade de ir embora.

– Mas é necessário, minha querida.

– Sim. Tem razão.

Léa vestiu-se, meio adormecida.

"Que loucura!", pensou François Tavernier.

– Estou pronta – informou a jovem.

– Deus queira que suas tias não a estejam esperando à porta. Será difícil explicar-lhes as olheiras e os cabelos despenteados.

– De fato, tenho todo o aspecto de quem acaba de sair da cama – concordou a moça, observando sua imagem em frente ao espelho.

TODOS DORMIAM na rua da Universidade. No patamar, François e Léa não conseguiam forças suficientes para saírem dos braços um do outro.

– Pensei tanto em você durante todos estes meses, meu amor! Vai me contar tudo o que lhe aconteceu.

– Estou com sono.

– Vá dormir, minha querida. Virei buscá-la amanhã para jantar – disse François.

Após um último beijo, Léa fechou a porta e encaminhou-se para o quarto a passos de sonâmbula. Os dedos impacientavam-se sobre os colchetes da gola de renda. Tirou de sob os cobertores a camisola de inverno, enrolada à botija de água quente. Vestiu-a, tremendo de frio.

Os lençóis estavam quentes graças ao aquecedor de tia Lisa. Léa ainda não chegara a colocar os pés na cama e já adormecera.

– AH, NÃO! Apaguem a luz e fechem as cortinas – resmungou, refugiando-se debaixo dos cobertores.

– Mas, minha querida, ontem você nos disse que tinha compras para fazer de manhã. Achei que era tempo de acordá-la – afirmou tia Lisa.

Compras? De que falava a tia? Que compras? Ai, o folheto! Léa jogou os lençóis e pulou da cama.

– Que horas são? – perguntou.

– Dez e meia, creio.

– Dez e meia! Meu Deus, vou chegar atrasada!

Precipitou-se para o banheiro, fez uma higiene rápida, calçou meias grossas, combinação de lã, uma saia e um suéter.

– Não vai sair sem comer.

– Não tenho tempo. Onde está minha bolsa?

– Ali, em cima da cadeira. Que desordem, pequena! – criticou a tia.

– Arrumarei tudo daqui a pouco.

O folheto... onde estaria o folheto? Ali estava ele! Que susto lhe pregara!

– Beba ao menos um chá.

Para agradar à tia, Léa bebeu uma golada.

– Agasalhe-se bem. A manhã está muito fria – avisou Albertine, entrando no quarto quando a sobrinha vestia o casaco e punha ao pescoço uma echarpe de lã vermelha.

Ajustou o gorro preto enquanto descia as escadas.

Só parou de correr alguns metros antes da livraria. Eram dez para as onze. Ainda sem fôlego, empurrou a porta.

À exceção dos três vendedores, a loja estava vazia. Um dos empregados saiu, outro desceu as escadas e só ficou o jovem moreno de olhar inteligente e cheio de curiosidade, ocupado no preenchimento de algumas fichas.

– Posso ajudá-la em alguma coisa? – perguntou o rapaz, erguendo a vista do trabalho.

– Não, muito obrigada. Estou só olhando.

Tal como na véspera, Léa parou em frente da prateleira contendo livros de autores cujos nomes começavam pela letra P.

Febril e preocupada na hora de entrar na loja, Léa sentiu-se de súbito calma e descontraída quando pegou o segundo tomo de *Em busca do tempo perdido*. Começou a folheá-lo. Lá estava o folheto. Maquinalmente, verificou-lhe a espessura e, num gesto sutil, fê-lo desaparecer no bolso do casaco. Continuando com o livro na mão, deu alguns passos, fingindo consultá-lo. O empregado prosseguia na sua tarefa de preencher fichas. Léa tirou da carteira o outro folheto e o colocou entre as páginas do volume. Com gestos naturais, sem se apressar, o recolocou na prateleira.

Nenhum cliente aparecera.

Retirou então de cima da mesa um livro ostentando a célebre sigla *N.R.F.* e leu as primeiras linhas:

> Com as cópias dos 42 alunos para corrigir guardadas na pasta de couro, Josserand imaginava-se o poeta Virgílio regressado dos Infernos pela porta principal do metrô em Clichy, e com uma candidez engenhosa admirou-se de ser restituído à luz do sol naquela curiosa terra, onde achava que teria muito a aprender.

Léa suspendeu a leitura e seus olhos encontraram os do empregado.

– É um livro excelente. Devia levá-lo – recomendou o jovem, aproximando-se da cliente.

— De acordo. Confio no seu critério. Ainda não li nada desse autor.

— Fez mal. Deveria ler todas as obras de Marcel Aymé.

— Obrigada. Não me esquecerei de sua recomendação – disse a moça.

Pagou e saiu.

— Até breve, senhorita.

Não chegara a aparecer nenhum cliente. Eram quase onze e quinze.

FAZIA AINDA muito frio, apesar do sol de primavera. Ao passar em frente ao Hotel du Pont-Royal, assaltou-a bruscamente a lembrança da noite anterior. Ela enrubesceu.

"Tenho de refletir", repetia constantemente para si mesma, ainda ao empurrar a porta do quarto.

Um enorme maço de rosas brancas ocupava por completo toda a superfície da cômoda. Léa sorriu ao vê-las. Descalçou-se, estendeu-se sobre a cama, cobriu-se com o edredom, fechou os olhos para logo os reabrir, vendo o envelope sobre as flores.

ERAM TRÊS E MEIA quando saiu do metrô na rotatória dos Champs Elisées. Esforçou-se para não olhar para os painéis que envolviam o refúgio central onde um policial comandava o escasso trânsito.

A tarde estava bonita. Apesar do frio, muitos transeuntes passeavam pela avenida. Havia filas em frente dos cinemas. *Nous les Gosses* era exibido no Normandie. Léa tomou lugar na fila. Pareceu-lhe infindável o documentário sobre os campos de juventude. Quanto às atualidades, mostravam apenas "os feitos dos gloriosos soldados alemães", multidões aclamando o marechal Pétain, a alegre partida para a Alemanha dos jovens trabalhadores voluntários, um casamento elegante em Vichy, a estreia de uma peça de Montherlant, Maurice Chevalier cantando na Alemanha para prisioneiros de guerra e a moda para a próxima primavera. O filme parecia interminável. Quando acabou, por fim, Léa fingiu que deixava cair uma luva e escondeu o livro debaixo do assento. Ergueu-se e saiu sem olhar para trás.

Nos Champs Elisées pareceu-lhe que todos a olhavam. A cada instante, esperava ouvir a ordem: "Siga-me, senhorita."

Talvez fosse engano seu, mas em certo momento teve a impressão de reconhecer o rapaz moreno da livraria. Fez um esforço para não correr.

O metrô estava lotado. Léa viu-se apertada entre um soldado alemão, que em vão se esforçava para não tocá-la, e uma moça gorda, exalando a um perfume enjoativo. Mudou de trem na praça da Concórdia, e a moça também.

Eram seis e meia quando abriu a porta da casa da rua da Universidade. A primeira coisa que ouviu foram as gargalhadas de Lisa e depois o riso discreto de Albertine. Quem faria rir daquele modo as senhoras de Montpleynet? Entrou no toucador das tias, única divisão sofrivelmente aquecida pelo fogão de lenha que fazia as vezes de aquecimento central. Instalado numa poltrona, François Tavernier estendia as mãos para o fogo, esfregando-as uma contra a outra. Levantou-se à entrada de Léa.

— Minha querida, por que não nos disse que havia encontrado o senhor Tavernier?! – exclamou Lisa.

— ... que combinou de jantar com ele – acrescentou Albertine.

— Não tive tempo para lhes falar hoje de manhã – desculpou-se a sobrinha.

— Devia agradecer ao senhor Tavernier as flores tão maravilhosas.

– Ora, senhorita Delmas, não tem importância. Esqueceu-se de que combinamos jantar os dois?

– Não, claro que não. Desculpe, vou mudar de roupa.

– Não vale a pena. Está muito bem assim. O lugar aonde vamos é bastante simples. Simples, mas bom.

– Só o tempo de pentear os cabelos e sou toda sua – disse Léa.

Quinze minutos depois ela voltava. Trocara de roupa e pintara discretamente os olhos.

– Não a traga de volta muito tarde, meu caro senhor! Temos tanto medo, nos tempos de hoje!

– Boa noite, minha querida. E alimente-se bem, sobretudo – recomendou Lisa com uma expressão gulosa.

NADA INDICAVA tratar-se de um restaurante. Quando chegaram ao segundo andar do prédio burguês da rua Saint-Jacques, François Tavernier bateu à porta utilizando um código sonoro discreto. A porta entreabriu-se e depois abriu-se completamente.

– Ah, é o senhor Tavernier!

– Olá, Marcel. Sempre em forma?

– Não posso me queixar. Chega em boa hora, senhor Tavernier. Recebi uma peça de boi. A menos que prefira codorna ou frango.

– Deixo a seu critério. Sei que o jantar será excelente, como sempre, aliás.

– Que tal um Chablis como aperitivo?

– Perfeito. Ponha-nos num canto tranquilo.

– Nada mais tranquilo do que um quarto de dormir – replicou o homem, sem se atrever a olhar para Léa.

– Muito bem... assim seja.

O local tinha o seu quê de pitoresco. Na casa de quatro divisões, o casal Andrieu instalara um restaurante clandestino; funcionava com uma clientela de fregueses habituais que mantinham ciosamente secreta a morada. Os vizinhos mais próximos, a par de tal atividade, como é óbvio, eram amplamente recompensados por sua discrição.

Na sala de jantar de estilo familiar, a mesa redonda acomodava 12 pessoas. O aparador Henrique II, uma pequena mesa de serviço, algumas pinturas de má qualidade representando cenas campestres coladas sobre papel florido de cores desmaiadas, a lâmpada suspensa oferecendo uma luz frouxa, a toalha em xadrez vermelho, pratos de porcelana branca e grossa, grandes copos e talheres desparelhados conferiam ao ambiente um caráter de ingenuidade.

O toque de provinciana harmonia era dado pela senhora Andrieu, mulher corpulenta e jovial, que exibia em frente do fogão suas qualidades de alma e de cozinha. Oriunda de Saint-Cirq-Lapopie, no Lot, conservava o caráter truculento dos habitantes daquela generosa terra, e sobretudo uma numerosa família que lhe enviava trufas, *foie gras*, aves de todas as espécies, abundantes frios, maravilhoso vinho de Cahors, óleo de noz, frutas de primeira escolha, os mais frescos legumes, queijinhos de cabra deliciosos e até mesmo um pouco de tabaco cultivado às escondidas.

Como é óbvio, fora necessário comprar algumas cumplicidades para garantir as remessas regulares; "mas apenas de franceses", afirmava com orgulho o senhor Andrieu, se lhe perguntavam qual o milagre que lhe proporcionara, por exemplo, obter morangos num momento em que estes sequer constavam dos cardápios do Maxim's, do Le Doyen ou do Carrère.

No restaurante do casal Andrieu podia ter-se a certeza de nunca encontrar uniformes alemães. O grosso da clientela compunha-se de prósperos reformados, universitários, escritores, ricos comerciantes e de alguns artistas de renome. Por vezes, notavam-se entre os convivas certas figuras mais inquietantes e mulheres mais vistosas; mas as falas desinibidas da dona da casa logo desencorajavam essas práticas.

Antes da guerra, o casal possuíra no 15º *arrondissement* um pequeno restaurante de pratos típicos do Quercy, regularmente frequentado por François Tavernier. Logo marido e mulher sentiram algo mais do que mera simpatia por esse cliente simples e generoso. Mas, no final do ano anterior, uma bomba dera fim à sua prosperidade; perderam tudo de um dia para o outro.

Tavernier arranjou-lhes então a casa da rua Saint-Jacques. Mobiliaram-na sem grandes despesas, adquirindo o necessário no Mercado das Pulgas. Tal como a maioria dos franceses, sentiram enorme alívio quando do anúncio do Armistício. Veriam regressar o filho único. Marthe Andrieu bem depressa se apercebeu do partido que poderia tirar da presença dos familiares na província. Tal como sucedera antes da guerra, tios e primos tornaram-se de novo seus fornecedores. Graças a uma ou duas intervenções de François Tavernier, o restaurante clandestino funcionava às mil maravilhas havia um ano.

Diante do sucesso, as mesas surgiram por todo o lado: seis na sala, três no corredor e mesmo uma no quarto do casal Andrieu. Esta, porém, era especialmente reservada a pessoas amigas.

Iluminavam-na as velas de um candeeiro de prata de certa qualidade. O par deste fora colocado sobre a cômoda, transformada em aparador. Sem dúvida por motivos de pudor, o leito era dissimulado atrás de um biombo chinês, que destoava do restante da decoração.

Antes de instalar-se à mesa, Tavernier foi beijar o neto do dono da casa, seu afilhado. Era um rito ao qual não podia furtar-se sob pena de ferir a sensibilidade daquela boa gente. Léa riu muito ao vê-lo com o bebê nos braços.

— Não lhe fica absolutamente nada bem – comentou. – Não sabia que gostava de crianças.

Tavernier sorriu, enquanto o pequeno lhe babava a camisa.

— Gosto muito – assegurou ele. – E você, não?

— Nem um pouco. Eu os considero barulhentos e nos impedem de fazer muitas coisas.

— Um dia há de mudar de opinião.

— Não creio – replicou Léa determinada.

François entregou o menino à mãe.

— Parabéns, Jeannette. Meu afilhado está cada vez mais bonito.

A mulher corou de prazer.

— Vou mandar-lhe meu marido para tomar nota do que desejam – disse ela.

François ajudou Léa a instalar-se. A chama vacilante das velas parecia animar os dragões do biombo chinês e dava ao rosto da jovem uma doçura logo desmentida pelos olhos. François contemplava-a em silêncio.

— Não olhe para mim dessa maneira – disse ela.

— Tantas vezes tentei imaginar-lhe o rosto durante todos estes meses...

O filho dos donos da casa entrou no quarto munido de uma garrafa.

— Estou aqui, senhor Tavernier! Desculpe a demora, mas temos muita gente para jantar.

— Boa noite, René. Como vai?

— Vou bem, senhor Tavernier. Para começar, que diz de um pouco de *foie gras*, presunto da terra e uns pescoços de ganso guarnecidos?

— Muito bom.

— A seguir, minha mãe poderá preparar-lhes um *fricassé* de galinha com *girolles*, acompanhado de batatas *sautées* em gordura de ganso, uma saladinha temperada com óleo de noz e queijo *cabécous*. Depois me dirá se gostou ou não. Como sobremesa, *mousse* de chocolate.

— Isso, isso! – gritou Léa.

— Muito bem – anuiu Tavernier. – Traga-nos também uma garrafa de Cahors.

— Perfeitamente, senhor Tavernier. Prove este Chablis – disse o rapaz, estendendo-lhe um copo.

— Hum... nada mau... nada mau.

— Não é mesmo?

René serviu Léa, acabou de encher o copo de François e depois desapareceu.

Durante alguns instantes, beberam em silêncio.

— Conte-me o que lhe aconteceu – pediu Tavernier por fim. – Mas, antes disso, dê-me notícias da senhora d'Argilat.

— Vai bem. Tem um filho a quem deu o nome de Charles.

— Isso não me admira da parte dela – comentou Tavernier. – E o marido?

— Fugiu por duas vezes, a segunda com êxito. Foi reunir-se ao general De Gaulle, em Londres.

Léa pronunciara a frase com orgulho e, ao mesmo tempo, como se lançasse um desafio ao interlocutor. Mas logo se arrependeu. François lia em seu rosto o que se passava no seu íntimo.

Tavernier engoliu dois copos de vinho, um atrás do outro. Gostaria de adverti-la. Mas que poderia dizer? Não suportava o receio e a desconfiança que sabia existirem nela a seu respeito. Como fazê-la entender certas coisas?

— Léa...

A moça ergueu os olhos devagar.

— Sim?

— Laurent fez muito bem em ir juntar-se ao general De Gaulle. Demonstra muita coragem. Mas você não deveria mencionar tal fato nem mesmo a mim.

— Sobretudo a você, não foi o que quis dizer?

Tavernier sorriu com cansaço.

— Não. A mim pode dizer tudo, isso não terá consequências. Ontem, pelo contrário, fiquei bastante apreensivo quando a vi aparecer na companhia daquele traste do Raphaël Mahl – objetou François.

— É um velho amigo meu. Por que o chama traste? Seja como for, Raphaël Mahl convive com as mesmas pessoas que você.

— *Touché*! Quanto a esse ponto, você tem razão. Mas apenas quanto a isso. Ele é um traste por diversos motivos. E um deles é seu apetite por dinheiro. Por dinheiro não hesita em denunciar amigos à Gestapo.

— Não acredito.

— Se tornar a encontrar-se com ele, o que não aconselho, pergunte-lhe. Com sua perversidade, reforçada por um profundo masoquismo, não deixará de responder-lhe, por certo, e, sendo ele um homem conciso, de fornecer-lhe também os detalhes.

— Não é possível! Seria demasiado ignóbil – a moça comentou.

— Com ele, tudo é possível. Não recolheu uma criança judia...

— Ora, aí está! Como vê, não é assim tão mau como o pinta – interrompeu Léa.

— ... que devolveu ao orfanato depois de alguns meses por considerá-la sem inteligência? Roubou diversas pessoas que lhe confiaram os últimos recursos para fugirem para a zona livre. Faz contrabando de ouro, de divisas e de heroína. Foi preso duas vezes pela polícia parisiense. De ambas, porém, as autoridades viram-se forçadas a soltá-lo.

— Então, como se explica que seja recebido em salões e se publiquem seus livros?

— Não é verdade que o recebam. Só o fazem pessoas como as que viu ontem à noite porque o utilizam, e também os grandes traficantes do mercado negro. Quanto às suas obras, foram publicadas antes da guerra. Evite-o, creia em mim. Emporcalha todos os que dele se aproximam.

— Mas, em Bordeaux, avisou-me que meu tio...

Léa deixou a frase em suspenso e engoliu um gole de vinho, procurando refrear a língua.

— Pode prosseguir no que ia dizer. Eu conheço as atividades de Adrien. Você, porém, é que não deveria estar a par delas – asseverou Tavernier.

— Mas quem mencionou meu tio Adrien? Que sabe a seu respeito?

— Nada. Passemos adiante. Continue. Que mais coisas admiráveis fez seu amigo Mahl?

— Em Bordeaux, cedeu o lugar a bordo do *Massilia* ao pai de Sarah Mulsteïn.

— Isso é verdade, de fato. Ela me disse. Confesso que fiquei surpreso. Sarah é como você... também se mostra indulgente em relação a Mahl. Afirma que nem tudo é mau nele.

— Sarah continua em Paris?

— Continua. Não quer deixar a cidade. Diz que está farta de fugir.

— Mas isso é uma loucura!

— Claro que é. Não me canso de lhe dizer sempre que a encontro. Mas algo se quebrou nela após a morte do pai.

— Não sabia que o pai tinha morrido.

– Morreu em Argel. Foi preso pela polícia de Vichy – informou François.

– Por quê?

– Por ser judeu e estrangeiro. Não suportou a detenção. Era já um velho cansado, vivendo apenas para a música. Certa manhã, foi encontrado morto na cela.

– Gostava muito dele?

– Gostava. Era um indivíduo notável. Com ele desapareceu parte do que de melhor existia na humanidade.

Jeannette surgiu, nesse instante, trazendo dois pratos copiosamente servidos.

– Bom apetite para o senhor e a senhora.

Léa olhou o prato colocado à sua frente. Sentiu-se ligeiramente nauseada e passou a mão pela fronte.

– Sei o que sente, Léa. Mas, por agora, nada posso dizer-lhe. Para confiar em mim teria de amar-me cegamente, mas isso seria pedir-lhe demais. É ainda muito cedo para tanto. Vamos, coma. Comer transformou-se num deleite raro.

– Não para você, segundo parece.

– Quer continuar com Chablis ou passar ao Cahors?

– Cahors – decidiu Léa.

Tavernier ergueu-se, foi buscar um copo no aparador e serviu-lhe o vinho tinto.

Léa principiou a beliscar os alimentos, mas logo o *foie gras* delicioso e a bebida aveludada lhe restituíram o sólido apetite.

Depois de limpar meticulosamente o prato com um naco de pão, brilhava-lhe nos olhos uma expressão mais amena.

– Você é como um animalzinho, Léa – comentou Tavernier. – Basta-nos alimentá-la e paparicá-la para fazê-la esquecer-se do presente.

– Não julgue que seja assim tão fácil – gaguejou Léa, de boca cheia.

Marthe Andrieu entrou no quarto limpando as mãos no avental branco. Seguia-a o filho, transportando uma travessa com uma tampa de prata. Com um gesto de orgulho, a cozinheira ergueu a tampa.

– Sinta este cheiro, senhor Tavernier. Isto me perturba; é toda a minha terra que me vem à cabeça. Revejo minha pobre mãe diante da grande lareira da casa, fazendo saltar trombetas-do-juízo-final e outras espécies de cogumelos. Ninguém melhor do que ela para cozinhá-los.

– Exceto a senhora, minha boa Marthe.

– Oh, não, senhor Tavernier! Os que minha mãe preparava eram bem melhores.

François sorriu diante daquela ingênua manifestação de amor filial. Provou do prato, preparado com tanta perícia quanto amor.

– Nunca comi nada tão magnífico, minha senhora – elogiou Léa, limpando o queixo sujo de gordura.

A boa mulher endereçou-lhe um sorriso de contentamento e disse, mais para François do que para a jovem, assumindo um ar simultaneamente cúmplice e galhofeiro:

– É bom sinal quando uma moça bonita aprecia a boa cozinha... Bem, agora tenho de deixá-los; os clientes me chamam.

Léa devorou o frango quase inteiro, as batatas e os *girolles*. Bebeu muito também. Entregue ao prazer da comida, esquecera as apreensões, aproveitando plenamente o momento. Não protestou quando as pernas do parceiro enlaçaram as suas sob a mesa nem quando os dedos dele lhe acariciaram a parte interna dos pulsos.

Chegou a salada acompanhada de mais cogumelos. Léa devorou três, sob o olhar deliciado do companheiro. A segunda garrafa de Cahors sofrera já uma séria baixa.

Ao terminar a *mousse* de chocolate, cremosa e abundante, Léa considerava a vida uma beleza.

Por mais de uma vez Tavernier tivera de conter-se para não se lançar sobre a moça e arrastá-la para a cama, escondida atrás do biombo. Léa fumava agora um pequeno charuto, inclinada na cadeira que afastara da mesa, as pernas cruzadas e um pouco erguidas deixando ver a renda do saiote. De olhos semicerrados, saboreava sem restrições aquele momento de completo bem-estar.

Pelas fendas das pálpebras observava o homem que era seu amante. Apreciava a força que dele se desprendia e aquele olhar tão depressa límpido como sombrio, terno e duro, indulgente e de desprezo. Olhava esse rosto de traços vincados, a boca tão bonita e tão sábia nos beijos. Estremeceu à lembrança da noite anterior. "Desejo-o", disse para si mesma.

– E se fizéssemos amor? – sugeriu em voz alta.

Tavernier sorriu. Esperava a proposta, é bem verdade, mas, com prudência, abstivera-se de tomar a iniciativa. Em sua carreira amorosa, encontrara poucas mulheres tão naturalmente dotadas para o amor. Léa amava com uma espontaneidade e um paganismo alegre, que seguramente não herdara da mãe nem das freiras do Sagrado Coração de Bordeaux. Além disso, nunca demonstrara o mínimo receio de engravidar. Seria isso ignorância ou inconsciência?

A cama atrás do biombo era uma massa escura. François deitou Léa suavemente e com ternura beijou-lhe as pálpebras, os lábios e o pescoço. Passiva, ela se deixava guiar. De repente, porém, enlaçou-o e mordeu-lhe o lábio com violência.

– Faça-me sofrer – pediu. – Tenha-me como em Montmorillon.

Com que alegria François violou então sua vítima consentida!

FRANÇOIS PEDIRA à senhora Andrieu que lhe arranjasse um cesto cheio das melhores conservas preparadas pela família. Entregou-o a Léa, dizendo:

— Ofereça isto de minha parte a suas tias.

— Obrigada.

— Quando tornarei a vê-la?

— Não sei. Volto para casa em dois dias.

— Mas já!

Sensibilizou-a o tom com que Tavernier pronunciara a frase. Respondeu, em voz mais branda:

— O estado de saúde de meu pai, depois da morte de mamãe, não me permite deixá-lo sozinho durante muito tempo.

— Eu compreendo. Se vir seu tio Adrien, transmita-lhe meus melhores cumprimentos.

Aquelas palavras trouxeram à memória de Léa a recomendação do dominicano: "Caso surja em Paris algum problema grave, telefone a François Tavernier ou mande avisá-lo." Mas qual o préstimo de alguém aparentemente em tão boas relações com os alemães?

— Não me esquecerei – garantiu Léa. – Tanto mais que ele me disse para recorrer a você em caso de necessidade.

— Seu tio fez bem – observou Tavernier com um sorriso de contentamento. – Diga-lhe ainda que nada se alterou.

— Dar-lhe-ei seu recado. Obrigada pelo maravilhoso jantar e também por isto – disse Léa, exibindo o cesto. – Tia Lisa vai ficar louca de satisfação.

LÉA PASSOU O DIA DE CAMA, fechada no quarto, devido a uma crise de fígado.

No dia seguinte, um tanto pálida e vacilante, deslocou-se para o Museu Grévin. Ali, tudo se passou como fora previsto. De volta à rua da Universidade, aguardava-a Sarah Mulsteïn.

– François Tavernier informou-me que você estava de passagem por Paris – esclareceu ela, beijando a moça. – Quis revê-la.

Como Sarah mudara! Continuava bela, talvez mais bela ainda, mas parecia ter sofrido profunda transformação íntima, que lhe alterava por completo o modo de olhar e o rosto. Léa experimentou a estranha sensação de que outra pessoa totalmente diferente a habitava.

Como para confirmar tal impressão, Sarah disse:

– Mudei tanto nestes últimos tempos que não me reconheço mais.

– François contou-me o que aconteceu a seu pai.

– Não falemos nisso, está bem?

– E seu marido?

– Espero que, para o bem dele, esteja morto neste momento – respondeu Sarah.

Léa sentiu na boca um gosto de bile.

– Depois de torturado, puseram-no num campo de concentração – explicou Sarah. – Não sei qual.

Permaneceu em silêncio durante muito tempo, um silêncio que Léa não teve coragem de interromper.

– François disse-me que você era amiga de Raphaël Mahl – prosseguiu Sarah momentos depois. – Eu também sou amiga dele, apesar de tudo que se diz a seu respeito. No entanto, tenha cuidado! É um indivíduo bem capaz de prejudicar aqueles que ama.

– Mas você continua a encontrá-lo...

– Ao ponto a que cheguei, o que mais ele pode me fazer? Dou-me com Raphaël porque me intriga e porque gostaria de descobrir de onde provém sua faceta de maldade e sua lucidez. Não consigo entender aquela busca de autodestruição, o desprezo por si mesmo, o desejo de humilhar-se aliado ao cúmulo do orgulho. Eu sei que Mahl é capaz de praticar o bem sem motivo, apenas por divertimento, e no instante seguinte tornar esse ato derrisório como se quisesse punir-se pelo momento de bondade.

— Por que não sai da França, Sarah?

— Não sei. Gosto deste país e estou cansada de tanto fugir. Além disso, não quero ficar muito longe da Alemanha; contra toda a lógica, digo para mim mesma que meu marido pode vir a ser libertado.

— Pelo menos, passe para a zona livre.

— Isso, talvez. François quer que eu vá para casa de uns amigos dele no Limousin.

— Para onde? Para Limoges?

— Não. Os tais amigos vivem em Eymoutiers, uma cidadezinha não muito distante.

— Irei a Limoges amanhã. Quer ir comigo? – sugeriu Léa.

— O que vai fazer em Limoges? – admirou-se Albertine.

Léa estava arrependida de sua imprudência, mas era tarde demais para recuar. Improvisou uma história.

— Papai tem um cliente que lhe deve dinheiro e encarregou-me de ir procurá-lo.

— Podia ter-nos falado no assunto.

— Perdoem-me, minhas tias queridas, nem pensei nisso. O que me diz, Sarah? Quer ir comigo?

— Por que não? Tanto faz estar aqui ou em qualquer outro lugar.

O som da campainha da porta imobilizou as quatro mulheres. Daí a instantes Tavernier surgia no toucador.

— Que susto nos pregou! – disse Sarah. – Pensei que fosse a Gestapo.

— É precisamente por causa dela que aqui estou. Não pode voltar para a casa dos Donati, Sarah. Eles acabam de ser presos – comunicou o recém-chegado.

405

– Ah, não!...

– Tem de partir. Trouxe-lhe documentos e um salvo-conduto para deslocar-se à zona livre.

– Mas... não posso partir assim desta maneira – objetou Sarah. – Estou sem roupa... os meus livros...

– Eu sei, eu sei, Sarah. Mas não temos escolha. Hoje, durante a noite, não há trens para Limoges. O primeiro parte amanhã de manhã, às sete e meia. Deve seguir nele. Em Limoges, há ligação ferroviária com Eymoutiers. É necessário, agora, encontrar-lhe um lugar onde passar a noite.

– A senhora Mulsteïn pode dormir aqui – ofereceu Albertine. – Não é mesmo, Lisa?

– Claro – concordou a irmã. – Com imenso prazer.

François Tavernier fitou as duas velhas senhoras com um sorriso.

– É muita generosidade, mas sou obrigado a adverti-las de que pode ser perigoso.

– Não falemos nisso, meu caro senhor.

– Vou mandar fazer a cama – decidiu Lisa.

– Não vale a pena, minha senhora – objetou Sarah. – Dormirei com Léa, se acaso ela não se importar. Desta maneira, acordaremos com mais facilidade e não correremos o risco de perder o trem.

– Léa vai a Limoges? – perguntou Tavernier, admirado.

– Vou. Antes de você chegar, estava propondo a Sarah que me acompanhasse.

– Fico mais tranquilo sabendo que viajam juntas. O momento mais delicado é o do exame dos documentos à passagem da linha de demarcação. Para duas pessoas juntas, porém, torna-se mais fácil. Posso falar com você a sós um instante, Léa?

– Venha ao meu quarto.

Léa sentou-se na cama, enrolando-se no edredom.

– Não lhe perguntarei o que vai fazer em Limoges, pois suponho que não me dirá. Mas suplico-lhe que seja prudente. Quer me prestar um favor?

– Se puder...

– Gostaria que acompanhasse Sarah até a casa de meus amigos em Eymoutiers. Ela fala muito bem francês, mas receio que seu sotaque intrigue tanto a polícia alemã como a francesa.

– Por que querem prendê-la?

– Porque prendem todos os judeus estrangeiros. Concorda em fazer o que lhe peço?

– Concordo.

– Obrigado.

Ouviu-se tocar de novo à porta. Léa ergueu-se de um salto para atender. Raphaël Mahl, empurrando-a, entrou precipitadamente.

– Onde está Sarah? – perguntou.

Léa encostou-se à parede, surpresa. Pedia a Deus que Estelle, acabada de chegar, não abrisse a boca.

– Mas a quem se refere, Raphaël?

– A Sarah Mulsteïn, claro.

– Não a vejo desde 1940 – garantiu Léa. – Por que motivo veio aqui procurá-la?

– Ela gosta muito de você e eu a informei de sua presença em Paris. Pensei que tivesse vindo visitá-la. Há duas horas a procuro por toda parte.

– Mas por quê?

– Para dizer-lhe que não volte para casa. A Gestapo está à espera dela.

Léa simulou surpresa, chamando a si todos os seus recursos dramáticos:

– Oh, meu Deus!

Mahl deixou-se cair no banco do vestíbulo.

— Mas onde se terá metido Sarah? Não posso bancar sentinela em frente da porta para preveni-la. Tenho já aborrecimentos de sobra.

— Pensei que mantivesse as melhores relações com esses senhores — ironizou Léa.

— Mantenho, enquanto lhes for útil. Mas se, por exemplo, eles souberem que procuro tirar-lhes das garras a filha de Israël Lazare, serei enviado para um campo de concentração em seu lugar.

— Não pretende que o lastime, por certo, meu pobre Raphaël. Seja como for, são seus amigos.

— Tem razão — concordou ele, erguendo-se. — De fato, não devo lastimar; não mereço que ninguém o faça. Deixo-a para continuar a busca. Se, por acaso, estiver com Sarah, diga-lhe que não volte à casa. E você, minha querida, ainda parte para o campo?

— Sim.

— Então, boa viagem. Pense em mim de tempos em tempos. Adeus — despediu-se Mahl.

— Até mais, Raphaël.

Sonhadora, Léa fechou a porta devagar e ficou a ouvir o som dos passos diminuindo à medida que Mahl descia as escadas e se afastava.

— Bravo! Foi formidável! — exclamou Tavernier, segurando a moça pelos ombros.

— Como vê, Raphaël não é tão mau como afirma.

— É possível. Mas desconfio bastante. Pode ter-se tratado de um estratagema.

— Não acredito. Tenho certeza de que foi sincero.

— Eu também — apoiou Sarah, saindo do toucador.

— Bem... bem... Seja como for, há necessidade de sermos ainda mais prudentes. Virá uma pessoa buscá-las amanhã e acompanhá-las à estação. Essa pessoa chegará às seis e meia e baterá à porta, dizendo: "O táxi está à espera." Trata-se de um homem que possui uma bicicleta-táxi e a quem recorro de tempos em tempos. Trará as passagens e ficará com vocês até a partida do trem. Agora tenho de ir embora. Prometa-me não se arriscar, Sarah.

— Farei o possível, François, prometo — asseverou ela, beijando-o. – Obrigada. Obrigada por tudo.

— Enquanto estiverem juntas, fique de olho em Léa — recomendou Tavernier em voz baixa.

— Está prometido.

No espírito de Léa reinava a maior confusão. Quem eram, de fato, François Tavernier e Raphaël Mahl? E mesmo Sarah Mulsteïn? O que representavam? E ela mesma, que escondia livros debaixo de cadeiras de cinemas, apanhava folhetos em museus e se preparava para tomar o trem para Limoges em companhia de uma judia procurada pela Gestapo, a fim de ir a certa livraria perguntar pelo *Mistérios de Paris*? Tudo aquilo lhe parecia loucura. Por que aceitara essa missão de seu tio Adrien? Estava de tal forma absorvida naqueles pensamentos que a voz de François a sobressaltou:

— Não pense demais, Léa. Não existem respostas concretas para suas questões. Tudo é, ao mesmo tempo, muito mais simples e muito mais complicado do que imagina. Até depois, pequena, você vai me fazer falta.

Pareceu a Léa que algo se rasgava em seu íntimo. Perplexa, comentou consigo mesma: "Parece que sofro por separar-me dele." Estendeu-lhe o rosto, irritada. O beijo que François lhe depôs foi tão leve que quase não o sentiu.

ERA AINDA noite quando o homem da bicicleta-táxi bateu à porta.

24

Léa já era bem conhecida pelos funcionários alemães da linha divisória da região. Chamavam-na de *Das Mädchen mit dem blauen Fahrrad*.* Quando voltava da zona livre com o cesto repleto de frutas no porta-bagagens – morangos, cerejas, pêssegos ou damascos –, nunca deixava de oferecer alguns aos soldados da guarda. Debaixo dos alimentos ocultavam-se, muitas vezes, as cartas que fora buscar à posta-restante da estação de correios de Saint-Pierre-d'Aurillac.

– Não lhe faltam admiradores – comentava invariavelmente o velho funcionário dos correios.

Como medida suplementar de segurança, por vezes, Léa enrolava a correspondência e a introduzia no tubo do selim ou no guidão. Certo dia, um alemão, mais desconfiado do que os camaradas, ordenara:

– Abra os sacos e a bolsa. Está passando correspondência.

Léa riu muito, apresentando-lhe a bolsa.

– Se eu quisesse passar o correio, esconderia-o no selim e não na bolsa – respondeu.

– É de fato um bom lugar para escondê-lo – concordou o homem, rindo também, e restituindo-lhe a bolsa.

Léa sentiu medo e subiu na bicicleta com as pernas tremendo. Nesse dia, a encosta de Montauoire parecera-lhe bem mais difícil do que habitualmente. Entretanto, ela apreciava aquelas corridas pelos campos que lhe permitiam escapar ao ambiente de Montillac, cada dia mais tenso devido ao estado de demência mansa de Pierre Delmas, à pressão progressivamente mais forte exercida por Fayard para venderem

---

*A senhorita da bicicleta azul.

a propriedade, às queixas de Bernadette Bouchardeau a propósito do filho, à presença dos dois oficiais alemães, agora menos discreta, e, sobretudo, por causa de Françoise, de um humor contundente havia cerca de dois meses. Ruth entregara a Léa todas as suas economias. Antes de chegar a tal extremo, a moça tentara diligenciar junto ao tio Luc, o parente rico da família. Mas o advogado, cujas ideias colaboracionistas não constituíam segredo para ninguém, aconselhara a sobrinha a vender o domínio a Fayard, visto Pierre Delmas não estar em condições de ocupar-se dele e não ter filhos varões que o sucedessem.

— Mas tem a mim e a minhas irmãs – objetara Léa.

— Ora, mulheres...! Como se uma mulher fosse capaz de dirigir uma exploração vinícola. Se, de fato, você quer conservar Montillac, procure então um marido com competência para gerir a propriedade. Não deve ser difícil para uma moça bonita como você, mesmo sem dote.

Pálida de humilhação, Léa insistira:

— Há as propriedades de mamãe na Martinica, meu tio. Poderemos vendê-las quando a guerra terminar.

— Isso é muito problemático, minha pobre pequena. Quem lhe garante que não serão ocupadas pelos comunistas ou roubadas pelos negros? Agora, desculpe-me, mas tenho um compromisso. Transmita saudações minhas a seu pobre pai. Na semana que vem, darei uma pequena festa à noite, em homenagem a sua prima. Laure e Françoise também vêm. E você, quer se juntar a nós?

— Não, muito obrigada, tio Luc. Não gosto das pessoas que frequentam sua casa.

— Que quer dizer com isso?

— Sabe bem o que quero dizer, meu tio. Recebe o chefe da polícia de Bordeaux, os...

– Cale-se! Recebo quem eu quero. Mas constato que você sofreu a influência desse pobre Adrien, cujo superior ainda no outro dia comentava comigo: "Peço a Deus pelo nosso infeliz irmão, para que o faça regressar ao caminho do bem e descobrir onde reside o verdadeiro interesse da França." A meu ver, Adrien traiu o país e a Igreja. É uma terrível vergonha para a família saber que um dos seus membros se aliou a terroristas. Graças a Deus ninguém pensa que eu possa compartilhar dessas ideias funestas. Aliás, fiz saber aos meus amigos que se esse traidor me aparecesse não hesitaria em denunciá-lo. Para mim, meu irmão morreu.

– Seu patife!

Luc Delmas avançou para a sobrinha em atitude ameaçadora.

– Sabe com quem está falando?

– Também para mim o senhor morreu, e cuspo em seu cadáver – vociferou Léa.

Juntando o gesto à palavra, cuspiu no rosto do tio.

Com o dinheiro entregue por Ruth, poderia fazer face às despesas da vindima.

COM O MÊS de julho, Laure regressou a Montillac; uma Laure despeitada que após a discussão entre Léa e o tio, deixara de ser recebida em casa do parente. Passava os dias fechada no quarto ou em Langon, na companhia da filha de um notário, sua colega de pensionato.

Léa tentara com empenho reaproximar-se da irmã mais nova a quem amava, mas ela esquivava-se sempre a qualquer contato. Por espírito de provocação, Laure passeava pelas vinhas acompanhada por Frederic Hanke, ria muito e assumia diante dele atitudes coquetes.

Esse mês de julho de 1942 assistiu igualmente ao regresso de Camille e do pequeno Charles a Montillac; a Gestapo expulsara-os da propriedade de Roches-Blanches. O domínio, tal como todos os outros bens de Laurent d'Argilat, denunciado como agente de Londres, tinha sido posto sob sequestro. Em Bordeaux, o tenente das SS, Friedrich-Wilhelm Dohse, interrogara Camille durante muito tempo, procurando arrancar-lhe o local de paradeiro do marido. Com a maior calma, a jovem respondeu não ter recebido dele outras notícias além das transmitidas pelos serviços oficiais. Dohse não se deixara iludir. Considerara preferível soltá-la, porém, pensando que, mais cedo ou mais tarde, Laurent d'Argilat tentaria fazer chegar às suas mãos qualquer mensagem, ou juntar-se a ela.

TODAS AS semanas, nos correios de Saint-Pierre-d'Aurillac, Léa recebia carta de Sarah Mulsteïn, que com humor pintava sua existência em Limousin. Descrevia, com uma comicidade pungente, a cena do seu passeio pelas ruas da cidadezinha ostentando no vestido a estrela amarela, num gesto de solidariedade para com os judeus da zona ocupada, e as reações que tal atitude suscitara entre os habitantes. Escrevia ela:

> Não ficariam mais embaraçados se me tivesse exibido nua pelas ruas. A maioria das pessoas desviava a vista. Apenas se aproximou de mim um velhote maneta, com um grande bigode grisalho como é habitual ver-se nos camponeses da região e com uma tarja de condecorações sobre o casaco de veludo. Tirando o enorme chapéu de feltro, disse, em voz ríspida: "Eu me sentiria muito mais orgulhoso de usar uma estrela como a sua que toda esta quinquilharia ganha em Verdun."

Em outra carta, Sarah reprovava as medidas vexatórias promulgadas contra os judeus:

> Depois de nos terem interditado a posse de receptores de rádio e de telefones, proíbem-me agora o acesso a restaurantes, cafés, teatros, cinemas, cabines telefônicas, piscinas, praias, museus, bibliotecas, praças-fortes, exposições, mercados e feiras, recintos desportivos e de campismo, pistas de corridas, parques etc. Suponho que nos seja também vedado fazer amor com não judeus. Na verdade, os nazis pretendem uma só coisa: impedir-nos de respirar; temem que o ar por nós expelido venha a "judaizar" a raça pura alemã...

Nas cartas, Sarah Mulsteïn falava frequentemente de François Tavernier, da amizade existente entre ambos, da total confiança nele depositada. Aprovava o fato de Léa querer conservar Montillac, aconselhando prudência nos contatos com Fayard.

No dia 27 de julho, chegou a última carta de Sarah. Léa parou à sombra de uma árvore e rasgou o envelope:

> Quando ler estas linhas estarei já de regresso a Paris. Os acontecimentos dos últimos dias impedem-me de continuar escondida enquanto indivíduos do meu povo são levados para o matadouro. Como a censura funciona de modo perfeito, talvez não esteja a par daquilo que se passa. Eis os fatos, tal como me foram narrados por um amigo judeu e por sua companheira, ambos funcionários dos Assuntos Judaicos:
>
> Na noite de quarta para quinta-feira, entre as três e as quatro da madrugada, policiais franceses bateram à porta de milhares de famílias judaicas estrangeiras, de todas as origens, e elas foram detidas. Algumas pessoas

conseguiram fugir graças à cumplicidade de policiais piedosos ou corruptos, mas muito poucas, infelizmente. As outras, as que não escaparam, mulheres, crianças, velhos, homens e mesmo doentes, foram conduzidas com os seus míseros haveres, os haveres que foram autorizados a levar, em automóveis, os mais fracos, os outros, a pé. À passagem deles, os parisienses desviavam a vista. Concentraram os presos no Velódromo de Inverno – 7 mil, dos quais 4.051 crianças! Outros 6 mil foram levados para o campo de internamento de Drancy. A polícia francesa deteve 13 mil pessoas apenas por serem judias! Segundo parece, as autoridades alemãs ficaram frustradas, pois esperavam 32 mil!... Para escapar a isso, muitos infelizes suicidaram-se. Algumas mulheres, lembrando-se dos *pogroms* da infância, na Rússia e na Polônia, precipitaram-se de janelas juntamente com os filhos.

Não tinham sido feitos preparativos para receber essa multidão. Durante sete dias, as pessoas viveram debaixo de toldos e de coberturas de vidro aquecidas pelo sol, sem orifícios de ventilação, em meio ao fedor cada vez mais intolerável. As latrinas, em número insuficiente, bem depressa se tornaram inutilizáveis. Os desgraçados patinavam num lamaçal imundo, e a urina escoava-se ao longe das bancadas. Ao medo aliava-se a humilhação. Doentes morriam por falta de tratamento. Apenas dois médicos foram autorizados a entrar no Velódromo de Inverno, mas eles, apesar da presença de algumas enfermeiras da Cruz Vermelha, não podiam atender aos partos prematuros, às disenterias, à escarlatina etc. Apenas uma dezena de prisioneiros conseguiu evadir-se. No domingo, dia 19 de julho, mil pessoas, homens na sua maioria, foram metidas em vagões de transporte de gado e enviados para a Alemanha.

Sei a sorte que os espera. É tão horrível essa sorte, no entanto, que ninguém acredita quando falo dela, nem mesmo os meus amigos judeus. Não obstante essa incredulidade, alguns deles, tal como eu, leram o *Mein Kampf* e o *Livro branco inglês*, publicado na França em 1939, que revelavam horríveis detalhes sobre o campo de concentração de Buchenwald e sobre seu funcionamento; viram na leitura, apenas, um relato de ficção científica. Além disso, depositavam tanta confiança na França!

Por que motivo os franceses se tornaram cúmplices daquilo que ficará para sempre como uma das grandes vergonhas da humanidade? Por quê?

Até agora, sempre me senti livre cidadã do mundo, em consequência de minhas viagens, das línguas que falo, de minha cultura cosmopolita. Antes de todos esses acontecimentos, não era nem crente nem praticante. Hoje, porém, sou judia e apenas judia. Assim sendo, irei reunir-me ao meu povo, embora sabendo caminhar para a morte. Aceito-a, no entanto. Se acontecer que seja possível arrancar alguns desses desgraçados ao aniquilamento, então lutarei por isso. Nesse caso, talvez apele para você. Sei que não me decepcionará.

Tenha cuidado, querida amiga – você é tão jovem ainda! Pense em mim algumas vezes e seu pensamento alimentará minha coragem. Um beijo daquela que a ama. – Sarah.

Havia um *post scriptum* na última página.

Junto a esta carta uma ignomínia publicada no jornal antissemita *Au Pilori*, no dia 23 de julho de 1942. Isto é para que não esqueçamos nunca aquilo que ousam escrever os Rebatet, os Céline, os Chateaubriand, os Philippe Henriot, os Brasillach etc. Não se esqueça do meu amigo François Tavernier. Sei que a ama e julgo não estar enganada se disser que você o ama também, embora ainda não o saiba. Foi feita para ele tal como ele para você.

Léa deixou cair o recorte do jornal enviado pela amiga. Era apenas parte do artigo em questão, assinado por Jacques Bourreau:

14 de julho de 1942. Uma maravilhosa notícia anda circulando pelas ruas de Paris: as crônicas faladas transmitidas pela rádio e pela televisão nacionais informam-nos de que acaba de morrer o último judeu. Deste modo, findou assim essa raça abjeta cujo derradeiro representante vivia, desde o nascimento, no antigo jardim zoológico do bosque de Vincennes, num covil a ele especialmente reservado e onde as nossas crianças podiam ir observá-lo a recrear-se num simulacro de liberdade, não para o deleite da vista mas sim para a edificação moral da juventude. Agora, está morto. No fundo, foi melhor assim. Pessoalmente, sempre temi que se evadisse. E sabe Deus o mal que pode causar um judeu em liberdade! Esse exemplar ficara só após a morte da companheira, que era estéril, felizmente. Com essa casta, porém, nunca se sabe... Irei ao jardim zoológico certificar-me da veracidade da notícia.

Era maravilhosa aquela manhã de verão, quente, mas não muito. No céu não se via uma única nuvem. Soprava leve aragem e campos e vinhedos multiplicavam-se em tons de verde, desenhados em formas geométricas. Alguns prados pontilhavam-se das manchas claras dos rebanhos. Ao longe, o campanário e os telhados de uma aldeia completavam a harmonia da paisagem.

Léa ergueu-se, deixando para depois a leitura da carta enviada pelo tio Adrien. Subiu de novo na bicicleta para levar a correspondência a Mouchac, a Verdelais e a Liloy.

De volta a Montillac, foi refugiar-se no quarto das crianças para ler a carta. O tio felicitava-a de novo pelo êxito da missão em Paris e em Limoges. Pedia-lhe que ouvisse a Rádio Londres todas as noites, onde uma mensagem lhe indicaria quando encontrar-se com ele em Toulouse. Devia ir buscar uma carta aos correios centrais que a informaria do local do encontro. Partiria dois dias depois de escutar a mensagem, que era a seguinte: "As violetas florescem aos pés do calvário."

Léa acabava de queimar a mensagem quando Camille entrou no quarto sem bater à porta.

— Desculpe incomodá-la – disse –, mas há alguma coisa para mim?

— Não. Apenas uma carta de tio Adrien – respondeu Léa, apontando a folha de papel queimando. – E também de Sarah Mulsteïn, que deixou Eymoutiers.

— Para onde foi ela?

— Para Paris.

— Paris! Está louca!

— Tome! Leia o que Sarah escreve e logo compreenderá.

NO DIA 2 DE AGOSTO Léa ouviu a mensagem transmitida pela rádio. Durante sua ausência, Camille encarregou-se de passar a correspondência.

Nos correios centrais de Toulouse, Léa foi encontrar um bilhete lacônico dizendo-lhe que comparecesse às cinco da tarde na basílica de Saint-Sernin, depois de uma passagem por Notre-Dame du Taur.

Fazia um calor sufocante. Léa sentia fome e sede; tomara apenas uma limonada morna no bar da estação de

Matabiau. Havia pouca gente nas ruas Bayard e Rémusat, assim como na praça do Capitólio. A igreja da rua Taur pareceu-lhe um oásis naquele deserto de tijolos aquecidos. Levou algum tempo para acostumar a vista à escuridão. Aproximou-se do altar, junto do qual cintilava uma fraca luz vermelha. Ocorriam-lhe à mente retalhos de orações: Pai Nosso que estais no céu... Ave-Maria cheia de graça... Deus Todo-Poderoso... que ressuscitaste dos vivos e dos mortos... Cordeiro de Deus... seja feita a vossa vontade... livrai-nos do mal...

Ajoelhou-se, colocando a seu lado a pequena mala de couro que pertencera à mãe. Animava-a o desejo intenso de acreditar e de remeter-se à proteção do Senhor, mas experimentava apenas profundo tédio. Só quatro horas! Entrou na igreja uma velhota arrastando os pés. Parou diante de Léa, observando-a demoradamente. Depois afastou-se, resmungando:

— Não são trajes próprios para estar numa igreja.

O calor estival fizera Léa esquecer o decote de seu curto vestido em algodão azul. Remexeu o conteúdo da maleta, procurando um lenço, que pôs na cabeça, e cujas pontas cobriam-lhe um pouco os ombros. Assim, não atrairia as atenções.

Quatro horas e trinta minutos. Deixou a igreja e dirigiu-se para a basílica de Saint-Sernin. O calor continuava, e não soprava a mais leve brisa. Sobre as pedras desiguais do passeio estreito as solas de madeira produziam um ruído sonoro. De súbito, abriu-se a seu lado um dos batentes do pesado portão de uma moradia do século XVI e saiu dela um homem. Agarrou-a pelo braço e puxou-a para debaixo da passagem abobadada.

— Mas...

A mão dele impediu-a de prosseguir, tapando-lhe a boca.

– Cale-se! Corre perigo – avisou o desconhecido.

Nesse instante, ouviu-se na rua Taur um som de corridas e de vozes, muito próximos.

– Não podem mais escapar, esses patifes – disse alguém.

– Não cante vitória. Esses malditos judeus são muito espertos – respondeu outra voz masculina.

– Isso de fato são. Mas o chefe é ainda mais esperto do que eles.

– Será verdade que alguns padres os apoiam?

– É o que se diz. Mas a mim ninguém me tira da cabeça que são comunistas disfarçados de padres.

– O dominicano que prenderam ontem era mesmo um religioso, de fato.

Léa estremeceu contra o corpo do homem que continuava a segurá-la.

– Vamos ver – retrucou a outra voz. – Mas, mesmo sendo um padre verdadeiro, isso não o salvará. Vai arrepender-se de ter nascido. É preciso não se ter religião para ajudar os judeus.

Retiniu pela rua um apito prolongado.

– Vamos – disse um dos indivíduos.

Os dois homens partiram, correndo. Ouviram-se, então, gritos, pragas, disparos. Depois fez-se silêncio.

De olhos fechados, Léa apoiou-se à porta.

– Venha – ordenou o desconhecido. – Vamos pelos subterrâneos.

– Diga-me, por favor, se foi meu tio a pessoa que eles prenderam.

– Não sei. Lécussan e seus homens prepararam ontem uma armadilha para alguns judeus e seus passadores. Havia entre eles um padre.

– Como era esse padre?

– Também desconheço. Venha. Daqui a pouco o bairro ficará cercado.

– Só mais uma pergunta. Como sabia o senhor que eu iria passar por aqui?

– Recebi ordens para protegê-la durante o percurso entre Notre-Dame du Taur e Saint-Sernin. Quando passei pela basílica, reconheci Lécussan e seus dois homens e pensei então que ali se encontrassem por sua causa. Basta esta explicação? Quer vir agora?

– Está bem.

– Dê-me sua mala – disse o homem, escondendo debaixo da axila a pistola que continuara a empunhar.

Entraram na casa por uma pequena porta e desceram alguns degraus que conduziam a outra. O desconhecido abriu-a com uma chave. Durante um tempo que a Léa pareceu interminável percorreram um emaranhado de corredores com paredes meio desmoronadas, subiram e desceram degraus de piso irregular, passaram por abóbadas magníficas apenas entrevistas à luz da lanterna. Sem fôlego, Léa parou.

– Onde estamos? – perguntou.

– Sob o Capitólio – informou o guia. – Na zona antiga de Toulouse existem diversos andares de subterrâneos, por vezes. Alguns têm má fama, pois funcionaram como câmaras de tortura nos tempos da Inquisição. Mas no decorrer dos séculos muitos deles serviram de refúgio. Eu e alguns camaradas escoramos, reparamos, desentulhamos e desobstruímos várias passagens, desde o início da guerra.

Em silêncio, caminharam ainda por mais algum tempo. Atingiram assim uma abertura baixa, onde tiveram de curvar-se, e desembocaram num salão imenso, construído com tijolos cor-de-rosa, com admiráveis arcos ogivais e iluminado por archotes enterrados na areia do solo. Léa imobilizou-se. Ergueu a vista para a abóbada em estilo gótico e rodou o corpo devagar, abarcando todo o perímetro da cobertura. Aparentemente, não existia ali qualquer outra passagem, exceto aquela por onde haviam entrado. As luzes oscilantes das tochas acentuavam o mistério e o esplendor do local.

Ao baixar os olhos, a jovem descobriu ao longo das paredes algumas mesas, caixotes e leitos de campanha, sobre os quais havia homens deitados, muitos deles bastante jovens, e todos pobremente vestidos.

— Terminou o exame? – perguntou seu acompanhante.

— Que maravilha! – exclamou Léa.

Aproximou-se deles um indivíduo.

— Por que a trouxe aqui? – perguntou o recém-chegado ao guia.

— Achei que fazia bem, chefe. Não podia deixá-la cair nas mãos de Lécussan. Sabe o que ele faz às mulheres?

— Não se preocupe, Michel. Eu respondo por ela – interveio alguém.

Aquela voz...

— Se assume a responsabilidade...

— Sim. Assumo.

— Laurent!

De mãos comprimidas uma contra a outra sobre os lábios, maravilhada e incrédula, Léa via avançar em sua direção o homem amado. Mas como mudara!

— Sim, Léa, sou eu – disse Laurent.

— Laurent... – repetiu a moça.

Ele puxou-a para si, envolvendo-a com os braços.

Para Léa, deixara de existir qualquer outra coisa. Havia apenas aquele calor a nascer-lhe no corpo, o hálito que lhe acariciava o pescoço, a voz que murmurava seu nome.

O encantamento só se quebrou quando o homem que atendia pelo nome de Michel disse:

— Por esta noite, pode ficar. Mas terá de partir amanhã.

Que importava a ela o amanhã? Só o agora contava, pois sabia que Laurent a amava, apesar da pergunta:

— Como estão Camille e Charles?

— Vão bem. Como sabe, estão em Montillac desde que a Gestapo pôs Roches-Blanches sob sequestro. Charles é um bonito rapazinho e se parece muito com você. Gosta muito de mim, acho eu – informou Léa.

— E quem não gosta? Como poderei agradecer-lhe tudo o que tem feito por nós?

— Cale-se. O que é meu é seu também. Que isto seja dito de uma vez por todas.

— Receio que isso lhe crie problemas.

— Não teremos problemas enquanto o tenente Kramer estiver lá em casa.

— Como pode estar tão segura disso? Há tantas denúncias...

— Mas quem nos denunciaria? Todos nos conhecem e gostam de nós.

— Que confiança a sua! Camaradas nossos são diariamente denunciados por vizinhos e mesmo por amigos.

— Enquanto estivemos escondidos no prédio da rua Taur, ouvi na conversa dos perseguidores que prenderam um dominicano...

— Sossegue. Não foi seu tio, mas um amigo dele, o padre Bon – garantiu Laurent.

— Mas não o terão prendido, há pouco, na basílica?

— Não prenderam ninguém. Não restam dúvidas, porém, de que houve denúncia.

— Que deverei fazer agora?

– Neste momento, descansar.

– Sinto fome e sede.

– Venha sentar-se aqui.

Laurent instalou Léa num caixote, em frente a uma mesa. Voltou pouco depois com uma grande embalagem de patê, um pedaço de pão, um cesto com pêssegos, uma garrafa de vinho e dois copos. Léa atirou-se ao pão já cortado e aspirou a plenos pulmões o cheiro agradável que dele se desprendia.

– Como é que vocês fazem para arranjar pão como este? – perguntou. – O que comemos lá em casa é escuro e pegajoso.

– Tivemos muita sorte quanto à alimentação. As camponesas que vendem na praça do Capitólio abastecem-nos de carne, de patê de fígado, de legumes, queijo e fruta. Um velho padeiro de Caramen nos prepara o pão e um vinicultor dos arredores de Villemur envia-nos o vinho. Pagamos quando podemos. A rede não é rica. Quando formos em maior número, a falta de dinheiro irá criar problemas.

– Que barulho é este?

– É a impressora. Publicamos grande parte da imprensa clandestina do Tarn, da Garona, do Hérault e do Aude, além de folhetos, senhas de alimentação falsas e também documentos falsos. Agora, estamos organizados.

– Mas isso é perigoso!

– Agimos com muita prudência e quase não corremos perigo aqui.

– Mas vocês estão completamente enclausurados! Parecem estar presos numa cadeia.

– Não creia nisso. O local está cheio de saídas ocultas, de alçapões, de subterrâneos e também de masmorras.

O subsolo de Toulouse é um verdadeiro queijo *gruyère* que alguns de nós conhecem desde a infância...

— Mas, se conhecem, outros poderão conhecer igualmente — objetou Léa.

— É certo. Por essa razão, tapamos os acessos mais conhecidos e mais fáceis.

— E a entrada da rua Taur?

— Ainda durante esta noite vai haver um desabamento que a fechará.

Enquanto conversavam, Léa cortou uma enorme fatia de pão com patê.

— Que delícia! — exclamou.

— Nunca vi ninguém comer como você — observou Laurent. — Parece que tudo em você, o corpo e o espírito, participa da refeição.

— E você, não participa? — perguntou a moça, de boca cheia.

A pergunta fez Laurent rir.

— Não, acho que não — respondeu.

— Faz mal. Ou, então, talvez faça bem nos tempos de hoje. É como Camille, que não come quase nada. "Não tenho fome". É detestável ouvir tal coisa quando se anda sempre com a barriga roncando.

Sorrindo, Léa estendeu o copo.

— Vamos beber — pediu. — Façamos um brinde.

— Um brinde a quê?

— A nós — respondeu a jovem, erguendo o copo.

— A nós... e à vitória.

— E a mim? A mim ninguém oferece de beber? — perguntou o homem malvestido e sujo que se aproximara deles.

— Tio Adrien!

— Padre Delmas!

O dominicano riu muito diante das exclamações admiradas dos dois jovens.

– Boa noite, meus filhos – disse, sentando-se num caixote.

Léa estendeu ao tio um copo com vinho, que ele engoliu de um trago.

– Levei um dos maiores sustos de toda a minha vida quando vi a basílica cercada pela polícia. Nunca me perdoaria se você tivesse sido presa.

– Jacquet foi formidável. Conseguiu interceptá-la a tempo e trazê-la para cá.

Léa, sem conseguir desviar os olhos do tio, comentou:

– Saiba, se o visse assim na rua, eu seria incapaz de reconhecê-lo. E teria fugido assustada.

– Então não gosta do meu disfarce? No entanto, é perfeito. Confundo-me com a massa dos miseráveis que pedem esmola no adro de Saint-Sernin.

Era verdade. Seria impossível reconhecer naquele mendigo sujo, de barba grisalha, calças deformadas presas por um barbante, chapéu esverdeado e amassado, os pés sem meias enfiados em sapatões incríveis, o pregador elegante cujo sermões eram escutados pelos fiéis do mundo inteiro, o piedoso dominicano conhecido de todos os habitantes de Bordeaux.

– Não sabia que tinha barba grisalha, tio Adrien – observou a jovem.

– Nem eu. Foi surpresa para mim. Nunca pensei que fosse tão velho. Mas escute-me com atenção, Léa. Não posso permanecer muito tempo aqui; tenho de partir. Há um lançamento de paraquedas esta noite. Eu lhe pedi que viesse por vários motivos. Fique, Laurent. Para você não é segredo. É preciso que você seja cada vez mais prudente. Vão reforçar a vigilância na passagem das linhas de demarcação. Quanto à correspondência, irá a Caudrot a partir de agora. O recebedor e a funcionária dos correios são gente nossa. Você e Camille vão se revezar nessa tarefa e irão juntas uma vez em cada cinco deslocamentos. Pode acontecer de existir também mensagens a serem entregues em mãos. Assim sendo, o senhor e a senhora Debray irão lhes transmitir as instruções. Se ouvir na Rádio Londres a seguinte frase: "Sylvie gosta de cogumelos de Paris", isso significa que não devem continuar indo a Caudrot, que estão queimadas. Receberão jornais e folhetos pelo correio clandestino e é necessário distribuí-los. Trouxe uma mala resistente e não muito grande?

– Sim. É aquela – respondeu a moça, apontando-a.

– Muito bem. É material perigoso o que vai transportar. Se quiser, você pode se recusar. Se dispusesse de outra pessoa, aliás, eu não lhe pediria.

– De que se trata, meu tio?

– De ir a Langon deixar no Oliver um posto emissor-receptor – informou Adrien.

– Mas o restaurante está sempre cheio de oficiais alemães – espantou-se Léa.

– É o lugar ideal precisamente por isso. No dia seguinte ao da chegada, ponha o aparelho no cesto das compras e prenda ao porta-bagagens da bicicleta. Será dia de mercado. Vá de manhã cedo e compre o que puder: frutas, legumes e flores. Como por acaso, vai encontrar o velho *sommelier* do Oliver, Cordeau, seu conhecido. Perguntará notícias de seu pai, dizendo também ter uma lembrança para a filha do seu velho amigo. Enquanto conversam, irão até o restaurante. Aí, Cordeau pega o cesto, levando-o com ele. Quando o restituir, estará já mais leve, embora pareça tão cheio quanto antes. Bem em evidência, Cordeau terá posto três vidros de *confit* de pato e um de cogumelos. Aceita?

– Já me dá água na boca. Pelo *confit* seria capaz de fazer o que fosse – respondeu Léa, rindo.

– Depois, agradeça a Cordeau e saia – prosseguiu o dominicano. – A dificuldade maior será na estação de Langon. O chefe da estação tem-se mostrado simpatizante, mas receio deixá-lo a par do assunto.

– Eu o conheço – informou a jovem. – Levo-lhe muitas vezes cartas do filho. Sempre que me vê, age de modo a afastar os policiais e os funcionários da alfândega. Não haverá problemas, vai ver. É ele quem guarda a bicicleta para mim e irá me ajudar a prender a mala.

– Então, acho que a coisa se arranjará. Que pensa disso, Laurent?

– Concordo.

– Mas não é Cordeau quem irá servir-se do posto emissor, não?

– Não. É um pianista lançado de paraquedas ontem à noite e vindo de Londres.

– Um pianista?!

– Sim, um pianista. É assim que chamamos aqueles que transmitem as mensagens.

– Onde está ele agora?

– Isso você não precisa saber. Será Cordeau seu único contato. Previna-o, se quiser transmitir qualquer mensagem considerada importante. Ele me fará chegar às mãos e lhe dirá o que fazer. Compreendeu tudo bem? – perguntou o dominicano.

– Compreendi.

– Se for presa, não banque a heroína. Procure fazer com que os interrogatórios se prolonguem o mais possível, a fim de dar-nos tempo para tomar providências.

– Tentarei.

– Outra coisa ainda: na clandestinidade, sou conhecido pelo nome de Albert Duval. Agora tenho de partir.

Adrien Delmas ergueu-se, mergulhando por instantes o olhar no da sobrinha.

— Não se preocupe, tio Adrien — disse, aninhando-se em seus braços. — Tudo correrá bem.

— Deus a proteja, minha filha — disse o religioso, abençoando-a. — Até mais, Laurent.

— Até mais, meu padre.

Após a partida de Adrien Delmas os dois jovens permaneceram em silêncio durante muito tempo. Depois, a moça inclinou-se para Laurent e perguntou-lhe ao ouvido:

— Onde ficam os banheiros?

— Já vai ver, embora não sejam muito confortáveis. Leve esta lanterna. Depois da passagem, é o segundo corredor à direita. Vire de novo à direita e há uma sala: é aí. A pá serve para cobrir com areia, como fazem os gatos.

Quando Léa regressou, Laurent verificava a carga de sua pistola.

— Os subterrâneos são espantosos. Não quer me mostrar?

Laurent apossou-se de um archote e ambos tornaram a passar pela abertura.

— É a única saída da sala? — perguntou Léa.

— Não. Há outra. Mas só se utiliza como último recurso — explicou ele.

— Tanto melhor. Tenho a sensação de estar aprisionada. E você não sente o mesmo?

— Habituamo-nos a esta vida. Mas passo aqui pouco tempo. Vamos por ali. Repare nas paredes.

— Que são todas estas inscrições?

— A sala funcionou como cadeia em diversas épocas.

Léa leu em voz alta:

— 1763, cinco anos já decorridos. 1848, amo-a, Amélie. Viva o rei! Viva a morte!

Depois, perguntou ao companheiro:

– Quem é esse Lécussan de quem falavam há pouco?

– Um ex-oficial da Marinha, vindo da Haute Garonne. Foi para a Inglaterra na época do Armistício. Depois de Mers-el-Kebir, os ingleses prenderam-no e repatriaram-no para a França. É um bruto arrogante, violentamente antibritânico e anticomunista. Mas isso não é nada comparado a seu antissemitismo fanático. Para lhe dar um exemplo: estudantes antissemitas da Faculdade de Medicina de Toulouse homenagearam-no oferecendo-lhe uma estrela de davi feita de pele humana, retirada do cadáver de um judeu e cuidadosamente curtida.

– Que horror!

– Quando bebe, Lécussan exibe-a com complacência comentando: "É das nádegas." Foi essa bela personagem que Xavier Vallat nomeou diretor dos Assuntos Judaicos em Toulouse. Há um ano que se dedica à caça aos judeus e aos terroristas, utilizando para isso uma quadrilha de indivíduos tão abjetos como ele próprio, e que o mantêm faustosamente.

Caminharam em silêncio por mais algum tempo.

– Aqui é um pouco os meus domínios – esclareceu Laurent, afastando uma tapeçaria de cores meio apagadas. – Trouxe alguns livros, cobertores e um candeeiro de petróleo. Refugio-me neste local quando tenho necessidade de estar só ou depois de uma operação arriscada.

Era uma das menores salas de todas as que tinham atravessado. O teto era apoiado numa cruz de duas ogivas e o chão estava coberto por areia branca e macia. Em alguns pontos das paredes, sobre os tijolos cor-de-rosa, existiam vestígios de fogo. A um canto, os pertences de Laurent. De repente, Léa ajoelhou em cima dos cobertores, olhando o amigo enquanto ele enterrava no solo o cabo do archote. Laurent parecia ter ficado subitamente infeliz e constrangido.

– Venha para perto de mim – pediu Léa.

O rapaz balançou a cabeça num gesto negativo.

– Venha, eu lhe peço – insistiu ela.

Laurent avançou para Léa a contragosto. A moça puxou-o e ele caiu de joelhos a seu lado.

– Desde que cheguei aqui só tenho esperado pelo momento de ficar a sós com você.

– Mas não deve ser assim – Laurent falou.

– Por quê? Você me ama e eu o amo. Talvez amanhã esteja preso ou morto, e não suporto a ideia de não pertencer a você por completo, de me restar apenas a lembrança de alguns beijos. Não... não diga nada; só diria bobagens ou, pior que isso, banalidades. O que sinto por você está além das convenções. Para mim tanto faz ser apenas sua amante. Quero que seja meu amante, já que não quis ser meu marido.

– Cale-se.

– Por que motivo deveria calar-me? Não tenho vergonha de o desejar e lhe dizer. A guerra alterou muitas coisas quanto ao comportamento das moças. Antes dela, talvez me não atravesse a falar assim. Embora... não, na verdade, eu não teria sido muito diferente do que sou neste momento. Tal como hoje, teria confessado que o amo, que desejo fazer amor com você e que nada nem ninguém pode impedi-lo.

Léa despiu o vestido de algodão azul e, à exceção das calcinhas infantis de algodão branco, estava nua.

Laurent não conseguia despregar os olhos do esplendor daquele corpo, dos seios que chamavam pelas suas mãos. E como resistir aos dedos hábeis que lhe desabotoavam a camisa, logo se dirigindo ao cós das calças? Ergueu-se de um salto, recuando.

– Não devemos, Léa...

Mas a jovem, arrastando-se sobre os joelhos, encaminhou-se para ele.

A claridade do archote, as abóbadas seculares, a areia sobre a qual a moça avançava sem se apressar, como um animal a dirigir-se à presa, seus cabelos desalinhados, os seios oscilando suavemente, os rins arqueados, as coxas longas transmitiam ao homem que a contemplava a sensação de ter recuado até a aurora dos tempos, quando a fêmea primitiva escolhia o companheiro.

Assim que as mãos nervosas e fortes o agarraram, ele deixou de resistir. Ainda mais que não afastou a boca de Léa, que se fechava sobre seu sexo. Desejou que aquela carícia não acabasse mais, porém, apesar disso, fez um festo de recuo. Léa gritou:

– Não!

Mas seu grito de revolta transformou-se em brado de vitória quando ele a penetrou por fim.

A AREIA BRANCA que aderira aos corpos imóveis dava-lhes o aspecto de estátuas. Léa foi a primeira a abrir os olhos. Virou a cabeça para o amante, olhando-o com um misto de ternura e de orgulho – pertencia-lhe, ele era finalmente dela! Pobre Camille! Quanto pesaria ela na balança diante do amor que a unia a Laurent? Nada podia separá-los agora. Havia algo em Léa, no entanto, uma espécie de decepção, cujo motivo não compreendia. Nunca se dera prova de tamanho abandono. Não dera a Laurent apenas o corpo, mas também a alma. Não acontecera o mesmo em relação a François Tavernier e a Mathias. No caso de ambos, seu corpo estivera bem presente, mas agora, com o homem amado, só o coração se satisfizera plenamente. Após a violência da primeira investida, Laurent mostrara-se doce e terno – doce demais e terno demais para aplacar-lhe o desejo. Ansiara para que o companheiro a tomasse de novo, para que suas mãos lhe fizessem mal e bem ao mesmo tempo, que seu sexo a varasse sem contemplação. Um repentino pudor, porém, a havia impedido de lhe pedir mais.

Como Laurent era belo com seus cabelos loiros, o rosto de linhas puras, a pele branca do tronco liso! De olhos fechados, assemelhava-se a uma criança. Neste instante, ele reabriu-os e Léa sentiu-se transbordante de alegria.

— Perdoe, meu amor — murmurou Laurent, junto ao pescoço da moça.

Perdoar-lhe! Perdoar-lhe o quê? Que louco ele era! Esticou-se sobre o corpo do rapaz e invadiu-a enorme felicidade. Os olhares de ambos encontraram-se então, perdendo-se um no outro. E foi nesse instante que Léa sentiu um prazer final que a convulsionou durante muito tempo.

Alguém chamou, e o chamado os fez regressar à realidade.

— Vou já — respondeu Laurent, afastando Léa com doçura.

A moça, porém, agarrou-se ao companheiro.

— Tenho de ir embora, meu amor — afirmou. — Quer dormir aqui? Não sentirá medo?

— Não. Mas tem de partir, de fato?

— Sim, é preciso.

Vestiu-se às pressas. O traje fazia-o assemelhar-se a um trabalhador agrícola — uma mistura de azul e de castanho-escuro e uma boina. Nada restava do rapaz elegante do verão de 1939, com o qual Léa dera longos passeios pelos intermináveis caminhos das florestas das Landes.

— Você é bonito — disse ela.

Laurent riu e inclinou-se para Léa.

– Quero que saiba, querida, que nunca esquecerei o que passamos aqui, apesar da vergonha de ter abusado das circunstâncias e do seu afeto por mim.

– Mas fui eu...

– Eu sei. Mas eu não devia, tanto por você como por Camille – protestou Laurent.

– Mas você não a ama. Ama a mim.

– Sim, amo você, é verdade. Acho que não pode entender o que sinto por Camille. É, ao mesmo tempo, minha irmã, filha e esposa. Camille é frágil e precisa de mim. E também sei que não posso viver sem ela. Não me olhe desse modo. Procuro fazê-la entender que eu e Camille pertencemos à mesma estirpe, temos gostos idênticos, amamos os mesmos livros e a mesma maneira de viver.

– Já me disse isso. Mas eu mudarei, você verá. Passarei a gostar também daquilo que você gosta, a ler os seus livros, a viver a seu modo. Serei ainda sua irmã, filha, mulher e amante. E mulher prendada, se isso lhe agradar. Sou capaz de tudo para conservá-lo – asseverou Léa.

– Fique quieta. Você me assusta.

– Será que é covarde?

– Diante de você, sou.

– Mas eu não quero! Quero que seja forte e quero poder admirá-lo sempre.

– Procurarei não desiludi-la. Agora, descanse. Amanhã precisa levantar cedo. Prometa que não cometerá imprudências.

– Prometo. Sou invulnerável agora! E você seja prudente também. Não lhe perdoarei se algo lhe acontecer.

Trocaram um só beijo, pondo nele, no entanto, tudo o que não sabiam exprimir em palavras. Já com a mão segurando a tapeçaria, Laurent parou, virou-se e disse, sem olhar para Léa:

— Não se esqueça de que lhe confiei Camille. Cuide dela. Posso contar com você, não é verdade?

A AREIA ABAFAVA o ruído dos passos. Que silêncio! Não se apercebera ainda a que ponto era absoluto. "O silêncio do túmulo", zombou uma voz no íntimo de Léa.

Desapareceu sob os cobertores.

Quando vieram despertá-la, teve a impressão de que acabara de adormecer naquele instante e de não conseguir levantar-se, de tal forma sentia o corpo moído.

JACQUET, O RAPAZ que a levara ali, acompanhou-a até a estação, transportando sua mala e um saco de viagem. Sem grande dificuldade, arranjou-lhe lugar sentada num compartimento de terceira classe. Colocou a mala debaixo do assento e o saco na rede existente por cima dos bancos.

Tinham chegado adiantados e foram para o corredor fumar um cigarro. Léa adquirira o hábito do fumo já há alguns meses, em parte por culpa de Françoise, que largava cigarros por todo o lado, visto não ter dificuldades em obtê-los.

— Não pus a mala na rede com receio de que você não consiga tirá-la de lá. Se alguém a ajudasse, poderia achá-la anormalmente pesada — esclareceu Jacquet. — No saco, debaixo do queijo e do salsichão, há panfletos e o nosso jornal *Libérer et Fédérer*. Ponha-os a circular na zona. Trata-se do exemplar do dia 23 de junho, onde publicamos a declaração do general De Gaulle. Se ainda não a leu, leia-a; faz bem.

— Pretende que me fuzilem?

— Seria uma lástima acontecer isso a uma moça tão bonita como você. Seguem neste trem dois dos nossos camaradas, que intervirão em caso de perigo. Se estiver na iminência de ser detida, abandone a bagagem. Os meus companheiros arrumarão uma maneira de desviar a atenção e de se apoderarem dela. Se for interrogada, responda que lhe roubaram as malas. Compreendeu?

— Sim.

Ouviu-se um apito.

— É a partida. Boa sorte.

Jacquet saltou com o trem já em marcha.

Debruçada na janela do vagão, Léa ficou acenando durante muito tempo.

— É triste deixar o namorado — comentou uma voz com sotaque germânico.

Léa virou-se, sentindo de súbito as pernas frouxas.

Mas, todo sorrisos, o oficial alemão prosseguiu pelo corredor apinhado sem acrescentar mais nada. Com o coração batendo descompassadamente, a jovem entrou no compartimento e foi instalar-se em seu lugar.

— LANGON! Linha de demarcação! Parada de 45 minutos! Todos os passageiros desçam, com as respectivas bagagens!

Léa deixou passar à frente os companheiros de viagem. Como era pesada aquela mala! Ainda se Loriot, o chefe da estação, estivesse na plataforma... No degrau do vagão, tentava localizar um rosto conhecido por entre a turba que batia os pés de impaciência, de documentos na mão, esperando que as autoridades os verificassem. De repente, viu subir os funcionários alemães da alfândega, que se preparavam para inspecionar os vagões vazios. Acompanhava-os um oficial.

— Tenente Hanke!

— Senhorita Delmas! Que faz por aqui?

– Bom dia, tenente. Estava procurando alguém conhecido para ajudar-me a levar esta mala tão pesada.

– Eu a ajudo – ofereceu-se o oficial. – Com efeito, é bastante pesada. Que há dentro? Parece chumbo.

– Quase adivinhou. É um canhão desmontado.

– Não brinque com uma coisa dessas. Todos os dias prendemos gente que transporta artigos ilegais.

– E os livros estão nesse rol?

– Alguns.

– Preciso que me diga quais, um dia destes.

Sempre conversando, chegaram à saída. Léa simulou fazer menção de dirigir-se ao local onde as autoridades revistavam os passageiros.

– *Es ist nützlich, Fräulein, das Mädchen ist mit mir** – disse o tenente, dirigindo-se a uma das duas mulheres incumbidas de fazer a revista.

No átrio da estação, Loriot veio direto a eles.

– Bom dia, senhorita Delmas. Vou buscar sua bicicleta. Bom dia, tenente.

– Bom dia, senhor Loriot. Agora, se me dá licença, senhorita Delmas, tenho de voltar à plataforma. Ajude-a a transportar a bagagem – disse o oficial, estendendo a mala ao ferroviário.

O tenente Hanke fizera enormes progressos no francês.

A BICICLETA, desequilibrada pela mala e pelo saco, ameaçava tombar a cada instante. Sem fôlego, o rosto em fogo, Léa desceu e resolveu empurrar a bicicleta até a propriedade.

A primeira pessoa que viu foi o pai. Pareceu-lhe muito agitado. Encostou a bicicleta na parede do celeiro, tentando normalizar a respiração.

---

*Não é preciso senhorita, esta jovem está comigo.

– Patife! Canalha! Isabelle vai fazê-lo correr – vociferava Pierre Delmas.

– Que tem, papai?

– Onde está sua mãe? – perguntou. – Preciso falar com ela imediatamente.

– Mas... papai...

– Não há mas nem meio mas. Vá procurá-la. É muito importante o que tenho a lhe dizer.

Léa passou a mão pela fronte molhada de suor, de súbito avassalada pelo cansaço e pela tensão das últimas horas – o pai reclamando a mulher morta, a mala pesada como chumbo, Laurent que se transformara em seu amante, o tenente Hanke ajudando-a a transportar a bagagem, as abóbadas góticas dos subterrâneos de Toulouse, o tio disfarçado de mendigo, a estrela de davi feita de pele de judeu e Camille, que nesse momento se aproximava dela de braços estendidos... Ela caiu aos pés de Pierre Delmas.

Quando reabriu os olhos, tinha a cabeça apoiada nos joelhos de Ruth. Camille umedecia-lhe as têmporas com um guardanapo molhado, embebendo-o, de vez em quando, na água da bacia que Laure segurava. De olhos esbugalhados pela angústia, o pai chorava, perguntando a Fayard:

– Diga-me, Fayard, está morta a minha pequena? A mãe não me perdoaria.

– Não se preocupe, senhor Delmas – interveio Ruth. – São apenas efeitos do calor. Mas que ideia a sua a de andar de bicicleta, sem chapéu, num dia como este!

– Não é nada, papai, fique tranquilo. Cuide dele, Laure, por favor.

O mal-estar de Léa durara apenas alguns instantes. Auxiliada por Camille, ergueu-se com facilidade.

– Lamento muito o susto que lhes preguei. Ruth tem razão; foi o calor. Onde estão a mala e o saco?

– Fayard transportou-os para casa.

– Depressa. Vamos procurá-lo.

FORAM ENCONTRÁ-LO na cozinha.

– Não sei o que traz na bagagem, senhorita Léa, mas é pesado. Vou levá-la para o quarto.

– Não, deixe. Eu mesma o farei.

– Mas é peso demais.

Léa não se atreveu a insistir, receando despertar suspeitas. Seguiu Fayard até o quarto das crianças.

– Obrigada, Fayard. Muito obrigada.

– Não tem de quê, senhorita.

Camille e Ruth apareceram. A governanta trazia um copo.

– Beba isto – ordenou. – Vai sentir-se melhor.

Léa engoliu sem protestar.

– Agora deite-se e descanse.

– Mas...

– Não discuta. Deve ser insolação.

– Não se preocupe, Ruth – disse Camille. – Eu cuido dela. É preferível ir ver como está o senhor Delmas.

Léa estendeu-se sobre as almofadas e cerrou as pálpebras para não ver Camille.

– Não durmo desde que você partiu, de tal maneira tenho andado preocupada. Mal adormecia, via-os, a você e a Laurent, em perigo de vida. Foi horrível.

Sempre falando, Camille descalçou a amiga, começando a massagear-lhe as pernas com doçura. Léa sentia vontade de gritar. Ergueu-se.

– Estive com Laurent em Toulouse – comunicou.

Camille endireitou-se.

— Que sorte a sua! – exclamou ela. – Como está Laurent? Que lhe disse?

Apoderou-se de Léa uma tentação diabólica. E se contasse tudo a Camille? Se lhe confessasse que se amavam, que haviam se tornado amantes? Mas algo no rosto tenso e cansado de Camille a impediu de concretizar tal desejo.

— Está bem – respondeu. – Incumbiu-me de dizer-lhe que pensa muito em você e em Charles e que não se preocupasse.

— Como eu poderia não me preocupar?

— Também estive com tio Adrien. Confiou-me uma tarefa e deu-me novas ordens quanto ao correio.

— Posso ajudá-la nessa tarefa?

— Não.

— Seu pai me preocupa. Não é a mesma pessoa desde ontem à noite, profere injúrias e ameaças. Tentei conversar com ele, saber qual o motivo, mas repetia apenas: "Ah, o que Isabelle há de dizer!" Em dado momento, pensei que tivesse discutido com Fayard, como infelizmente acontece com bastante frequência. Mas ele afirmou que a última desavença entre ambos datava da semana passada. Ruth não sabe de nada, nem sua tia Bernadette. Quanto a Françoise, está de serviço há três dias. Apenas Laure parece a par de tudo; recusa-se, porém, a dizer o que aconteceu e fecha-se no quarto, onde a ouço chorar.

— Vou falar com ela – decidiu Léa.

— Primeiro descanse um pouco.

— Não. Pressinto que se trata de um problema grave. Receio por papai.

Léa procurou a irmã por toda a casa, sem encontrá-la.

SÓ A VIU à hora do jantar. Trazia os olhos vermelhos de choro. Ninguém tinha apetite. Durante toda a refeição, Léa não perdeu de vista o pai. Pierre Delmas, porém, parecia mais calmo. Tal calma, no entanto, parecia ainda mais inquietante do que a agitação da tarde. Terminado o jantar, Léa pegou a irmã pelo braço, levando-a consigo.

— Vamos dar uma volta. Preciso lhe falar.

Laure esboçou um gesto de recuo, mas depois resignou-se. Desceram até o terraço. O vale estava imóvel sob a luz do sol ainda muito quente. Sentaram-se no pequeno muro à sombra da glicínia.

— Que aconteceu para que papai esteja assim tão agitado? – perguntou.

Laure abaixou a cabeça e duas lágrimas foram cair em suas mãos pousadas nos joelhos.

— Não chore, irmãzinha. Conte-me o que aconteceu.

Soluçando, Laure lançou-se nos braços da irmã mais velha.

— Sou incapaz de contá-lo. Sobretudo a você.

— Mas por que sobretudo a mim?

— Porque não pode compreender.

— Compreender o quê?

Os soluços redobraram.

— Fale, peço-lhe. Pense em papai.

— Oh, papai! Isso não é o mais grave.

Que quereria dizer aquilo? Aborrecida, Léa sacudiu a irmã.

— Que quer dizer com isso? Que há de mais grave ainda? – perguntou.

— Françoise... – balbuciou Laure.

— Françoise?...

— Françoise e Otto.

— Françoise e Otto? Explique-se. Não entendo.

— Querem casar-se.

— Casar-se...

— Sim. O capitão fez ontem o pedido a papai.

– Ah, já entendo! E papai recusou, como é óbvio.

– Eu não disse? Tinha certeza... Sabia que não compreenderia e que Françoise não teria a mínima chance de apoio seu. Eu lhe disse, mas ela afirmou: "Engana-se. Léa tem experiência e sabe o que é o amor." Respondi que não era verdade, que você não sabia; que se ela queria conselho e auxílio, deveria pedi-los a Camille.

A violência de Laure a surpreendeu.

– A não ser de Montillac, você não gosta de nada nem de ninguém. O pobre Mathias compreendeu-o perfeitamente e por isso foi embora.

– Deixe Mathias em paz, está bem? Estamos falando de Françoise e de seus nojentos amores com um alemão.

– Também quanto a isso eu tinha certeza. Você se orienta apenas pelo seu general De Gaulle e pelos terroristas que nos envia de Londres para sabotarem linhas telefônicas, explodirem trens e assassinarem pessoas inocentes.

– Assassinarem pessoas inocentes! Como se atreve a chamar inocente ao inimigo que ocupa nosso país, um inimigo que nos faz andar famintos, que nos deporta e nos mata? Sem esses "inocentes", nossa mãe ainda estaria viva, papai não teria enlouquecido e tio Adrien e Laurent não seriam forçados a se esconder.

– São eles que estão errados. São rebeldes.

– Rebeldes!... Rebeldes os que lutam pela libertação da França?

– Isso são apenas palavras, palavras vazias. É o marechal Pétain quem encarna a honra da França.

– Cale-se! Não passa de uma tola ignorante. O seu marechal é cúmplice de Hitler.

– Não é verdade. Ele ofereceu sua própria pessoa à França – replicou Laure.

– Belo presente! O país precisa é de um exército bem equipado e de um chefe que continue o combate.

– Insulta um velho.

– E então? A velhice será desculpa para ele se portar como um canalha? Acho, pelo contrário, que duplica a gravidade do caso o fato de se servir do prestígio pessoal obtido na guerra de 1914 para nos obrigar a aceitar a vergonha do Armistício.

– Sem esse Armistício centenas de milhares de pessoas seriam mortas em bombardeios, tal como mamãe.

Ao pronunciar a palavra "mamãe", Laure recomeçou a chorar. Léa, pegou em sua cabeça e a apoiou em seu ombro.

– Talvez tenha razão. Já não sei. Que teria feito mamãe nessas circunstâncias?

Abatidas, permaneceram sentadas na mureta, de cabeça baixa, as pernas no ar.

– Não a choca o fato de Françoise pretender casar com um alemão, Laure?

– Um pouco – admitiu. – Mas eles se amam.

– Se assim é, que esperem pelo fim da guerra.

– Isso não é possível.

– Não é possível por quê?

– Porque Françoise está grávida.

– Oh, não!...

– É verdade.

Léa pôs-se em pé de um salto. Ao longe, barrava o horizonte a linha negra das Landes. Subia do Garonne uma leve neblina, que se estendia sobre Langon em direção às nascentes de Malle.

– Pobre Françoise – murmurou Léa.

Laure ouviu o desabafo da irmã e pediu:

– Ajude-a, Léa. Fale com papai; ele vai escutá-la.

— Não creio que o faça neste caso. Está muito longe de nós, atualmente.

— Mas tente, eu lhe peço. Tente.

— Ainda se Françoise estivesse aqui! Conversaria com ela e saberia ao certo o que pretende fazer.

— Fale com papai. Se ele não consentir, Françoise vai se matar.

— Não diga esse absurdo.

— Não é absurdo. Juro que Françoise está desesperada – asseverou Laure.

— Prometo fazer o que puder. Agora deixe-me. Preciso refletir. Vá chamar Camille.

— Está bem – disse Laure.

Depois, após um instante de hesitação, beijou a irmã na face e disse:

— Obrigada, Léa.

INSTANTES DEPOIS, aparecia Camille. Léa a deixou a par dos acontecimentos.

— Sinto-me culpada. Nada fizemos – observou.

— E o que nós poderíamos fazer?

— Tê-la rodeado de mais carinho. Provocar suas confidências.

— Eu conheço Françoise, isso não teria alterado as coisas. Vou ao mercado de Langon amanhã. Depois, irei encontrá-la no hospital e, conforme o que me disser, falarei ou não com papai. Esta noite estou cansada demais. Boa noite, Camille.

— Boa noite, querida.

— AQUI ESTÁ, senhorita Léa. Depois me dirá se é ou não bom esse pato – disse Cordeau, restituindo à moça o cesto das compras.

– Muito obrigada. Papai vai ficar contente. É ele o guloso.

– Transmita-lhe meus cumprimentos e diga-lhe que gostaria de vê-lo um dia destes.

– Direi, sim. Muito obrigada mais uma vez. Até depois, senhor Cordeau.

Léa saiu do restaurante levando o grande cesto coberto por um pano de listras vermelhas. Junto da bicicleta, que ficara na rua, encostada à parede, havia um soldado alemão.

– Não é prudente, senhorita, deixar assim uma bicicleta bonita. Muitos ladrões, tenha cuidado.

– Obrigada – agradeceu Léa.

Suas mãos tremiam ao atar o cesto ao porta-bagagens, auxiliada pelo solícito militar.

Pedalando, encaminhou-se ao hospital.

No pátio diversas ambulâncias e veículos militares estavam estacionados. Dirigiu-se à secretaria, pedindo para falar com a irmã. Informaram-na de que Françoise estava no edifício ao fundo, no serviço de emergências.

Voltou a subir na bicicleta. A primeira pessoa que encontrou foi o capitão Kramer. O oficial saudou-a rigidamente.

– Bom dia, senhorita Delmas. Ainda bem que a vejo para apresentar-lhe minhas despedidas.

– Despedidas?!

– Sim. Estou de partida urgente para Paris, onde ficarei. Viajo dentro de uma hora. Meu ordenança irá se ocupar de meus pertences. Apresente meus respeitos à senhora d'Argilat, por favor. É uma mulher admirável. Não desejaria que o amor pela pátria a levasse a cometer imprudências. Diga ao senhor seu pai que foi para mim uma honra conhecê-lo. Espero igualmente que ele volte atrás em suas prevenções. Cumprimentos também a Laure, à dedicada Ruth e à senhora sua tia.

— Não se esquece de ninguém?

— Acabo de me despedir de Françoise. Vai precisar de todo o seu afeto. Poderei contar com a senhorita?

Ele também! Que mania aquela a dos homens de lhe confiarem as mulheres e as amantes.

— Farei tudo o que estiver a meu alcance. Mas não depende apenas de mim.

— Fico-lhe agradecido. Françoise não tem sua força. É de uma natureza influenciável e terna. Não deve julgá-la. Gostaria de tê-la conhecido melhor, senhorita Delmas, mas sempre se furtou a qualquer contato. Entendo-a, porém. Em seu lugar, eu teria feito o mesmo. Mas saiba que amo a França e a considero um grande país, do mesmo nível da Alemanha. No futuro, estas duas belas nações se fundirão numa só e darão a paz ao mundo. Por isso, devemos unir-nos.

Léa mal o escutava. O pior é que ele era sincero.

— Não acha? – insistiu o capitão.

— Talvez acreditasse se não ocupassem nosso país e se não perseguissem os que não pensam como os senhores. Adeus, capitão Kramer – concluiu Léa.

De cesto na mão, entrou na ampla sala de descanso das enfermeiras, que se encontravam reunidas ao fundo do compartimento. Léa adiantou-se.

Rodeada pelas colegas, Françoise chorava, sentada em frente de uma mesa, a cabeça entre as mãos, os cotovelos apoiados ao tampo.

— Que deseja? – perguntou uma das enfermeiras.

— Quero falar com minha irmã, Françoise Delmas.

— Está aqui. Ficaremos agradecidas se conseguir acalmá-la – disse a mulher.

— Podem nos deixar a sós?

— Claro. Vamos, senhoritas. É hora de voltar ao trabalho. A senhorita Delmas cuida da irmã.

Quando todas desapareceram, Léa sentou-se junto de Françoise, que continuara imóvel, na mesma posição.

— Venha, Françoise. Vamos para casa.

Dissera as palavras certas. Os ombros da pobre enamorada cessaram de tremer e uma mão tímida procurou a sua e a apertou.

— Não posso. Que dirá papai? – protestou Françoise.

Aquela voz de criança desamparada comoveu Léa mais do que poderia supor.

— Não se preocupe. Eu cuido disso. Agora, venha.

Ajudou a irmã a levantar-se.

— Tenho de mudar de roupa.

— Onde estão suas coisas?

— Ali no armário.

Léa abriu-o e retirou o vestido de *rayon* com florzinhas, a bolsa e os sapatos de salto.

Françoise acabara de se vestir quando apareceu a enfermeira-chefe:

— Vá descansar, minha filha. Não venha trabalhar amanhã – disse ela.

— Muito obrigada, minha senhora.

AS DUAS IRMÃS percorreram os 3 quilômetros entre Langon e Montillac sem trocar uma palavra. Tal como na véspera, Léa desceu da bicicleta na subida, mas Françoise continuou a pedalar com esforço. "Podia esperar por mim", pensou Léa intimamente.

NA COZINHA, Ruth e Camille terminavam os preparativos para o almoço.

— Não viram Françoise? – perguntou Léa à chegada.

– Sim. Disse que ia subir e deitar-se – respondeu a governanta, fritando batatas.

– Vejam só o que trago aqui para acompanhar as batatas! – exclamou Léa.

– *Confit* de pato! – gritaram as duas mulheres em uníssono.

– Presente de Cordeau.

– De Cordeau?! – admirou-se Ruth. – Não é seu hábito ser assim tão generoso.

– Vamos consolar-nos com isto. Papai é que ficará bem contente.

– Por que motivo ficarei contente, minha filha? – perguntou Pierre Delmas, entrando na cozinha.

Léa sentiu o estômago revolto ao olhar o pai. Habitualmente tão cuidadoso com seu aspecto pessoal, Pierre Delmas não se barbeara e a fralda da camisa suja e rasgada saía-lhe das calças cheias de nódoas e de terra. Como ele mudara desde a véspera! Já não tinha aquele olhar do dia anterior e parecia desesperado, mas lúcido.

"Deve ter compreendido, por fim, que mamãe morreu", pensou Léa.

Conteve o desejo de abraçá-lo, de confortá-lo, de garantir-lhe não ser verdade – a mãe iria aparecer de um momento para outro com seu cesto de flores no braço, protegida do sol pelo grande chapéu de palha. Foi tal a intensidade daquela recordação que Léa virou a cabeça para a porta à espera de que a mãe surgisse realmente. Percebeu, então, que muito no íntimo, também, negara a morte de Isabelle e só agora, no instante em que o pai aceitava por fim o fato, ela mesma se separava da mãe até a eternidade.

O vidro de conserva escapou de suas mãos e foi estilhaçar-se contra os ladrilhos com um grande barulho que os fez sobressaltarem-se.

– Que desastrada, minha querida! – observou Pierre Delmas, agachando-se para apanhar os pedaços de vidro.

– Eu faço isso, senhor Delmas. Eu apanho – disse a governanta.

Léa deixou correr as lágrimas sem conseguir retê-las. O pai notou.

– Vamos, não tem importância, minha filha. Lavam-se os pedaços e faz-se de conta que nada aconteceu. Venha assoar-se como quando era pequenina.

Sim, ser de novo pequenina, sentar-se em seus joelhos, aninhar-se sob seu casaco como que escondida, assoar-se ao lenço do pai, sentir os braços fortes fecharem-se sobre o seu corpo e aspirar o odor familiar do tabaco, da adega, do couro e dos cavalos, misturado, por vezes, ao perfume da mãe...

– Papai...

– Pronto... pronto... acabou, minha pequena. Estou aqui com você.

Era verdade: o pai ali estava, de volta entre os vivos.

Mas para assistir a que dramas, e por quanto tempo?

TODOS ELES fizeram as honras à carne de conserva, escrupulosamente limpa por Ruth dos pedaços de vidro, exceto Françoise, que não saíra do quarto.

Antes de almoçar, Pierre Delmas barbeara-se e mudara de roupa. No decorrer da refeição, a família pôde constatar que abruptamente voltara a ser ele mesmo.

25

Dias depois, fiel à promessa feita, Léa procurou conversar com o pai no decurso de um dos habituais passeios entre os vinhedos, logo depois do jantar. Mas, mal pronunciara as primeiras palavras, Pierre Delmas interrompeu a filha:

– Não quero mais ouvir falar desse casamento contra a natureza. Você se esquece com muita facilidade de que os alemães são nossos inimigos, que ocupam o território francês e que o capitão Kramer traiu as mais elementares regras da hospitalidade.

– Mas, papai, eles se amam.

– Se acaso se amam de verdade, que aguardem o fim do conflito. Neste momento, recuso-me a consentir numa união que também sua mãe desaprovaria.

– Françoise tem...

– Nem mais uma palavra. Esse assunto me faz mal. E eu estou já muito cansado.

Pierre Delmas sentou-se num dos marcos existentes à beira do caminho.

– É mesmo necessário que vá amanhã a Bordeaux? – perguntou a filha.

– Absolutamente necessário. Tenho de tratar com Luc a maneira de desfazer a promessa de venda a Fayard que assinei.

– A promessa de venda?! Oh, papai, como pôde fazer tal coisa?

– Não sei. Desde a morte de sua pobre mãe que Fayard me vem assediando com pedidos de dinheiro para compra de mais material. Por fim, quando constatou nossas dificuldades financeiras, propôs-me a compra da propriedade. Da primeira vez que me falou no assunto, readquiri um pouco de lucidez e respondi-lhe que o despediria se voltasse a insistir.

— Mas por que motivo não me disse nada?

— Você bem viu que eu não estava em meu perfeito juízo. Isabelle não estava mais aqui e eu a imaginava ainda como uma criança.

— Mas, papai, é graças a mim que Montillac ainda existe. Fiz com que esta terra e esta gente andassem para a frente, vigiei Fayard e os trabalhadores, consegui alimentar a todos com os legumes da horta que eu própria cultivei, pus o encarregado no seu lugar e, agora, você vem me dizer...

Não conseguiu terminar a frase. Pierre Delmas tomou nas suas as mãos da filha e beijou-as com ternura.

— Tudo isso eu sei, minha querida. Ruth e Camille falaram-me de sua coragem. E é por isso mesmo que quero anular a promessa de venda e necessito dos conselhos de um homem de leis.

— Não confie em tio Luc. Colabora com os alemães – garantiu Léa.

— Não posso acreditar nisso. Sempre foi adepto de Maurras, ferrenho partidário de uma direita enérgica, feroz antissemita e anticomunista. Mas daí a colaborar com os alemães...

— Se tio Adrien estivesse aqui, ele o convenceria do que afirmo.

— Luc e Adrien nunca se suportaram – Pierre Delmas comentou. – Já em crianças se situavam em campos diametralmente opostos. Sempre foram ambos bons cristãos, embora ignorassem o perdão das ofensas. As coisas ajeitaram-se um pouco quando Adrien entrou para a Ordem, não obstante Luc ter afirmado que a decisão tomada era uma forma de meter o lobo no rebanho. Os êxitos de seu tio como pregador lisonjearam a vaidade de Luc. Mas a Guerra Civil da Espanha e o apoio de Adrien aos republicanos no conflito, as ideias por ele manifestadas no púlpito da catedral de Bordeaux, denunciando a atitude da Igreja e do governo, reavivaram uma antipatia muito próxima do ódio. Camille disse-me que Adrien mantinha contatos com Londres e que se refugiara na zona livre. E isso não deve ser do agrado de Luc.

— Tio Luc garantiu-me que se soubesse do paradeiro do tio Adrien, o denunciaria.

— Não posso crer. Ele o disse, com certeza, num momento de cólera. Luc tem muitos defeitos, mas não é nenhum judas.

— Gostaria muito que o senhor tivesse razão.

— Em Bordeaux, espero também saber notícias de Adrien. Escrevi a seu superior, anunciando-lhe minha visita. Marquei igualmente encontro com o notário.

— Vou com você. Ficarei mais sossegada.

— Como quiser, minha querida. Agora, deixe-me. Preciso ficar só.

Dando um beijo no pai, Léa se afastou.

AO DIRIGIR-SE à casa, rosada pelo sol poente, Léa se dizia, tentando não pensar no dia seguinte: é necessário que chova, o solo está completamente ressequido, algumas folhas começam a amarelar. Sem se deter, ela inclinou-se, apanhando do chão um punhado de terra. "Amanhã direi a Fayard que mande limpar este terreno. Está cheio de campainhas." Contornou o bosquezinho e chegou ao terraço. A luz da tarde conferia ao vale, em certos pontos, um relevo que lhe acentuava a beleza. A paisagem provocava-lhe, invariavelmente, um sentimento de júbilo. Françoise aguardava-a à sombra das árvores, sentada na relva e encolhida sobre si mesma. Léa instalou-se ao lado da irmã, que ergueu os olhos. Seu rosto inspirava piedade.

— Falou com papai? – perguntou.

— Tentei, mas ele se recusou a escutar-me. Hei de encontrar uma saída. Prometo.

— Não a ouvirá. Que vai ser de mim?

— Podia...

Léa hesitou, jogando o punhado de terra de uma das mãos para outra. Depois prosseguiu:

— Pode ir a Cadillac, ao doutor Girard. Dizem...

— Que horror! – exclamou Françoise, interrompendo a irmã. – Como se atreve a propor semelhante coisa? Queremos este filho, tanto eu como Otto. Preferia morrer a...

— Então, deixe de choramingar e diga você mesma a papai que está grávida.

— Não! Não seria capaz de confessar-lhe isso. Vou-me embora. Vou ao encontro de Otto. Talvez isso obrigue papai a ceder – disse Françoise.

— Não faça tal coisa. Ele vai ficar muito infeliz. Pense no que já sofreu com a morte de mamãe.

— E eu? Sabe, porventura, o que sofro?

— Desculpe, mas para mim você não é digna de lástima. Enoja-me o que fez.

— E você? E você com Mathias? E com outros, sem dúvida?

Léa protestou:

— Não eram alemães, mas sim dos nossos.

— Isso é muito fácil de dizer. Serei eu culpada de haver guerra entre os dois países?

— Ele não se portou bem.

— Mas ele me ama!

Léa encolheu os ombros. Françoise prosseguiu:

— Conheço uma porção de moças que têm namorados alemães. A prima Corinne está noiva do comandante Strukell. Tio Luc hesitou um pouco em dar seu consentimento, mas a visita do pai do comandante, grande dignitário nazi e pessoa próxima a Hitler, vindo especialmente da Alemanha para pedir a mão de Corinne, lisonjeou de tal modo o tio que acabou por concordar. Além disso, a família do noivo é muito rica e pertence à velha nobreza da magistratura... Tudo que o tio aprecia! Corinne teve muita sorte. Se mamãe fosse viva, teria me compreendido e auxiliado.

– Podia falar com Ruth.

– Não me atrevi.

– E tomou Laure por confidente! Uma criança. Não pensou que poderia chocá-la com suas revelações?

– Claro que não. Ela nada tem contra os alemães e fez-me bem desabafar com uma pessoa que não era hostil.

De cabeça caída sobre o peito, ambas permaneceram em silêncio durante muito tempo.

– Françoise, gostaria tanto de ajudá-la! – disse Léa, por fim.

– Eu sei. E estou grata por isso, Léa. Sinto-me menos mal desde que você ficou sabendo. Embora não tenhamos a mesma opinião sobre nada, sei que posso confiar em você – disse Françoise, beijando a irmã.

– Amanhã acompanho papai a Bordeaux. Ele vai à casa de tio Luc e talvez a notícia do noivado de Corinne o faça mudar de ideia. Prometo tentar conversar com ele de novo. Mas, você, prometa-me que nada fará que possa magoá-lo.

– Prometo, sim — assegurou Françoise, limpando as mãos no vestido.

ERA UM HOMEM ABATIDO o que retornava com Léa a Montillac. Segundo Luc Delmas, era impossível a anulação da promessa de venda, visto fazer-se mediante a entrega de elevada indenização que Pierre Delmas não poderia de nenhuma forma pagar. O notário mostrara-se igualmente pessimista quanto às propriedades de ultramar e sua eventual venda.

A visita ao convento dos dominicanos da rua Saint-Gènes representara também para Pierre Delmas dura provação. O superior não lhe ocultara que considerava Adrien um terrorista, traidor e apóstata. Segundo dissera, achara-se no dever de informar a casa-mãe de Paris, esperando que esta comunicasse a Roma os atos desse irmão desencaminhado. Garantiu não saber onde Adrien se encontrava nem desejar sabê-lo. Por suas atitudes, o dominicano, segundo ele, desligara-se da comunidade católica. Era indigno de pertencer à Ordem de São Domingos e não passava de um ex-padre. Orava por ele diariamente, pedindo a Deus que reconduzisse ao bom caminho a ovelha perdida. Léa deixara o convento enojada. A notícia do noivado de Corinne fora recebida por Pierre Delmas com desprezo e indiferença. As palavras de Luc arrancaram-no por momentos de tal atitude:

— Devia aceitar o casamento de Françoise com o capitão Kramer. É de tão boa família como a do meu futuro genro.

Pierre Delmas levantara-se nesse instante para retirar-se, respondendo simplesmente:

— Não falemos mais no assunto. Adeus.

QUANTAS VEZES Françoise percorrera a centena de metros que separava a casa da estrada, esperando pelo pai e pela irmã? Dez? Vinte vezes? A hora de chegada do último trem vindo de Bordeaux já se passara havia muito. Havia muito tempo já deveria ter surgido no cimo da encosta, em frente à entrada da propriedade, a charrete de Chombas, que fazia serviço de táxi entre Langon e Verdelais. E se tivessem resolvido dormir em Bordeaux? Não aguentaria outra noite de insônia e de incerteza. Desde que Otto partira, nunca sofrera tanto com sua ausência. E tanto suportara já por causa daquele amor: desprezo por parte dos colegas do hospital, do pai e de Léa, a piedade de Camille, os ares trocistas de Fayard, a vergonha dos encontros clandestinos, o medo de ser descoberta... Tudo aquilo era duro demais. Mostrara-se audaciosa enquanto o amante estivera junto dela, mas agora, sem ele, não passava de uma garota tímida.

Sobressaltou-a o som das rodas da charrete. Como criança apanhada em falta, Françoise escondeu-se atrás do tronco de um dos plátanos enormes que bordejavam a aleia. Ao avistar o pai, compreendeu que estava tudo perdido. Pierre Delmas descia do veículo amparado por Léa e começou a caminhar com passos pesados e hesitantes, de cabeça baixa. Françoise apoiou a testa sobre a casca do plátano, notou a carreira atarefada de duas formigas e reviu-se, bem pequena ainda, escondendo-se atrás daquela mesma árvore para fazer surpresa ao pai em sua volta do trabalho ou de algum passeio. Recordou-se da alegria que sentia ao ouvi-lo:

– Hum... sinto o cheiro de carne humana. Acho que há uma menina escondida não muito longe. Vou procurá-la para comê-la...

– Não, papai! Isso não, papai! – gritava ela então, saindo do esconderijo e lançando-se em seus braços estendidos.

Tudo aquilo terminara agora... Amanhã ou depois de amanhã, o mais tardar, partiria.

NO DIA SEGUINTE, Léa foi a Caudrot, em busca da correspondência. Havia uma carta na estação dos correios, para ser enviada a La Réole, para a casa dos Debray. Encontrou-os agitados e inquietos.

– Poderá ir esta noite ou amanhã a Bordeaux? – perguntou a senhora Debray a Léa.

– Não sei. Estive lá ontem com meu pai. Preciso arranjar um pretexto.

– Então, arranje-o. Dele dependem as vidas de muitas pessoas de uma das redes. Vá ao número 34 do caminho de Verdun, ao escritório de seguros de André Grand-Clément. Diga-lhe que o patê de fígado de Léon das Landres não é de boa qualidade. Ele responderá que já sabe e que ele mesmo e a mulher ficaram intoxicados depois de o comerem. Então, informe-o de que foi até lá por causa da apólice de seguro que seu pai deseja fazer. Grand-Clément vai mandá-la entrar no escritório e você lhe entrega estes papéis. São contratos de seguro falsos, onde ele achará nossas informações. Depois de alguns instantes, diga-lhe que não se sente bem e quer tomar um pouco de ar. Grand-Clément acompanha-a então. Uma vez na rua, informe-o de que o comissário Poinsot anda no seu encalço e que se ainda não o prendeu foi por conselho do tenente Dohse das SS, que, segundo as evidências, conseguiu infiltrações na rede e só espera dispor de elementos completos para fechar o cerco. Diga-lhe, ainda, que não hesite em prevenir certas pessoas para se porem a salvo. Compreendeu tudo bem? – perguntou a senhora Debray.

Léa repetiu as instruções.

– Perfeito. Quanto mais cedo for a Bordeaux, melhor.

– Tentarei apanhar o trem das seis horas. Esse Dohse não é o oficial que interrogou Camille?

– Ele mesmo. É um homem inteligente e temível, com faro de cão policial; nunca desiste de uma pista. É possível que alguém continue a vigiar Camille por ordem dele. Seja muito prudente. Aliás, para maior segurança, um dos nossos amigos irá guiá-la na travessia da linha de demarcação, através do bosque da Font de Loup.

— Mas eu sou conhecida dos alemães de Saint-Pierre, e se não me virem voltar, naturalmente estranharão – protestou a moça.

— Se lhe fizerem perguntas quando tornar a passar a linha, diga-lhes que a atravessou em Saint-Laurent-du-Bois, aonde foi para visitar uma amiga – recomendou a senhora Debray. – Farei com que as pessoas se lembrem da sua estada em Saint-Laurent.

— Assim está bem.

— Devo ter-me enganado a seu respeito – observou a senhora Debray com um sorriso, dando um beijo no rosto da jovem.

— Talvez, minha senhora. Mas será isso tão importante? – respondeu Léa.

— Para mim, é. Recebemos ontem notícias de seu tio, que nos incumbiu de anunciar à sua tia Bernadette Bouchardeau que o filho Lucien está com ele.

— Oh, que bom! Gosto muito desse primo e receei que algo lhe tivesse acontecido. O tio Adrien disse mais alguma coisa?

— Não.

— Bem, é hora de partir. Passe por Labarthe, onde o ferreiro a espera. Ele a conhece e a ajudará a atravessar a linha de demarcação sem problemas. Faça exatamente o que lhe indicar e tudo correrá bem. Irá com você até Saint-Martin-de-Grave. Depois disso, você já conhece o caminho. Até mais, minha filha. Que Deus a abençoe.

— Até mais, senhor e senhora Debray.

Marido e mulher ficaram a vê-la afastar-se na bicicleta azul, perguntando a si mesmos se teriam o direito de arriscar a vida daquela moça tão bonita e tão estranha.

Quando Léa e o passador chegaram à mata de Manchot, ele lhe fez sinal para que se camuflasse o melhor possível, juntamente com a bicicleta. Ele mesmo escondeu a sua sob os fetos. Através de bosques e de vinhedos, atingiram, por fim, a estrada nacional 672, que delimitava a fronteira entre a zona livre e a zona ocupada. No lugar designado por Maison-Neuve, a estrada estava deserta. O ferreiro chamou Léa com um gesto largo e atravessaram a linha sem obstáculos. Montaram ambos então na bicicleta de Léa, prosseguindo até Saint-Martin-de-Grave. Depois, separaram-se na encruzilhada do Moulin. Em Mouchac, um pneu esvaziou-se e Léa, com raiva, viu-se obrigada a fazer a pé o percurso restante.

CAMILLE BRINCAVA com o filho no prado diante da casa. O menino correu à frente de Léa, rindo, de braços estendidos. A moça atirou ao chão a bicicleta e o segurou nos braços.

— Bom dia, Charlie. Bom dia, meu queridinho. Ai, está me machucando!

O menino apertava-a com toda a força de seus bracinhos. Sorridente, Camille caminhou para eles.

— Charles gosta muito de você. Eu deveria ficar louca de ciúmes.

Ela os envolvia com um olhar cheio de amor e de tal modo confiante que Léa se sentiu pouco à vontade.

— Promete que se me acontecer qualquer coisa cuidará dele como se fosse seu filho? – pediu Camille, tornando-se subitamente séria.

— Não diga tolices. Por que haveria de acontecer alguma coisa?

— Nunca se sabe. Prometa, eu lhe peço.

Não só se via forçada a proteger a mãe a pedido do pai, como também o filho, a pedido da mãe! E a ela, quem protegeria? Encolhendo os ombros, Léa respondeu:

— Prometo. Cuidarei dele como se fosse meu filho.

— Obrigada, Léa. Como foi com a correspondência?

— Tudo bem. Mas tenho de ir a Bordeaux. Você poderá inventar um pretexto para Ruth e papai?

— Não se preocupe. Hei de achá-lo.

— Vou mudar de roupa. Empreste-me sua bicicleta. A minha está com o pneu furado.

— Empresto, claro.

— Você pode dizer a tia Bernadette que Lucien está bem e se encontra junto de tio Adrien?

— Que boa notícia! Vou correndo lhe contar.

Ao descer do quarto, chegou aos ouvidos de Léa um som de vozes vindas do escritório do pai. Seu primeiro impulso foi o de entrar. Mas, depois, viu que não teria tempo de apanhar o trem das seis horas da tarde. Deixou Montillac apreensiva, imaginando sem dificuldade as palavras que Pierre Delmas e Fayard trocavam naquele momento.

Confiou a bicicleta de Camille ao chefe da estação. Tal como habitualmente, passou sem percalços pelas verificações policiais e alfandegárias.

No compartimento do vagão viajavam apenas duas camponesas. Léa acalmou-se. Perguntava-se onde haveria de passar a noite. Estava fora de cogitação a casa de tio Luc Delmas. Enfim, decidiria à chegada. Era uma boa notícia o fato de Lucien se encontrar junto ao tio. Talvez Laurent também estivesse com eles. Sentia saudades dele. Como a cada vez que pensava em Laurent, a imagem de François Tavernier interpunha-se em sua mente. Recordou-se das últimas palavras da carta de Sarah Mulsteïn: "Foi feita para ele tal como ele para você." Que ridículo! Fora feita para Laurent e para mais ninguém. E Françoise, para quem seria? Pobre dela, se de fato amava aquele alemão! Lastimava, pois ia sofrer bastante. Que destino a esperaria com um filho nos braços? Era absolutamente necessário convencer o pai a consentir no casamento com Otto.

O trem entrou na estação de Bordeaux.

Era ainda uma boa estirada desde Saint-Jean até o caminho de Verdun. Seguiu pelo campo até Quinconces. Por diversas vezes foi abordada por soldados alemães. Procuravam reter aquela bonita moça de vestido curto em algodão branco e cujas sandálias de solas de madeira martelavam as pedras do chão. Alguns deles ofereceram-se mesmo para transportar a maleta de vime, a qual continha os documentos entregues pelo casal Debray. Nunca um percurso lhe parecera tão longo.

Eram cerca de oito horas quando chegou ao caminho de Verdun. A porta só se abriu após o terceiro toque de campainha. O homem que surgiu no limiar correspondia à descrição fornecida pela senhora Debray.

— É o senhor Grand-Clément? – perguntou Léa.

O homem aquiesceu com um gesto de cabeça.

— Boa noite, senhor Grand-Clément. Venho informá-lo de que o patê de fígado de Léon das Landes não é de boa qualidade.

— Eu sei. Infelizmente, minha mulher e eu ficamos intoxicados depois de comê-lo.

— Gostaria de consultá-lo sobre uma apólice de seguro para meu pai.

— Queira entrar em meu escritório, por favor.

Léa entregou-lhe os papéis, falou que queria tomar um pouco de ar e, do lado de fora, transmitiu-lhe o recado.

— Agradeça aos nossos amigos esta preciosa informação. Tentarei prevenir os nossos – asseverou o senhor Grand-Clément.

— Tem algo para eles?

— Não. Por agora não. Não se preocupe, senhorita, farei o que for preciso quanto ao seguro para seu pai – rematou Grand-Clément em tom por demais audível.

Perto deles, passavam nesse momento dois homens, aparentemente dois tranquilos transeuntes aproveitando a doçura da tarde.

– Vá embora – recomendou Grand-Clément. – São policiais do comissário Poinsot.

Léa seguiu em frente, chegando à praça de Tourny. Interrompeu aí a caminhada por algum tempo. Aonde ir? Além de tio Luc, não conhecia mais ninguém em Bordeaux. Desceu as alamedas de Tourny, quase desertas, com a impressão de estar sendo seguida. Chegou assim à praça do Grand Théâtre. Havia mais gente no local, sobretudo militares. Parou em frente à banca de jornais. *La Petite Gironde*... aquele nome de jornal parecia querer dizer-lhe algo. *La Petite Gironde*... Raphaël Mahl... *Le Chapon Fin*... o diretor... Richard Chapon! Ela exalou um suspiro de alívio: à rua Cheverus, sabia agora aonde dirigir-se.

Soavam nove horas na catedral de Saint-André quando chegou à sede do jornal. Apareceu o guarda, que a atendera na primeira visita.

– O jornal está fechado – informou.

– Queria falar com o senhor Chapon.

– Não está. Volte amanhã.

– Peço-lhe... tenho absoluta necessidade de lhe falar – insistiu Léa, encaminhando-se para a porta que sabia ser a do gabinete do diretor. Esta abriu-se antes que a jovem tocasse na maçaneta. No mesmo instante, dois homens irromperam no saguão.

– Meus senhores, meus senhores, o jornal está fechado! – gritou o guarda, postando-se em frente deles para impedi-los de avançarem.

Léa reconheceu os transeuntes do caminho de Verdun. Um dos indivíduos empurrou-a com brutalidade, prosseguindo o avanço.

– Que significa isto, meus senhores? – perguntou Richard Chapon, surgindo no limiar da porta.

– Queremos falar com esta senhorita.

O diretor do *La Petite Gironde* virou-se para a moça, perguntando:

– Conhece esses senhores?

Léa abanou a cabeça em sinal negativo.

– Nesse caso, peço-lhes que saiam daqui.

– Lastimamos, mas somos obrigados a levá-la conosco para interrogatório – anunciou aquele que parecia ser o chefe, exibindo um cartão que Richard Chapon examinou com atenção.

– Eu respondo pela senhorita Delmas. É minha amiga. Além disso, seu tio, Luc Delmas, é uma pessoa importante na cidade.

– Isso não nos diz respeito. O comissário Poinsot deu-nos ordens, e nós as cumprimos.

– É quase noite. Não podem adiar para amanhã o interrogatório? – perguntou Chapon.

– Tem de ir conosco agora.

– Muito bem. Nesse caso, acompanho-a. Avise o advogado Delmas de que estou com a sobrinha dele, Dufour.

Não escapou aos jornalistas o gesto de contrariedade dos dois policiais ao ouvirem aquelas palavras.

– Por que espera, Dufour? Telefone ao advogado Delmas – tornou a ordenar Chapon.

Só deixou o edifício depois de certificar-se da presença do tio de Léa no outro lado da linha.

Em frente à porta estava estacionado um Citroën e seu motorista os aguardava. Léa e Richard Chapon sentaram-se no banco de trás, acompanhados por um dos agentes.

Rodaram em silêncio durante alguns momentos pelo emaranhado de ruas sombrias.

– Mas não é este o caminho para o comissariado de Poinsot – estranhou Richard Chapon.

– Vamos à avenida Marechal Pétain.

– Ao número 224?

– Sim. Foi para lá que o comissário Poinsot nos ordenou que conduzíssemos a senhorita Delmas.

Léa notou o ar preocupado do companheiro.

– Qual é o problema? – perguntou ela em voz baixa.

Chapon não respondeu.

Léa refletia rapidamente: não trazia consigo nada de comprometedor, seus documentos estavam em ordem e era plausível a visita a Grand-Clément. Relaxou um pouco, confortada pela presença de Richard Chapon.

Era tão densa a escuridão que Léa não conseguiu distinguir o prédio no qual a forçaram a entrar. Perto da porta, encontraram um soldado alemão que escrevia, sentado a uma escrivaninha. Ergueu a cabeça à chegada do grupo e perguntou em francês:

– O que é?

– Para o tenente Dohse.

– Muito bem. Vou avisá-lo.

– Que significa isso? – perguntou Richard Chapon. – Pensei que o comissário Poinsot quisesse falar com a senhorita Delmas.

– O tenente Dohse também quer falar com ela.

O soldado voltou.

No fundo do corredor, fizeram-nos entrar para uma sala com duas portas almofadadas de couro preto.

Esperava-os em pé um indivíduo muito alto, de cabelo escuro, com cerca de 30 anos de idade.

– Deixem-nos – ordenou ele, dirigindo-se aos dois policiais.

Os homens saíram.

– Boa noite, meu caro senhor Chapon. Que aconteceu para estar aqui também?

– Não tenho nenhum prazer nisso, pode crer. Preferia estar na cama. Acompanho esta minha amiga, a senhorita Delmas, que seus homens disseram querer levar à presença do comissário Poinsot – respondeu Chapon.

– Exato; estou esperando que chegue a qualquer momento. O pobre comissário anda de tal maneira assoberbado de trabalho que às vezes lhe dou uma ajuda. Mas sentem-se, peço-lhes.

Depois de uma pausa, Dohse prosseguiu:

– É então sobrinha do célebre advogado! Meus cumprimentos; eis uma pessoa que sabe cumprir o dever! Uma das suas primas não está prestes a se casar com um dos nossos mais brilhantes oficiais? Nada de melhor para concretizar a união entre os dois países, não lhe parece? Estou certo de que também a senhorita é boa patriota, não é verdade?

– Evidentemente – concordou Léa, sorrindo, apesar do medo que crescia nela.

– Não duvido. Há muitas jovens como você entre as suas compatriotas. São um precioso auxílio na caça aos terroristas... felizmente pouco numerosos... que procuram semear a confusão no país. Mas sentimo-nos recompensados conseguindo manter a ordem e proporcionando sossego aos cidadãos. Foi à casa do senhor Grand-Clément, sem dúvida, para tratar de assuntos de família.

– Isso mesmo. Meu pai pretende rever algumas apólices de seguro.

– Por certo, ontem, não teve tempo para ocupar-se do assunto ele mesmo – insistiu Dohse.

Instintivamente, Léa reagiu como da maneira esperada:

– O senhor manda que nos vigiem para saber se meu pai esteve em Bordeaux, ontem?

– Vigiar é uma palavra forte demais. Temos nas estações certo número de agentes que nos assinalam os movimentos de determinadas pessoas.

– Mas por que de meu pai?

– Ele não é irmão do padre Adrien Delmas, o qual suspeitamos estar sob os comandos de Londres?

– Também meu tio Luc é irmão de meu pai e, aparentemente, os senhores não exercem nenhuma vigilância sobre ele.

Richard Chapon fingiu um ataque de tosse para dissimular um sorriso.

– Seu tio Luc tem-nos dado máximas garantias de devotamento à Alemanha.

– Não duvido. – Léa não pôde impedir-se de responder.

Retiniu a campainha do telefone. Dohse atendeu.

– Sim, muito bem. Mandem-nos entrar – ordenou.

Decorridos segundos, entrava no gabinete o comissário Poinsot, acompanhado pelo advogado Delmas. O tenente das SS acolheu este último com uma atitude deferente; ao policial, dispensou apenas notória condescendência.

– Pode acreditar, doutor, que lastimo muito tê-lo incomodado. O comissário Poinsot explicou-lhe, sem dúvida, que interrogamos sua sobrinha apenas na sequência de um inquérito de rotina.

– De fato, explicou. Mas acho inadmissível que isso aconteça a um membro de minha família. Como pode supor que esta criança se interesse por outras coisas além de vestidos e de chapéus? – perguntou Luc Delmas.

– Infelizmente, doutor, as moças de hoje mudaram bastante – comentou o comissário.

– Não as de minha família, senhor Poinsot – replicou o advogado secamente.

– Desculpe se não o cumprimentei, Chapon. Mas por que também se encontra aqui?

– Não podia permitir que a senhorita Delmas viesse sozinha com policiais desconhecidos.

– Fico-lhe muito grato. Mas por que foi ela procurá-lo nesse começo de noite? – perguntou o comissário.

– Não tive oportunidade de lhe perguntar. Seus homens não me deram tempo.

– Que foi fazer no jornal do senhor Chapon, senhorita?

Léa refletia com rapidez acerca da resposta a dar, uma resposta satisfatória.

– Fui pedir-lhe emprego – afirmou.

– Emprego?! – disseram Luc Delmas e o comissário Poinsot ao mesmo tempo.

– Sim, emprego. O senhor Chapon disse-me certa vez que poderia contar com ele se acaso tivesse necessidade de qualquer coisa. E como preciso trabalhar...

– Mas por quê? – perguntou o tio, admirado.

– Para ajudar papai.

Os quatro homens entreolharam-se.

– Sei das dificuldades financeiras de seu pai, mas acho que seu salário pouco adiantaria. Seja como for, eu lhe dou os parabéns pela iniciativa.

– Sensibiliza-me muito sua confiança, Léa – disse Chapon. – Talvez dentro de algum tempo eu possa oferecer-lhe algo.

– Bem, meus senhores, julgo estarem satisfeitos com as respostas de minha sobrinha – rematou Luc Delmas. – Já é tarde e amanhã bem cedo terei um julgamento no tribunal. Vamos, Léa, seus primos nos esperam. Quer que o deixe em algum lugar, Poinsot?

– Obrigado, doutor, mas tenho ainda duas ou três coisas para tratar com o tenente. E, mais uma vez, desculpe o contratempo. Até logo, senhorita Delmas. Até logo, senhor Chapon.

O tenente das SS, Friedrich-Wilhelm Dohse, inclinou-se com uma saudação de despedida.

— Até logo, senhorita Delmas. Cuidado com as pessoas com quem se relaciona — advertiu ele.

Sem responder, Léa despediu-se, esboçando um aceno de cabeça, e deixou o gabinete do oficial, seguida de Richard Chapon e de Luc Delmas.

Quando entraram no automóvel do advogado, o diretor do *La Petite Gironde* observou:

— O doutor tem sorte em poder andar ainda de automóvel. Há muito que não tenho um.

Luc Delmas não respondeu. Richard Chapon prosseguiu:

— Escapamos de boa! Sem a sua presença, as coisas não teriam se passado assim.

— Mas por que, se Léa não era culpada de nada? – disse Luc Delmas, admirado.

— Com essa gente, as pessoas têm sempre alguma culpa

O tio de Léa não discutiu.

— Quer que o deixe no jornal? – perguntou.

— Sim, se não for incômodo.

Não trocaram mais palavras até chegarem à rua Cheverus.

— Até logo, Léa. Pode contar comigo — assegurou Richard Chapon ao despedir-se.

— Até logo, senhor Chapon. E obrigada por tudo.

Tio e sobrinha permaneceram em silêncio até a residência de Luc Delmas.

Ao entrarem em casa, o advogado disse a Léa:

— Não faça barulho. Venha a meu escritório.

Chegara o tão temido momento das explicações.

Léa entrou no escritório do tio. As paredes eram revestidas de livros encadernados. Durante alguns instantes o tio andou de um lado para outro na sala, as mãos atrás das costas. Por fim, parou em frente da jovem, que se mantivera de pé.

– Que fique tudo bem esclarecido entre nós – começou ele. – Fui buscá-la apenas para evitar um escândalo que poderia refletir-se em nós. Como ovelha negra da família, já chega seu tio Adrien. Para o seu bem, espero que o tenente Dohse e o comissário Poinsot tenham engolido a comédia barata que você representou com Richard Chapon.

Apesar do ódio e do desprezo que o tio lhe inspirava, Léa sentiu que deveria convencê-lo também da sua inocência.

– Mas, tio, não foi nenhuma comédia! – garantiu a moça. – É verdade que ando à procura de trabalho. Já não nos resta nenhum tostão em casa.

Disse as frases com tamanha sinceridade que Luc Delmas pareceu abalado.

– E crê verdadeiramente que isso bastaria para salvar Montillac?

Léa não teve de se esforçar para que os olhos se enchessem de lágrimas.

– Claro que não, mas ajudaria um pouco. A próxima colheita de uvas promete ser muito boa.

– Por que você se obstina em conservar aquela terra? – perguntou Luc Delmas num tom mais brando.

– O senhor também é muito apegado à velha casa e aos pinheiros de Marcheprime, não é, tio?

Pelo modo como Luc Delmas a olhou, Léa compreendeu que acabara de tocar a corda sensível. Aquele homem que sempre parecera a todos preocupado em aumentar sua fortuna conservava com amor uma modesta casa de pastores rodeada de bosques, que herdara da ama de leite.

– Sim, compreendo – rematou ele, renunciando à luta. – Agora venha deitar-se.

Léa teve um gesto de surpresa e Luc Delmas comentou:

– Seja como for, não pensava que iria deixá-la na rua, não?

Foi ACORDÁ-LA muito tarde sua prima Corinne, fresca, cuidadosamente penteada, envergando um vestido de seda vermelha e azul. Trazia a bandeja com o desjejum e Léa não pôde acreditar no que seus olhos viam: doce, pão branco, manteiga e – maravilha das maravilhas! – um *brioche* e um *croissant*. Corinne sorriu diante da expressão extasiada de Léa.

– Não pense que é assim todos os dias – esclareceu ela. – Graças às relações de papai, não nos falta nada. Mas só temos *croissants* duas vezes por semana.

– E se bem compreendo, cheguei na data certa – comentou Léa, com a boca cheia.

– É verdade. Mas não coma tão depressa. Vai lhe fazer mal.

– Não pode entender o que sinto. É tão bom! E este café! Café de verdade. Como conseguem?

– Eu lhe dou um pacote. É um cliente de papai, cujos cargueiros fazem as rotas da América do Sul, das Antilhas e não sei mais qual país. Sempre que um dos barcos chega, ele nos abastece de açúcar, café, cacau e tecidos.

– Tecidos?!

– Sim. Os tecidos nos dão oportunidade de fazer trocas.

– Já vejo que estão bem organizados.

– Atualmente, isso é bem necessário.

Corinne pronunciara a frase numa vozinha áspera de burguesa preocupada com o bom andamento de sua casa. "Dentro de alguns anos, será a cópia fiel da mãe", pensou Léa, lamentando antecipadamente o noivo alemão.

— É muito tarde. Devia ter-me acordado mais cedo.

— Papai telefonou a Montillac para avisar que você está aqui – informou Corinne.

— Agradeça-lhe por mim, depois. Pegarei o trem das quatro horas.

— Então não pode ficar até amanhã? Gostaria tanto que conhecesse meu noivo!

— Não é possível. Tenho de voltar sem falta. Fica para uma outra vez.

— Não insisto. Papai me disse que você estava com muitos problemas. Mas exijo que me acompanhe à costureira. Vou provar o vestido de casamento. Não pode me recusar isso.

LÉA VIU CHEGAR com alívio a hora da partida do trem. Na mala, levava açúcar, café e três cortes de belo tecido. Corinne fizera questão em acompanhá-la à plataforma de embarque.

Partiu sem rever Luc Delmas.

ULTRAPASSOU A PROPRIEDADE de Prioulette. Mais um esforço e chegaria em casa, agora livre da presença de alemães. Pôs-se a imaginar a alegria dos moradores de Montillac no instante em que abrisse a mala.

Sentadas em redor da mesa da cozinha, Camille, Laure, Bernadette Bouchardeau, Ruth e a velha Sidonie pareciam abatidas.

— Léa! – gritou Laure, lançando-se nos braços da irmã.

– Até que enfim você chegou – suspirou Ruth, que continuava sentada, os traços vincados.

– Que infelicidade! Que vergonha! – choramingava Bernadette, o rosto inchado de pranto.

– Pobre pequena – murmurou Sidonie, as mãos segurando o ventre.

Léa voltou-se para Camille, que havia se levantado, sem dizer nada.

– Françoise foi embora.

– Embora?! Quando? Para onde?

– Ontem à noite, creio. Mas só descobrimos esta manhã. Deixou uma carta para seu pai e outra para você – informou a governanta.

– Onde está ela? – perguntou Léa.

Ruth tirou um envelope amarrotado do bolso do vestido e lhe entregou.

Irmãzinha,

Vou encontrar Otto; sofro demais longe dele. Espero que me compreenda. Sei que causarei enorme desgosto a papai, mas conto com você para consolá-lo. Diga a Laure que a amo com ternura e que me perdoe o mau exemplo. Diga a Ruth que sentirei também muita saudade dela. Dê um beijo em tia Bernadette. Que Camille reze por mim; ela conhece meu sofrimento melhor do que todas vocês. Fale algumas vezes da pequena Françoise à boa Sidonie e tome um licor de cassis à minha saúde.

Deixo-lhe um pesado encargo. Mas você tem energia suficiente para suportar tudo. Aconteça o que acontecer, você enfrentará com orgulho e coragem. Nunca lhe disse, mas admirei-a muito quando você tomou a frente da sobrevivência da casa e quando calejava as mãos extraindo da terra nosso alimento. As poucas coisas que eu levava e melhoraram nosso cotidiano tinham um gosto amargo perto de seus legumes.

Uma outra coisa: sejam prudentes, você e Camille. Quero que saibam que diversas cartas anônimas chegaram às mãos de Otto, garantindo que vocês passam correio da zona livre para a zona ocupada, convivem com os terroristas e ajudam ingleses a cruzar a linha divisória. Otto rasgou essas cartas, mas seu sucessor pode muito bem prestar atenção a novas denúncias. Devo acrescentar que aprovo o que vocês fazem. Isso pode parecer surpreendente, vindo de mim. Mas, se é verdade que amo um alemão, não o é menos que amo meu país.

Escreva-me para a posta-restante do 8º *arrondissement*. Informarei quando tiver um endereço para correspondência. Vai me escrever, não é? Não pode me deixar sem notícias de papai.

Não me julgue, minha querida. E perdoe-me por deixá-los desta maneira. Mas não tive coragem para despedir-me. Um beijo cheio de ternura.

Terminada a leitura da carta de Françoise, Léa sentou-se, os lábios tremendo, o olhar distante.

— Françoise partiu para Paris – anunciou.

— Foi encontrar seu boche – resmungou Bernadette.

O olhar que Léa lançou à tia silenciou seus comentários. Depois, a preço de enorme esforço, a jovem conseguiu transmitir a cada uma as frases que lhes diziam respeito.

— Como papai reagiu? – perguntou Léa a Camille.

— A princípio, mostrou-se muito encolerizado. Em seguida, foi sentar-se no banco do caminho, abatido, olhando para a estrada de tempos em tempos como se esperasse a volta de Françoise. Depois perguntou por você. Foi então que seu tio Luc telefonou, um telefonema muito longo. Não sei o que conversaram. Após desligar, seu pai pegou o chapéu e a bengala e partiu em direção ao calvário. Não voltamos a vê-lo desde então. Sidonie disse-nos que o viu no cemitério de Verdelais, rezando em frente à campa de sua mãe. Aproximou-se e falou-lhe. Mas ele olhou-a como se a não reconhecesse e fez-lhe sinal para se afastar. Tinha o aspecto de ter perdido o juízo novamente.

– E depois?

– Depois Laure foi a Verdelais, mas ele já não estava lá – prosseguiu Camille.

– Procurei na igreja, em casa de pessoas conhecidas e voltei pelo calvário, mas não o encontrei – explicou Laure.

– Temos de encontrá-lo antes que anoiteça – disse Léa. – Vai chover muito à noite, com certeza.

A TEMPESTADE desabou às oito horas da noite, no instante em que Léa voltava para casa. Ninguém conseguira descobrir vestígios de Pierre Delmas. O doutor Blanchard, avisado do desaparecimento do seu velho amigo, apresentara-se em Montillac assim que pôde. Fayard percorrera toda a vinha, com seu cão, voltando encharcado, ao cair da noite. Regressaram também de mãos vazias alguns vizinhos que participavam das buscas. Todos se secavam na cozinha, em frente do fogo, trocando comentários e bebendo o vinho quente oferecido por Ruth. O pequeno Charles, muitíssimo excitado pelo movimento incomum, ia de uns para outros, chorando. Perto da meia-noite, todos voltaram para suas casas, exceto o doutor Blanchard.

Léa recusou-se a ir para a cama. Voltou a partir para os campos nas primeiras horas da manhã. Percorreu todos os lugares onde o pai e ela costumavam passear nos seus tempos de criança. Nenhuma pista. Cansada, sentou-se na grama úmida, aos pés da cruz de Borde. O céu cinzento, agitado por nuvens ainda mais sombrias, esmagava a paisagem. Ao longe, no entanto, na direção das Landes e do mar, abria-se no horizonte uma estreita faixa de claridade. "O tempo vai melhorar", disse Léa consigo, deixando cair o corpo contra a cruz e adormecendo.

Despertou-a o frio. Afinal, o tempo não levantara; desaparecera mesmo a claridade longínqua e o céu tornara-se francamente ameaçador. Começou a chover. Léa pegou a bicicleta e desceu a pé o caminho lamacento. Tal como na véspera à noite, a cozinha estava cheia de homens de roupas encharcadas. Estavam silenciosos. Silenciosos demais. Teria de ser sempre ali, naquele lugar, naquela cozinha quente e acolhedora, que lhe dariam as notícias que mais temia? Olhou em volta – as cabeças estavam baixas e descobertas.

Feriu-lhe o coração uma dor terrível, subiu-lhe aos olhos uma torrente de lágrimas que represou sob as pálpebras. Fendeu-lhe a garganta um grito, um grito que não conseguiu transformar-se em som. Chamou então pelo pai com uma voz infantil.

O cadáver de Pierre Delmas fora descoberto pelo padre de Verdelais, enroscado num canto escuro de uma das capelas do calvário, onde, sem dúvida, se abrigara da chuva. Seu coração cansado e roído de desgosto cessara de bater no meio da noite.

26

O sofrimento de Léa, mudo e sem lágrimas, inquietava Ruth e Camille.

Contemplou durante muito tempo o cadáver estendido que o doutor Blanchard fizera transportar para o divã do escritório. Foi ela quem alinhou sobre a fronte gelada uma mecha de cabelos grisalhos, observando com uma espécie de indiferença aquilo que ali estava e que outrora fora o pai. Quem era aquele velhinho ressequido e de mãos frágeis cujo corpo sem vida jazia ali? O pai era alto e forte. Quando a abraçava, Léa sentia-se protegida contra todas as vicissitudes do mundo; nada de mau poderia lhe acontecer. A mão dela desaparecia por completo dentro da do pai, uma mão cálida, envolvente, tranquilizadora. Caminhar a seu lado por entre as vinhas era partir em aventura, à conquista do universo. Pierre Delmas falava-lhe da terra, tal como Isabelle lhe falava de Deus. Para o pai, a terra e Deus confundiam-se na mesma e única verdade. Em Léa, apenas sobrevivera a fé na terra; esta nunca a traíra nem abandonara. Quando toda a família sentira fome, essa mesma terra recompensara profusamente seu labor. Tal como a filha, também, antes, Pierre Delmas extraíra a subsistência dos familiares do solo generoso de Montillac. Ambos pertenciam à mesma estirpe. Ali, diante daqueles tristes despojos, Léa soube então que a imagem do pai, em pé, no meio dos seus vinhedos, perduraria para sempre.

Com imensa calma, instruiu Ruth e tia Bernadette em relação ao funeral. Telefonou a Luc Delmas e a Albertine e Lise de Montpleynet, pedindo-lhes que transmitissem a notícia a Françoise, caso estivessem com ela.

Encarregou Camille de avisar amigos e vizinhos e de falar com o pároco de Verdelais.

Depois, subiu ao quarto para trocar de roupa. Tornou a descer envergando um desses aventais pretos usados pelas mulheres idosas, de fácil aquisição nos mercados. Retirou o chapéu de palha do bengaleiro do vestíbulo, cujas fitas atou debaixo do queixo – o sol havia voltado.

— Vai sair? – perguntou Ruth.

– Sim. Tenho de ir a La Réole.

– Num momento destes...? – estranhou a governanta.

– Sim.

Camille avançou para ela, perguntando:

– Não quer que vá com você?

– Não, obrigada. Você faz falta aqui. Vou buscar o correio e informar os Debray sobre o que aconteceu em Bordeaux. Vou lhes pedir também que contatem tio Adrien.

Léa afastou-se em sua bicicleta azul.

TODAS AS PESSOAS que puderam – parentes, amigos ou vizinhos – vieram juntar-se ao desgosto dos moradores de Montillac. Apesar do risco de serem presos, compareceram também Laurent d'Argilat e Adrien Delmas, este último envergando seu longo hábito branco. Acompanhava-os Lucien Bouchardeau, para grande alegria da mãe. Faltou apenas Françoise. Quando as duas tias, vestidas de luto fechado, comunicaram à sobrinha, na manhã da partida para Bordeaux, que iriam ao funeral do seu pai e disseram esperar que ela as acompanhasse, Françoise respondera que nada no mundo a faria ir, pois não queria ver-se acusada da morte dele. Desaparecera em lágrimas.

Adrien fez questão de oficiar a missa, acolitado por Luc e por Laurent, e durante a cerimônia os três homens esqueceram-se de tudo quanto os separava.

O tenente Dohse e o comissário Poinsot foram avisados pelos espiões da presença em Verdelais de dois terroristas muito procurados. Preparavam-se para proceder à detenção quando lhes chegou de Paris ordem para não atuarem: Luc Delmas exigira do futuro genro, o comandante Strukell, que obtivesse do pai a garantia de não agirem enquanto ele mesmo permanecesse em Montillac.

Sentada na primeira fila com as mulheres da família, Léa, por detrás do véu de luto, deixava-se embalar pelas vozes monótonas dos meninos do coro da basílica. Censurava-se pela alegria sentida ao ver Laurent, alegria que a fizera esquecer, por instantes, a dor da perda do pai. Na véspera, quando Laurent a tomara nos braços e a apertara contra si durante longos instantes, experimentara profundo sentimento de paz e de felicidade. Comparecera ali por amor a ela, arriscando a vida. Léa estava tão segura, tão cheia desse amor, que sequer sentiu ciúmes ao vê-lo subir as escadas com Camille para se deitarem. Quando se recolheu ao quarto, adormeceu imediatamente, num sono sem sonhos. E na manhã seguinte nem o rosto resplandecente de Camille conseguiu ofuscar essa tranquilidade.

Pouco a pouco, Léa tomava consciência de que nada mais a retinha em Montillac. Para que lutar pela conservação de uma terra da qual seu próprio pai se distanciara? Laure aspirava apenas viver na cidade. Além disso, a venda da propriedade lhes permitiria comprar uma casa em Bordeaux ou em Paris e viver folgadamente durante alguns anos. Havia também outra hipótese: alugar as vinhas e manter a casa. Iria se aconselhar com tio Adrien e com Laurent. Françoise teria de dar igualmente sua opinião sobre o assunto; era a mais velha e atingira a maioridade um mês antes. Resolvido esse problema, nada a impediria de juntar-se a Laurent na luta que ele travava. Viveria a seu lado compartilhando dos mesmos perigos, dos mesmos combates. Incapaz de rezar, Léa erguia-se, ajoelhava-se e sentava-se maquinalmente, acompanhando os movimentos de todos.

De súbito, sem nenhum motivo aparente, o coração da jovem começou a bater com mais força. Sentiu uma onda de calor envolvendo sua nuca e seus ombros. Assaltou-a o desejo irresistível de virar-se para trás. Voltou-se então. Lá no fundo, junto ao pilar, na sombra... Teve a estúpida sensação de que o coração lhe escapava do peito. Desviou a vista, obrigando-se a fixá-la no altar. Depois voltou-se de novo bruscamente. Não era um fantasma; lá estava, de fato, François Tavernier em carne e osso, olhando em sua direção. Por que sentia, de repente, que os seios a incomodavam? Por que aquele arrepio no interior do ventre? Camille, sentada junto dela, colocou-lhe a mão no braço. Léa libertou-se com um movimento de contrariedade. Baixou a cabeça e fechou as pálpebras, tentando assim conter o tumulto que tomava todo o seu ser. Com extraordinária rapidez, desfilavam em seu cérebro as imagens dos momentos mais intensos, mais loucos, mais deliciosos e mais impudicos vividos com os três homens que tinham sido seus amantes. Tentava em vão repelir essas lembranças vergonhosas, chocada pela indecência dos pensamentos diante dos restos mortais do pai... A cerimônia chegara ao fim.

Depois pareceu-lhe interminável aquele ritual cansativo da apresentação de condolências. Nas alamedas do pequeno cemitério, muito íngremes e esburacadas, o cortejo dos acompanhantes dispersava-se agora sob um sol que feria a vista. Léa sentia o suor correndo pelas costas, grudando à sua pele o vestido de grossa seda preta. Sua cabeça girava. Teve vontade de deixar-se cair dentro da cova aberta e de deitar-se em cima da urna de madeira clara de carvalho. Devia ser fresco sob a terra. Vacilou. Reteve-a um braço firme. Era agradável sentir a força que se desprendia daquela mão passando para ela. Fechando os olhos, deixou-se conduzir, apoiada ao homem. Percebeu à sua volta um movimento de inquietação e o murmúrio de palavras ansiosas enquanto era arrastada para a sombra das árvores do caminho. Repousou a cabeça no ombro sobre o qual sabia poder amparar-se sem receio.

Que doçura a dele ao lhe tirar o chapéu que a incomodava, ao erguer-lhe os cabelos molhados de suor na raiz, ao desabotoar-lhe os três primeiros botões do vestido! Teria acompanhado aquele homem se ele lhe dissesse: "Eu a levarei comigo."

– Em que pensa, Léa?

– Em partir – respondeu a jovem, endireitando-se.

François Tavernier fitou-a como se quisesse desvendar tudo quanto ela sentia naquele instante.

– Por que partir?

– Coisas demais me fazem lembrar daqueles que já não estão aqui.

– Deixe que o tempo resolva por si, Léa. Também eu conto que ele me ajude a cumprir minha própria tarefa.

– Que tarefa?

– É ainda muito cedo para falar dela.

Camille, Adrien e Ruth aproximaram-se.

– Vamos voltar, Léa. Vem conosco? – perguntou Camille.

Depois voltou-se para François Tavernier e beijou-o, dizendo:

– Fiquei muito feliz por tornar a vê-lo, senhor Tavernier.

– Também eu, senhora d'Argilat. Bom dia, padre.

– Bom dia, Tavernier. Agradeço-lhe o fato de aqui estar junto a nós. Como soube? – perguntou Adrien Delmas.

– Pelas senhoras de Montpleynet. Não pensei que estivesse aqui. Nem o senhor d'Argilat.

– Ambos devemos às relações de meu irmão Luc Delmas a circunstância de ainda não termos sido presos. Mas será muito imprudente nos demorarmos aqui. Partiremos à noite.

– Já! – exclamou Léa.

– Corremos perigo ficando mais tempo. Vamos voltar a Montillac, onde terei uma conversa com tio Luc e com Fayard, a fim de discutirmos a maneira de proteger seus direitos.

Laurent veio ao encontro do grupo e apertou a mão de François Tavernier.

– Sinto-me feliz em poder agradecer-lhe tudo o que fez por minha mulher, Tavernier – disse Laurent. – Sou seu devedor para sempre.

– Nada de exageros. Você teria feito a mesma coisa.

– Sem dúvida. Mas isso não me impede de estar reconhecido.

François Tavernier cumprimentou Laurent, não sem certa ironia, segundo pareceu a Léa. Depois, virando-se para a moça, perguntou:

– Permite que a acompanhe?

– Se quiser.

Apoiada ao braço de François, Léa desceu os degraus até a praça da igreja, onde estavam estacionados os automóveis. Instalou-se no Citroën de Tavernier, juntamente com Adrien, Camille e Laurent.

Em Montillac, esperava-os um lanche servido no pátio, à sombra das tílias. Léa, com a mente ocupada com outros assuntos, deixou que Camille, a irmã, Ruth e as tias se incumbissem dos convidados. De copo na mão, desceu até o terraço.

Dois homens seguiram com os olhos a silhueta esguia, vestida de preto, que se distanciava pelo relvado. Um deles, François Tavernier, logo desviou o olhar, aproximando-se do dominicano.

– Não se importa de me servir de cicerone numa visita às adegas, padre Delmas?

– Com todo o prazer. Mas olhe que são bem modestas se comparadas às dos grandes produtores da região.

Os dois homens afastaram-se em direção à porta baixa que dava para o pátio.

– Estaremos à vontade aqui? – perguntou François Tavernier em voz baixa. – Preciso lhe falar.

Em pé, apoiada à mureta do terraço, Léa seguia com os olhos a progressão, a distância, de um trem que atravessava o Garonne.

– CAMILLE ESTÁ preocupada com você, vendo-a sozinha – observou-lhe Laurent com ternura.

– Foi ela quem o mandou? – perguntou Léa, virando-se. – Preferia que você tivesse me procurado por iniciativa própria. Não tem nada para me dizer?

– De que serviria isso? Esqueçamos.

– Por que razão haveria eu de esquecer? Não sinto vergonha. Amo-o e você também me ama – respondeu Léa, pegando em seu braço e o arrastando para o bosquezinho, longe das vistas no pátio.

– Lamento muito o que aconteceu – garantiu Laurent. – Agi mal em relação a você e em relação a Camille. Não compreendo como fui capaz de...

– Foi capaz porque, tal como eu, você queria. E também porque me ama, embora se proíba. Você me ama, está ouvindo? Você me ama.

Léa sacudia Laurent ao mesmo tempo que pronunciava as palavras. Os cabelos presos num rolo sobre a nuca caíram-lhe pelos ombros, conferindo-lhe aquele aspecto selvagem e fogoso diante do qual Laurent tinha tanta dificuldade em resistir. Cativavam-no os olhos cheios de fulgor, atraía-o a boca entreaberta. Os braços dela enlaçavam-no, o corpo colava-se ao seu, esfregando-se nele com frenesi.

Abandonando a luta desigual, Laurent baixou os lábios, oferecendo-se.

Léa saboreava a vitória, tentando prolongar a emoção.

De repente, pareceu-lhe ouvir um ruído de passos no saibro da alameda. Sem querer, seu corpo se retesou e Laurent afastou-a bruscamente. François Tavernier surgia na curva do caminho.

– Ah, está aí, Laurent! Sua mulher o chama.

– Obrigado – balbuciou Laurent, corando como uma criança pega em falta.

Léa e Tavernier olharam-no afastar-se em grandes passadas.

– Decididamente, você tem de estar sempre onde não é chamado – censurou Léa.

– Lamento muito, minha querida amiga, pode crer. Lamento muito ter interrompido tão terno idílio – respondeu François insolente. – Mas eu me pergunto o que uma moça como você pode achar num homem como ele.

– Você se repete. Que tem a dizer dele? Laurent é uma pessoa impecável.

– É perfeito. Ninguém mais perfeito do que ele. Mas que quer? Não a vejo em companhia de um homem perfeito.

– Possivelmente, vê-me, antes, na companhia de alguém como o senhor...

– De certo modo, sim. Você e eu somos muito semelhantes. Temos um curioso sentido da honra, o qual pode levar-nos a atos de coragem absurdos e a achar honesto aquilo que nos convém. Tal como eu, também você é capaz de tudo para obter o que quer. O desejo, em si, será sempre mais forte do que a inteligência e a sua prudência instintiva. Você quer tudo, Léa, e de imediato. É uma criança mimada que não hesita em apossar-se do brinquedo de outra mulher, neste caso, o marido. Não obstante, uma vez em sua posse, esse brinquedo lhe parecerá menos sedutor.

– Não é verdade – protestou Léa.

– Claro que é. Seria mais fácil deixar que lhe arrancassem a língua, porém, do que admitir tal coisa. Mas que importância tem isso, afinal? Não interessa que você pense que ama o senhor d'Argilat. Isso passa.

– Não passará nunca!

François Tavernier fez com a mão um gesto insolente e desenvolto, prosseguindo:

– É preferível falarmos de coisas mais agradáveis. Devia passar algum tempo em Paris para arejar as ideias. Suas tias ficariam contentes em recebê-la.

– Não estou com vontade de ir a Paris. E tenho de ficar aqui para regularizar os assuntos de meu pai.

– Seria tosquiada como um cordeirinho. Propus à sua família os préstimos do meu advogado, o doutor Robert. É um homem honesto e competente.

– E por que eu aceitaria sua ajuda?

– Porque lhe peço – disse François Tavernier em tom subitamente mais suave.

Andando, haviam chegado ao final da propriedade pelo caminho que, num plano inferior, margeava o terraço.

– Vamos voltar – disse Tavernier.

– Não. Não quero ver toda aquela gente. Quero ficar só.

– Nesse caso, vou deixá-la.

– Não, não me referia a você – respondeu a moça, acomodando-se em seu braço. – Andemos um pouco. Vamos até a Gerbette.

François fitou-a com espanto. Quantas contradições naquela criança vestida de luto!

– A Gerbette?

– É o casebre aonde ia para brincar quando era garota. Está agora meio coberto pela terra, e é bem fresco. Guardamos ali a alfafa para os coelhos e as ferramentas velhas. Há muito tempo não vou lá.

Desceram por entre os vinhedos em declive e chegaram junto à cobertura de telhas no nível do solo. Contornaram o casebre. Uma ladeira parcialmente obstruída por ervas e por silvas conduzia à porta fechada. Com um encontrão, Tavernier fez saltar a fechadura enferrujada. Metade do exíguo compartimento de terra batida era ocupada por feno. Das vigas pendiam enormes teias de aranha.

– Não tem um aspecto muito bom. E na minha lembrança era muito maior – constatou Léa.

François despiu o casaco e colocou-o sobre a palha.

– Deitemo-nos um pouco. Acho encantador este local.

– Não zombe. Vinha esconder-me aqui quando Ruth queria ministrar-me suas lições de alemão. Há uma cavidade por detrás da manjedoura que vê ali. Ah, como nos divertíamos!

– Você não passa de uma criança – afirmou Tavernier, indo sentar-se junto de Léa.

De infantil, a expressão da jovem tornou-se provocante. Deitada, as mãos sob a nuca, olhava com as pálpebras semicerradas, arqueando os rins, os seios insolentes.

Tavernier observava-a com ar divertido.

– Deixe de coquetismo comigo – admoestou ele. – Do contrário, deixarei também de portar-me como um irmão mais velho.

– Mas não é assim que você me aprecia?

– Assim e também de todas as outras maneiras.

– Não o reconheço. Tão ajuizado, você?

– Não me agrada servir de prêmio de consolação.

– Que quer dizer com isso?

– Sabe muito bem.

– E se a mim me agradar? Pensei que fôssemos iguais. Não me deseja?

De um salto, Tavernier estava sobre ela, levantando sua saia e tocando em cheio seu sexo, com a mão em concha.

– Sua sem-vergonha, não sou...

Não pôde terminar a frase. Léa, pendurada em seu pescoço, esmagava seus lábios sob os dela.

– GOSTARIA DE fumar um cigarro – disse Léa.

– Não é prudente – respondeu François Tavernier, tirando do bolso o maço de cigarros americanos.

Fumaram em silêncio, ambos nus, as pernas enlaçadas, os corpos suados a que aderiam pedaços de palha. Dentro da cabana, era quase noite.

– Vão ficar preocupados – disse François.

Sem responder, Léa ergueu-se, enfiou o vestido de luto, enrolou as calcinhas e as meias, escondendo-as sob uma pedra, sacudiu os cabelos e saiu com os sapatos na mão.

Sem se virar, começou a subida para Montillac. François Tavernier só conseguiu alcançá-la já a meio caminho. Chegaram em silêncio ao terraço. Camille estava sentada sob as glicínias. Levantou-se assim que avistou Léa e correu para abraçá-la.

– Onde estava? – perguntou.

– Nada de mal poderia me acontecer na companhia de nosso amigo – replicou a jovem.

Camille deu um longo sorriso.

– Laurent e seu tio Adrien já foram embora. Ficaram tristes por não se despedirem de você.

Léa esboçou um gesto fatalista. Voltada para a planície, apoiando as mãos na pedra quente da balaustrada do terraço, olhava o disco vermelho do sol desaparecer por detrás da colina de Verdelais.

Não respondeu ao adeus de Tavernier nem ao chamado de Camille para que entrasse em casa. Minutos depois, ouviu o barulho de um motor de carro; então, tudo ficou de novo em silêncio.

Uma brisa suave, vinda do mar, ondulava seus cabelos, enquanto surgiam as primeiras estrelas. Léa deslizou contra a parede, confundindo-se com a escuridão, e lentamente deixou correr as primeiras lágrimas após a morte do pai.

fim do volume 1

ATENDIMENTO AO LEITOR E VENDAS DIRETAS

Você pode adquirir os títulos da BestBolso através do
Marketing Direto do Grupo Editorial Record.

- Telefone: (21) 2585-2002
  (de segunda a sexta-feira, das 8h30 às 18h)
- E-mail: mdireto@record.com.br
- Fax: (21) 2585-2010

Entre em contato conosco caso tenha alguma dúvida, pre-
cise de informações ou queira se cadastrar para receber
nossos informativos de lançamentos e promoções.

Nossos sites:
www.edicoesbestbolso.com.br
www.record.com.br

EDIÇÕES BESTBOLSO

Alguns títulos publicados

1. *As melhores crônicas*, Fernando Sabino
2. *Os melhores contos*, Fernando Sabino
3. *Baudolino*, Umberto Eco
4. *O pêndulo de Foucault*, Umberto Eco
5. *À sombra do olmo*, Anatole France
6. *O manequim de vime*, Anatole France
7. *O poderoso chefão*, Mario Puzo
8. *O último chefão*, Mario Puzo
9. *Perdas & ganhos*, Lya Luft
10. *Educar sem culpa*, Tania Zagury
11. *O livreiro de Cabul*, Åsne Seierstad
12. *O lobo da estepe*, Hermann Hesse
13. *O jogo das contas de vidro*, Hermann Hesse
14. *A condição humana*, André Malraux
15. *Sacco & Vanzetti*, Howard Fast
16. *Spartacus*, Howard Fast
17. *Os relógios*, Agatha Christie
18. *O caso do Hotel Bertram*, Agatha Christie
19. *Riacho doce*, José Lins do Rego
20. *Pedro Páramo*, Juan Rulfo
21. *Essa terra*, Antônio Torres
22. *Mensagem*, Fernando Pessoa
23. *As vinhas da ira*, John Steinbeck
24. *A pérola*, John Steinbeck
25. *O cão de terracota*, Andrea Camilleri
26. *Ayla, a filha das cavernas*, Jean M. Auel
27. *O vale dos cavalos*, Jean M. Auel
28. *O perfume*, Patrick Süskind
29. *O caso das rosas fatais*, Mary Higgins Clark
30. *Enquanto minha querida dorme*, Mary Higgins Clark

Este livro foi composto na tipologia Minion, em corpo 10,5/13, e impresso em papel off-set 63g/m² no Sistema Cameron da Divisão Gráfica da Distribuidora Record.